DIE
VORGÄNGERIN

WEITERE TITEL VON JESS RYDER

In Englischer Sprache

The Second Marriage

The Night Away

The Girl You Gave Away

The Dream House

The Ex-Wife

The Good Sister

Lie to Me

DIE VORGÄNGERIN

JESS RYDER

Übersetzt von Anne Masur

bookouture

Herausgegeben von Bookouture, 2021

Ein Imprint von Storyfire Ltd.
Carmelite House
50 Victoria Embankment
London EC4Y 0DZ

www.bookouture.com

ISBN: 978-1-80314-286-9
eBook ISBN: 978-1-80314-137-4

Für meinen Ehemann.

Da sitzt ein Engel neben meinem Bett, ihr blondes Haar wirbelt in einem Lichtkegel herum. Über meinem rechten Ohr läuft himmlische Musik – eine Abfolge von hohen Piepstönen. Die Luft ist warm und von einem seltsamen Duft erfüllt. Ich schwebe auf einer weichen, weißen Wolke aus Schmerz dahin.

Sie sieht so wunderschön aus, mein Engel. Ihre Augen strahlen vor Freude. Ich weiß nicht, wer sie ist, aber ihr Gesicht kommt mir bekannt vor. Ich erkenne sie von einem anderen Ort wieder, einer weit entfernten Zeit – aus der Vergangenheit oder vielleicht auch aus der Zukunft.

Könnte es Emily sein?

Emily.

Ich sage ihren Namen, aber der Klang verlässt meinen Kopf nicht. Mein Mund fühlt sich trocken an und da ist etwas in meinem Hals. In meinen Träumen dachte ich, es wäre eine Schlange, die sich ihren Weg in meinen Magen bahnt. Doch es ist keine Schlange, sondern eine Sonde.

Die Frau hält eine Hand in ihrem Schoß – vermutlich meine Hand. Sie sieht aus wie ein schlaffes, totes Ding, das zu jemand anderem gehört. Sie drückt sie sanft, schaut dann zu mir und wartet, dass ich ihre ebenfalls drücke. Wenn ich es doch nur könnte, mein liebstes Mädchen. Wenn ich könnte, würde ich dir die ganze Geschichte durch das Drücken deiner Hand erklären.

»Du bist zu uns zurückgekommen«, sagt Emily. Aber sie kann nicht Emily sein, es sei denn, ich habe so lange geschlafen, dass sie zu einer Frau herangewachsen ist.

Das grelle Licht blendet meine Sicht. Ich blinzle mehrere Male, während sie sich nach vorne lehnt, ihr Gesicht löst sich hinter einem Schleier aus Tränen auf. Zwei wässrige Kreise und die rosa Linie ihres Lächelns sind alles, was ich erkennen kann. Es fühlt sich an, als wäre sie ein Teil von mir. Als wären wir aus demselben Fleisch.

Nimm die Sonde raus, bitte, bitte, nimm die Sonde raus. Aber meine Worte haben keine Stimme.

Sie streichelt mit ihrer freien Hand über meine Stirn, schiebt ein paar Strähnen zur Seite. Wie lang hatte sie hier gesessen und ihr wertvolles Leben damit verschwendet, zu warten und darauf zu hoffen, dass ich eines Tages aufwachen würde? Bin ich aufgewacht oder ist das nur wieder ein Traum?

Mein Engel beugt sich näher zu mir. Ich kann ihren süßen Atem auf meinem Hals spüren, als sie in mein Ohr flüstert.

»Was haben sie dir angetan?«, fragt sie.

TEIL I

1

———————

HEUTE

Anna

Normalerweise gehe ich den schönen Weg nach Hause, überquere den Fluss über die Eisenbrücke und schlendere an dem Rec Yard vorbei, auf dem mehrere große Felder in verschiedene Sportstätten aufgeteilt sind. Aber an diesem Wochenende findet ein Musikfestival statt und meine Route wird durch provisorische Zäune und Absperrband blockiert. Die Art, die man auch an Tatorten findet. Als ich zögerlich vor der Absperrung zum Stehen komme, beobachte ich, wie die Teenager in einer Reihe stehen, um sich ihre Eintrittsbänder zu holen. Ein Hippie-Pärchen – mit farbenfrohen Tattoos und verfilzten Dreadlocks – wartet dort mit einem kleinen Mädchen in einem Kinderwagen, auf dem sich ihre Camping-Ausrüstung stapelt.

Zeit, nach Hause zu gehen – nicht, dass es sich schon wie ein Zuhause anfühlt. Wie auch immer, Zeit zurückzugehen.

Über die Felder kann ich nicht ausweichen, also muss ich den Weg über die Brücke einschlagen und stattdessen an der Straße entlangschlendern. Aber als ich dort ankomme, ist sie abgesperrt –

5

nur für den Festivalverkehr geöffnet. Ein Ordner in einer Warnweste sagt mir, dass ich »hinten herum« gehen muss. *Was genau bedeutet hinten herum?*, frage ich mich. Im Gegensatz zu den meisten Leuten, die hier leben, wurde ich nicht in dieser Stadt geboren. Ich wohne erst ein paar Monate hier und meine Stadtkenntnis beschränkt sich auf den Weg zur Arbeit und zurück, sowie die Busfahrt zu dem großen Supermarkt in der Nähe des Rugby-Clubs. Margaret aus der Finanzabteilung hat versprochen, mich zu einem Spiel mitzunehmen, wenn die Saison startet. Leider kann ich mich nicht für Rugby begeistern, oder irgendeinen anderen Sport. Aber Margaret hat mich unter ihre Fittiche genommen und es wird schwer werden, das abzulehnen. Ich sollte damit anfangen, mir neue Freunde zu suchen, vorzugsweise etwa in meinem Alter, aber dafür bin ich noch nicht bereit.

»Hinten herum« scheint zu bedeuten, das Industriegebiet durchqueren zu müssen – es ist ein Labyrinth aus Gebäuden mit flachen Dächern, die meisten von ihnen vermietet, mit Gittern vor den Fenstern und Grasbüscheln, die durch die Löcher im Asphalt wachsen. Metallzäune säumen die trostlosen Straßen, an den Toren hängen rostige Vorhängeschlösser. Ich gehe an Sicherheitskameras, »Warnung vor dem Hund«-Schildern und laminierten Aushängen vorbei, die behaupten, dass hier rund um die Uhr Streife gefahren wird. Alles Lügen. Die Gebäude sind verlassen und es ist nichts mehr übrig, das man noch stehlen könnte.

Wie aufs Stichwort kommt ein Mann mit einem bösartig aussehenden Hund um die Ecke und geht in meine Richtung. Er starrt geradeaus, aber das Tier zieht an der Leine, um an mir zu schnüffeln, als wir aneinander vorbeigehen. Als ich um die Ecke biege, stoße ich beinahe mit einigen Teenagern zusammen, die auf einer niedrigen Mauer sitzen und ihre Beine ausstrecken. Ein paar von ihnen drehen auf Kampakträdern ihre Kreise auf der Straße, ihre Hände stemmen sie frech in ihre Seiten, während ihre dünnen Körper in ihren Football-Shirts untergehen. Sie folgen mir ein paar Meter, dann rasen sie zu ihren Freunden zurück.

Ich hätte diesen Weg nicht nehmen sollen. Niemand sonst

hat es getan. Die Einheimischen wissen offensichtlich über das Industriegebiet Bescheid und machen einen großen Bogen darum.

Die dumpfen Schläge eines Basses dröhnen durch die nach Hefe duftende Luft – die erste Band hat angefangen zu spielen. Ich mache meine Schritte im Takt der Musik, 1-2-3-4, 1-2-3-4, und lasse mich von dem Rhythmus umhüllen. Es ist nicht die Art von Musik, zu der ich gerne tanze – zu schwer und eindringlich –, aber sie sorgt dafür, dass ich mich weniger allein fühle. Spendet mir Trost.

Wo genau, in Bezug auf meine Wohnung, bin ich? Ich nehme mein Telefon heraus und suche auf der Karte nach meinem Standpunkt. Ich bin ein einsamer Pfeil zwischen grauen Vierecken und namenlosen Straßen, die blaue Linie des Flusses ist mein einziger Anhaltspunkt. *Hmm ... Die nächste links, dann der Straße um die Kurve folgen ...*

Der Geruch der Brauereien wird stärker, obwohl die meisten von ihnen im Norden der Stadt liegen und ich Richtung Süden gehe.

Es kommt darauf an, wie der Wind steht – das sagt man zumindest. Manchmal kann ich die Hefe in meinen Haaren und meiner Kleidung riechen, sie setzt sich in den Tiefen meiner Nasenlöcher fest. »Keine Sorge, Sie werden sich schnell daran gewöhnen«, meinte mein Chef, als ich es bei meinem Bewerbungsgespräch erwähnte. So erfuhr ich, dass ich den Job bekommen hatte.

Die Stadt ist nicht schlecht. Ich hätte an wesentlich schlimmeren Orten landen können. Es gibt ein kleines Shopping-Center mit den üblichen Ketten, ein Kino, ein Brauereimuseum und ein Kulturzentrum, das in einer ehemaligen Abfüllanlage eingerichtet wurde. Neulich habe ich auf einem Veranstaltungsflyer gesehen, dass dort Kurse angeboten werden – Töpfern, Schmuckherstellung, Aktzeichnen, Tai Chi, Zumba. Das Übliche, nur wesentlich günstiger, als ich es gewohnt bin. Ich sollte ein oder zwei Sachen davon ausprobieren. Schließlich kann ich nicht jeden Abend alleine in meiner Wohnung bleiben, sonst werde ich noch wahnsinnig.

Korrektur. Ich bin bereits wahnsinnig. Das ist mein neuer Normalzustand. Eigentlich soll ich »lernen, mich wieder selbst zu lieben«, aber das fühlt sich unmöglich an.

Als die Straße eine Biegung macht, rückt ein niedriges, einstöckiges Gebäude in mein Sichtfeld. Es ist rot, weiß und blau angestrichen und über der mit einem Metallgitter verriegelten Tür hängt ein heruntergekommenes Schild. Morton Mechanics – TÜV While-U-Wait. Davor steht ein schwarzer BMW mit getönten Scheiben; die Beifahrertür steht offen und ich kann sehen, wie ein paar nackte Beine über den Rand des Sitzes hängen. Weiße, haarlose Waden. Die Beine eines Mädchens. Von ihren dreckigen Füßen baumeln gelbe Flip-Flops herunter. Sie liegt auf ihrem Bauch und es sieht so aus, als läge ihr Kopf im Schoß des Fahrers.

Aus dem Soundsystem des Wagens dröhnt aggressiver Grime, der den beruhigenden Rhythmus des Konzerts übertönt und den gesamten Luftraum für sich beansprucht. Ein anderes Mädchen in einer Cargohose und einem Parka sitzt auf dem Boden und lehnt sich mit dem Rücken gegen das Garagentor. Sie trinkt gierig eine Dose Special Brew und zieht an einem Joint; obwohl es Ende Juni ist, ist sie winterlich gekleidet. In ihrer Nähe stehen zwei Männer und stecken ihre Köpfe zusammen, während sie sich der Wand zuwenden und sich über etwas beugen. Einer von ihnen ist groß und dürr, wie es bei Heroinsüchtigen oft der Fall ist.

Er trägt eine weite Jogginghose und eine ausgebeulte Weste. Der andere ist kleiner und sieht besser genährt aus – sein Haar hängt in einem Rattenschwanz hinunter, die zerrissene Jeans hängt unter seinem Hintern und seine Jacke ist mit Dreck und Farbspritzern beschmutzt. Das ganze Bild rückt in meinen Fokus. Hierher kommt man also, wenn man es in der gemütlichen Kleinstadt Morton am Trent zu etwas bringen will.

Nicht stehenbleiben. Nicht hinsehen. Geh weiter, aber nicht

rennen. Schau einfach geradeaus und geh in moderatem Tempo an ihnen vorbei.

Als ich mich der Garage nähere, ruft das Mädchen, das auf dem Boden sitzt, etwas, und die Männer drehen sich um. Ihre Augen haften sich sofort auf mein Telefon, wie Fliegen auf den Schinken. Ich halte es dummerweise immer noch in der Hand, weil ich versuche, der Karte zu folgen – es ist zu spät, es jetzt noch zu verstecken. Der Kleinere der beiden bleibt zurück, verschwindet in den Schatten und wendet sein Gesicht wieder der Wand zu, aber der Größere taumelt vorwärts.

»Hey!«, ruft er. »Hey! Du! Was hast du vor?« Er stellt sich mir in den Weg und blockiert den Bürgersteig, sein rasierter Stecknadelkopf nickt, als er die Hände in seine dürren Hüften stemmt.

»Verlaufen, was?«, fragt das Mädchen in dem Parka und lacht hämisch, während sie auf ihre Füße kommt und herüber schlendert.

Mein Mund wird trocken, meine Knie werden weich. Ich mache einen Schritt nach rechts, doch der Typ mit dem Stecknadelkopf springt vor mich, also weiche ich nach links aus und er tut es mir gleich. Der Weg über die Straße wird mir von dem geparkten BMW versperrt und es hätte keinen Zweck, mich umzudrehen und wegzurennen. Ich trage immer noch meine Arbeitspumps und obwohl er ein Junkie ist, könnte er mich trotzdem einholen. Dann sind da noch das betrunkene Mädchen und der Typ, der sich versteckt hat, ganz zu schweigen von der Trägerin der Flip-Flops und wer auch immer sonst noch in dem Auto ist. Ich habe keine Chance.

Er hält seine Hand auf. »Komm schon. Mach keine Dummheiten.«

Ich weiß, dass ich ihm einfach alles geben sollte. Das Telefon, meine Tasche, mein Portemonnaie mit Kreditkarten und fünfzig Pfund Bargeld und, am wichtigsten von allem, das kostbare Foto, das ich niemals ersetzen könnte. Eine Stimme in mir fleht: *Wehr dich nicht, kämpfe nicht, gib ihnen einfach, was sie haben wollen.* Aber ich kann nicht. Ich kann es einfach nicht.

»Das ist es verdammt noch mal nicht wert«, ruft der Mann aus dem Schatten. »Sie hat dein Gesicht gesehen, du Vollidiot.«

Ich schnappe nach Luft, stolpere zurück, als hätte mich etwas Hartes genau in die Brust getroffen. Diese Stimme.

Die kenne ich von irgendwo her.

Aber es kann nicht er sein. Unmöglich. Das ist nur mein Verstand, der mir einen Streich spielt. Die Anspannung des Augenblicks bringt alle Erinnerungen zurück und vermischt die Vergangenheit mit der Gegenwart. Es ist ein Zufall, sonst nichts. Er kann es unmöglich sein.

»Es ist dieses Festival, stimmt's?«, ruft die Stimme wieder. »Hier wimmelt es überall von Bullen-Schweinen, Mann.«

Ich sollte verängstigt sein, aber meine Sinne werden zu sehr abgelenkt. Da ist dasselbe leichte Kratzen in seinem Hals. Dieselbe Intonation. Derselbe langsame Rhythmus. Ich spähe in den Schatten, aber alles, was ich sehen kann, ist sein Hinterkopf. Nein. Die Haare sind zu lang, er würde sich niemals derart vernachlässigen. Und seine Klamotten sind widerlich. Er kann es nicht sein. Niemals würde er so tief sinken.

Ich beiße mir in die Wangen, um genug Spucke zum Sprechen zu finden. »Ich möchte keine Schwierigkeiten. Lasst mich einfach vorbeigehen und ich verspreche, ich werde nicht zur Polizei gehen.«

Wieder meldete sich die vertraute Stimme zu Wort. »Lass sie gehen, Mann.«

Der Mann mit dem Stecknadelkopf tritt widerwillig zur Seite. »Dann geh halt. Verpiss dich.« Ich gehe mit hoch erhobenem Haupt an ihm vorbei. Ich zittere heftig, doch ich halte mein Gleichgewicht und beeile mich nicht, obwohl ich am liebsten meine Schuhe ausziehen und davonlaufen würde.

Niemand folgt mir. Als ich etwas Abstand zwischen mich und die Werkstatt gebracht habe, weicht die Musik aus dem Auto wieder dem Klang des Konzerts. Bam, bam, 1-2-3-4, 1-2-3-4. Ich gehe noch ein paar hundert Meter weiter, dann biege ich um eine Kurve.

Die reale Welt rückt wieder in meinen Fokus und die Normalität kehrt zurück. Ich trete aus dem Industriegebiet und überquere die Straße an einer Ampel. Zu meiner Linken ist ein Kreisverkehr, den ich wiedererkenne; seine Mitte ist für »Morton blüht auf« bereits mit farbenprächtigen Blumen bestückt. Zum Glück bin ich nur eine Viertelmeile von meinem Zuhause entfernt.

Ich betrete die Ashby Lane, erklimme den flachen Hügel, gehe an den Schaufenstern der kleinen Läden vorbei und biege an der dritten Kreuzung schließlich nach rechts ab. Mir gehört die Wohnung im Erdgeschoss in der Mitte der Häuserreihe. Das Haus ist düster und schlecht proportioniert; ich habe zwei schmale Zimmer und ein winziges Badezimmer. Über mir scheint niemand zu wohnen – zumindest habe ich noch nie jemanden getroffen oder gehört. Jeden Tag kommt die Post für Dutzende verschiedene Leute an, die ich in einem Stapel auf der untersten Treppenstufe ablege.

Als ich vor fast zwei Monaten hier eingezogen bin, war meine Vordertür nur mit einem einfachen Schloss ausgestattet. Ich habe zusätzlich ein Deadlock-System und zwei Türriegel einbauen lassen. Ich schiebe sie zur Seite, dann ziehe ich die Vorhänge vor den Fenstern zu, sowohl vorne als auch hinten. Mein Magen ist zu übersäuert, um etwas zu essen, also mache ich mir eine Tasse Pfefferminztee und gehe damit in mein Schlafzimmer. Das war knapp. Wenn der andere Kerl sich nicht eingemischt hätte, wer weiß, was dann passiert wäre. Ich nehme das Foto aus meiner Handtasche und küsse es. Lege es unter mein Kopfkissen. Ich kann es nicht mehr mit zur Arbeit nehmen, nicht mehr heimlich zur Mittagszeit in der Kabine einer Toilette einen Blick darauf werfen.

Es muss von nun an hierbleiben, wo es sicher ist.

Die Stimme meines Retters hallt in meinem Kopf wider. Ich versuche sein Stimmmuster im Geiste mit dem zu vergleichen, an das ich mich erinnere. Stimmen sie wirklich überein oder ist das bloß Einbildung? Wenn ich darüber nachdenke, sah der Typ dünner aus und er war ein Junkie, ein Obdachloser. Wenn ich es doch nur geschafft hätte, einen Blick auf sein Gesicht zu erhaschen, würde es mir meine Ängste nehmen.

War er nur höflich oder hat er mich wiedererkannt? Vielleicht wusste er bereits, dass ich hier lebe, und er ist gekommen, um nach mir zu suchen. Diesen Gedanken dränge ich mit Bestimmtheit zurück. Sei vernünftig. Das ergibt keinen Sinn. Niemand weiß, wo ich bin. Ich bin zweihundert Meilen von dem Ort entfernt, wo alles passiert ist. Außerdem, wenn er es gewesen wäre und er mich erkannt hätte, hätte er seinen Kumpel eher angefeuert und nicht versucht, meine Haut zu retten.

Also war er es nicht, okay? Ich knalle meine Tasse auf meinen Nachttisch und nehme meine Abendlektüre zur Hand, meine Finger zögern über der Seite mit dem Eselsohr.

Aber was, wenn er es doch war?

2

DAMALS

Natasha

Ich wusste immer, wenn er mit ihr sprach. Selbst wenn ich den Klingelton nicht gehört hatte, den er extra für ihre Anrufe eingestellt hatte. Es war die Art und Weise, wie er das Telefon gegen seine Wange presste, sodass ihre Stimme gedämpft wurde und ich sie nicht hören musste. Und die Art und Weise, wie er sich auf nichts einließ, nicht einmal ein »okay« oder »hmm«. Nicht, dass sie das bemerkt hätte. Er hätte das Telefon unter ein Kissen stopfen können, seinen Teller leer essen, abwaschen und sich einen Kaffee kochen können und sie hätte nichts davon mitbekommen. Sie redete immer weiter, machte kaum Pausen, um Luft zu holen. Immer unterbrach sie unsere Abende. Ich verstand warum, und um ehrlich zu sein, machte ich ihr keine Vorwürfe. Ich bin mir sicher, dass ich es ähnlich gemacht hätte, wenn ich an ihrer Stelle gewesen wäre. Aber einmal, nur einmal hätte ich mir gewünscht, dass Nick gesagt hätte: »Ich kann jetzt nicht reden, wir essen gerade«, oder »Ich schaue einen Film«, oder einfach nur »Tut mir leid, Jen, aber ich verbringe den Abend mit meiner Frau.«

Ich brachte seine halb gegessene Mahlzeit zurück in die Küche. Der Ofen war immer noch warm, also stellte ich seinen Teller hinein und schloss die Tür. Ich hielt für ein paar Momente inne, lauschte in die Stille im Wohnzimmer hinein und fragte mich, was es dieses Mal war. Brauchte sie Hilfe bei irgendeiner häuslichen Krise oder musste sie nur seine Stimme hören? Es war Freitagabend, sie war offensichtlich allein und wahrscheinlich hatte sie bereits eine halbe Flasche Gin geleert.

Ich konnte mich nicht erinnern, wie oft das schon passiert war, und es wurde nicht besser. Wenn es nach Jen ging, heilte die Zeit nicht alle Wunden, wie es gerne behauptet wurde.

Sie telefonierten noch immer, also schlich ich mich nach oben und öffnete leise die Tür zu Emilys Schlafzimmer. Sie war fast eingeschlafen. Ihr Gesicht war mit Schneeflocken gesprenkelt, die das Nachtlicht über ihren Kopf warf. Ihr rotblondes Haar klebte an ihren verschwitzten rosa Wangen, ihre Arme hatte sie wie immer fest um Gemma die Giraffe geschlungen. Ich beugte mich hinunter, um ihre Stirn zu küssen, und atmete den Duft ihres Baby-Shampoos ein. Sie war meine erste und einzige Tochter, mein wertvollster Schatz. Ein Leben ohne sie war für mich unvorstellbar geworden. Wenn ich an die Freunde dachte, die sich von mir abgewandt hatten, den Streit mit meiner Mutter, die Ablehnung von Nicks Familie, die endlosen Probleme mit Jen (an diesem Punkt, seien wir ehrlich, habe ich angefangen, es zu bereuen) dachte ich immer an Emily. Welchen Preis auch immer ich zahlen musste, ich redete mir ein, dass sie es wert ist.

Sie gab einen Seufzer von sich, dann fiel sie zurück in ihre Träume. »Ich liebe dich«, flüsterte ich, bevor ich mich hinausschlich und die Tür hinter mir schloss. Zu meiner Überraschung war das Telefonat bereits vorbei. Nick stand in der Küche und versuchte, seinen Teller ohne Topflappen aus dem Ofen zu nehmen. Er fluchte, als er ihn auf die Granitarbeitsplatte fallen ließ und seine verbrannten Finger in den Mund steckte.

»Entschuldige, ich dachte, es würde länger dauern«, sagte ich.

Der Rekord lag bei fünfunddreißig Minuten. Ich versuchte, nicht darauf zu achten, schaffte es jedoch nicht immer. »Alles okay?«

»Ja, ja. Es hat sich eine Migräne angekündigt, armes Ding, deshalb musste sie auflegen.«

Wir gingen zurück ins Wohnzimmer und nahmen unsere Plätze am Esstisch ein, aber die romantische Stimmung war dahin. Es kam ein Luftzug und der Schein der Kerzen tanzte ironisch über unsere abgespannten Gesichter. Nick sah müde aus und in meinem Kopf fing der Alkohol an, sich bemerkbar zu machen.

Frag ihn nicht nach dem Telefonat, wies ich mich selbst an. Nick war gerade von einer Geschäftsreise nach Hause gekommen und heute Abend wollten wir seine Heimkehr feiern. Ich hatte mir einige Mühe gegeben, gut für ihn auszusehen. Das Bett war frisch bezogen, die Beleuchtung gedimmt und der Diffuser erfüllte den Raum mit exotischen Düften. Ich hatte die Träger an meinem spitzenbesetzten Push-up-BH, den er mir zu Weihnachten gekauft hatte, enger gezogen. Hatte alles für einen besonderen Abend vorbereitet. *Lass nicht zu, dass sie den Abend ruiniert*, sagte ich stumm, wusste aber, dass der Schaden bereits angerichtet worden war. Ich spürte, wie ihr Geist bei uns am Tisch saß und sich die Augen mit dem Rand einer Serviette abtupfte.

Nick stürzte sich auf sein Essen, doch ich starrte nur auf meinen Teller und erinnerte mich daran, wie liebevoll ich die Schalotten geschält und die Speckwürfel in Butter angebraten hatte. Wie ich fast eine ganze unverschämt teure Flasche Rotwein auf dem Rindfleisch verteilt hatte. Ich war keine gute Köchin, aber ich hatte mein Bestes gegeben. Nicks Eltern erzählten immer davon, wie umwerfend Jen in der Küche war, wie sie im Handumdrehen Gourmet-Gerichte zauberte. Vermutlich stimmte das sogar, aber hauptsächlich sagten sie es, um mich zu verletzen. »Schatz, das schmeckt großartig«, sagte Nick und schenkte sich Wein nach. »Du hast dich heute Abend wirklich selbst übertroffen. Obwohl ich in den letzten Tagen so viel gegessen habe, dass ich auch mit einem Toast und Spiegelei zufrieden gewesen wäre.« So viel zu all der harten Arbeit, dachte ich, sagte aber nichts. Mit letzter Kraft hielt ich mich an dem fest, was von unserem Abend noch übrig war. Ein falsches Wort könnte alles ruinieren.

»Stell dir vor! Hayley wird Ethan taufen lassen«, sagte er ein paar Gabeln später.

Ich runzelte die Stirn. »Warum? Sie ist nicht religiös. Die anderen Kinder wurden nicht getauft, oder?« Ethan war eine späte Überraschung und das Ergebnis einer verpfuschten Vasektomie. Mit 43 Jahren war es für Hayley eine »geriatrische Schwangerschaft« und ein einziges Auf und Ab gewesen. Vielleicht, dachte ich, möchte sie Gott für die Geburt ihres gesunden Sohnes danken. Oder, was wahrscheinlicher war, sie wollte ihm einen Platz in der christlichen Vorschule des Ortes reservieren.

Ich verstand mich nicht besonders gut mit Nicks jüngerer Schwester – was wenig überraschend war, denn sie war Jens beste Freundin.

»Sie möchte, dass wir die Taufpaten werden«, sagte Nick, riss sich ein Stück Brot ab und tunkte es in die dicke Soße.

»Wie bitte?« Ich lachte, als ich meine Gabel ablegte. »Aber ich dachte, ich wäre ein Miststück und käme direkt aus der Hölle.«

Er errötete und senkte seinen Blick. »Nein, tut mir leid. Ich meinte Jen und mich.« Eine scharfe, kalte Klinge bohrte sich in meinen Magen. »Jen ist überglücklich. Du weißt, wie sehr sie Kinder liebt. Sie wird eine großartige Patin sein.«

»Entschuldige, aber das geht nicht«, sagte ich, meine Stimme brach ab. »Das ist unangebracht. Hayley sollte das wissen.« Ich hielt inne und wartete auf seine Antwort, aber er blieb still. »Was hast du gesagt, als sie dich gefragt hat?«

»Hayley? Sie hat mich noch nicht gefragt. Jen hat angerufen, um mich vorzuwarnen. Sie hat sich Sorgen gemacht, dass es unangenehm für dich sein könnte, hofft aber, dass du es verstehst.«

»Nun, das tue ich nicht.« Ich warf meine Serviette auf den Teller und schob meinen Stuhl zurück. »Das ist nicht fair, Nick. Es kann nicht sein, dass Hayley mich derart bloßstellt. Ich bin deine Ehefrau.«

»Sie und Jen sind beste Freundinnen, schon seit der Schule. Das hat nichts zu tun mit … Du weißt schon … Der Scheidung.«

»Deine Schwester hasst mich, genau wie deine Eltern.«

»Nein, jetzt bist du nicht fair. Sie waren schockiert, als ich Jen verlassen habe, aber mittlerweile haben sie es akzeptiert. Sie sehen, wie glücklich ich mit dir bin und lieben Emily über alles.« Er stand auf und versuchte, seine Arme um mich zu legen. »Ich werde mit Hayley reden. Ich bin mir sicher, dass Ethan auch zwei Taufpatinnen haben kann.« »Ich will keine Taufpatin werden«, sagte ich und schüttelte ihn ab. »Ich glaube nicht an Gott. Und du auch nicht.«

Nick hob seine Hände. »Aber ich möchte Hayley nicht verärgern.«

»Nein. Ich bin die Einzige, bei der es dir nichts ausmacht, sie zu verärgern.«

»Schatz, das ist nicht wahr, du weißt, dass das nicht wahr ist.« Ich hielt inne und sammelte mich. Das Letzte, was ich wollte, war ein Streit, aber es war schwer, nicht auf diesen Köder anzuspringen. Ich stellte mir Nicks Schwester vor, wie sie an ihrem Weinglas nippte und triumphierend lachte. Sie liebte nichts mehr, als Zwietracht zwischen uns zu säen. »Ich verstehe, wie schrecklich es für Jen sein muss«, sagte ich nach einem Moment, »aber sie muss loslassen. Weiterleben. Jemand anderen finden. Ich weiß, dass das hart kling, aber …«

»Nein, du hast recht«, sagte er und seufzte. »Ich wünschte, es wäre so einfach. Jen war jahrelang ein Teil unserer Familie. Wir können sie nicht einfach rausschmeißen, das wäre grausam. Und außerdem lieben sie sie alle.«

»Was ist mit dir? Liebst du sie?« Ich atmete tief ein, hatte Angst vor dem, was ich vielleicht hören würde.

»Natürlich nicht«, sagte er schnell. »Darüber musst du dir keine Sorgen machen. Jen und ich teilen eine lange Vergangenheit zusammen, aber ich habe sie nie geliebt, nicht wirklich. Nicht so, wie ich dich liebe.« Seine Worte trafen mich direkt in mein Herz, wo ich sie für einen Moment festhielt und mich an ihnen stärkte.

Dann sagte ich: »Denkst du nicht, dass es an der Zeit ist, ihr die Wahrheit zu sagen? Zu ihrem eigenen Wohl?«

»Nein. Die Wahrheit wird überbewertet«, antwortete er ohne zu zögern.

Ich starrte ihn ungläubig an. »Das kannst du nicht ernst meinen – Wahrheit bedeutet alles!«

»Nein, tut sie nicht. Die Menschen verdrehen ständig die Wahrheit.« Er durchquerte das Zimmer und blieb vor dem Kamin aus Marmor stehen, war kurzzeitig abgelenkt von einem Foto, das kurz nach Emilys Geburt von uns dreien gemacht worden war. »Ich soll nächste Woche im Gericht die Wahrheit sagen«, sagte er. »Die Wahrheit, die ganze Wahrheit und nichts als die Wahrheit – aber wenn ich das tue, verliere ich meinen Führerschein. Und das verdiene ich nicht, ich bin keine Gefahr für den Straßenverkehr.« Letzten Monat wurde Nick angehalten, nachdem er über eine rote Ampel gefahren war, und als er ins Röhrchen pusten musste, lag er weit über der erlaubten Grenze. Sein Anwalt hatte mit ihm eine Geschichte ausgearbeitet, nach der Emily krank war und Nick unbedingt schnell nach Hause musste, um nach ihr zu sehen. In Wahrheit hatte er einen feuchtfröhlichen Abend mit einem chinesischen Investor.

Ich spitzte die Lippen. »Ich meine emotionale Wahrheit. Es ist bestimmt nicht richtig, Menschen im Hinblick auf deine Gefühle zu belügen.«

»Nicht immer. Manchmal ist es besser, nett zu sein.« Er ging zum Esstisch zurück und nahm sein Glas in die Hand. »Ich möchte den Kontakt zu meiner Schwester nicht gefährden, also werde ich Ethans Pate werden. Und wenn sie will, dass Jen seine Patin wird, na ja, dann ist das ihre Entscheidung ...« Er trank seinen Wein aus. »Ich weiß, dass das unangenehm für dich ist, aber was kann ich tun? Wenn du nicht an der Taufe teilnehmen möchtest, gehen Emily und ich allein. Ich bin sicher, dass das alle verstehen werden.«

Ich schüttelte meinen Kopf. Das war genau, was seine Familie wollte, aber diese Genugtuung würde ich ihnen nicht gönnen. Ich musste für mich selbst eintreten.

»Sei nicht albern«, sagte ich. Es würde peinlich und demütigend werden, aber das würde ich schon aushalten. »Lass uns nicht mehr darüber reden. Nachtisch? Es gibt Mousse au Chocolat.«

»Später vielleicht. Ich habe gerade etwas viel Köstlicheres im Sinn.« Er näherte sich mir und dieses Mal ließ ich zu, dass er mich küsste. Wir versanken in den Armen des anderen und ich spürte, wie mein Atem unter seinen Berührungen schneller ging.

Dann ertönte wieder Jens Klingelton.

3

DAMALS

Natasha

»Idioten! Verdammte Idioten!« Nick stürmte davon, wobei er die Doppeltür so fest aufstieß, dass sie mich beinahe getroffen hätte. Ich folgte ihm die Stufen des Gerichtssaals hinunter, sein Anwalt war ein paar Schritte hinter uns. Jetzt würde Johnny Ärger bekommen, da er nicht genügend Belege für mildernde Umstände vorgebracht hatte. Die Tatsache, dass Nick sein Auto für die Arbeit brauchte, hatte schwer gewogen, doch die Richterin hatte ihm die herzzerreißende Geschichte über Emilys Krankheit nicht abgekauft und insgeheim konnte ich ihr dafür keinen Vorwurf machen. Es gab keine bestätigende Aussage von einem Arzt und keine Aufzeichnungen, dass sie in der Notaufnahme gewesen war. Außerdem war es das zweite Mal, dass Nick zu schnell gefahren war.

Nun standen wir unbeholfen auf dem Bürgersteig und wussten nicht, was wir tun sollten. Nick, der ewige Optimist, hatte darauf bestanden, uns zum Gericht zu fahren, obwohl Johnny ihn gewarnt hatte, dass er womöglich nicht zurückfahren durfte. Jetzt stand der Range Rover vor einer Parkuhr, die bald ablaufen würde.

»Vielen Dank, Kumpel«, fauchte Nick sarkastisch. »Gut gemacht.«

»Ich habe dir gesagt, dass du einen Strafverteidiger brauchst und keinen Anwalt für Medienrecht.«

Johnny warf einen Blick auf seine Uhr, als wollte er uns signalisieren, dass er noch woanders sein musste.

Nick fuhr sich durchs Haar. »Drei Jahre! Ich darf drei Jahre lang nicht fahren.«

»Ich werde es lernen«, sagte ich, um zu helfen.

Er gab ein schnaubendes Geräusch von sich. »Du wärst ein hoffnungsloser Fall, dir fehlt doch jegliches Gefühl für die Straße.« Ich wollte protestieren, wagte es jedoch nicht. »Wie auch immer, du wirst deine Prüfung nicht in den nächsten fünf Minuten bestehen, oder?« Er zog sein Telefon aus seiner Tasche und schaltete es ein. Er tippte ungeduldig auf dem Bildschirm herum, bis es zum Leben erwachte, und wenig später schrie er seine Assistentin über den Verkehr hinweg an. »Lola? Kannst du jemanden herschicken, der den Wagen abholt? ... Ja, sie haben mir den Führerschein abgenommen ... Bastarde.« Johnny ergriff die Möglichkeit, uns zum Abschied zuzuwinken und sich dann eilig in Richtung der nächsten U-Bahn davonzumachen. »Drei verdammte Jahre ... Ja, drei. Ich weiß ... Rob oder Charlie, wer auch immer Zeit hat ... Wir werden in einem Café warten. Sie sollen sich bei mir melden, wenn sie hier sind. So schnell wie möglich, die Parkuhr läuft ab, alles klar?«

Um die Ecke gab es einen kleinen Italiener, bei dem Nick mich wie ein Gepäckstück ablud, während er draußen auf dem Bürgersteig stand und noch mehr Geschäftsanrufe tätigte, von denen er behauptete, dass sie nicht warten konnten. Ich nippte an meinem Cappuccino und warf einen nervösen Blick auf die Uhr. In einer Stunde musste Emily aus dem Kindergarten abgeholt werden. Wenn nicht bald jemand kam, musste ich ein Taxi nehmen.

Ich hatte es satt, dass Nick weiterhin darauf beharrte, dass ich eine schlechte Autofahrerin war. Was als ein Scherz angefangen hatte, schien sich in eine unwiderlegbare Tatsache verwandelt zu haben. Das alles hatte bei unserer ersten Begegnung angefangen, die auch aus einer romantischen Komödie hätte stammen können.

Es war etwa halb acht am Morgen gewesen und ich war mit dem Fahrrad zur Arbeit gefahren. Der Verkehr war bis ins Stadtzentrum hinein zum Stillstand gekommen und obwohl die Ampeln grün waren, ging nichts voran. Die Autos warteten geordnet vor den Ausfahrten, damit der entgegenkommende Verkehr abbiegen konnte. Doch ich fuhr in der Busspur, raste bergab dem Sonnenschein entgegen und ein Glücksgefühl breitete sich in mir aus, als ich an dem lahmliegenden Verkehr vorbeiflog. Okay, ich befand mich hinter einem Lastwagen, sodass ich nicht sehen konnte, was auf den anderen Fahrbahnen geschah. Ich ging ein Risiko ein. Im Nachhinein war mir das bewusst, aber zu dem Zeitpunkt hatte ich nur das grüne Licht der Ampel vor Augen. Ich bemerkte den Range Rover nicht, bis er bereits abgebogen war.

Er überquerte den roten Asphalt der Busspur, verfing sich mit der Stoßstande am hinteren Teil meines Rades und schickte mich in hohem Bogen über meinen Lenker. Ich erinnere mich noch daran, wie ich einen Salto durch die Luft machte und mich für den Bruchteil einer Sekunde schwerelos und anmutig fühlte. Ich erinnere mich, wie ich hart auf den Boden aufschlug, aber zum Glück nicht mit dem Kopf voran. Ich erinnere mich, wie ich aufschaute und sich unsere Blicke trafen.

Er stand über mir, mit blassem Gesicht und offenem Mund und schnappte nach Luft, als wäre er soeben aus den Tiefen des Meeres aufgetaucht. Ich fluchte laut und weigerte mich, seine Hand anzunehmen, als er mir zurück auf die Füße helfen wollte. Ich hielt ihm einen Vortrag über Geländewagen und die verdammte Straßenverkehrsordnung, aber er widersprach nicht, sondern nickte lediglich und entschuldigte sich etwa ein Dutzend Mal.

Selbst dann, inmitten meiner Schimpftirade, bemerkte ein

kleiner Teil meines Gehirns, wie gut er aussah. Er trug einen eleganten, grauen Anzug, ein glattes, weißes Hemd (keine Krawatte) und auf Hochglanz polierte schwarze Schuhe. Schöne, gleichmäßige Gesichtszüge. Sein grau meliertes Haar schien frisch geschnitten, sein Bart sauber gestutzt. Etwa vierzig, dachte ich. Klug und offensichtlich wohlhabend. Ich war fünfundzwanzig, schlecht gekleidet und völlig pleite.

»Lassen Sie mich den Wagen zur Seite fahren«, sagte er, kletterte zurück auf den Fahrersitz und fuhr auf den Seitenstreifen. Das Rad meines Fahrrades war verbogen und das Bremskabel gerissen. Ich schleppte es an den Straßenrand und lehnte es gegen eine Gartenmauer. Nachdem er ein paar Meter weiter im Halteverbot geparkt hatte, kam er zu mir zurück. Mir war schwindlig und ich schwankte leicht.

»Alles in Ordnung?«, fragte er. »Sie haben vielleicht eine Gehirnerschütterung.«

»Nein, schon okay, es ist nur mein Ellbogen.« Als ich meinen Ärmel zurückschob, offenbarte sich ein blutiger Kratzer.

Er verzog das Gesicht. »Dafür brauchen Sie womöglich eine Tetanusspritze.«

»Wirklich, es geht mir gut. Ich kümmere mich nach der Arbeit darum.« Ich nahm meinen Helm ab.

»Wo ist die nächste U-Bahn-Station?«

»Sie können nicht einfach davon marschieren. Sie stehen unter Schock. Sie müssen sich ausruhen, einen Tee trinken, mit viel Zucker. Warum kommen Sie nicht mit zu mir und machen sich frisch? Ich wohne gleich da drüben.« Er deutete auf den Hügel hinter sich.

»Danke, aber ich muss wirklich los«, sagte ich. »Ich bin spät dran. Und ich wurde bereits wegen meiner Unpünktlichkeit verwarnt.«

»Aber das hier ist doch nicht Ihre Schuld, sondern meine. Ich werde mit Ihrem Chef sprechen und alles erklären. Glauben Sie mir, ich kann sehr überzeugend sein.« Er warf mir ein jungenhaftes, entwaffnendes Grinsen zu.

Ich fühlte, wie mein Widerstand nachließ. Ich fühlte mich ein bisschen benebelt und der Gedanke daran, ein paar Mitleidspunkte bei meiner Chefin zu sammeln, war verlockend. »Das könnte helfen, anderenfalls würde sie mir nicht glauben.«

Er legte das Fahrrad in den Kofferraum seines Range Rovers und fuhr mich zu seinem Haus. Als wir in die Auffahrt fuhren, fiel mir die Kinnlade hinunter. Während er das Fahrrad in die Garage rollte und es einschloss, zählte ich die Schlafzimmerfenster.

»Natürlich werde ich die Reparatur bezahlen.« Er zog seine Brieftasche hervor. Seine Finger schwebten über einem dicken Bündel von Scheinen, die aus dem weichen Leder hervorlugten. »Was denken Sie, wie viel es kosten wird? Ein paar Hundert?«

Das Fahrrad hatte ich auf Gumtree gekauft und nur etwa achtzig Pfund dafür bezahlt. Außerdem hatte ich einen Freund, der in einem Fahrradladen arbeitete und es umsonst reparieren würde. Es ging nicht wirklich um das Geld.

»Hier haben Sie fünfhundert, kaufen Sie sich ein Neues«, sagte er, nachdem er mein Zögern wohl fehlinterpretiert hatte. Als er anfing, das Bargeld zu zählen, dachte ich: *Er denkt, dass er sich freikaufen kann, obwohl er sich dem gefährlichen Verhalten im Straßenverkehr schuldig gemacht hat und vermutlich seinen Führerschein verlieren sollte.*

Also sagte ich: »Sollten wir den Unfall nicht der Polizei melden? Sie wissen schon, Versicherungsdaten austauschen, Kennzeichen ...«

Er grinste mich schief an. »Nun, ja, normalerweise schon, aber wollen Sie wirklich all diese Formulare ausfüllen? Dafür habe ich keine Zeit. Und es würde ewig dauern, bis Sie von meiner Versicherung ein neues Fahrrad bekommen würden.« Ich starrte ihn ungerührt an. »Natürlich können Sie es melden, wenn Sie wollen, ich versuche nur, es einfacher für Sie zu machen.«

»Na ja, ja, ich schätze, Sie haben recht.« Er schob das Bündel Geldscheine in meine Hände und schloss meine Finger. »Jetzt kommen Sie mit rein, ich mache Ihnen eine Tasse starken Tee.«

Als ich jetzt darüber nachdachte, wurde mir klar, dass ich

wieder ein Risiko eingegangen war. Da stand ich, eine verwundbare junge Frau, die noch unter Schock stand. Wie konnte ich sicher sein, dass er kein einsamer Psychopath war, der seine Tage damit verbrachte, absichtlich Fahrradfahrerinnen anzufahren, damit er sie in seine Folterkammer im Keller locken und sie mit gepanschten Heißgetränken unter Drogen setzen konnte? Aber das schien nicht sehr wahrscheinlich. Und außerdem war er nicht allein. Eine junge Frau, von der ich annahm, dass sie die Putzfrau war, wischte gerade den Küchenboden und murrte etwas auf Polnisch, als Nick über die noch feuchten Fliesen stampfte, um den Teekessel zu holen.

»Das ist Natasha«, sagte er. »Ich habe sie mit ihrem Fahrrad zu Fall gebracht.« Die Putzfrau beäugte mich misstrauisch. »Es war meine Schuld«, fügte er hinzu. »Ich konnte nicht sehen, was hinter dem Lastwagen war, und hätte warten sollen.«

Lag hier sexuelle Spannung in der Luft? Ich vermute es, aber zu dem Zeitpunkt habe ich es nicht bemerkt. Ich war nur eine leicht benommene Fremde mit einem blutigen Ellbogen und einer gestauchten Hüfte, die in einem Café arbeitete und mit ein paar Freunden in einer schmuddeligen WG wohnte. Ich war Single und durchlief gerade eine Phase, in der ich behauptete, dass es mir so ohnehin besser gefiel. Pech in der Liebe, pflegte meine Mutter zu sagen, wenn jede neue Beziehung im Sande verlief oder zu kompliziert wurde. Er war jedenfalls viel zu alt für mich und eigentlich auch nicht mein Typ.

Er führte mich in ein riesiges Empfangszimmer und sagte mir, ich sollte es mir bequem machen. Er holte Pflaster und antiseptische Creme und ließ mich allein, damit ich mich verarztete, während er den Tee zubereitete. Ich ergriff die Chance und begutachtete meine luxuriöse Umgebung. Der Raum war in einem verschwenderischen aber romantischen Stil eingerichtet. Weiße Ledersofas, riesige Kunstblumen in Porzellanvasen, Spiegel an jeder Wand, Samtvorhänge in zartem Rosa und eine hohe Vase mit silbernen Zweigen, in die glitzernde weiße Lichter eingearbeitet waren.

Ich erinnere mich daran, dass ich dachte, wer auch immer diese Inneneinrichtung ausgesucht hatte, hatte mehr Geld als Geschmack.

»Ist das Ihre Frau?«, fragte ich und deutete auf ein gerahmtes Foto einer sinnlichen jungen Frau in einem Brautkleid, deren dichtes braunes Haar zu einem wilden neunziger Jahre Bob geschnitten und mit goldenen Strähnchen durchsetzt war. Ihr Körper war kurvig, aber ihr Gesicht bestand nur aus geraden Linien. Eine gebogene Nase, ein breiter Mund und scharfe Wangenknochen.

»Ja, das ist Jen«, antwortete er, als er ein Tablett mit zwei Tassen und einem Teller Schokoladenkeksen abstellte.

»Sie sieht sehr jung aus.«

»Sie war erst neunzehn, ich war einundzwanzig«, sagte er und nickte gedankenverloren. »Meine Jugendliebe.«

Keiner von uns hätte sich vorstellen können, dass ich nur sechs Monate später ihren Platz einnehmen würde.

4

DAMALS

Natasha

Später an diesem Abend schaute Jen vorbei, gerade als ich Emily ins Bett brachte. Sie fand immer den ein oder anderen Grund dafür. Anscheinend hatte sie sich den ganzen Tag Sorgen gemacht, wie es Nick vor Gericht ergangen war. Ich konnte ihre Stimme aus der Küche widerhallen hören, ihre High-Heels klapperten über den polierten Boden. Der Gedanke, dass die beiden alleine waren, machte mich nervös. Die arme Emily bekam an diesem Abend eine sehr kurze Gutenachtgeschichte.

»Das ist unerhört, Nicky«, sagte sie, als ich zurück nach unten kam. »Kannst du keinen Widerspruch einlegen?« Er schüttelte den Kopf.

»Er ist zu schnell gefahren«, warf ich ein, »und es war sein zweiter Verstoß.«

»Ja, aber das erste Mal ist doch schon ewig her. Kein Führerschein für drei Jahre! Wie wirst du damit zurechtkommen?«

»Oh, mir wird schon etwas einfallen«, antwortete Nick.

Sie hob ihre dicken, nachgemalten Augenbrauen. »Aber wie wirst du zu der Taufe kommen?«

»Das habe ich völlig vergessen. Verdammt ...«

»Wir können mit dem Zug fahren, oder nicht?«, sagte ich und stellte den Ofen an. An diesem Abend gab es bei uns luxuriöse Tiefkühlpizza, aber ich wollte nicht, dass Jen, die perfekte Köchin, das wusste.

»Die Bahnverbindung am Sonntag ist eine Katastrophe«, bemerkte sie, während Nick ihr nachschenkte. »Da gibt es immer irgendwelche Baustellen und Schienenersatzverkehr; die Reise würde Tage dauern. Und die Kirche ist mitten im Nirgendwo, mehrere Meilen vom nächsten Bahnhof entfernt.«

Vielleicht würden wir dann nicht hingehen, dachte ich, während eine Welle der Erleichterung mich überkam. Aber Jen war mir einen Schritt voraus.

»Ich könnte euch mitnehmen«, sagte sie. »Mir fällt sonst keine andere Möglichkeit ein, wie ihr dorthin kommt. Was sagst du dazu, Nicky?«

»Das wäre unglaublich hilfreich von dir, Jen.« Dann bemerkte er den versteinerten Ausdruck auf meinem Gesicht. »Aber ich möchte nicht, dass du an uns gebunden bist. Vermutlich willst du über Nacht bleiben ... Ein paar alte Freunde besuchen. Wir wären nur eine Last für dich ...« Er brach wenig überzeugend ab.

»Sei nicht albern, es wird lustig, dort zusammen hinzufahren«, sagte Jen. »Und du weißt, dass ich es nicht mag, über lange Strecken alleine zu fahren.«

»Nun, wenn es dir wirklich nichts ausmacht ...«

»Ich helfe sehr gerne aus. Dann ist es also abgemacht. Prost!« Sie hob ihr Glas zu einem einsamen Toast.

Nicht lange danach verschwand sie. Nick führte sie zur Haustür, wo sie ein paar Minuten lang flüsterten. Ich sprühte Spülmittel auf ihr Weinglas und rieb über die Überreste des pinken Lippenstifts. Ich spülte es mit klarem Wasser aus und trocknete es ab, bis es quietschte. Dann stellte ich es zurück in den Schrank. Wenn ich Jen doch nur genauso einfach loswerden könnte, dachte ich, und bereute meine gemeinen Gedanken sofort.

»Tut mir leid«, sagte Nick, sobald er zurück in die Küche kam. »Wir haben darüber gesprochen, wann sie uns abholen soll. Ich habe halb zehn gesagt. Ist das okay?«

»Ja, in Ordnung.« Ich ging zum Kühlschrank hinüber und holte die Pizzen heraus. Meine Finger fummelten an der Verpackung herum und bei der Folie musste ich mit einem Messer nachhelfen.

Nick schenkte sich ein weiteres Glas Wein ein. »Du klingst nicht so, als wäre es in Ordnung. Es hat Jen viel abverlangt, dieses Angebot zu machen. Sie hat mich gefragt, ob dich die Taufpatin-Sache aufregt. Ihr ist bewusst, dass dich das in eine komplizierte Situation bringt und sie fühlt sich schlecht deswegen.«

»Ja, ich weiß. Ehrlich, Nick, es ist in Ordnung.« Ich öffnete die Ofentür und ein Schwall heißer Luft traf mich im Gesicht.

»Das ist alles sehr schmerzhaft für sie.« Er deutete in meine Richtung und schwang den Wein in seinem Glas. »Stell dir mal vor, wie es für sie sein muss, in ihr altes Haus zu kommen und mich hier zu sehen, so glücklich mit meiner umwerfenden jungen Frau und meiner wundervolle Tochter. Ich habe alles, was ich immer wollte, und sie hat nichts. Und niemanden.« Er küsste mich auf den Mund und ich versuchte, gegen das kribbelnde Gefühl anzukämpfen, das das immer in mir auslöste. »Wir sollten Mitleid mit ihr haben«, sagte er in meine Haare.

Nach unserem belanglosen Abendessen ging Nick für eine Telefonkonferenz mit Kollegen in Kanada nach oben in sein Büro und ich zog mich ins Wohnzimmer zurück. Über mehrere Zeitzonen hinweg zu arbeiten, bedeutete, dass er seine Abende oft am Schreibtisch verbrachte. Ich war daran gewöhnt, alleine fernzusehen, während er sich mit Nordamerika herumschlug, oder in einem leeren Bett aufzuwachen, weil er den Fernen Osten in seinem Schlafanzug um den Finger wickelte. Wir mochten seit drei Jahren zusammen sein, aber in einigen Aspekten trennten uns noch immer Welten.

Unter normalen Umständen hätten wir uns niemals kennengelernt. Nein, das stimmt nicht – vermutlich hätte ich seine Rezeptionistin oder eine Assistentin in irgendeinem Hinterzimmer werden können. Auf dem Flur hätten sich unsere Schultern streifen können, auf der Weihnachtsfeier hätten wir uns »Fröhliche Weihnachten« zugemurmelt. Ich hätte bemerkt, dass er attraktiv für sein Alter war, aber hätte es dabei belassen. Laut seinen Eltern war Nick kein untreuer Typ, was bedeutete, dass ich die böse Verführerin war, die einen unschuldigen Mann vom rechten Weg abgebracht hatte. Aber so war es ganz und gar nicht gewesen. Ich war nicht die Art von Frau, die herumlief und Beziehungen kaputt machte. Am Anfang war er derjenige, der den Kontakt gesucht hatte.

Einen Tag nach dem Vorfall mit dem Fahrrad schickte er mir eine Nachricht, entschuldigte sich erneut und fragte, ob bei mir alles okay wäre. Zwei Tage später schickte er mir noch eine Nachricht, in der stand, er fühle sich schrecklich wegen des Unfalls und dass er mich zum Abendessen einladen wollte – »um sich zu entschuldigen«. Mein erster Instinkt war es, abzulehnen, aber ein Teil von mir war bei dem Gedanken in wiederzusehen seltsam aufgeregt. Ich wurde – beinahe buchstäblich – in diese fremde neue Welt katapultiert, in der Häuser mehrere Millionen wert sein konnten und Geschäftsmänner mit fünfhundert Pfund in ihren Brieftaschen herumliefen. Und dennoch schien Nick alles andere als der Stereotyp eines bösen Kapitalisten zu sein, den ich zu verachten gelernt hatte. Er war so aufgelöst gewesen, als er mich angefahren hatte, hatte mich in sein Haus gebracht, erste Hilfe geleistet und mir Tee gemacht. Und er war unglaublich großzügig gewesen, wobei es so offensichtlich war, dass mein Fahrrad nicht mehr als ein paar Schilling wert war. Jetzt wollte er mich zum Essen einladen – was war daran falsch?

Mom würde sagen, dass er versuchte, mich zu bestechen, damit ich nicht zur Polizei ging, aber so sah ich es nicht. Er schien ein wirklich guter Kerl zu sein. Falls mein Interesse an ihm schon sexuell gewesen war, war es tief in meinem Unterbewusstsein vergraben. Ich ging nie mit älteren Männern aus und Fremdgehen konnte ich auch nicht gutheißen. Nicks Interesse an mir fühlte sich väterlich an, wenn überhaupt.

Also nahm ich seine Einladung an und verfiel in Panik. Es war klar, dass wir in einem noblen Restaurant essen würden – zumindest wesentlich nobler, als ich es gewöhnt war. Wenn ich dort mit Klamotten von Primark auftauchte, würden sie mich dann überhaupt reinlassen? Die fünfhundert Pfund von Nick hatte ich umgehend zur Bank gebracht, um einige meiner Kreditkartenschulden abzubezahlen, und ich konnte mir keine neuen Sachen leisten. Nachdem ich mehrere Stunden damit verbracht hatte, alles in meinem Kleiderschrank anzuprobieren, entschied ich mich für ein Kleid, das ich bei der Beerdigung meines Onkels getragen hatte, und lieh mir ein Paar silberne Schuhe von meiner Mitbewohnerin.

Über die nächsten Tage übertrugen sich meine Ängste auch auf andere Bereiche. Wahrscheinlich würde ich die Hälfte von dem, was auf der Karte stand, nicht kennen, und woher sollte ich wissen, welches Besteck ich benutzen musste? Dann war da noch die Unterhaltung. Wir hatten nichts gemeinsam und bestimmt könnten unsere politischen Standpunkte unterschiedlicher nicht sein. Ich war noch an keine exotischen Orte gereist und kannte niemanden Berühmtes, es sei denn, Colin Firth (oder jemand, der so aussah wie er), der vor ein paar Monaten bei mir einen Chai Latte gekauft hatte, würde zählen. Als der besagte Abend kam, war ich ein einziges Nervenbündel und hätte beinahe einen Rückzieher gemacht, aber meine Mitbewohner überredeten mich, zu dem Date zu gehen – wenn auch nur zum Spaß. Nick führte mich in eine kleine französische Brasserie im Covent Garden aus – später wurde sie »unser Restaurant«, das wir an Jahrestagen und am Valentinstag besuchten. Vielleicht waren es die zwei Sektcocktails, die mich beruhigten, oder vielleicht war es einfach sein ungezwungener Charme. Ich erinnere mich nicht, was wir an diesem Abend aßen oder ob mir das Essen geschmeckt hatte, denn all unsere Sinne waren aufeinander fokussiert. Es gab kein unangenehmes Schweigen, keine peinlichen Momente, in denen wir gleichzeitig anfingen zu sprechen. Nur eine leichte Unterhaltung und viel Gelächter.

Oh, und es wurde sehr viel getrunken.

»Also, was machen Sie beruflich?«, fragte ich bei der Vorspeise, als ich meine Neugierde nicht länger zurückhalten konnte. Ich vermutete, dass er im Bereich Finanzdienstleistungen tätig war, Merchant Banking und Hedgefonds – nicht, dass ich genau wusste, was das war.

»Medienvertrieb«, antwortete er. Als er meinen leeren Gesichtsausdruck sah, fügte er hinzu: »Im Grunde verkaufe ich Fernsehprogramme an internationale Sender. Außerdem schließe ich Verträge zur Projektierung ab, vermittle Koproduktionen und so weiter. Ich berate einige der ganz großen Unternehmen. Die Branche ist international, also reise ich viel, was allerdings nicht so glamourös ist, wie es sich anhört. Wir leben in einer interessanten Zeit«, sagte er und zerknüllte seine Serviette. »Da draußen gibt es viele neue Möglichkeiten für aufstrebende Plattformen, aber es hat noch niemand herausgefunden, wie man sie monetarisieren kann. Noch nicht. Aber das werden sie.« Ich verstand nur Bahnhof, aber ich nickte und versuchte, intelligent auszusehen.

Als der Abend weiter voranschritt, passierte es immer wieder, dass wir uns gegenseitig in die Augen starrten, unfähig, uns voneinander zu lösen. Irgendwann berührte er mich versehentlich am Arm, was einen elektrischen Stoß durch meinen Körper schickte. Noch nie zuvor hatte ich eine so starke Anziehung zu einem anderen Menschen gefühlt und konnte mir nicht erklären, wie das passieren konnte. Doch ich versuchte, meine Gefühle zu unterdrücken und schob es auf den Alkohol. Das war kein Date, es war eine Entschuldigung. Nick war beinahe alt genug, um mein Vater zu sein, um Himmels willen. Und verheiratet, erinnerte ich mich selbst. Sein Ehering schimmerte im Kerzenlicht, als er sich nach vorne lehnte, um mein Glas nachzufüllen.

An diesem Abend hat er mich nicht angebaggert; es gab keine zweideutigen Bemerkungen oder Fragen danach, ob ich einen

Freund hatte, keine Berührungen unterhalb des Tisches. Falls er den ersten Schritt gemacht hätte, weiß ich nicht, wie ich reagiert hätte. Wahrscheinlich wäre ich darauf eingegangen und hätte es später bereut. Aber er verhielt sich wie der perfekte Gentleman, bestellte mir sogar ein eigenes Taxi, obwohl wir beide in dieselbe Richtung mussten.

Ich saß im Taxi, das durch die Seitenstraßen von Soho in Richtung Norden fuhr. Mein Kopf schwirrte vom Wein und Wohlbefinden. Ich ließ den Abend Revue passieren und rief mir Nicks feine, wohlgeformte Gesichtszüge und den warmen Klang seiner Stimme ins Gedächtnis zurück. Als wir jedoch vor meiner heruntergekommenen Haustür stehen blieben, kam ich auf den Boden der Tatsachen zurück. Dies war ein Abenteuer gewesen, etwas Einmaliges. Ich hatte einen faszinierenden Einblick in eine andere Welt erhaschen können, in der die reichen und schönen Leute lebten, doch ich würde sie nie wiedersehen.

Drinnen angekommen, zog ich die geliehenen Schuhe von meinen schmerzenden Füßen und stieg die knarrenden Stufen hinauf. Selbst in meinem angetrunkenen Zustand bemerkte ich, dass der Teppich von tausenden von Schritten abgenutzt und schmutzig war. Hier gehörte ich hin. In ein gemietetes Haus, das ich mir mit anderen teilen musste. Zu den Leuten, die von Gehaltsscheck zu Gehaltsscheck lebten. Ich hatte es genossen, Nicks Schuldgefühle auszukosten, aber ich würde nie wieder von ihm hören.

Wie falsch ich doch lag ...

Ich war so in meinen Erinnerungen vertieft, dass ich nicht bemerkte, wie er das Zimmer betrat. »Warum siehst du dir das an?«, fragte er und starrte auf die Aufnahmen von Soldaten, die sich durch ein Wüstengelände kämpften.

»Was? Oh ... Ähm, tue ich nicht«, antwortete ich und schüttelte meinen Kopf, um in die Gegenwart zurückzukehren. Er nahm die Fernbedienung und schaltete den Fernseher aus, dann setzte er sich neben mich und schloss mich in seine Arme. »Es tut mir leid«, sagte er zum zweiten Mal an diesem Abend. »Ich weiß, dass es dir gegenüber nicht fair ist – du bist so umwerfend, dass du das alles über dich ergehen lässt. Ich wünschte, ich könnte Jen sagen, dass sie nicht immer wieder vorbeikommen soll, aber das schaffe ich nicht. Sie ist so unglücklich und ich fühle mich verantwortlich dafür.«

»Sie will dich zurück, Nick.« Ich fummelte am Saum meines Pullovers herum.

»Das ist lächerlich.«

»Ich meine es ernst. Ich habe das Gefühl, dass sie sich gerade auf einer Mission befindet, mich loszuwerden.«

»Nun, damit wird sie keinen Erfolg haben.« Er umarmte mich fester und drückte mir die Luft aus den Lungen. »Ich liebe dich, Natasha, und ich werde nicht zulassen, dass sich jemand zwischen uns stellt.«

5

DAMALS

Natasha

Früh am Sonntagmorgen tauchte Jen auf, um uns zu der Taufe zu bringen. Nick saß vorne auf dem Beifahrersitz, »wegen meinen langen Beinen«, sodass ich zusammen mit Emily hinten saß. Es fühlte sich an, als wären sie die Eltern und ich das Kind. Jen legte eine CD mit Musik aus den Neunzigern ein – ihre Ära – und unterhielt sich mit Nick in einer Lautstärke, die ich hinten nicht mehr verstehen konnte. Ich fragte mich, ob sie das mit Absicht tat. Entschlossen, mich davon nicht entmutigen zu lassen, steckte ich während der ersten halben Stunde meinen Kopf zwischen ihre Sitze und versuchte mich so gut es ging mit einzubringen. Nick schaute immer wieder über seine Schulter, um mir zu antworten, aber dann wurde ihm schlecht und er musste seinen Blick nach vorne richten. Als wir auf die Autobahn fuhren, drehte Jen die Musik auf und fing an, laut mitzusingen. Sie hatte eine überraschend gute Stimme.

Geschlagen lehnte ich mich zurück und starrte aus dem Fenster. Gelegentlich machte sie eine Pause und sagte: »Weißt du, woran mich dieses Lied erinnert, Nicky?«, oder »Weißt du noch, als wir ...?« Er ermutigte sie nicht zu ihren nostalgischen Erinnerungen, brachte sie jedoch ebenso wenig dazu, damit aufzuhören. Ich schätze, er war machtlos – immerhin tat sie uns einen Gefallen.

Als wir weiter die M4 hinunterfuhren, beschloss ich, angemessen mit Nick darüber zu reden, sobald wir von der Taufe zurück waren. Wenn Jen in Zukunft noch einmal anbot, uns irgendwohin mitzunehmen, würden wir höflich ablehnen. Und ich wollte etwas dagegen unternehmen, dass sie einfach unangemeldet in unserem Haus auftauchte. Es konnte ihr nicht guttun, immer wieder zu ihrem ehemaligen Zuhause zu fahren, außerdem lasteten dann immer die Schuldgefühle auf mir.

Alle waren überrascht gewesen, als ich ihnen erzählte, dass Nicks Frau freiwillig ausgezogen war. Normalerweise zieht der Partner aus, der den anderen verletzt hat. Aber Nick liebte das Haus und wollte bleiben. Wir ließen es komplett neu einrichten und eine neue Küche und Badezimmer installieren, obwohl alles noch einwandfrei war. Es war schrecklich verschwenderisch, aber Nick sagte, es wäre wichtig, unserem Heim meinen eigenen Stempel aufzudrücken. Ich gab mein Bestes, es heimelig zu machen, aber konnte Jens Anwesenheit noch immer spüren, vor allem im Schlafzimmer. Wenn ich die Türen des Kleiderschranks öffnete, schwebte mir die schwere Note ihres Parfüms entgegen.

Die Taufe fand in Nicks und Jens Heimatdorf, in der Nähe von Bristol, statt. Seine Eltern sowie Schwester und Bruder wohnten alle in einem Radius von wenigen Meilen, aber ihre Nähe zueinander war nicht nur geografisch. Sie waren in ständigem Kontakt – trafen sich zum Kaffee, gingen gemeinsam einkaufen, veranstalteten Familientreffen und fuhren sogar zusammen in den Urlaub. Obwohl Nick und Jen schon vor vielen Jahren nach London gezogen waren, hielten sie ihre Familienrituale aufrecht. Dann betrat ich das Spielfeld und ruinierte alles.

»Du hast nicht nur eine glückliche Ehe zerstört«, warf mir Nicks Schwester an den Kopf. »Du hast eine ganze Familie zerstört.«

Aber es war nicht alles meine Schuld. War es wirklich nicht.

Ich ließ die triste Autobahnlandschaft an mir vorbeiziehen, während ich die ersten berauschenden Monate unserer Beziehung Revue passieren ließ. Nach dem ersten Abendessen folgten Blumen und Schokolade, weitere Abendessen, Verabredungen zum Mittag (manche extravagant und feuchtfröhlich, andere nicht mehr als ein Sandwich und ein Kaffee), Cocktailabende, Nachmittagstee bei Fortnum & Mason, Champagner auf dem London Eye, Bootsausflüge auf

der Themse und eine Verabredung, die in einer gestotterten Liebeserklärung auf der Spitze des Shard Tower gipfelte. Zunächst versuchte ich, ihm zu widerstehen, erinnerte mich daran, dass er verheiratet war. Aber er behauptete, dass seine Ehe schon lange auf dem Trockenen lag.

»Wir waren noch Kinder, viel zu jung«, sagte er. »Sie war immer in unserem Haus, besuchte meine Schwester; es war, als wäre sie bereits ein Teil der Familie. Sie war total in mich verknallt. Hayley hat uns dazu ermutigt, genau wie meine Eltern, und ich wollte sie nicht enttäuschen. Es war nur Faulheit, wirklich. Ich ließ zu, dass sie meine Freundin wurde, und ehe ich mich versah, standen wir vor dem Traualtar.«

Nick tat mir leid; es wirkte, als wäre er zu einer arrangierten Hochzeit gedrängt worden. Er hatte sein Bestes versucht, damit es funktionierte, aber es hatte nicht gefunkt. Ich respektierte ihn dafür, dass er so lange bei Jen geblieben war, aber auch er besaß das Recht, glücklich zu sein, nicht wahr? Natürlich tat sie mir leid und ich fühlte mich schuldig, ihn ihr wegzunehmen. Aber es war nicht mehr zu leugnen, dass wir »wahrhaftig, wahnsinnig, unglaublich« verliebt waren. Für uns beide fühlte es sich wie das erste Mal an und wir konnten es nicht aufhalten, obwohl wir wussten, dass es gefährlich war und eine Menge Leute verärgern würde. Das war unsere Chance, mit der Person zusammen zu sein, nach der wir uns wirklich sehnten – warum sollten wir uns das verwehren?

Nicks Beruf machte es uns sehr einfach, zusammen zu sein. Er war oft auf Geschäftsreise, besuchte andere Länder und fremde

Zeitzonen, also war Jen daran gewöhnt, dass er oft nicht zu Hause war. Wenn sie dachte, dass er in Amerika oder China war, war er in Wirklichkeit nur wenige Meilen entfernt. In einem Luxushotel mit mir, manchmal in der Flitterwochensuite. Er kaufte mir wunderschöne neue Klamotten und Designerschuhe, schickte mich in die besten Friseur- und Beautysalons. Jedes Mal, wenn wir uns trafen, schenkte er mir »eine Kleinigkeit«: Schmuck, Parfüm oder Dessous. Schleichend veränderte ich mich, passte mich wie ein Chamäleon meiner neuen Umgebung an. Es war mir immer noch unangenehm, in Sternerestaurants zu essen, aber Nick brachte mir bei, Austern zu schlucken und beinahe rohes Steak zu essen. Er sagte mir, ich sollte aufhören, den Kellnern zu danken und am Morgen unser Bett zu machen. Mir war es unangenehm, dass die Angestellten des Hotels über unseren Altersunterschied tuscheln könnten oder womöglich dachten, dass er mein Boss oder sogar mein »Kunde« wäre. Aber ihm was das völlig egal. Er machte sich nur Sorgen, dass Jen es herausfinden könnte, allerdings nur, weil er wusste, dass es sie zerstören würde.

»Ich werde einen Weg finden, es ihr schonend beizubringen, versprochen«, sagte er immer wieder. Ich nahm es ihm nicht übel, obwohl es schwer war zu wissen, dass er die meisten Nächte zu Hause bei Jen verbrachte. Als er an ihrem Geburtstag mit ihr nach Rom flog, kamen mir ernsthafte Zweifel, doch ich behielt sie für mich. Ich habe nie gefragt, ob sie noch miteinander schliefen, aber Nick hatte angedeutet, dass dem nicht so war.

»Wir sind wie Bruder und Schwester«, sagte er. »Oder alte Freunde.« Ich hatte keinen Grund, ihm nicht zu glauben.

Ich war so hoffnungslos verliebt und überzeugt davon, dass meine Wahl richtig war, dass es mir gar nicht in den Sinn kam, diese Neuigkeiten vor meinen Freundinnen geheim zu halten. Ihre verurteilende Haltung mir gegenüber schockierte mich.

»Du hintergehst die Schwesternschaft«, sagten sie. »Er wird seine Frau niemals verlassen.«

»Er wird dich verletzen.« »Das wird in Tränen enden.«

Niemand wollte auf mich hören, als ich ihnen sagte, dass sie falsch lagen; dass Nicks Situation anders war, dass er mich und ich ihn liebte, dass unsere Beziehung stark und echt war.

»Ich werde Mike morgen anrufen«, sagte Jen gerade. »Mit ein bisschen Glück könnte er sofort anfangen.«

Ich schüttelte die Vergangenheit ab und lehnte mich nach vorne. »Worüber redet ihr?«

Nick drehte sich leicht zu mir. »Ein alter Freund von uns zieht in die Staaten, also musste er seinen Fahrer entlassen. Jen schlägt vor, dass er stattdessen für mich arbeiten könnte.« Ich runzelte die Stirn. »Wofür brauchst du einen Fahrer? Kannst du nicht einfach ein Taxi nehmen?« »Einen Fahrer zu haben wäre sehr viel angenehmer«, sagte Nick, »und wahrscheinlich wäre es nicht mal viel teurer.«

»Viel beeindruckender, als bei einem Meeting mit einem Uber-Fahrer aufzutauchen«, ergänzte Jen.

»Und wenn ich ihn nicht brauche, kann er dich zum Einkaufen fahren oder zu Emilys Kindergarten. Dann müsstest du dich nicht mehr in der U-Bahn mit dem Kinderwagen herumschlagen, was?«

»Nun, ich schätze, darüber kann man nachdenken.« Ich stand der Idee instinktiv ablehnend gegenüber.

»Denk nicht zu lange darüber nach. Wenn ich du wäre, würde ich ihn mir möglichst schnell schnappen«, sagte Jen.

Nick rutschte aufgeregt auf seinem Sitz hin und her. »Ja, ich denke, wir sollten es einfach tun.«

Ich wollte vor Jen nicht mit ihm diskutieren, also hielt ich den Mund, doch innerlich machte ich mir Sorgen. Ein eigener Chauffeur schien ein Luxus zu viel zu sein. Ich hatte mich gerade erst daran gewöhnt, eine Putzfrau zu haben, und selbst das hatte ich meiner Mutter gegenüber nie erwähnt, weil sie selbst als Putzfrau arbeitete. Wir beschäftigten bereits einen Gärtner in Teilzeit und heuerten Spezialfirmen an, die die Fenster putzten, Sofas und Teppiche reinigten und die Granitarbeitsplatten polierten. Nick nahm nie einen Pinsel oder Schraubenzieher zur Hand – wenn irgendetwas im Haus erledigt werden musste, riefen wir jemanden an. Aber ein eigener Fahrer würde sich so anfühlen, als hätten wir einen Vollzeit-Diener.

Ich stellte mir vor, wie ich bei Moms Sozialwohnung ankommen würde, wie angewidert sie schauen würde, wenn mein Chauffeur aussteigen würde, um mir die Beifahrertür zu öffnen. Ich hoffte, dass Nick ihn nicht einen dieser Hüte tragen lassen würde. Mom und ich hatten uns erst kürzlich wieder vertragen und wenn sie sah, wie ich meinen Reichtum zur Schau stellte, wie sie es nannte, könnte unsere Verbindung leicht wieder auseinanderbrechen.

»Sein Name ist Sam«, sagte Jen. »Stinklangweilig, aber absolut zuverlässig.«

Nick lachte. »Klingt perfekt.«

Ich konnte nicht glauben, wie leicht er sich überreden ließ. Es war mir egal, was Nick bei der Arbeit tat, aber wenn dieser Kerl Teil unseres Familienlebens werden sollte, hatte ich ein Wörtchen mitzureden. *Wer war er? War er überprüft worden? Was, wenn er ein Pädophiler war?* Ich schaute zu Emily herüber, die tief und fest schlief. Ihre Augen zuckten in ihren Träumen umher und erinnerten mich an den Tag, als ich herausfand, dass ich schwanger war.

Ich arbeitete in einem Café in Spitalfields, im Osten von London. Der Job war mühsam und nervenaufreibend, aber entweder das oder Nachtschichten in einem Callcenter. Ich hatte es nur zu einem mittelmäßigen Abschluss in Englisch an einer öffentlichen Universität gebracht und war noch nicht in der Lage gewesen, einen anständigen Job zu finden. Mom war enttäuscht von mir; ich hörte es in ihrer Stimme, jedes Mal, wenn wir miteinander sprachen. Ich war die Erste in der Familie, die die Oberstufe besuchte, ganz zu schweigen von der Universität, also hatte sie hohe Erwartungen an mich. Sie wollte, dass ich Lehrerin wurde, aber ich konnte den Gedanken nicht ertragen, zurück in die Schule zu müssen.

Ich hatte einen Abschluss, ich hatte einen Studienkredit, den ich abbezahlen musste, aber beruflich hatte ich mich komplett festgefahren. Mein Talent zeigte sich nur in den Mustern, die ich in den Kaffeeschaum malte. Ich hatte ein gutes Händchen für Blüten und mit Schokoladenpulver konnte ich wahre Wunder vollbringen. Aber seit der Affäre mit Nick hatte ich Probleme damit, mich auf die Arbeit zu konzentrieren. Einmal malte ich seine Initialen in ein von einem Pfeil durchbohrtes Herz, bevor ich die Tasse an einen amüsierten Kunden überreichte. O ja, ich hatte es schwer …

Es war ein grauer Donnerstagmorgen im Oktober und das Geschäft lief schleppend. Um die Ecke hatte ein neues, viel hipperes Café aufgemacht und unsere Managerin Dee-Dee versuchte, mich in eine Diskussion zu verwickeln, wie wir unsere Stammkunden zurückgewinnen konnten.

»Ich habe ein bisschen herumexperimentiert«, meinte sie. »Versuch das mal und sag mir, wie du es findest.« Sie schob mir einen Macchiato entgegen. »Und versuch, die geheime Zutat zu erraten.« Ich hob die Tasse an meine Lippen und nahm einen Schluck. Der Kaffee schmeckte widerlich; ich hätte ihn beinahe wieder ausgespuckt.

»So schlimm ist er auch wieder nicht!«, sagte Dee-Dee.

Ich rümpfte die Nase. »Nein, entschuldige, es ist nicht der Kaffee, es liegt an mir. Ich habe diesen seltsamen Geschmack im Mund. Irgendwie metallisch. Als hätte ich auf Alufolie herumgekaut.«

Sie schaute mich mit hochgezogener Augenbraue an. »Du bist nicht schwanger, oder?«

»Nein«, sagte ich und lachte selbstsicher.

Doch nun war ich beunruhigt. Ich zog mich hinter den Geschirrschrank des Ladens zurück und scrollte den Kalender in meinem Handy durch. Dummerweise hatte ich mir das Datum meiner letzten Periode nicht notiert. Mein Herz schlug mir bis zum Hals, als ich versuchte, mich daran zu erinnern, aber in den letzten drei Monaten war mein Leben zu einem so verrückten Wirbelsturm geworden, dass die Tage und Nächte miteinander verschmolzen waren.

Ich wusste, dass eine Schwangerschaft möglich war. Die

Affäre mit Nick traf mich aus heiterem Himmel und ich war verhütungstechnisch nicht vorbereitet. Wir hatten zwar Kondome benutzt, aber die waren solche Lustkiller, dass wir das Risiko ein paar Mal eingegangen waren. Ich wollte wieder anfangen die Pille zu nehmen, hatte es aber immer wieder aufgeschoben. Es hatte sich angefühlt, als würde ich damit das Schicksal herausfordern – als würde Nick mich in dem Moment verlassen, in dem ich akzeptierte, dass ich in einer Beziehung steckte. Ich sank zwischen den Kartons mit Kaffeebohnen und Papierservietten zu Boden und die Realität traf mich.

In meiner Pause ging ich zur Apotheke und ging danach sofort auf die Toilette, um dort den Test zu machen. Als der Teststreifen ein positives Ergebnis anzeigte, war ich nicht glücklich oder aufgeregt. Ich war verängstigt. Was für eine Närrin ich doch gewesen war. Die Warnungen meiner Freunde hallten in meinem Kopf wider. Ich sah Bilder vor mir, wie Nick mir ein Bündel Bargeld in die Hand drückte, damit ich abtreiben ließ, genau wie er es mit meinem Fahrrad getan hatte.

Ich bat ihn, mich mittags zu treffen, es wäre dringend. Wir trafen uns bei einer Bank in einem kleinen Park in der Nähe seines Büros und ich verriet ihm die Neuigkeiten. Ihm fiel die Kinnlade herunter und dann brach er in Tränen aus.

»Was ist los? Was hast du denn?«, fragte ich, während all meine Ängste in mir anschwollen.

»Nichts! Ich kann es nicht glauben, ich freue mich so.« Seine Augen leuchteten.

»Du bist nicht wütend?«

»Wütend? Nein. Ich bin begeistert. Das ist das Beste, was mir je passiert ist. Du bist das Beste, was mir je passiert ist, Natasha. Es ist ein Wunder. Ich werde Vater.«

Mein Körper zitterte vor Erleichterung. Mit dieser Reaktion hatte ich nicht gerechnet. Als ich ihn gefragt hatte, warum er und Jen keine Kinder hatten, hatte er gesagt, sie hätten sich gegen Kinder und für die Karriere entschieden. Aber nun sagte er, wollte er ein Vater sein, und mehr noch, er wollte der Vater meines

Kindes sein. Ich hatte damit gerechnet, dass es schwieriger werden würde; dass wir stundenlang reden und versuchen würden zu entscheiden, was das Beste für uns wäre. Aber Nick schien es gar nicht in den Sinn gekommen zu sein, dass ich mich nicht über die Schwangerschaft freuen könnte. Nicht, dass mir das etwas ausmachte – ich nahm es als ein Zeichen, dass er an unsere Beziehung glaubte und mich wirklich liebte. Erotische Nächte in geheimnisvollen Hotels waren der Stoff, aus dem unsere Fantasien gemacht waren. Aber zusammen ein Kind zu bekommen war ernst und real.

»Also, was machen wir jetzt?«, fragte ich und schaute auf meine zitternden Hände hinunter.

Er lachte. »Wir werden heiraten und leben glücklich bis ans Ende unserer Tage.«

»Aber du bist schon verheiratet.«

»Ich werde mich scheiden lassen.«

»Was, wenn sie nicht einwilligt? Das könnte Jahre dauern.«

»Nein, wird es nicht. Ich werde einen Weg finden. Wenn Jen die Neuigkeiten erfährt, wird sie es verstehen. Das ist meine Chance, das Leben zu haben, von dem ich immer geträumt habe.« Wieder stiegen ihm Tränen in die Augen. »Ich liebe dich so sehr, Tash – du hast mich gerade zum glücklichsten Mann auf der Welt gemacht.«

Er hatte alles geregelt. Binnen weniger Wochen hatte Jen zugestimmt, aus dem ehelichen Zuhause auszuziehen und ich war eingezogen. Ich gab mein Leben als Barista auf, hörte auf, mir um meine fehlenden Ambitionen im Job Sorgen zu machen und verbrachte meine Tage damit, mich verwöhnen zu lassen und ein Vermögen für Babysachen auszugeben. Es war wie ein wahr gewordener Traum. Immer wieder dachte ich, dass ich bald aufwachen und dann alles vorbei sein würde, oder dass bei der Schwangerschaft etwas schiefläuft, oder dass Jen ihre Meinung ändern und sich weigern würde, weiter zu kooperieren. Aber das musste man ihr lassen, sie stellte sich Nick nicht in den Weg. Ich vermutete, dass sie schon vor langer Zeit erkannt hatte, dass ihre Ehe nur ein Schwindel war. Sie verhielt sich erwachsen und stimmte der Scheidung zu. Im Gegenzug machte er ihr ein wirklich großzügiges finanzielles Angebot. Es lief alles so zivilisiert ab, so wie sich Erwachsene verhalten sollten, es aber viel zu selten taten. Die Scheidung ging schnell und ohne größeres Aufsehen vonstatten und im September heirateten wir im kleinen Kreise, drei Wochen bevor Emily geboren wurde.

Ich hätte mir denken können, dass es zu schön war, um wahr zu sein. Ein paar Tage nach der Geburt tauchte Jen in unserem Haus auf, mit einem wunderschönen Designerkleid für das Baby und dazu passendem Hut und Schühchen. Wir waren beide überwältigt von ihrer Großzügigkeit, doch ich werde nie den Ausdruck auf ihrem Gesicht vergessen, als sie beobachtete, wie die kleine Emily an meiner Brust saugte.

6

HEUTE

Anna

»Anna! ... Anna!« Ich fühle ein Tippen auf meiner Schulter und zucke zusammen. Als ich mich umdrehe, sehe ich Margaret von der Arbeit, die in ihrer cremefarbenen Hose und dem dazu passenden gehäkeltem Top völlig entspannt aussieht. »Warum hast du nicht geantwortet?« Da ist ein Hauch des Vorwurfs in ihrer Stimme. »Ich habe mir die Lunge aus dem Leib geschrien.«

Meine Wangen erröten und werden heiß. »Entschuldige, ich war gerade ganz woanders.«

Das ist eine Lüge – ich war zurück an dem Unfallort. Erst vor ein paar Minuten ging ich durch das Shopping-Center, als ich Sirenen hörte. Ihr durchdringendes Heulen wurde lauter, kam näher, jagte mich. Mir kam das Frühstück wieder hoch und ich lief in den nächsten Laden, um mich zu verstecken. Wie sich herausstellte, war es ein Marks & Spencer.

Margaret richtet ihre kurzen, buschigen Augenbrauen auf mein Gesicht. »Alles okay bei dir, Schätzchen?«

Zwischen uns schimmert eine Reihe Sommerkleider so blau

wie das Mittelmeer. »O, ja«, antworte ich und versuche verzweifelt zu improvisieren. »Ich habe nur gerade an Urlaub gedacht.«

»Ooo, ja, Urlaub!« Sie stößt ein Kichern aus. »Ich kann es kaum erwarten. Ich habe schon versucht, einen Badeanzug zu kaufen, aber an mir sehen alle schrecklich aus. Wo geht es denn hin? In den Süden?«

»Dieses Jahr nicht. Ich darf noch keinen Urlaub nehmen, bevor ich nicht vier Monate gearbeitet habe.« Ich erwähne nicht, dass ich kein Geld übrighabe, nachdem ich meine letzten Ersparnisse für die Kaution meiner Wohnung hergeben musste.

»O, ja, natürlich. Das ist eine Schande. Dann wirst du stattdessen im Herbst Urlaub nehmen müssen. Immerhin ist es dann günstiger und du kannst immer noch schönes Wetter genießen, wenn du in den Süden fährst.« Margaret fährt damit fort, mir von einem Ort auf Teneriffa zu erzählen, doch die Nadelstiche, die sich in der Mitte meiner Stirn ausbreiten, machen es mir schwer, mich zu konzentrieren. »Wir haben es immer sehr schön dort. Warst du schon mal auf den kanarischen Inseln?« Sie macht eine Pause. »Anna? ... Anna? Ich habe gefragt, ob du ...«

»Ähm ... Nein ... Aber würde ich gerne.« Noch eine Lüge. Nein, sogar zwei. Einmal war ich auf Lanzarote und ich habe es gehasst. Sintflutartige Regenfälle haben unsere Wohnung überschwemmt und der schwarze Sand war einfach nur falsch – er sah aus wie Dreck. Ich habe es kaum gewagt, einen Fuß darauf zu setzen.

Ich ermahne mich innerlich. Warum konnte ich diese Geschichte nicht mit ihr teilen und behauptete stattdessen, niemals dort gewesen zu sein? Ich muss nicht über alles aus meiner Vergangenheit lügen. Es ist nicht fair, Margaret so schlecht zu behandeln. Sie ist eine sehr nette Frau und hatte mich willkommen geheißen – zeigte mir, wie das IT System funktionierte, stellte mich den Kollegen vor und ging sicher, dass ich nicht alleine an meinem Schreibtisch zu Mittag aß. Ich sollte ihr etwas mehr Respekt entgegenbringen.

Margaret redet immer noch über Teneriffa. Ich versuche zu

nicken und zustimmende Geräusche von mir zu geben, aber mein Kopf fühlt sich an, als stecke er in einer Schraubzwinge. Ich bekomme eine Migräne, die durch die Sirenen ausgelöst worden war. Das passiert jedes Mal, wenn ich ihre Klänge in der Ferne höre. Die Sirenen eines Krankenwagens sind am schlimmsten, denn sie bedeuteten, dass da draußen jemand verletzt oder sogar tot war. In meinem Kopf spielt sich immer ein grauenvoller Unfall ab – es ist nie eine alte Person, die friedlich im Schlaf stirbt, oder eine Frau, die in den Wehen liegt. Alles, woran ich denken kann, sind verdrehte Leichen auf dem Asphalt, leblose Körper auf Krankenbahren, Schmerzensschreie und Flehen nach Hilfe. Das Mitgefühl, das ich für diese imaginären Fremden empfinde, ist unverhältnismäßig, das ist mir bewusst. Es ist mein eigenes Überleben, das ich bedaure. Die Schuld, die ich jeden Tag empfinde, weil ich überlebt habe. Lindsay, meine Therapeutin, hat mich gewarnt, dass es Jahre dauern könnte, mich davon zu erholen und ich bin mir sicher, dass ich mich nie wieder hinters Steuer setzen werde.

»Nun, ich kann leider nicht den ganzen Tag hier herumstehen und quatschen«, sagt Margaret, als sei ich diejenige, die sie aufhält. »Ich will zum Markt, bevor er schließt. Hast du dir den Marktplatz schon angesehen? Das ist das Beste an Morton. Dort bekommt man alles, was man sich nur wünschen kann. Der Käsestand ist nicht von dieser Welt und wenn du einmal die Eier dort probiert hast, gehst du nie wieder in den Supermarkt.«

»Danke für den Tipp. Ich schaue später dort vorbei.« Doch das werde ich nicht tun. Ich muss zurück in meine Wohnung, bevor ich zusammenklappe. Mein Blickfeld hatte sich zu einem dünnen Streifen mit dunklen, verschwommenen Schatten auf beiden Seiten zusammengezogen, so wie Aufnahmen einer Handykamera in den Nachrichten.

»Schönes Wochenende«, sagt die undeutliche cremefarbene Gestalt vor mir. »Wir sehen uns am Montag.«

Ich beobachte, wie sie den Laden verlässt, dann wandere ich vorsichtig zu den Umkleiden. Hoffentlich würde dort ein Stuhl stehen, auf dem gelangweilte Ehemänner und Freunde sitzen und brav ihre Texte aufsagen. »Sieht toll aus ... Nein, wirklich, das steht dir gut ... Nein, darin siehst du nicht dick aus ... Ja, wirklich, ich liebe es, das solltest du kaufen. Können wir jetzt Mittagessen gehen? « Ich setze mich auf einen lila Würfel und nehme eine Flasche aus meiner Tasche. Das Leitungswasser ist lauwarm, schmeckt aber dennoch besser als im Süden des Landes. Es ist die Weichheit des Wassers hier, das die Brauereien angezogen hat. Schon vor hunderten von Jahren fingen die Mönche an, Bier zu brauen. Laut einem Prospekt, den ich aus der Bibliothek mitgenommen habe, kann man noch immer die Überreste ihres Klosters am Fluss erkennen. Morgen – vorausgesetzt die Migräne ist dann vorüber – mache ich vielleicht einen Spaziergang dorthin. Allerdings liegen die Ruinen am äußersten Rand des Rec Yards, dort, wo das Industriegebiet anfängt. Ich kann nicht noch so eine Begegnung wie letzte Woche riskieren. Ich habe fast die ganze Woche gebraucht, um darüber hinwegzukommen. Was, wenn ich wieder auf dieselbe Gruppe treffe? Was, wenn ich diese Stimme höre? Jede Nacht höre ich seine Worte, während ich mich im Bett hin und her wälze, wie der Ohrwurm eines nervigen Pop-Songs. Derselbe Satz, immer und immer wieder.

Hier wimmelt es überall von Bullen-Schweinen, Mann. Hier wimmelt es überall von Bullen-Schweinen, Mann.

Ich versuche, seinen bedrohlichen Satz in einen Witz zu verwandeln, indem ich an echte Schweine denke, anstatt an Polizisten – runde, pinke Schweinchen mit schnüffelnden Schnauzen und Ringelschwänzen. Genau wie man sie in einem Buch über Old MacDonald und seine Farm finden würde. Hier wimmelt es überall von Bullen-Schweinen, I-Ei-I-Ei-Ohh! Doch dann erinnere ich mich, wie ich auf dem Sofa sitze, ihren kleinen gepolsterten Po auf meinem Schoß spüre, auf die Tiere zeige und versuche, sie dazu zu bringen, an den richtigen Stellen zu muhen, zu grunzen oder wie eine Ziege zu meckern. Innerhalb von Sekunden verliere ich die Kontrolle über meine Atmung und bekomme eine Panikattacke.

Es gibt kein Entkommen. Ich weiß nicht, warum ich es immer

wieder versuche. Sobald ich in eine ansatzweise stressige Situation komme, schaltet mein Gehirn auf Alarmstufe Rot und verbindet Teile der Vergangenheit mit der Gegenwart. Ich bin wie ein Kriegsveteran, der bei einem Feuerwerk denkt, er stehe unter Beschuss. Klassische posttraumatische Belastungsstörung. Ich bin den Vorfall in dem Industriegebiet hundert Mal durchgegangen und weiß mit an Sicherheit grenzender Wahrscheinlichkeit, dass er es nicht war. Und dennoch ...

Ich habe beschlossen, den echten Mann, der höchstwahrscheinlich kein obdachloser Drogensüchtiger ist und ein normales Leben irgendwo weit weg von hier führt, aus meinen Gedanken zu verbannen. Sie wurden alle verbannt. Ich werde ihre Namen nicht aussprechen. Nicht laut und auch nicht in den Tiefen meines Verstandes.

»Komm schon, Anna«, murmele ich, schraube den Deckel zurück auf die Flasche und stecke sie wieder in meine Tasche. Die kurze Auszeit hat geholfen, aber ich muss wieder auf die Beine kommen und die nächste Bushaltestelle finden. Oder vielleicht nehme ich mir ein Taxi? Nein, zu teuer. Wenn ich dazu in der Lage bin, sollte ich zu Fuß gehen. Die frische Luft wird mir guttun.

Ich erhebe mich und bahne mir langsam meinen Weg durch den Wald an Kleiderständern, gehe durch die automatischen Türen und blinzle, als die beißende Nachmittagssonne auf meine Augen trifft. Ich habe den Stadtplan noch nicht verinnerlicht und so zögere ich, unsicher, ob ich nach links oder rechts gehen muss. Dann sehe ich den Krankenwagen, der auf dem Bürgersteig vor einem dieser billigen Fitnessstudios parkt. Sein Blaulicht leuchtet immer noch und die Hintertüren stehen weit offen. Mein Herz rast in meiner Brust, ich wende mich schnell ab und hatte mich für einen Weg entschieden.

Ich überquere die Brücke – die, auf der mehr los ist und wo sich immer ein Stau bildet – und gehe an den kleinen, armselig wirkenden Läden vorbei, in denen ich allmählich Stammkunde werde. Ich fange mein Spiegelbild in dem Schaufenster des

Friseurs ein. Ich habe mich so sehr verändert. Mein Gesicht ist dünner geworden, meine Haare sehen ohne die blonden Strähnchen stumpf aus und ich trage viel weniger Make-up als früher. Ich bin eine durch den Transport verbeulte Sparversion der Frau, die ich einmal war. Manchmal wenn ich in den Spiegel schaue, starrt eine Fremde zurück.

Aber genau das wollte ich. Eine Veränderung. Nur ist in meinem Fall der Schwan wieder zum hässlichen Entlein geworden. Menschen verändern sich rund um die Uhr. Sie ziehen an neue Orte, beginnen neue Karrieren, färben ihre Haare oder hören damit auf, nehmen ab oder zu, gehen zu einem Online-Date, treffen neue Partner, heiraten zum ersten oder zweiten Mal und bauen sich ein neues Leben auf. Manche von ihnen werden glücklich. Warum sollte ich das nicht auch schaffen?

Du weißt, warum, sagt die unverzeihliche Stimme in meinem Kopf.

7

DAMALS

Natasha

Ich war unglaublich erleichtert, als wir in einem Stück bei der Kirche ankamen. Leider war Emily mit schlechter Laune aufgewacht, sodass nur »Dada« sie aus ihrem Sitz nehmen und hineintragen durfte. Ich dachte, sie wäre hungrig, doch sie lehnte die Mandarinenstücke ab, die ich bereits vorher gepellt hatte, und warf ihren Becher mit Wasser auf den Boden. »Tut mir leid, aber du musst sie nehmen«, murmelte Nick. »Ich werde vorne gebraucht.« Er überreichte mir eine um sich tretende und quengelnde Emily, während uns die anderen Familienmitglieder beobachteten, offensichtlich unbeeindruckt von meinen mütterlichen Fähigkeiten. »Dada! Dada!«, schrie sie, als Nick Jen den Gang hinunter folgte, um sich hinter den anderen Eltern und Taufpaten einzureihen. Es fanden mehrere Taufen gleichzeitig statt, wodurch die Kirche voll und laut war und eine chaotische Atmosphäre herrschte.

Hayley und ihr Mann umarmten Jen warmherzig und gaben ihr Küsschen auf die Wangen. Die beiden Frauen trugen ähnliche

Kleider – Seide mit sehr ausgeprägten Mustern, ärmellos mit runden Ausschnitten, tailliertem Mieder und steifen knielangen Röcken. Ich schaute an meinem eigenen Kleid hinunter. Ich hatte mich für einen Hippy-Retro-Look entschieden. Ein langes, fließendes Sommerkleid mit Blumenmuster, das morgens im Spiegel gut ausgesehen hatte, jetzt jedoch matt und billig wirkte.

Jen schmiegte sich in der Schlange an Nick, sie schienen sich entspannt zu unterhalten, während sie darauf warteten, dass es losging. Ich ließ mich im hinteren Teil der Kirche auf das Ende einer Bank nieder und versuchte, Emily auf meinen Schoß zu setzen. Doch als ihr Po auf mein Kleid traf, fühlte ich eine klumpige Feuchtigkeit und ein unangenehmer Geruch stieg mir in die Nase. Jetzt wurde mir klar, warum sie so verstimmt war.

Da es keinen Wickelraum gab, dauerte es ewig, bis ich ihr die Windel in der winzigen Toilettenkabine auf der Rückseite der Kirche gewechselt hatte. Als ich zurückkam, war Ethan Henry Charles bereits mit heiligem Wasser benetzt worden und Nick und Jen gaben ihre falschen Versprechen ab, ihn im christlichen Glauben zu erziehen. Ich war froh, das Ritual verpasst zu haben, obwohl das natürlich erst der Anfang der Feierlichkeiten war – ein Amuse-Bouche, noch nicht mal die Vorspeise.

Nach der Zeremonie stiegen wir wieder ins Auto und alle machten sich auf den Weg zu Hayleys und Ryans Haus, wo alles für eine große Party vorbereitet worden war. Es war Juni und die Luft fühlte sich warm an, kaum eine Wolke war am Himmel zu sehen. Mehr als ein Mal hörte ich ein »Haben wir nicht Glück mit dem Wetter?«. Als ich Emily absetzte, rannte sie sofort auf die Flügeltüren zu, die in den Garten führten. Nick war damit beschäftigt, Tanten, Onkel, Cousinen und Cousins zu begrüßen. Jen blieb an seiner Seite und machte keine Anstalten, sich von ihm zu lösen. Bei dem Anblick wurde mir ganz schlecht, aber ich konnte mich wohl kaum zwischen sie drängeln, das wäre zu durchschaubar. Außerdem musste ich Emily im Auge behalten.

Draußen waren überall Ballons und Girlanden zu sehen. Auf der Terrasse standen einige Pavillons, während weiße Plastikstühle und -tische wie Schafe auf dem Rasen verteilt standen. Emily watschelte in ihrem neuen gelben Kleidchen herum und schob sich zwischen den Beinen der Leute durch, die in kleinen Gruppen zusammenstanden und plauderten. Meine Absätze versanken in dem weichen Boden, als ich versuchte, mit ihr Schritt zu halten. Immer wieder schaute ich dabei über meine Schulter und suchte nach Nick, konnte ihn aber nirgendwo sehen. Ein riesiger Gasgrill war aufgestellt worden und Hayleys Mann Ryan war gerade dabei, Würstchen und Burger auf den Rost zu legen. Der Rauch und der Geruch faszinierten Emily und sie versuchte, näher heranzukommen.

»Vorsichtig!«, sagte ich und hob sie hoch. »Heiß! Heiß!«

»Heiß!«, sagte sie, zeigte auf den Grill und schüttelte ernst den Kopf. Als sie den Rauch in die Augen bekam, entfernte ich mich mit ihr ein paar Schritte. Sie fing sofort an zu protestieren und trat mit ihren Beinen in den Rock meines Kleides. »Lass uns Dada suchen«, sagte ich und ließ sie hinunter. »Na komm! Auf die Plätze, fertig, los!« Ich tat so, als würde ich mit ihr um die Wette laufen und wir fanden kichernd unseren Weg zurück zum Haus.

Der Esstisch im Innern war voll beladen mit Salaten, Sandwiches und Schüsseln voller Chips, die die Kinder eifrig leerten. Die Küche war gerammelt voll; Weinkorken wurden entfernt und Bierflaschen geöffnet. Jemand ging mit einem Tablett Pimm's herum und endlich fand ich Nick, der gerade Prosecco ausschenkte – mein Lieblingsgetränk. Ich eilte zu ihm und nahm ihm das Glas aus der Hand.

»Danke, Schatz«, sagte ich und führte es an meine Lippen. »Eigentlich ist der für mich.« Ich drehte mich um und sah Hayley. Hinter ihr stand Jen und wiegte Ethan sanft in ihren Armen, während sie seinem kleinen Gesicht etwas zumurmelte.

»Oh, Entschuldigung«, stammelte ich. »Ich wusste nicht ...«

»Keine Sorge«, sagte Nick und griff sofort nach einem neuen Glas.

Er hob die Flasche. »Sonst noch jemand, wenn ich gerade schon dabei bin?«

»Ich bitte, Nicky!«, sagte Jen und nickte ihm zu.

»Baby!«, rief Emily und lief zu Ethan herüber. Jen ging in die Hocke, damit Emily eine bessere Sicht hatte.

»Gib deinem Cousin einen Kuss«, sagte Nick. Emily platzierte einen feuchten Schmatzer auf Ethans Stirn und alle Anwesenden gaben ein gerührtes *oohhh* von sich.

»Davon müssen wir ein Foto machen«, sagte Hayley und griff nach ihrem Telefon. »Nicky – komm du auch mit drauf!«, rief Jen. »Nimm sie auf den Arm, damit sie Ethan noch einen Kuss geben kann.« Nick hob Emily hoch, sie gehorchte pflichtbewusst, was ihr einen kleinen Applaus einbrachte.

»Super«, sagte Hayley und schoss in kurzen Abständen mehrere Fotos. »Jen! Vergiss nicht deinen Drink!« Sie nahm ihr Glas und zusammen verschwanden sie im Esszimmer, wobei sie einen Schleier aus Gelächter hinter sich herzogen. Nick stellte Emily zurück auf den Boden und sie rannte davon, ohne Zweifel, um noch einmal das Baby zu sehen. »Amüsierst du dich?«, fragte er.

Ich starrte mürrisch in mein Glas. »Was glaubst du wohl? Es ist unerträglich.«

»Was meinst du?«

»Alle hier tun so, als ob ich nicht existieren würde. Jen benimmt sich so, als sei sie immer noch deine Frau, Hayley ignoriert mich und deine Eltern haben mir noch nicht einmal hallo gesagt. Sie sind so unverschämt!«

Nick deutete mir an, meine Stimme zu senken. »Ich bin mir sicher, dass das keine Absicht war. Es sind sehr viele Leute hier. Leute, die wir sehr lange nicht gesehen haben.«

»Wahrscheinlich denken sie alle, ich bin das Kindermädchen oder so etwas.«

»Sei nicht albern.«

»Ich halte das nicht mehr aus, Nick. Das ist erniedrigend.«

»Für Jen vielleicht, aber nicht für dich. Du bist die Gewinnerin, erinnerst du dich?«

»Ich fühle mich nicht wie eine Gewinnerin«, murrte ich und

kippte den Prosecco so schnell herunter, dass die Kohlensäure in meiner Nase brannte. »Ich habe das Gefühl, als würde Hayley das mit Absicht tun, um mich fertig zu machen.«

Nick rollte mit den Augen. »Jetzt wird es lächerlich. Wie viel hast du getrunken?«

»Nicht genug.« Ich schenkte mir nach und leerte die Flasche. »Tash, bitte – mach dich nicht lächerlich.«

»Hör auf, mich zu bevormunden, Nick. Ich bin kein Kind.«

»Wenn ihr einen Ehestreit führen wollt, macht das bitte irgendwo privat.« Ich wirbelte herum und sah Hayley vor mir, die sehr selbstzufrieden aussah, als sie ihr Glas nachfüllte.

»Wir streiten nicht«, sagte Nick und schob sich an ihr vorbei ins Esszimmer.

»Oh, Liebes, habe ich einen Nerv getroffen?« Hayley hob eine Augenbraue in meine Richtung. Ich wusste, dass es dumm war, darauf einzugehen, aber ich konnte spüren, wie der Alkohol die Kontrolle übernahm. »Ich denke einfach, dass es nicht funktioniert, wenn Jen zu diesen Veranstaltungen eingeladen wird«, sagte ich.

Sie lächelte mich höhnisch an. »Gut, dass ich es getan habe, sonst wärt ihr nur schwer hierhergekommen.«

»Ich wollte nicht, dass sie uns fährt. Ich wollte den Zug nehmen.«

»Wie auch immer, das spielt keine Rolle, Süße. Das ist meine Party.«

»Ja, nun, es wäre vielleicht besser, wenn wir das nächste Mal nicht kommen.«

»Ja, nun, es wäre vielleicht besser«, sagte sie und äffte meine Stimme nach, »wenn du das nächste Mal nicht kommst.«

»Schön. Aber ohne mich wird Nick auch nicht kommen.« Trotzig nahm ich einen Schluck Prosecco.

»Sei dir da nicht so sicher. Er ist sehr loyal der Familie gegenüber und außerdem werden wir nicht zulassen, dass du ihn uns wegnimmst.«

Ich schaute sie mit zusammengekniffenen Augen an. »Wovon sprichst du?«

»Wir alle wissen, was du vorhast.« Sie schmunzelte. »Mein Bruder möchte zwar den Eindruck vermitteln, dass er ein harter Kerl ist, aber er war schon immer leichtgläubig.«

Ich starrte sie mit kühlem Blick an. »Was meinst du?«

Hayley packte mich am Ärmel und zog mich zur Seite. »Nick und Jen haben jahrelang versucht, ein Kind zu bekommen – er war derjenige mit dem Problem, nicht sie. Langsame Spermien.« Sie hielt inne und nahm meinen schockierten Gesichtsausdruck in sich auf. »Tu nicht so, als wüsstest du das nicht.«

Eine Erinnerung flackerte in meinem Kopf auf. Wir sitzen auf der Bank, ich berichte Nick von der Schwangerschaft. »Es ist ein Wunder. Ich werde Vater.« Meinte er das mit diesen Worten? Wenn das, was Hayley sagte, wahr war, hatte Nick mich angelogen, warum er und Jen keine Kinder hatten. Aber ich vergab ihm sofort.

»Nick kann nicht das Problem gewesen sein«, sagte ich schließlich. »Emily ist der Beweis dafür.«

»Uns kannst du nichts vormachen, Natasha«, antwortete Hayley, ihre Hand lag immer noch auf meinem Arm. »Emily ist ein wunderbares Mädchen, aber sie sieht ihm kein bisschen ähnlich, nicht wahr?«

Ihre Worte trafen mich wie ein Blitz, der mich mit Wut erfüllte. »Nick ist ihr Vater. Das schwöre ich bei meinem Leben.«

»Du wolltest sein Geld und wusstest ganz genau, wie du es bekommst.«

»Das ist nicht wahr! Ich liebe Nick, so etwas würde ich ihm niemals antun.« Aber Hayley machte weiter, als hätte sie mich nicht gehört. »Er hat dir geglaubt, weil er dir glauben wollte. Er ist sehr empfindlich, wenn es um seine Männlichkeit geht. Jen versteht das. Deshalb hat sie auch keinen Aufstand gemacht, als er sie verlassen hat. Sie war völlig am Ende, aber wollte, dass er glücklich ist. Es ist wie in diesem Lied ... Wie geht das noch? *If you love somebody, set them free.*«

»Oh, leck mich doch.«

Sie senkte ihre Stimme zu einem bedrohlichen Flüstern. »Wie kannst du es wagen, mich in meinem eigenen Haus zu beleidigen, du kleine Schlampe?«

»Alles okay?« Das war Nick.

»Nein, nichts ist okay«, sagte ich, während ich Hayley finster anstarrte. »Wir fahren nach Hause. Sofort.«

»Was? Das ist verrückt ... Hayley? Was ist hier los?« Hayley spitzte die Lippen. »Ich glaube, sie ist ein bisschen sauer.«

»Ich bin nicht sauer! Ich rase vor Wut!« Ich marschierte ins Wohnzimmer und suchte nach Emily. Sie saß auf dem Schoß ihrer Großmutter und wurde mit Schokolade gefüttert. Auf keinen Fall würde ich sie dort wegbekommen, ohne eine weitere Szene zu riskieren. Also ging ich zu Nick zurück. »Hol du bitte Emily. Ich rufe uns ein Taxi.«

»Beruhig dich, Tash. Das sollte ein schöner Familientag sein und du verdirbst alles.«

»Nicht ich. Deine Schwester. Sie hat mich beleidigt.« Ich fing an, in meinem Handy nach einem Taxiservice zu suchen.

»Wir können jetzt nicht gehen«, wandte er ein. »Ich habe meine Familie ewig nicht gesehen. Emily hat so einen Spaß hier; sie sieht ihre Großeltern so gut wie nie. Das ist nicht fair ...«

Ich zögerte, mein Finger schwebte über dem Bildschirm, bereit, die Nummer zu wählen. Wenn Nick nicht mit mir kommen würde, was sollte ich dann tun? Alleine verschwinden? Ich sehnte mich verzweifelt danach, von hier zu verschwinden, aber war das nicht genau das, was sie wollten? Hayley hatte es offensichtlich darauf angelegt, einen Streit zu provozieren und ich hatte den Köder wie eine Idiotin geschluckt. Was für ein Miststück. Sie muss sich den ganzen Kram über Nicks Unfruchtbarkeit ausgedacht haben. Wenn das wahr wäre, hätte er es mir erzählt. Wir teilten all unsere Geheimnisse miteinander, alle Hoffnungen und Ängste. Nick hatte nie auch nur den kleinsten Zweifel geäußert, dass Emily seine Tochter war, obwohl – das musste ich zugeben – sie ihm überhaupt nicht ähnlich sah.

»Okay«, sagte ich und steckte mein Telefon wieder ein. »Wir bleiben. Aber redest du bitte mit Jen? Das ist ihr zweites Glas. Ich möchte nicht, dass sie uns angetrunken zurückfährt. Vor allem nicht, wenn Emily dabei ist.«

»Nein, du hast recht.« Nick biss sich auf die Lippe. »Ich werde mit ihr reden.« Er legte seine Hände auf meine Schultern und gab mir einen Kuss auf die Stirn. »Danke, Babe, das bedeutet mir eine Menge. Ich liebe dich.«

»Ja, ich liebe dich auch«, sagte ich mürrisch. Er ging zu Jen hinüber und zog sie sanft zur Seite. Ich beobachtete, wie sich die beiden unterhielten – es gab immer noch eine Verbindung zwischen ihnen; es war offensichtlich, so nah wie sie beieinanderstanden. Wenn es stimmte, dass Nick ihr kein Kind schenken konnte, warum hatte er mir das nicht erzählt?

8

DAMALS

Natasha

Sam fing in der folgenden Woche an, als Fahrer für uns zu arbeiten. Trotz meiner Bedenken mochte ich ihn auf Anhieb. Er war etwa in meinem Alter, Mitte Zwanzig. Gewöhnliche Erscheinung, durchschnittliche Statur und Größe, kurze, unauffällige Frisur und genauso gewöhnliche Gesichtszüge. Monate später, als ich versuchte, ihn zu beschreiben, konnte ich mich nicht an die Form seines Gesichts oder die Länge seiner Nase oder auch nur an die Farbe seiner Augen erinnern. In meiner Erinnerung war er bereits verblasst. Aber ich werde niemals seine Stimme vergessen – warm, mit einem leichten Kratzen darin und einer sanften Aussprache der Vokale. »Falls ich sonst noch etwas für Sie tun kann, Mrs. Warrington, schicken Sie einfach eine SMS, in Ordnung?«

Es dauerte eine Woche, bis ich ihn davon überzeugen konnte, mich beim Vornamen anzusprechen. Er fing immer gegen halb acht an zu arbeiten, trug eine schwarze Jeans und eine gepolsterte schwarze Bomberjacke und nippte an seinem Kaffeebecher, während er auf Nick wartete. Er fuhr ihn zu seinem Büro im

Westen Londons und wenn er für den Rest des Tages nicht mehr benötigt wurde, kam er zurück, um mir zu helfen. Er weigerte sich, ins Haus zu kommen, und wartete stattdessen mit offenstehender Tür in dem Range Rover in der Einfahrt. Ein langweiliges Leben, wie ich fand. Während er auf seine Jobs wartete, saß er stundenlang herum, hörte sich die Sportnachrichten auf Radio Five an und spielte mit seinem Handy. Als ich ihm einmal eine Tasse Tee brachte, sagte er, ich wäre »ein Star«. Ich hatte nicht sehr viele Aufgaben für ihn, was mir sehr unangenehm war. Unsere Lebensmittel ließen wir uns liefern und falls doch einmal die Milch oder das Brot ausging, gab es einen kleinen Supermarkt direkt um die Ecke.

Emilys Kindergarten, in den sie drei Mal in der Woche ging, war nur einen zwanzigminütigen Spaziergang entfernt und ich genoss es, sie dort zu Fuß in ihrem Kinderwagen hinzubringen, weil ich so Bewegung und frische Luft bekam. Ich hatte keinen Job, also war es nicht nötig, dass sie in den Kindergarten ging, aber Nick fand es wichtig, dass sie Umgang mit anderen Kindern pflegte. Die Situation war beinahe schon zum Lachen. Ich verbrachte den Großteil meines Tages damit, im Haus zu sitzen und Däumchen zu drehen, während Sam das Gleiche in unserer Einfahrt tat. Es fing an, sich anzufühlen, als wäre ich eine Gefangene und er würde mich bewachen. Oder vielleicht war es genau umgekehrt ...

Wochenlang war das Wetter schön gewesen, doch heute regnete es stark. Sam hatte die Autotür geschlossen, alle Fenster waren beschlagen. Ich schaute aus dem Wohnzimmerfenster und fragte mich, ob sich der Wolkenbruch rechtzeitig zurückziehen würde, damit ich Emily aus dem Kindergarten abholen konnte. Der Himmel war grau wie Blei und es schüttete wie aus Eimern. Ich nahm mein Telefon und schrieb Sam eine Nachricht, wie es unser System vorsah. Lächerlich, wenn man bedachte, dass er gleich da draußen war.

Kannst du mich bitte zu Small Wonders fahren? In fünf Minuten. Danke.

Er antwortete sofort – *Kein Problem* – und ich hörte, wie er den Motor startete.

Ich trug etwas Lippenstift auf und zog eine Bürste durch meine Haare. Die Mütter in der Kindertagesstätte waren sehr konkurrenzbedacht, wenn es um ihr Aussehen ging – der geforderte Look musste lässig erscheinen und dennoch perfekt sein. Um die Entwicklung ihrer kleinen Schätze wetteiferten sie ebenfalls. »Mabel hat dieses Wochenende ihr hundertstes Wort gesprochen.« »Arthur bindet sich die Schnürsenkel quasi schon alleine.« Die meisten von ihnen waren in ihren Dreißigern; ich war mit mehreren Jahren Abstand die Jüngste. Zunächst hatten sie angenommen, dass ich ein Au-Pair wäre und waren überrascht, dass ich Britin war.

Ich schaltete die Alarmanlage an, hastete aus dem Haus und sprang auf den Beifahrersitz, wobei ich versuchte, den Regen draußen zu halten. »Gott sei Dank warst du hier, Sam.« Ich legte meinen Sicherheitsgurt an und hörte es klicken. »Wohnst du in der Nähe?«, fragte ich, als er losfuhr. Es war eine dumme Frage und ich bereute sie sofort. Als ob jemand, der das Gehalt eines Fahrers bekam, es sich leisten konnte, hier zu leben.

Sam lachte. »Ne, ich wohne weiter östlich, aber ursprünglich komme ich aus den Midlands.« Er erläuterte es nicht weiter und jetzt war es mir zu unangenehm, weiter nachzuhaken. Ich spürte, dass er mit mir nicht über sich sprechen wollte und fragte mich, ob er ein tragisches Geheimnis hütete. Er lächelte viel, aber mir konnte er nichts vormachen. Tief in ihm befand sich eine schwere Traurigkeit, ich konnte sie fühlen. Zumindest dachte ich, dass ich es konnte. Jetzt wird mir bewusst, dass er für mich wie ein Spiegel war. Ich dachte, ich würde ihn ansehen, doch in Wirklichkeit starrte ich auf meine eigene Reflexion. Deshalb kann ich mich nicht an sein Gesicht erinnern. Innerhalb weniger Minuten kamen wir bei dem Kindergarten an. Sam lenkte den Range Rover auf den Gehweg, während ich durch den Regen sprintete. Emily kam auf mich zugelaufen, rief: »Mama, Mama«, und warf ihre Arme um meine Beine.

Ich entwirrte uns und hob sie dann in meine Arme. »Rate mal, wer im Auto auf uns wartet«, sagte ich. »Dada!«

»Nein, Dada ist es heute leider nicht. Es ist Sam! Erinnerst du dich an Sam?«

Sie schaute mich verwirrt an, bevor sich ein breites Grinsen auf ihrem Gesicht ausbreitete. »Sam! Wiuwiu! Wiuwiu!«

»Oh, du denkst an Feuerwehrmann Sam«, antwortete ich. Das war eine ihrer Lieblingsserien im Fernsehen. Ich schaute mich kurz um und hoffte, dass keine der anderen Mütter das gehört hatte. Wenn unter Dreijährige fernsahen, wurde das grundsätzlich mit Missgunst betrachtet: Es hatte etwas mit der linken Gehirnhälfte zu tun – oder war es die rechte?

Als ich Sam erzählte, dass Emily dachte, er wäre ein Charakter aus einer Zeichentrickserie, lachte er laut. Den ganzen Weg nach Hause sang sie ihr Wiuwiu und er stimmte mit ein, sang die Titelmelodie und rief: »O nein, da sitzt eine Katze auf einem Baum in Pontypandy fest!« Er schien alles über Feuerwehrmann Sam zu wissen und ich fragte mich, ob er selbst Kinder hatte. Aber ich fragte nicht und er gab von sich aus keine Erklärung ab. »Komm doch mit rein und iss mit uns zu Mittag«, sagte ich, als wir Zuhause ankamen.

Er zögerte, dann schüttelte er den Kopf. »Danke, aber ich komme schon zurecht.« Er stieg aus und öffnete einen Regenschirm, den er über mich hielt, während ich Emily aus ihrem Sitz befreite. »Ich gehe in die Imbissbude neben der U-Bahn-Station; da gibt es den ganzen Tag Frühstück.«

Ich hob Emily in meine Arme und er schützte uns vor dem Regen, bis wir das Vordach erreichten. »Ich könnte Eier und Speck machen, wenn du darauf Appetit hast. Weiße Bohnen? Eine Tasse starken Tee?« Mir wurde bewusst, dass ich anfing, verzweifelt zu klingen. Ich sehnte mich nach seiner Gesellschaft – nach jeglicher Gesellschaft, wenn ich ehrlich war. Mir stand ein langer Nachmittag bevor. Nach dem Essen würde Emily ihren täglichen Mittagsschlaf machen und ich hätte nichts zu tun.

»Das ist sehr nett, Mrs. ... Ich meine, Natasha«, sagte Sam,

»aber ich würde jetzt gerne meine Pause machen, wenn es in Ordnung ist. Der Boss will, dass ich ihn um drei Uhr abhole.«

»Natürlich. Es tut mir leid, ich wollte nicht ... Nein, nein, du musst deine Pause machen.« Sams Tage waren nicht besonders aufregend, aber sie waren lang; er brachte Nick häufig nicht vor zwanzig Uhr nach Hause. Dann musste er noch selbst nach Hause fahren, wo auch immer das war. Wartete dort jemand auf ihn? Eine Ehefrau oder Freundin, oder vielleicht sogar ein Freund? Ich wusste nicht, warum ich mich so für ihn interessierte.

Es war Monate her, seit ich meine Mutter das letzte Mal gesehen hatte, und obwohl wir uns immer stritten, wenn wir und trafen, vermisste ich sie. Wie so oft bei alleinerziehenden Eltern mit Einzelkindern war unsere Beziehung immer sehr intensiv gewesen. Sie hatte ein tiefes Misstrauen gegenüber dem männlichen Geschlecht entwickelt und schien davon überzeugt zu sein, dass Frauen ohne sie besser dran seien. Für sie war Liebe eine gefährliche Angelegenheit, die man nur mit äußerster Vorsicht genießen durfte. Als ich ihr sagte, dass ich schwanger war und Nick heiraten würde, sobald die Scheidung durch wäre, hat sie reagiert, als wollte ich den Kilimanjaro auf High-Heels erklimmen.

»Du dummes, dummes Mädchen«, sagte sie. »Du wirfst dein Leben weg ...«

Dann verkündete sie, dass ich sie nicht länger bräuchte, da ich nun einen »reichen Sugar Daddy« hätte, der sich um mich kümmerte. Sie weigerte sich, meine Anrufe entgegenzunehmen oder auf meine Nachrichten zu antworten und wollte nicht zu meiner Hochzeit kommen. Ich dachte schon, dass der Graben zwischen uns unüberwindbar geworden war. Doch als Emily geboren wurde, schickte ich ihr ein Foto per E-Mail und innerhalb weniger Stunden stand sie an meinem Bett im Krankenhaus und begrüßte ihre Enkelin überschwänglich. Aber mit Nick wollte sie nichts zu tun haben, sie kam nie zu uns nach Hause.

Ich entschied, dass es an der Zeit war, ihr einen Besuch abzustatten. Eigentlich wollte ich bei ihr nicht mit dem Range Rover vorfahren, schon gar nicht mit Sam hinterm Steuer, aber mit den öffentlichen Verkehrsmitteln zu ihr zu kommen, war mehr als schwierig. Es war nur sinnvoll, dass Sam uns fuhr, zumal Nick geschäftlich unterwegs war und Sam deswegen nicht viel zu tun hatte.

»Bist du hier aufgewachsen?«, fragte Sam, als wir in die Siedlung einbogen – Reihenhäuser aus den Sechzigern mit kleinen Fenstern und weißen Fassaden, die immer wieder neu gestrichen werden mussten.

»Ja«, sagte ich. »Überrascht?«

Er nickte. »Das ist ein ziemlicher Kontrast.«

»Das kannst du laut sagen.«

Ich bat ihn, an der Ecke zu parken, wo uns niemand sehen konnte. Emily war während der Fahrt eingeschlafen, aber sobald ich ihren Sicherheitsgurt löste, wachte sie auf.

»Um wie viel Uhr soll ich euch wieder abholen?«, fragte er.

»Ähm ... So gegen drei? Ich schreibe dir, wenn wir wieder aufbrechen möchten. Ist das okay?«

»Ich meine, ernsthaft, Natasha, was hast du erwartet?«, sagte Mom, als ich ihr erzählte, was bei der Taufe passiert war. »Für sie bist du ein Eindringling. Du hast Jen aus ihrem eigenen Haus vertrieben, Herrgott noch mal. Kein Wunder, dass sie dich alle hassen. Das würde ich mit Sicherheit auch tun.«

Vielen Dank für die Unterstützung, dachte ich, aber erwiderte nichts, stattdessen tunkte ich nur einen Keks in meinen Tee und schob ihn mir in den Mund, bevor er sich auflösen konnte.

»Aber es ist noch schlimmer geworden, Mom. Hayley hat Jen gefragt, ob sie Patentante wird, um mich fertig zu machen, da bin ich mir sicher. Und jetzt behauptet sie, dass Nick nicht Emilys Vater sein kann, weil er langsame Spermien hat. Nick hat mir erzählt, dass er und Jen nie Kinder haben wollten, aber laut Hayley haben sie es jahrelang versucht. Sie könnte mich einfach angelogen haben, aber andererseits ...« Meine Stimme brach ab und verabschiedete sich ins Niemandsland.

Meine Mutter verzog das Gesicht. »Bist du hundertprozentig sicher, dass Nick der Vater ist?«

»Mom!« Ich schaute durch das Zimmer zu Emily. Natürlich war sie noch zu jung, um das zu verstehen, aber ich wollte trotzdem nicht, dass sie diese Worte hörte. Sie hatte einige Töpfe bekommen, auf die sie mit einem Holzlöffel einschlug. »Natürlich ist er das! Wie kannst du mich nur so etwas fragen?«

»Na ja, wie kann ich mir da sicher sein?«, murmelte sie. »Du hattest kein Problem damit, mit einem verheirateten Mann zu schlafen; wer weiß, was du sonst noch alles treibst?« Ich entschied, sie nicht daran zu erinnern, dass sie selbst eine unverheiratete Mutter gewesen war. Wir sprachen nie über meinen Vater; er war eine so anonyme Person, dass er genauso gut ein Samenspender hätte sein können, obwohl ich schon lange vermutete, dass er mit einer anderen Frau verheiratet war.

Ich senkte meine Stimme. »So war das nicht, es ging nicht nur um Sex. Wir konnten nichts dagegen tun. Wir haben uns ineinander verliebt.«

»Liebe ...«, wiederholte sie, als wäre ihre Existenz ähnlich wahrscheinlich wie Leben auf dem Mars.

»Wirklich, Mom, wir sind sehr glücklich.«

»Du klingst aber nicht so.« Sie hatte recht; ich konnte die Anspannung in meiner Stimme hören. »Und, was sagt Nick dazu? Hat er langsame Spermien oder nicht?«

»Ich habe ihn nicht darauf angesprochen. Das ist so eine Männersache. Ich denke, er schämt sich deswegen und will es nicht zugeben.«

»Oh, richtig, wir dürfen das männliche Ego ja nicht verletzen.« Ihre Lippen verzogen sich zu einem bitteren Lächeln.

»Ich versuche lediglich, einfühlsam zu sein. Ich möchte nicht, dass er sich Sorgen macht, er könnte nicht Emilys Vater sein.«

»Die Möglichkeit muss ihm bewusst gewesen sein«, sagte Mom gedankenverloren. »Es überrascht mich, dass er dich nie darauf angesprochen hat.«

»Weil er mir vertraut, deswegen«, gab ich zurück.

»Hmm ... Nicht genug, um dir die Wahrheit zu sagen.« Sie stand auf und ging in die Küche. »Das scheint mir keine sehr gleichberechtigte Beziehung zu sein. Du redest in seiner Gegenwart nur um den heißen Brei herum.«

»Das tue ich nicht.«

»Doch, das tust du«, rief sie. »Du bist wie eine Hausfrau aus den Fünfzigern.«

»Bin ich nicht!«

»Bist du. Du bleibst den ganzen Tag zu Hause, du arbeitest nicht, du fährst nicht mal selbst.« Sie kam mit mehreren Plastikdosen zurück und stellte sie vor Emily ab. »Hier, Süße. Ich bekomme schon Kopfschmerzen. Hau lieber auf die.« Sie nahm die Töpfe an sich. »Neeeeeeein!«, schrie Emily und versuchte, Mom mit dem Holzlöffel zu erwischen.

»Du bist finanziell von ihm abhängig, das ist dein Problem«, fuhr Mom fort. »Du brauchst einen Job, irgendein eigenes Einkommen.«

»Aber darum geht es ja. Wir brauchen das Geld nicht. Ich weiß nicht, wie viel Nick genau verdient, aber es ist eine ganze Menge.«

»Was meinst du damit, du weißt es nicht? Habt ihr kein gemeinsames Konto?« Ich spürte, wie ihre Augen sich in mein Gewissen bohrten – sie kannte mich zu gut, es war unmöglich, ihr etwas vorzumachen. »Das habt ihr nicht, nicht wahr? Oh, Natasha ...«

»Das ist kein Problem, Mom. Wenn ich Geld brauche, nehme ich einfach Nicks Karte. Ich habe meine eigene Kreditkarte, die er automatisch jeden Monat ausgleicht. Er stellt nie in Frage, wie viel ich ausgebe. Eigentlich sagt er mir sogar, dass ich nicht genug ausgebe. Wenn es nach ihm geht, ist sein Geld auch mein Geld. Er könnte nicht großzügiger sein.«

»Warum habt ihr dann kein gemeinsames Konto?« Ich zuckte mit den Schultern. »Ich weiß nicht, das Thema kam nie auf. Ich bin mir sicher, er würde dem zustimmen, wenn ich ihn frage.«

»Du darfst nicht fragen – du musst darauf bestehen!« Sie

schüttelte verzweifelt den Kopf. »Ernsthaft, Natasha, du musst anfangen, dich wie eine Erwachsene zu verhalten. Du lässt dir von Nick auf der Nase rumtanzen.«

Ich wollte ihn verteidigen, aber sie würde ohnehin nicht zuhören. Alles war entweder seine Schuld, weil er ein Mann war, oder meine Schuld, weil ich ihn damit davonkommen ließ.

Nach dem Essen entschuldigte ich mich und während sie aufräumte, schrieb ich Sam, dass wir bereit waren, wieder aufzubrechen. Er traf uns an derselben Stelle und wir machten uns auf den Heimweg. Als wir auf die Schnellstraße fuhren, überkam mich Erleichterung. Gott sei Dank war das vorbei, dachte ich. Mom lag falsch was Nick betraf, aber mit einigen Dingen hatte sie recht. Ich musste mehr Kontrolle über mein Leben haben.

Als wir die Außenbezirke von London erreichten, kam mir ein aufregender Gedanke. Bevor ich es wirklich durchdenken konnte, wandte ich mich an Sam und sagte: »Würdest du mir beibringen, wie man Auto fährt?«

Er zögerte, bevor er antwortete. »Na ja, ich ... Ähm, ich schätze, das könnte ich. Aber ich habe noch nie jemanden unterrichtet. Wäre es nicht besser, normale Fahrstunden zu nehmen, du weißt schon, von einem richtigen Lehrer?«

»Ich möchte keine normalen Fahrstunden. Ich will, dass es eine Überraschung wird, für Nick. Wenn ich für die Stunden bezahle, dann wird er es herausfinden, verstehst du ...?« Moms Beschwerden darüber, dass ich kein eigenes Geld hatte, hallten in meinen Ohren wider.

Sam schürzte die Lippen, als er an der Ampel anfuhr. »Ich fühle mich nicht wohl dabei, das hinter dem Rücken deines Mannes zu machen. Er ist der Chef.«

»Keine Sorge, wenn es Probleme gibt, nehme ich die Schuld auf mich. Aber die wird es nicht geben, versprochen. Du darfst es ihm nur nicht sagen. Das bleibt unser Geheimnis.« »Also dann, okay ... Wenn du dir so sicher bist.« Er schaute herüber und grinste.

»Dann haben wir beide etwas mehr zu tun, was?«

9

DAMALS

Natasha

Es dauerte nicht lange, bis mein vorläufiger Führerschein ankam. Glücklicherweise war Nick nicht im Land, als der Brief auf unserer Türmatte landete. Bei der Post kaufte ich L-Schilder (die Art, die man immer wieder anbringen und abnehmen konnte) und versteckte sie zwischen den Fahrstunden in einem parfümierten Umschlag in meiner Unterwäscheschublade. Die Geheimnistuerei war auch ein Teil des Spaßes. Ich dachte nie auch nur eine Sekunde daran, dass ich Nick betrog – für mich war es genauso harmlos wie die Planung einer Überraschungsparty. Ich stellte mir seinen erfreuten Gesichtsausdruck vor, wenn er erfahren würde, dass ich die Prüfung bestanden hatte. Wenn ich fahren könnte, würde es das Familienleben so viel einfacher machen, während er noch seine Strafe absitzen musste. So rechtfertigte ich es auf jeden Fall. So erklärte ich mir die Aufregung, die mich jedes Mal überkam, wenn ich zu Sam ins Auto stieg.

Er warnte mich, dass der Range Rover »ein Biest« wäre und

nicht wirklich geeignet für einen Fahranfänger, aber wenn er mich unterrichten sollte, gab es keine andere Möglichkeit. Und da war noch eine Sache ...

»Wenn wir im Auto sind, bin ich der Boss«, sagte er. »Du musst tun, was ich sage, egal was. Ist das klar? Anderenfalls wäre es zu gefährlich.«

Mir gefiel der Rollentausch. Ich fühlte mich nicht wohl dabei, gegenüber der Angestellten das Sagen zu haben, also glich seine Ansage die Dinge etwas aus. Sam war ein wunderbarer Lehrer und sehr verständnisvoll, wenn ich den Rückwärtsgang nicht finden konnte oder Probleme beim Abbiegen hatte. Wir gewöhnten uns an, Emily im Auto in den Kindergarten zu bringen – Sam fuhr den Wagen; wir wollten ja nicht, dass sie sich vor Dada verplapperte. Sobald wir sie abgesetzt hatten, befestigten wir die L-Schilder und tauschten die Plätze. Manchmal fuhren wir stundenlang herum – ich lernte, wie ich mich durch die engen, zugeparkten Straßen der Wohnviertel schlängelte, wie ich auf der North Circular Road die Nerven behielt, während alle anderen um mich herum die Spur wechselten und wie ich korrekt durch einen Kreisverkehr fuhr. Angesichts des Stresses, den das Fahren in London mit sich brachte, waren wir beide überraschend entspannt. Wir schrien einander nicht an und wenn ich erste Anzeichen von Panik zeigte, lenkte er mich immer mit seinem Humor ab.

Die Fahrstunden wurden zu einer Art Besessenheit. Es kam immer öfter vor, dass ich in Gedanken zu den Highlights meines Tages abschweifte, wenn Nick und ich zusammen waren.

»Warum grinst du so?«, fragte er eines Abends am Esstisch. Ich erinnerte mich gerade an den Triumph, als ich rückwärts zwischen zwei Autos eingeparkt hatte, sah Sams leuchtendes Gesicht vor Augen und erinnerte mich an seine Worte: »Wenn du mit einem Monster wie diesem einparken kannst, schaffst du das auch mit jedem anderen Auto.«

»Ich freue mich nur, dass du zur Abwechslung mal bei uns

bist«, antwortete ich und lehnte mich über den Tisch, um ihn zu küssen. Ich redete mir ein, dass es in Ordnung war, zu lügen, weil ich es für einen guten Zweck tat. Ich tat es zum Wohle dieser Familie, um Nick zu gefallen und eine gute, nützliche Ehefrau zu sein. Doch ein sehr kleiner Teil von mir wusste, dass es nicht ganz richtig war. Ich bewegte mich in trüben Gewässern. Wenn wir abends im Bett lagen, wanderten meine Augen immer wieder zu meiner Kommode und ich stellte mir vor, dass der vorläufige Führerschein und die L-Schilder unter meinen BHs und Höschen lagen wie heimliche Liebesbriefe.

Dann gab es eine weitere Produktionskrise, dieses Mal in New York. Nick erzählte mir, dass er für eine Woche fort sein würde, vielleicht länger.

»Kommt mit mir«, sagte er. »Du und Emily, ihr könnt tagsüber Sightseeing machen und die Abende können wir zusammen verbringen.«

Ich seufzte resigniert. »Sie ist zu jung für lange Tage in Museen, außerdem wird es dort viel zu heiß für sie sein.« Es war Juli und in New York würde es unerträglich heiß sein. Außerdem arbeitete Nick sehr lange und ging oft mit seinen Kunden Abendessen, also wusste ich, dass wir ihn kaum zu Gesicht bekommen würden. Es war eine nette Idee, aber was wäre mit meinen Fahrstunden?

»Ja, ich schätze, du hast recht.« Er legte seine Arme um mich. »Ich hasse es, ständig unterwegs zu sein. Emily wächst so schnell und ich verpasse alles.«

»Wir werden jeden Tag einen Videoanruf machen, versprochen«, sagte ich und fühlte einen Anflug von Schuld. Ich hatte gerade einen einwöchigen Urlaub in New York abgelehnt. Und wofür? Um das Schalten und das Wenden in drei Punkten zu üben?

Ein paar Tage später brachte Sam Nick schon früh am Morgen zum Flughafen. Ich schob Emily in ihrem Buggy zum Kindergarten, dann eilte ich nach Hause zurück. Ich saß in der Küche, die L-Schilder lagen schon bereit, übte online für meine Theorieprüfung und ignorierte das seltsame, flatternde Gefühl in meinem Magen. Was ging hier vor? Freute ich mich so sehr darüber, dass ich Fahren lernte, oder war es die gemeinsame Zeit mit Sam? Ich redete mir ein, es wäre Ersteres, doch ich wusste, dass es nicht so einfach war.

Ich liebte Nick noch immer, daran bestand kein Zweifel – fand ihn noch immer sexuell anziehend, genoss seine Gesellschaft. Es war eine gute Ehe. Okay, wir hatten kein gemeinsames Konto, aber er ging unglaublich großzügig mit seinem Geld um. Und er war ein fantastischer Vater für Emily. Seine Familie war grauenvoll, aber die sahen wir kaum. Der einzige Schandfleck in unserem ansonsten so herrlichen Leben war Jen, aber da ich jetzt ein geheimes Projekt hatte, auf das ich mich konzentrieren konnte, dachte ich immer weniger an sie.

Sie musste meine Gedanken gelesen haben ...

Es war Donnerstag und Nick war seit vier Tagen fort. Ich hatte für Emily ein paar extra Stunden im Kindergarten gebucht. Viele Leute waren im Urlaub, also waren mehrere Plätze freigeworden. Sam und ich übten jeden Tag und der intensive Unterricht machte sich wirklich bezahlt. »Du hast die Kurve gekriegt«, sagte er. »Das Wortspiel war keine Absicht.« Ich lachte, als ich in unsere Einfahrt fuhr. Es war Mittagszeit und wir wollten eine Pause einlegen. »Ehrlich, du hattest diese Woche einen Durchbruch. Ich glaube, dass du die Straße mittlerweile wirklich fühlst, verstehst du, was ich meine? Als würdest du nicht länger nur Anweisungen folgen, sondern richtig fahren.«

Ich stellte den Motor aus. »Wow! Danke. Das bedeutet mir eine Menge.«

»Du solltest dich zur Prüfung anmelden.«

»Wirklich? Denkst du, ich bin soweit?«

»Mehr oder weniger. Du bist eine gute Fahrerin, Natasha.« Aus irgendeinem Grund nannte er mich nie Tasha oder Tash. Ich glaube, das war eine Frage des Respekts. »Und du bist ein großartiger Lehrer, Feuerwehrmann Sam«, antwortete ich, lehnte mich herüber und gab ihm einen Kuss auf die Wange. Seine Haut unter meinen Lippen fühlte sich weich an. »Bitte, komm zum Mittagessen mit rein. Der ganze Kühlschrank ist voll mit Essen und es ist niemand hier, um das alles zu essen.«

»Okay, aber das wird nicht zur Gewohnheit werden.«

Wir stiegen aus dem Wagen und ich schloss die Vordertür auf. Zu meiner Überraschung erwachte die Alarmanlage nicht zum Leben. Hatte ich vergessen, sie einzuschalten, weil ich es nicht hatte erwarten können, in das Auto zu steigen? Nick bestand darauf, dass wir sie jedes Mal aktivierten, wenn wir das Haus verließen und ich hatte es noch nie vergessen. Die Putzhilfe kam donnerstags nicht und sonst hatte niemand einen Schlüssel ...

»Vorsichtig«, flüsterte Sam. »Das könnte ein Einbrecher sein. Lass mich vorgehen.« Er trat ein und schlich sich durch den Flur. Ich blieb nervös auf der Türschwelle stehen und fragte mich, ob ich den Notruf wählen sollte. Dann hörte ich ihre Stimme.

»Hallo Sam, du umwerfendes Ding!« Es war Jen und sie klang betrunken.

Ich eilte in die Küche. »Was machst du hier?«, fragte ich. »Wie bist du hier reingekommen?«

Sie wedelte mit einem Schlüsselbund durch die Luft. »Ich habe hier mal gewohnt, falls du das vergessen hast.« Ich spürte, wie sich meine Hände zu Fäusten ballten, meine Nägel gruben sich in meine Handflächen. »Aber das tust du nicht mehr. Hast du in meinem Haus herumgeschnüffelt?« Sam senkte seinen Blick und schaute auf seine Füße. »Ich werde draußen warten, falls Sie mich brauchen, Mrs. Warrington«, murmelte er und machte sich davon.

Wut durchfuhr mich – eher auf Nick als Jen. Warum hatte er die Schlösser nicht ausgetauscht, als sie ausgezogen ist? Warum hatte er den Code für die Alarmanlage nicht geändert?

»Du hast nicht das Recht, hier einfach hereinzuspazieren«, sagte ich. »Du hast dir unbefugt Zutritt verschafft.« »Unbefugt?« Sie warf mir ein spöttisches Grinsen zu. »Das ist ein ziemlich ernstes Wort. Klingt ein bisschen illegal. Versuchst du, mir Angst zu machen?«

»Komm schon, Jen, du weißt, dass du das nicht machen kannst. Gib mir deinen Schlüssel. Bitte.« Ich hielt meine Hand auf.

»Tut mir leid.« Sie ließ sie in ihre Designer-Handtasche fallen. »Nicky hat mich gebeten, sie zu behalten, für den Notfall oder wenn er sich mal ausgesperrt hat.«

»Das bezweifle ich«, fauchte ich, obwohl es eine geringe Chance gab, dass sie die Wahrheit sagte. »Hör mal, du musst jetzt gehen.« Ich machte ein paar Schritte auf sie zu. Sie schwankte leicht auf dem Barhocker und ihr Atem roch nach Wein. Auf dem Tresen vor ihr stand ein Glas und eine leere Flasche; offensichtlich hatte sie sich am Kühlschrank selbst bedient. »Warum bist du hier, Jen?«, fragte ich. »Es ist mitten am Tag und Nick ist in New York.«

»Ja, ich weiß, so ein Langweiler. Ich habe vorhin mit ihm gesprochen, habe ihn aufgeweckt, meinen armen Liebling. Ich brauchte ein paar Dokumente, du verstehst schon, eine Steuersache und ich konnte sie in meiner Wohnung nicht finden, also dachte ich, dass sie immer noch hier sein müssten. In Nickysch Büro«, lallte sie. »Er meinte, wenn du nicht da bist, kann ich mich selbst hereinlassen. Es ist dringend, verstehst du … Das kann nicht warten. Heute Morgen hatte ich ein beschissenes Treffen mit meinem Buchhalter; das Finanzamt sagt, ich schulde denen Tausende von nicht bezahlten Steuern. Schweine. Mit dieser ganzen Scheiße komme ich nicht klar, es ist zu viel, viel zu viel. Es bringt mich um.«

Ich betrachtete sie kühl. »Also dachtest du, du könntest deine Sorgen mit unserem Wein ertränken, nicht wahr?«

»Oh, hör auf, so eine Zicke zu sein, Natasha. Außerdem kannst du jetzt auch mal reden. Was macht der Chauffeur hier, hm?« Sie hob ihre nachgemalten Augenbrauen. »Nicky hat mir erzählt, dass er ihm diese Woche freigegeben hat, sonst hätte er ihn gebeten, mir bei der Suche nach meinen Akten zu helfen.«

Ich zögerte, war nicht sicher, wie ich antworten sollte. »Ich habe Sam gebeten, diese Woche zu arbeiten. Aber das geht dich ohnehin nichts an. Ich will, dass du jetzt gehst.«

Sie schüttelte ihren Kopf. »Aber ich habe meine Dokumente

noch nicht gefunden. Denkst du, sie könnten auf dem Dachboden sein?«

»Ich habe keine Ahnung. Bitte, Jen, du musst jetzt gehen.«

»Warum? Damit du deinen Chauffeur ficken kannst? Ich mache dir keine Vorwürfe. Nicky ist so viel unterwegs und Sam ist gleich hier, immer da, wenn du ihn brauchst. Oh, wie unglaublich verführerisch ...«

»Wie kannst du es wagen?«, entfuhr es mir und ich warf einen Blick über meine Schulter. War Sam nach draußen gegangen? Was, wenn er sie hatte hören können?

»Komm schon, es ist offensichtlich, dass du auf ihn abfährst. Ich muss zugeben, dass ich selbst auch etwas auf die bösen Jungs stehe.«

Ich kochte vor Wut. »Wenn du nicht tust, worum ich dich gebeten habe, werde ich Nick anrufen müssen. Ich kann mir nicht vorstellen, dass er sehr begeistert davon sein wird.« Es war ein Risiko, doch ich musste es eingehen. Er war ihr gegenüber sehr tolerant, aber hier würde auch er eine Grenze ziehen. Ich nahm mein Handy zur Hand.

»Oh, spar dir die Mühe. Lass den Mann schlafen. Ich werde gehen.« Sie glitt von dem Stuhl und taumelte an mir vorbei in den Flur. Ich folgte ihr aus dem Haus und versuchte zu verhindern, dass sie auf dem Weg hinaus nicht in die Möbel krachte.

Draußen stand Sam vor dem Range Rover und als Jen über die Stufen stolperte, fiel sie beinahe in seine Arme.

»Sie ist total betrunken«, sagte ich ihm.

Er lehnte sie gegen die Beifahrertür. »Soll ich sie nach Hause fahren?«

»Würdest du das tun? Das wäre sehr freundlich von dir«, sagte ich. »Brauchst du ihre Adresse? Ich glaube, ich habe sie irgendwo ...«

»Nein, schon okay. Ich weiß, wo sie wohnt.« Sam half ihr vorsichtig auf den Beifahrersitz und legte ihr den Sicherheitsgurt um. Jen winkte mit einem Arm betrunken in meine Richtung.

»Sag Nicky von mir, dass ich das nicht mehr aushalte. Da war jetzt lange genug. Lange genug!«

Ich seufzte. »Was meinst du?«

»Eure Ehe!«, schrie sie. Sam warf mir einen mitleidigen Blick zu und schloss die Beifahrertür.

Als ich sah, wie er mit ihr davonfuhr, bemerkte ich, dass die L-Schilder immer noch an dem Auto hingen.

DAMALS

Natasha

Nick war außer sich, als ich ihm erzählte, was Jen getan hatte. Sobald sein Flug am nächsten Tag gelandet war, fuhr er sofort zu ihrer Wohnung und sie hatten einen »riesigen Krach«, wie er es nannte. Als er zu Hause ankam, knallte er sein Gepäck im Flur auf den Boden und marschierte ins Wohnzimmer.

»Dieses Mal ist sie zu weit gegangen«, sagte er. »Viel zu weit. Es tut mir wirklich leid, Tash. Aber das wird nicht wieder vorkommen, dafür sorge ich.«

Es war beinahe Mitternacht. Emily schlief tief und fest und ich schaute seit Stunden eine stumpfsinnige Fernsehsendung, während ich darauf wartete, dass er zurückkam. Ich glaube nicht, dass ich ihn jemals so wütend gesehen habe.

»Hast du dir ihre Schlüssel geholt?«, fragte ich.

»Ja, natürlich.«

»Vielleicht sollten wir trotzdem die Schlösser auswechseln. Für den Fall, dass sie sich Kopien hat machen lassen.«

Er schüttelte den Kopf. »Nicht nötig. Ich werde einfach den

Code für die Alarmanlage zurücksetzen. Sollte sie es noch einmal versuchen, wird automatisch die Polizei verständigt.«

Ich stand auf und schloss ihn in meine Arme. »Danke, dass du so schnell reagierst. Es war wirklich gruselig. Ich dachte, wir hätten einen Einbrecher im Haus.« Wir küssten uns, aber ich spürte, dass er sich zurückhielt. Hatte Jen ihm erzählt, dass Sam hier gewesen war? Hatte sie die L-Schilder bemerkt? Ich entschied, ehrlich (oder zumindest teilweise ehrlich) zu ihm zu sein, nur für den Fall. »Es war gut, dass Sam hier war«, sagte ich, als er sich zurückzog. »Es tut mir leid, ich wusste nicht, dass du ihm die Woche freigegeben hattest. Er hat nichts erwähnt.«

Nick zog sein Jackett aus und lockerte seine Krawatte. »Er ist ein guter Kerl, will es allen recht machen. Aber wir dürfen ihn nicht ausnutzen, verstehst du, was ich meine?« »Nein, natürlich nicht.« Ich eilte in die Küche, um einen Tee aufzusetzen. Eigentlich wusste ich nicht, was er meinte.

Hatte er eine indirekte Andeutung zu den Fahrstunden gemacht? Vielleicht hatte Jen die L-Schilder doch gesehen und es ihm erzählt. Vielleicht hatte er Sam ausgefragt und dieser musste gestehen. Aber falls dem so war, warum sprach mich Nick nicht direkt darauf an? Während ich kochendes Wasser über die Teebeutel goss, kam ich zu dem Entschluss, dass falls er etwas wusste, er entschieden hatte, es auf sich beruhen zu lassen, um meine Überraschung nicht zu ruinieren.

Erstaunlich, wie wir uns die Tatsachen selbst zurechtlegen ...

Als ich ins Wohnzimmer zurückkehrte, hatte Nick sich beruhigt. Wir saßen auf dem Sofa, in den Armen des anderen und schlürften an unseren Tassen. Wir brachten uns nach der Woche, die wir getrennt waren, auf den neuesten Stand. Ich erzählte ihm, dass Emily ihren ersten Satz gesprochen hatte, während ich die Waschmaschine beladen hatte: »Socke da rein!«

»Sie ist ein Genie«, lachte Nick und drückte meine Schulter. »Weißt du was? Ich bin es leid, immer so viel zu reisen. Es gab eine Zeit, in der ich es sehr genossen habe, aber jetzt möchte ich zu

Hause bei meiner Familie sein. Ich habe Emilys ersten Schritt verpasst; jetzt ihren ersten Satz. Das ist nicht fair.«

»Dein Urlaub muss überfällig sein«, sagte ich. Es war Monate her, seit er sich das letzte Mal freigenommen hatte.

»Ich habe noch mehrere Wochen Urlaub auf meinem Konto. Ich bin nur zu beschäftigt, um sie zu nehmen. Die Lage spitzt sich wirklich zu. Wir haben einige sehr große Aufträge, die kurz vor dem Abschluss stehen, wichtige Produktionen, die auf grünes Licht warten. Jeder zählt auf mich; ich kann sie nicht hängen lassen.«

»Aber wenn du Emily öfter sehen möchtest …«

»Ich weiß, ich weiß.« Er seufzte. »Du hast recht. Einige Dinge müssen sich ändern, sonst wird sie erwachsen, ohne dass ich es mitbekomme.«

Nick sagte mehrere internationale Reisen ab und versuchte es stattdessen mit Videokonferenzen, aber er sagte, das wäre nicht so effektiv, wie die Leute persönlich zu treffen. Er leistete noch immer Überstunden in seinem Büro und ging an zwei oder drei Abenden mit Kunden Abendessen, aber wenigstens schlief er zu Hause. Er tauchte um ein oder zwei Uhr in der Nacht auf, schlich sich leise ins Schlafzimmer und zog sich aus, ohne das Licht einzuschalten. Ich war immer wach, lag mit geschlossenen Augen in einem halb träumenden Zustand da und konnte mich nicht vollständig entspannen, bis sich sein kalter, nackter Körper an meinen Rücken kuschelte. Sein Atem roch oft nach Alkohol, aber das machte mir nichts aus. Ich drehte mich zu ihm, vergrub mein Gesicht unter der Bettdecke, um ihn mit Küssen zu übersäen. Manchmal führte es dazu, dass wir Liebe machten, aber meistens schlief er einfach ein.

Sam sah ich kaum noch. Während des Frühstücks kam er, um Nick ins Büro zu fahren und am Abend brachte er ihn wieder zurück. Doch in der Zeit dazwischen kam er nicht zurück zum Haus. Es fühlte sich an, als würde er mir aus dem Weg gehen. Ich schrieb ihm ein paar Mal und fragte, ob er mich fahren könnte, doch er antwortete immer, dass er mit Nick unterwegs und nicht verfügbar wäre. Ich spürte, dass etwas nicht stimmte, konnte aber nicht sagen, was es war.

Ich vermisste die Fahrstunden wirklich. Wenn ich Emily in ihrem Buggy zum Kindergarten brachte, tat ich so, als lägen meine Hände auf dem Lenkrad, während ich zwischen Bäumen und Briefkästen hindurchfuhr. Beim Abendessen tanzten meine Füße unter dem Tisch über imaginäre Pedale. Ich schaltete mit meiner Gabel, ließ die Kupplung kommen und drückte dann vorsichtig aufs Gas. In meinem Kopf spielten sich andauernd komplizierte Manöver ab. Ich träumte von geschäftigen Kreisverkehren und gefährlichen Kurven, von Notbremsungen, die mich schreiend aufwachen ließen.

Und wenn ich ganz ehrlich war, vermisste ich Sam.

Etwa eine Woche später musste Nick zu einem wichtigen Meeting nach Paris. Er wollte am selben Tag hin und auch wieder zurückfliegen, doch die Flugzeiten passten nicht, also musste er länger bleiben. Sam kam sehr früh an, um ihn zum Flughafen zu bringen. Während Nick oben war, um sich von Emily zu verabschieden, die immer noch in ihrem Bettchen lag, rannte ich nach draußen zum Wagen. »Kannst du vorbeikommen, nachdem du Nick abgesetzt hast?«, fragte ich.

Sams Blick fiel auf den Boden. »Der Boss hat mir den Rest der ...«

»Bitte! Wir müssen reden.« Er zuckte mit den Schultern. »Müssen wir?«

»Ja. Ich denke, du weißt, wieso.«

Ich musste ihn ohne ein weiteres Wort stehen lassen, weil Nick bereits auf dem Weg nach unten war. Ich schlüpfte zurück in den Flur, warf meine Arme um den Hals meines Mannes und flüsterte: »Ich vermisse dich jetzt schon.«

»Hmm, ich dich auch.« Er gab mir einen langen Kuss auf die Lippen und aus dem Augenwinkel konnte ich erkennen, wie Sam sich abwandte. »Ich liebe dich, Babe.«

»Ich liebe dich mehr«, gab ich zurück.

· · ·

Ich weckte Emily, zog sie an und bereitete Haferbrei mit Banane zu. Heute musste sie nicht in den Kindergarten, also würde sie dabei sein, wenn ich mit Sam sprach. Mittlerweile schien sie fast alles zu verstehen, was ich sagte, obwohl sie selbst wenig erzählte. Ihr Vokabular war begrenzt auf Haushaltsgegenstände, Spielzeuge, Tiere, Mama, Dada und die Namen von einigen ihrer Freunde aus dem Kindergarten. Sie kannte Sam gut – jedes Mal, wenn sie ihn sah, lief sie herum und sang »Wiuwiu«.

»Sollen wir uns ein Buch ansehen?«, fragte ich und nahm ihre kleine rundliche Hand, um ihr die Treppe hoch und bis in ihr Schlafzimmer zu helfen. Es diente ebenfalls als ihr Spielzimmer, war mit Schränken und Regalen ausgestattet, die mit Kuscheltieren übersät waren. Emily besaß eine größere Büchersammlung als die städtische Bibliothek. Ich liebte Bilderbücher und konnte einfach nicht aufhören, sie zu kaufen, auch wenn Nick es nicht guthieß, wenn ich sie von Wohltätigkeitsorganisationen kaufte. Ich sah darin kein Problem – in der Regel waren sie in einem guten Zustand und selbst wenn eines davon eine eingerissene Seite hatte, machte das Emily nichts aus. Bevor ich Nick kennenlernte, habe ich mein ganzes Leben damit verbracht, in Second-Hand-Läden zu stöbern. Ich wagte es nicht, dort länger meine Klamotten zu kaufen – Nick würde verrückt werden –, aber welchen Schaden könnten Bücher aus zweiter Hand schon anrichten?

Wir verbrachten die nächste Stunde damit, uns durch Emilys Lieblingsbücher zu blättern – ein Buch über Old MacDonalds Farm und ein anderes über ein Kind, das nicht ins Bett gehen wollte. Sie fing gerade an, das Konzept der Farben zu verstehen und ich war voller Stolz, als sie auf alle roten und blauen (oder »woten« und »bauen«) Gegenstände auf der Seite zeigte.

»Du cleveres, cleveres Mädchen«, sagte ich und umarmte sie. »Mami liebt dich so sehr.«

Sie zeigte auf meinen orangen Rock. »Bau! Bau!«, rief sie, sehr zufrieden mit sich selbst.

Es machte so viel Spaß mit ihr, aber meine Gedanken wanderten immer wieder zu Sam. Warum war er nicht zurückgekommen? Meine Ohren lauschten nach dem Geräusch des Range Rovers, der in die Einfahrt bog. Ich konnte es nicht erklären, aber aus irgendeinem Grund fühlte es sich extrem wichtig an.

Er tauchte um kurz nach elf auf, gerade als ich die Hoffnung aufgegeben hatte. Ich vermutete, dass er die letzten paar Stunden herumgefahren war und sich gefragt hatte, was er tun sollte. Aber sein Timing war perfekt, denn Emily hatte sich gerade zu ihrem Mittagsschlaf hingelegt.

Sobald ich die Reifen in der Einfahrt hörte, lief ich nach unten und öffnete die Vordertür. Sam stieg aus dem Auto und verriegelte es im Weggehen mit seinem Schlüssel. »Bitte, komm rein«, sagte ich. »Ich koche uns einen Kaffee.«

Er setzte sich auf einen der Barhocker und beobachtete mich, während ich die Kaffeemaschine bestückte. »Wie geht es dir, Natasha?«

»Es geht mir gut, danke. Ja, doch, es ist alles gut.« Ich schlug den Auffangbehälter gegen die Seite des Mülleimers. »Es tut mir so leid, dass du in die Sache mit Jen hineingezogen wurdest. Das war unglaublich peinlich.«

»Keine Sorge«, antwortete er.

»Hat Nick dich gefragt, was passiert ist?«

»Nein.«

»Ich habe mich nur gefragt, ob Jen irgendetwas gesagt hat, du weißt schon, über uns ...« Ich sah, wie er errötete. »Ich dachte, vielleicht hat sie die L-Schilder gesehen und ... es sich zusammengereimt.«

Sam schüttelte den Kopf. »Soweit ich weiß nicht. Nick hat mir gegenüber nichts erwähnt. Ich habe die L-Schilder mit nach Hause genommen, ich hoffe, das ist okay.«

»Ja, natürlich, danke. Gute Idee. Gott weiß, wann wir den Unterricht wieder aufnehmen können, so oft wie Nick dich im Moment braucht. Ich meine, er hat natürlich Vorrang, aber es ist wirklich schade, weil ich meine Motivation nicht verlieren möchte und schon gar nicht wieder vergessen will, wie man fährt.« Mir wurde bewusst, dass ich furchtbar abschweifte.

»Ich sehe mich nach einem neuen Job um«, platzte er heraus.
»Oh.« Mir rutschte das Herz in die Hose. »Wirklich? Weswegen?«

»Ich fühle mich äußert unwohl.«

»Sam!« Ich stellte die Packung Kaffeebohnen ab. »Es tut mir leid, es war nicht meine Absicht, dass du dich so fühlst. Scheiße ... Das ist alles meine Schuld. Er tut mir so leid. Okay, wir vergessen die Fahrstunden, ich kann mir einen Fahrlehrer ...«

»Es liegt nicht an dir«, unterbrach er mich. »Es ist seinetwegen. Der Boss. Es sind er und ... und sie. Das macht mich ganz krank, es ist widerlich. So kann ich nicht weitermachen.«

Ich starrte ihn verwirrt an. »Was meinst du damit, Sam?«

»Ich habe hin- und herüberlegt, ob ich es dir sagen soll, wusste nicht, was ich tun soll. Diese Woche habe ich kaum ein Auge zugemacht, weil ich an dich denken musste. Deshalb bin ich dir aus dem Weg gegangen: Es wurde mir alles zu viel. Ich habe mich entschlossen, meine Kündigung einzureichen, dann hast du mich gebeten, herzukommen und ich dachte, na ja, wahrscheinlich hast du bereits einen Verdacht und außerdem verdienst du es, die Wahrheit zu kennen ... Du bist eine wunderbare Frau, Natasha.«

»Die Wahrheit worüber?« Ich ließ mich auf den Stuhl neben ihm nieder. »Sam, erzähl es mir.«

Er schluckte schwer. »Nick hat sich zu Jens Wohnung bringen lassen. Sehr oft. Er hat mir gesagt, dass er ihr mit ihren Finanzen hilft und dass ich es dir gegenüber nicht erwähnen soll, weil du unglaublich eifersüchtig wärst und es nicht verstehen würdest, aber ...« Er hielt inne.

»Ich weiß, dass sie in finanziellen Schwierigkeiten steckt«, sagte ich langsam. »Und es wäre typisch für Nick, dass er helfen möchte. Das bedeutet nicht zwangsweise ...«

»Nein, ich weiß, aber ...«

»Aber was? Na los, sag schon.«

Er starrte betrübt in seinen Schoß. »Nick lässt mich immer in einer Seitenstraße kurz vor ihrer Wohnung anhalten. Ich muss im Auto warten, bis er wieder aufbrechen möchte. Manchmal ist er stundenlang bei ihr. Nachmittags, abends ... Er scheint in letzter

Zeit nicht sehr viel zu arbeiten. Und plötzlich diese Reise nach Paris ...«

»Wie oft ist das passiert?«

»In letzter Zeit? Sehr häufig. Davor etwa einmal pro Woche, vielleicht ...«

Meine Stimme zitterte. »Und abends, wie lange ... wie lange bleibt er bei ihr?«

»Ich weiß es nicht. Ich setze ihn etwa gegen zwanzig Uhr ab und er sagt mir, dass ich Feierabend machen soll. Ich schätze, zurück nimmt er sich ein Taxi. Du weißt besser als ich, wann er nach Hause kommt.«

Mir wurde schlecht, als ich an all die späten Nächte dachte. Nick hatte mir erzählt, dass er eine Gruppe von ausländischen Investoren bespaßte und sie diversen ko-produzierenden Partnern vorstellte. Es gab eine hohe Vermittlungsprovision, das hatte er erzählt; er war so nah dran abzuschließen. Er klang so überzeugend.

»Was sonst noch?«, brachte ich schließlich hervor. »Es gibt noch mehr, nicht wahr?«

Er nickte. »Ich weiß nicht, ob ich dir davon erzählen soll. Ich möchte dich wirklich nicht aufregen, Natasha, du bist mir wirklich wichtig, weißt du? Ich meine, mit den Fahrstunden ist es so gut gelaufen und so ... Ich respektiere dich wirklich.«

»Sag es mir einfach, Herrgott nochmal.« Mittlerweile zitterte ich sichtbar.

Sam räusperte sich. »Ich, ähm ... hatte meinen Verdacht, aber keine Beweise. Als ich ihn also vor ein paar Tagen dort abgesetzt hatte, fuhr ich ein bisschen herum, kam dann zurück und parkte ein Stück die Straße hinauf. Ich ging zu ihrem Wohnblock und versteckte mich hinter einem Baum, von wo aus ich eine gute Sicht auf die Fenster hatte.« Er atmete tief durch. »Ich wusste, welche ihre Wohnung war, weil ich sie nach Hause bringen musste, nachdem sie sich hier so betrunken hatte. Sie war beinahe ohnmächtig und ich musste sie nach oben tragen und in ihr Bett legen. Die Sache ist die, dass ich weiß, welches ihr Schlafzimmer ist, und das war das Zimmer, in dem sie waren. Es war ziemlich offensichtlich. Ich meine, die Lichter im Wohnzimmer waren aus und sie hatten die Vorhänge nicht zugezogen. Es war, als wäre es ihnen egal, ob jemand sie sieht oder nicht.«

»Was haben sie gemacht?«

»Sind herumgelaufen, haben Champagner oder so etwas getrunken. Sie trug eine Art Kimono und er einen weißen Bademantel.« Er wandte seinen Blick ab. »Es tut mir leid ... Ich fühle mich wirklich scheiße deswegen, aber ...«

»Nein, du hast das Richtige getan. Wirklich. Ich bin dir sehr dankbar.« Die Worte kamen aus meinem Mund, aber ich verstand selbst nicht, was ich sagte. Ich sackte zusammen, konnte mich kaum noch auf den Füßen halten. Ich griff nach der Arbeitsplatte.

»Alles in Ordnung?«, flüsterte er. »Soll ich dir irgendetwas bringen?«

»Nein, nein, bitte geh jetzt einfach. Ich brauche etwas Zeit für mich.«

Er murmelte eine weitere Entschuldigung und schlich sich raus, wobei er die Tür leise hinter sich schloss. Ich sank auf den Boden und legte meinen Kopf in meine Hände. Sam musste die Wahrheit gesagt haben. Warum sollte er lügen? Er hatte dadurch keinen Vorteil und hatte doch so viel zu verlieren. Als die Tränen anfingen unkontrolliert über mein Gesicht zu laufen, hallte eine der Warnungen meiner Mutter lautstark in meinen Ohren wider. *Traue niemals einem Mann, der seine Ehefrau betrügt.*

11

HEUTE

Anna

Chris aus dem Betriebsmanagement hat sich »in mich verguckt«, das erzählt mir Margaret zumindest bei unserem morgendlichen Kaffee. Wir stehen in der Küche direkt neben unserem Großraumbüro.

»Ich weiß ja nicht, wie es dir geht«, sagt sie und tunkt ihren Keks ein, »aber ich finde, er ist ein richtiger Leckerbissen.«

Ich schaue durch den Raum dahin, wo Chris mit einer kleinen Gruppe Kollegen steht, alles Männer und alle sind gleich gekleidet, als wäre es eine Art Uniform. Ein hellblaues Hemd und eine schlecht sitzende, graue Hose, die sich unter einem hervorstehenden Bierbauch zusammenschnüren. Glänzende schwarze Schuhe und graue Socken. Blasse Haut, unauffällige Gesichtszüge und für ihre abstehenden Ohren viel zu kurzes Haar. Chris ist definitiv der Bestaussehendste aus dieser mittelmäßigen Truppe. Schlanker und größer und gesegnet mit einem Kopf voller, dicker, dunkler Locken. Mir war bereits aufgefallen, dass seine Augen haselnussbraun sind und seine Haut einen gesunden, gebräunten Teint hatte. Dennoch bin ich nicht interessiert.

»Geschieden«, fügt Margaret mit gesenkter Stimme hinzu. »Seine Frau hat ihn für einen anderen Mann verlassen. Das war wirklich sehr traurig. Eine Zeitlang sah er ganz grauenvoll aus, doch er scheint sich gefangen zu haben.« Ihre Stimme wird noch leiser und sie versteckt ihren Mund hinter dem Rand ihrer Tasse. »Es geht ihm wieder gut. Angeblich hat er zu Gott gefunden.«

»Oh«, antworte ich und bemerke, dass ich einen Hauch von Enttäuschung verspüre. »Ja. Er engagiert sich ehrenamtlich im St. Saviours – du weißt schon, dem Obdachlosenzentrum.« Ich muss an die Drogensüchtigen denken, denen ich vor ein paar Wochen begegnet bin und erschauere innerlich. »Letztens hat er mich nach dir ausgefragt. Mich ausgequetscht.« Sie nimmt einen Schluck von ihrem Kaffee und behält mich im Blick. »Ich muss zugeben, Schätzchen, dass ich nicht wusste, was ich sagen soll. Du bist hier nun schon über zwei Monate und ich weiß so gut wie gar nichts über dich ...«

Ich warte, bis die Pause ihr natürliches Ende erreicht. Falls das Margarets Art war, in meiner Vergangenheit herumzustochern, war es ein ziemlich plumper Versuch. »Ich schätze, ich bin ein Mensch, der Wert auf Privatsphäre legt«, sage ich schließlich und schenke ihr ein Lächeln. »Es dauert eine Weile, um mich richtig kennenzulernen.« Nicht, dass ich ihr jemals die Wahrheit erzählen würde, nicht in einer Millionen Jahre.

Margaret nimmt sich noch einen Keks aus der Packung. »Wie auch immer, er versucht ein paar neue ehrenamtliche Helfer für das Zentrum zusammenzutrommeln. Ich kann es nicht tun, ich habe nicht die Zeit dafür, aber du lebst doch alleine, nicht wahr?«

»Ja.«

»Nun, dann könnte es doch etwas für dich sein. So hast du die Möglichkeit, neue Leute kennenzulernen. Die anderen Ehrenamtlichen, meine ich«, sie lacht, »nicht die Obdachlosen. Von denen sollte man sich fernhalten.«

Wir kehren zu unseren Schreibtischen zurück und für den

Rest des Tages konzentriere ich mich auf die Bearbeitung der neuesten Anträge für Schrebergärten. Es ist erstaunlich, dass das jetzt meine Welt ist. Ich habe diesen Job als eine Art Bestrafung verstanden, aber eigentlich gefällt er mir sogar. Die Arbeit ist monoton, aber nicht so monoton, dass sie meinem Verstand erlaubt, in gefährliche Gefilde abzuschweifen. Es ist wichtig, sich zu beschäftigen, das sagt zumindest Lindsay, meine Therapeutin.

Vielleicht würde es also tatsächlich helfen, an manchen Abenden ehrenamtlich zu helfen. Ich denke darüber nach, während ich meinen Computer herunterfahre und meinen Schreibtisch aufräume. Jeder hier geht um Punkt siebzehn Uhr nach Hause, egal, wie viel Arbeit noch herumliegt.

Margaret und ich stehen vor den Fahrstühlen, als Chris sich zu uns gesellt.

Ich bin zwischen ihnen gefangen und spüre, dass das kein Zufall ist.

»Anna«, sagt er, »ich könnte dich nicht vielleicht davon überzeugen, ein paar Stunden deiner Zeit dafür zu opfern, den Obdachlosen zu helfen?«

»Na ja ... Ähm ...« Ich schaue zu Boden. »Die Sache ist die ... Ich bin mir nicht sicher, ob ich wirklich helfen kann.«

»Das darfst du gar nicht erst denken. Wir können alle helfen«, sagt Chris sanft, als der Fahrstuhl ankommt. Die Türen öffnen sich und wir treten ein. »Ich rede auch nur davon, Tee und Pommes zu verteilen, den Leuten zuzuhören und zu zeigen, dass sich um sie gesorgt wird. Ich habe gehört, wie du mit den Leuten am Telefon umgehst – du scheinst ein Händchen dafür zu haben.« *Aber du weißt nicht, welchen Hass ich für einen ganz bestimmten Menschen empfunden habe.*

Du weißt nicht, was ich getan habe.

»Ich werde darüber nachdenken.«, sage ich, als ich den Knopf drücke, der uns zum Erdgeschoss bringt.

Chris hält mit mir Schritt, während ich durch das Foyer gehe und durch die Drehtür trete. Er schlüpft hinter mir mit hinein und berührt meinen Rücken, als wir herumgeschoben werden. »Einige unserer Kunden sind eine echte Herausforderung«, erzählt er weiter, als wir auf den Bürgersteig treten, »aber andere sind bloß vom rechten Weg abgekommen und brauchen einen kleinen Schubs in die richtige Richtung.«

Das klingt sehr vertraut, denke ich und muss sofort an die letzten sechs Monate denken. Es gab Zeiten, in denen ich so verzweifelt war, dass ich mich leicht den Drogen hätte zuwenden können und bald auf der Straße gelandet wäre. Vielleicht würde es mir guttun, ehrenamtlich zu helfen – dann wäre ich vielleicht dankbarer für das, was ich habe, anstatt dem hinterherzutrauern, was ich verloren habe. Wie meine Oma immer zu sagen pflegte: »Es gibt immer jemanden, dem es noch schlechter geht als dir.« Chris spürt, dass ich im Begriff bin, nachzugeben. »Probier es ein paar Stunden lang aus und du wirst sehen, dass es dir gefällt. Wenn dem nicht so ist, verspreche ich dir, dich nie wieder darum zu beten.«

»Also gut«, höre ich mich selbst sagen.

»Fantastisch! Dann komm, hier geht's lang.« Er greift meinen Arm und zieht mich in die entgegengesetzte Richtung.

»Was, etwa jetzt sofort?« »Natürlich jetzt sofort.«

Die St. Saviours Kirche befindet sich hinter einem riesigen Wetherspoons, das anscheinend früher der Haupttreffpunkt der Stadt war. Sie erhebt sich in einem viktorianischen Backsteinbau, der für die schrumpfende Zahl der Gottesdienstbesucher viel zu groß und hellhörig ist. Als wir durch eine Seitentür eintreten, erklärt Chris mir, dass die Kirche kürzlich umgestaltet wurde: Das Kirchenschiff wurde drastisch verkleinert und es wurden verschiedene Bereiche abgetrennt, um Räume für Gemeindeaktivitäten zu schaffen. »Die Küche ist dort, Toiletten da drüber auf der anderen Seite.«

Er blieb vor der Tür stehen, die zu einer der Räumlichkeiten führte. »Noch ein paar Tipps, bevor wir reingehen ... Sei freundlich, aber nicht zu freundlich. Gib ihnen, abgesehen von deinem

Vornamen, keine persönlichen Informationen über dich preis, gib ihnen weder deine Telefonnummer und füg sie auch nicht als Freund auf Facebook hinzu. Gib ihnen niemals Bargeld, ganz egal, welche Geschichte sie dir erzählen. Das geben sie nur für Drogen aus.«

»Nein, natürlich nicht.«, sage ich und mein Kopf fängt an, sich zu drehen. *Warum mache ich das?*

Wir treten ein. Der Raum steht voller Sofas und Stühle, die nicht zusammenpassen, dreckigen Couchtischen und einem großen Esstisch in der Ecke. Es gibt ein Bücherregal mit schmuddeligen Büchern und einem Stapel alter Zeitschriften. Es sieht aus, wie auf einem Flohmarkt, aber es hat auch etwas Gemütliches. Ich überfliege eilig die Ansammlung von Menschen – alles Männer –, um sicherzustellen, dass ich niemanden von meiner Begegnung auf dem Industriegelände wiedererkenne.

Chris erhebt seine Stimme. »Jungs! Jungs! Das ist Anna, sie ist probeweise hier, um uns zu helfen, also legt bitte euer bestes Benehmen an den Tag.« Die meisten der Männer ignorieren ihn, wenden mir ihre Köpfe zu und geben Geräusche von sich, die einem Pfeifen ähneln sollen. »Na, na, so etwas möchte ich nicht hören. Wir behandeln unser Gegenüber respektvoll, schon vergessen?« Ich mache mir in Gedanken eine Notiz, dass ich das nächste Mal etwas weniger Feminines tragen sollte – falls es ein nächstes Mal gibt.

»Also, was soll ich tun?«, frage ich.

»Wie wäre es mit einer Runde Tee? Ich komme mit dir und zeige dir, wo alles steht.«

Während wir in der Küche sind, gibt Chris mir einen Überblick über einige der Stammgäste. Ein Typ ist gerade erst aus dem Gefängnis gekommen, weil er seine Mutter verprügelt hat; ein anderer hat einen Abschluss in Chemie; der Dritte war früher beim Militär. Die meisten von ihnen, so erzählt er mir, sind auf der Straße gelandet, nachdem ihre Ehen zerbrochen sind oder sie entlassen wurden – oder sogar beides. »Der Abstieg in die Obdachlosigkeit kann sehr schnell passieren«, sagt er und hält die dünnen

Plastikbecher fest, während ich aus einem riesigen Teekessel den Tee hineingieße. »In der einen Minute bist du glücklich und in der nächsten hat man keine Frau mehr, keinen Job, kein Geld, kein Zuhause ...«

»Ja, das kann jedem passieren«, sage ich und gebe mir Mühe, meine Stimme ruhig zu halten. Wir geben Milch in die Becher und stellen sie auf ein Tablett. »Sollen wir?«

Als wir zurück in den Hauptraum kommen, sind noch mehr Männer eingetroffen, außerdem ein paar junge Frauen. Die Atmosphäre ist geräuschgeladen; die Unterhaltung – wenn man es so nennen kann – hat einen scharfen Unterton. Die Männer verarschen sich gegenseitig und das nicht auf eine besonders freundliche Art. Ich gebe den Tee aus und nehme Bestellungen für Würstchen im Blätterteig und Pasteten entgegen – anscheinend spendet eine lokale Bäckerei Waren, die nicht verkauft wurden. Zwischendurch steckt der Pfarrer kurz seinen Kopf hinein, um Hallo zu sagen, dann eilt er wieder davon. Zwei weitere Ehrenamtliche treffen ein, beides Frauen, und machen sich in der Küche sofort an die Arbeit, stellen den Ofen an und öffnen Dosen mit Bohnen, die von ihrer Größe nach zu urteilen sonst in Kantinen zum Einsatz kommen.

»Kann ich euch helfen?«, frage ich und bleibe im Türrahmen stehen. Hier draußen zwischen den Gesangsbüchern und den bunten Fenstern fühle ich mich sicherer.

»Nicht wirklich«, sagt eine der Frauen und hält einen Vier-Liter-Kanister Milch in die Luft. »Wer hat die hier stehen lassen? Ernsthaft!« Ich gestehe das Verbrechen nicht. Stattdessen mache ich einen Abstecher zu den Toiletten, den ich eigentlich nicht bräuchte und kehre dann widerwillig in den Hauptraum zurück.

Chris versucht gerade ein Kartenspiel in Gang zu bringen, aber keiner der Typen scheint es ernst zu nehmen. Mittlerweile ist hier wirklich viel los. Da es nicht genügend Sitzplätze gibt, stehen die Leute in Grüppchen zusammen oder gehen unruhig auf und ab. Ich kann ihre Gesichter nicht erkennen, was mich nervös macht. Ein sehr großer dicker Mann ist aufgetaucht – seine

Klamotten sind dreckig und seine Jogginghose hängt ihm unter der haarigen Pofalte. Der Gestank, der von ihm ausgeht, ist so stark, dass ich am liebsten sofort die Flucht ergriffen hätte. Er wird Taube genannt und es ist offensichtlich, dass alle einen weiten Bogen um ihn machen. Er ist betrunken oder high. Wenn man Gebrauch des Zentrums machen möchte, darf man nichts davon sein, aber es ist mir schleierhaft, wie die Ehrenamtlichen ihn ohne Kampf loswerden wollen. Das ist nichts für mich, entscheide ich, als sein fleckiges Gesicht mich durch den Raum hinweg ansieht.

»Ich hoffe, es macht dir nichts aus, aber ich gehe jetzt«, sage ich zu Chris. »Ich habe heute Abend noch etwas vor und …«

Er schaut auf, während er die Karten mischt. »Oh, das ist aber schade. Na ja, danke trotzdem. Ich hoffe, du kommst bald wieder. Du siehst ja, wie viel Hilfe wir hier benötigen.«

Ich gebe ein unverbindliches Grunzen von mir. »Wir sehen uns dann morgen. Bei der Arbeit.«

Es ist ein warmer Sommerabend, beinahe schon dunkel. Ich entscheide, nicht über den Rec Yard nach Hause zu gehen; das würde sich zu dieser Tageszeit nicht sicher anfühlen. Außerdem gibt es einen direkteren Weg von der Kirche zu meiner Wohnung, indem ich am Bahnhof vorbei und über die große Brücke am Fluss gehe.

Ich mache mich in moderatem Tempo auf den Weg, wobei ich über die Leute nachdenke, die ich heute kennengelernt habe. Ich bin einem Gott, an den ich nicht glaube, sehr dankbar, dass ich nicht so tief gesunken bin. Wenigstens habe ich einen Job und einen Ort zum Wohnen. Wenigstens bin ich am Leben.

Nein, geh da nicht hin. Nicht jetzt. Niemals wieder.

Im Stadtzentrum ist es totenstill. Die Läden und Cafés haben schon lange geschlossen und es sind nur noch wenige Leute unterwegs. Ich komme an mehreren Männern vorbei, die in Hauseingängen ihr Nachtlager aufgeschlagen haben und an einer Frau, die auf einem Elektroroller unterwegs ist. Erst als ich auf der Hauptstraße an mehreren hohen Reihenhäusern vorbeigehe, wird mir bewusst, dass jemand hinter mir ist. Ihr Tempo scheint meinem zu entsprechen; als würde sie oder er vorsätzlich in meinem Takt laufen.

Mein Puls erhöht sich und ich fühle, wie ich umgehend in Schweiß ausbreche. Ich möchte mich umdrehen und sehen, wer es ist, doch ich traue mich nicht. Wahrscheinlich ist es nur eine unbeteiligte Person, die vom Bahnhof aus nach Hause geht, oder jemand mit seinem Hund. Nur, dass ich keinen Hund hören kann.

Ich erhöhe mein Tempo etwas und die Person hinter mir tut es mir gleich. Sie muss nur noch wenige Meter hinter mir sein; ich höre ihre Schritte und den schweren Atem. Könnte es die Taube sein? Ich glaube, er war noch in dem Zentrum, als ich gegangen bin, aber ich schätze, er hätte mir nach draußen folgen können. Es war wirklich dumm von mir, nicht zu überprüfen, ob ich alleine war. Ich schlucke schwer und gehe etwas schneller, wobei ich mich an meine Tasche klammere. Mein Verfolger wird ebenfalls schneller. Falls es die Taube ist, ist das Letzte, was ich tun möchte, ihn zu meinem Haus zu führen.

Vielleicht sollte ich mich umdrehen und zum St. Saviours zurückgehen. Ich weiß nicht, wo Chris wohnt, aber vielleicht könnte er mich nach Hause begleiten. Oder ich könnte mir ein Taxi rufen. Normalerweise versuche ich es zu vermeiden, in ein Auto zu steigen, aber heute Abend scheint es mir das geringere Übel zu sein.

Beruhige dich ... Du weißt noch nicht einmal sicher, ob du überhaupt verfolgt wirst.

Doch, ich weiß es. Ich kann die Bedrohung spüren.

Ich erreiche die Steinbrücke und werde von der Brise des dunklen Flusses getroffen, der unter ihr hindurchrauscht. Das ist meine Chance. Einige Autos rasen an mir vorbei, dann haste ich durch eine Lücke und laufe auf die andere Straßenseite. Mit dem Verkehr zwischen uns kann ich mich endlich umdrehen.

Dort steht eine Gestalt, Kapuze über den Kopf gezogen, Hände in den Hosentaschen. Eine schlankere, kleinere Gestalt, als ich sie mir vorgestellt habe. Nicht die Taube. Irgendjemand anderes aus dem St. Saviours? Es könnte so ziemlich jeder sein.

Sogar eine Frau. Könnte er es sein? War er heute Abend dort? Habe ich ihn übersehen?

Die Gestalt dreht sich um, lehnt sich gegen einen Brückenpfeiler und schaut auf das Wasser hinab. Was will sie? Wartet sie darauf, dass ich wieder zurück auf die andere Straßenseite wechsle? Ich habe dieses überwältigende Gefühl, dass, wer auch immer das ist, er oder sie mit mir reden möchte.

Ich wende mich ab und renne los, falle beinahe hin, als ich einen Blick über meine Schulter werfe. Sie ist immer noch da, blickt über die Mauer der Brücke hinunter. Vielleicht bilde ich es mir nur ein.

Sobald ich zurück in meiner Wohnung bin, schließe ich ab, lege den Riegel vor und werfe mich auf mein Bett. Mein Herz rast wie wild in meiner Brust und ich habe schmerzhafte Seitenstiche. Ich kann nicht glauben, wie dumm ich heute Abend gewesen bin. Was habe ich mir dabei gedacht, zu diesem furchtbaren Ort zu gehen? Mich selbst einer potenziellen Gefahr auszusetzen ...

Denn falls er es war und er weiß, wo er mich findet, könnte er es verraten.

Ein gewisser Jemand würde einen Haufen Geld dafür bezahlen, um herauszufinden, wo ich bin. Geld, von dem man eine Menge Alkohol und Drogen kaufen konnte ...

Ich nehme das Foto unter meinem Kissen hervor und drücke es gegen meine Wange. »Es tut mir so leid«, flüstere ich und küsse ihr wunderschönes Gesicht. »So unendlich leid.«

1 2

DAMALS

Natasha

Sams grausame Enthüllung hatte mich tief getroffen, mein gesamter Körper schmerzte so sehr, dass ich mich kaum noch bewegen konnte. Die Küchenfliesen fühlten sich kalt und hart unter meiner Wange an. Meine Augen klebten zusammen und ich konnte salzige Tränen schmecken. Wie lange hatte ich so dagelegen?

Aus dem Obergeschoss kamen Geräusche. Emily war aufgewacht und rief nach mir. Ich stand taumelnd auf und schleppte mich die Treppe hinauf, meine Beine fühlten sich mit jedem Schritt schwerer an. »Ich komme, mein Schatz!«, krächzte ich, aber meine Stimme war vom Weinen so mitgenommen, dass ich keinen Ton herausbekam. Ich ging in ihr Zimmer und hob sie aus ihrem Bettchen. Sie schaute mich böse an, als wollte sie mich dafür tadeln, dass ich so lange auf mich hatte warten lassen.

»Entschuldige«, sagte ich. »Mama ist jetzt ja da.« Ich tastete die Leggings über ihrem Po ab. »Ich glaube, wir müssen dir eine frische Windel anziehen.« Ich trug sie ins Badezimmer und wie immer kämpfte sie unentwegt gegen mich an. »Bitte, Emily, sei ein braves Mädchen! Ich verkrafte das jetzt nicht«, flehte ich, als ich mühsam die Klebestreifen befestigte. Ihr kleines Gesicht verzog sich zu einer Grimasse. »Ist okay, mein Schatz, schon okay. Du hast nichts falsch gemacht. Mama ist nur ein bisschen traurig, das ist alles.« Ich drückte sie an mich, fühlte, wie ihr kleines Herz gegen meine Brust schlug. »Lass uns runtergehen und etwas essen, okay?«

Ich trug sie nach unten in die Küche und wollte sie in ihren Hochstuhl setzen, aber sie trat um sich und schüttelte den Kopf, also setzte ich sie auf den Boden. Es war Zeit für ihr Mittagessen, doch mir fiel nichts ein, was ich ihr geben konnte. Ich öffnete den Kühlschrank und starrte auf den Inhalt. Es war, als hätte ich vergessen, was Essen überhaupt ist.

»Mama! Mama!« Sie watschelte herüber und wickelte ihre Arme um meine Beine. Ich streichelte ihren Kopf, während sie verwirrt zu mir hochschaute. Ich schluckte eine neue Flut Tränen hinunter und zwang mich zu einem Lächeln. »Was sollen wir dir machen? Ein kleines Sandwich? Wie wäre es mit Schinken, du magst Schinken, nicht wahr?« Ich löste sie vorsichtig von meinen Beinen und schnitt etwas Brot. »Oh, lecker, ein Schinkensandwich, wir lieben Schinkensandwiches. Wenn du alles aufgegessen hast, kannst du danach noch ein paar Maisflips haben, wie wäre das?« Ich plapperte weiter, erfüllte die Luft mit Worten bei dem Versuch, normal zu klingen. Aber in meinem Kopf spielten sich schreckliche Bilder ab, als liefen sie durch ein Kaleidoskop: Nick und Jen trinken Champagner in ihren Morgenmänteln, küssen sich, schmiegen sich aneinander, haben Sex. Waren sie jetzt auch zusammen, in diesem Moment, und vögelten in einem Hotelzimmer in Paris?

Ich fühlte einen stechenden Schmerz und als ich nach unten blickte, sah ich, dass ich mir mit dem Brotmesser in den Finger geschnitten hatte. Es fühlte sich fast wie eine Erleichterung an. Ich hielt meine Hand unter einen Strahl kalten Wassers. Dann riss ich mich zusammen. Das würde nicht passieren. Ich durfte meinen

Verstand nicht verlieren; ich musste mich konzentrieren. Wenn für niemanden sonst, dann wenigstens für Emily.

»Dumme Mama«, sagte ich und drückte ein Stück Küchenpapier auf den Schnitt, während ich nach dem Erste-Hilfe-Kasten suchte. Es war schwierig, den Koffer mit einer Hand zu öffnen und dann die Tube mit der antiseptischen Creme zu öffnen. Emily war hungrig und wurde grummelig, rüttelte an den Beinen ihres Hochstuhls und zog sie geräuschvoll über den gefliesten Boden. Ich klebte schnell ein Pflaster über meine Wunde und machte mich wieder an ihr Sandwich. »Hier, möchtest du heute mal am Tisch sitzen wie ein großes Mädchen?« Ich stellte ihren Peppa-Wutz-Teller auf den Tisch. Sie nickte und ließ zu, dass ich ihr auf den Stuhl half.

Ich schenkte ihr einen Becher Orangensaft ein und setzte mich ihr gegenüber, von wo aus ich jeden Bissen lobte, den sie schaffte, sich in den Mund zu stecken. Ich war zu aufgewühlt, um selbst etwas zu essen. Alles, was ich wollte, war, mich wie ein Igel einzurollen und so zu tun, als wäre nichts passiert. Oder durch das Haus zu laufen, mir die Seele aus dem Leib schreien und Dinge gegen die Wand werfen. Aber beides konnte ich nicht tun. Ich musste mich um Emily kümmern und mich so verhalten, als wäre alles wie immer. Doch innerlich fühlte ich, wie einzelne Teile von mir bereits abstarben.

Nach dem Mittagessen gingen wir in den Garten. Emily trabte den Weg auf und ab, schob Gemma die Giraffe in ihrem Spielzeugbuggy vor sich her und hielt hin und wieder an, um die kleine Decke zu richten und ihr einen Kuss auf ihren länglichen Kopf zu geben. Sie war diesem harten Plastikspielzeug gegenüber so liebevoll. Vor Kurzem hatte ich ihr eine richtige Puppe gekauft, die in die Windeln machte und gluckste, wenn man ihren Bauch drückte. Aber Gemma hatte von Anfang an aus der Ecke ihres Gitterbettchens über Emily gewacht und sie würde ihr für immer treu bleiben. Das war mehr, als man von ihrem Vater behaupten konnte, dachte ich missmutig, während ich sie von der Terrasse aus beobachtete.

Wie konnte das passieren? War es meine Schuld? Hatte ich etwas falsch gemacht? Ich hatte mein Bestes gegeben, eine gute Ehefrau zu sein, wenn das bedeutete, den Haushalt zu schmeißen, mich um Emily zu kümmern und meinen Ehemann zu unterstützen. Ich hatte mich nie geweigert, mit ihm zu schlafen. Ich hatte mich nicht gehen lassen, nachdem Emily geboren wurde. Ich hatte mich nie darüber beschwert, dass er auswärts arbeitete oder erst spät in der Nacht nach Hause kam. Ich hatte keinen Schuldenberg auf seiner Kreditkarte verursacht. Ich hatte ihn nicht betrogen. Ich hatte alles in meiner Macht Stehende getan, um mich seinem Lebensstil anzupassen, obwohl es nicht leicht für mich gewesen war. Ich hatte Freundschaften geopfert, beinahe den Kontakt zu meiner Mutter aufgegeben. Ich hatte mir von seiner Familie eine ganze Menge Scheiße gefallen lassen. Und so zahlte er es mir zurück ... Ein durchdringendes Gefühl von Ungerechtigkeit machte sich in meinem Magen breit. Das war so unfair. So grausam. Ich verdiente es nicht, so behandelt zu werden.

Oder vielleicht verdiente ich es doch. Vielleicht war das die Strafe Gottes dafür, dass ich Nicks erste Ehe kaputt gemacht hatte. Es fiel mir nicht schwer mir vorzustellen, dass Jen auf einer Mission war, um Nick zurückzubekommen. Obwohl ich nicht verstand, wie sie das geschafft hatte. Nick hatte immer gesagt, dass ihre Ehe schon seit Jahren tot gewesen war; dass es seine Erlösung war, dass er mich von meinem Fahrrad geholt hatte. Ich war ein von Gott gesandter Engel, der ihm noch eine Chance gewährt hatte, glücklich zu werden. War das alles nur leeres Gerede? Es hatte sich nicht so angefühlt. Aber jetzt ... Plötzlich war alles in der Schwebe; jeder Teil meines Lebens schien unaufhaltsam durcheinander geworfen zu werden. Nichts war noch sicher, ich konnte keinen Teil meines Lebens greifen und ihn sicher bei mir halten, konnte niemandem mehr vertrauen. Nur meinem wunderschönen, kleinen Mädchen.

Sie saß neben dem Blumenbeet im hinteren Teil des Gartens und bohrte mit den Fingern in der Erde. Mein Herz schmerzte vor Liebe und ich fühlte ein plötzliches, verzweifeltes Verlangen, sie in meine Arme zu schließen. Also stand ich auf, ging den Pfad hinunter und ging neben ihr in die Hocke.

»Was hast du gefunden?«, fragte ich. Emily schaute zu mir auf und lächelte. »Oh, ich sehe es schon!« Ein langer, pinker, fleischiger Wurm wand sich in der Erde. Ich hob ihn hoch und hielt ihn ihr hin, damit sie ihn betrachten konnte, doch sie rümpfte angeekelt die Nase. »Ist schon okay, das ist nur ein Wurm, wie in diesem Lied. Sollen wir es singen? ... Hörst du die Regenwürmer husten? Ahem-ahem! Wenn sie durchs dunkle Erdreich ziehen? Wenn sie sich winden ...« Ich brach ab. Wie ging es noch mal weiter? Ich hatte die Strophen schon hunderte Male gesunden, aber die Worte wollten sich mir einfach nicht mehr offenbaren.

»Ahem-ahem!«, sagte Emily, als sie versuchte, mir auf die Sprünge zu helfen.

Ich umarmte sie so fest, dass sie anfing zu meckern, doch ich konnte sie nicht loslassen. »Mama liebt dich so doll«, flüsterte ich. »So unglaublich, unglaublich doll.«

Die folgende Nacht war grauenvoll, ich machte kein Auge zu. In der Dunkelheit kamen die Dämonen zurück, folterten mich mit Bildern von Nick und Jen. Es war heiß und fühlte sich so an, als wäre sämtlicher Sauerstoff aus dem Zimmer gezogen worden. Ich versuchte, mich gegen den Ansturm der Gedanken zu wehren, die sich durch meinen Kopf bahnten und von roher Eifersucht bis zu verworrenen Verschwörungstheorien reichten. Was, wenn Jen Nick gezwungen hatte, zu ihr zurückzukommen? Ich wusste, dass er finanziell in ihr Innenarchitektur-Unternehmen involviert war; vielleicht hatte er einen schwerwiegenden Fehler begangen und sie besaß die Macht, ihn ins Gefängnis zu bringen. War ihre neue Beziehung der Preis, den er für ihr Schweigen zahlen musste? Es war eine lächerliche Theorie, doch in den frühen Morgenstunden gab ich mich ihr eine Zeitlang hin. Ich konnte es nicht ertragen, ihn als den hinterlistigen Bösewicht anzusehen, auch wenn die Wahrheit direkt vor mir lag. Am Morgen gab ich mich geschlagen.

Ich stand um fünf Uhr auf und ging nach unten, um mir einen Tee und ein Toast zu machen. Gestern hatte ich fast nichts gegessen und mein Magen rumorte vor Hunger. Emily schlief noch in ihrem Gitterbettchen. Gott sei Dank würde sie heute in den Kindergarten gehen – ich würde den Vormittag brauchen, um mich zu sammeln. Nick würde an diesem Abend wiederkommen und ich musste mich entscheiden, was ich tun wollte. Allein der Gedanke daran, ihn zu sehen, rief Atemnot und Übelkeit in mir hervor. Was würde ich zu ihm sagen? Was, wenn er es abstritt? Was, wenn er das nicht tat? Ich wusste nicht, was schlimmer wäre. Ich fühlte mich so gedemütigt, so nutzlos und unattraktiv. Warum hatte ich die Zeichen nicht gesehen und etwas unternommen? Warum hatte ich mir Jens Verhalten gefallen lassen und zugelassen, dass sie sich ihn zurückholt? Die beiden mussten mich für eine komplette Idiotin halten. Ich schämte mich für meine Dummheit. Ich wollte weglaufen und mich verstecken, aber wohin sollte ich gehen? Ich musste nicht nur an mich denken, sondern auch an Emily.

Und mir fiel nur eine Person ein, die uns aufnehmen konnte: Mom. Ich musste in den sauren Apfel beißen. Es würde eine Tirade von »Ich habe es dir doch gleich gesagt!« und »Was hast du denn erwartet?« auf mich niederprasseln, aber ich schätze, das habe ich verdient. Mom würde mich nicht im Stich lassen. Wir hatten in der Vergangenheit unsere Probleme miteinander, doch sie entstammten alle meiner Beziehung zu Nick. Da sie jetzt vorbei war, würde es zwischen uns wieder besser laufen, dachte ich.

Entsprach das der Wahrheit? War unsere Ehe wirklich vorbei? Ich fühlte einen Anflug von Panik. Das durfte einfach alles nicht wahr sein und dennoch wusste ich, dass es genau das war. Ich kippte ein großes Glas kalten Wassers hinunter und versuchte die Kontrolle über meinen Atem zurück zu gewinnen.

Das Babyphon erklang. Emily war aufgewacht. Ich konnte sie in ihrem Bettchen glucksen und summen hören. Ich setzte meine Maske auf, um ihr eine normale, ruhige Mutter zu sein, und ging nach oben.

Nachdem ich Emily in den Kindergarten gebracht hatte, rief

ich meine Mom an und erzählte ihr alles. »Was für ein Schwein«, sagte sie. »Nicht, dass es mich überrascht. Einmal ein Betrüger, immer ein Betrüger.«

Die Putzhilfe war aufgetaucht, weshalb ich mich im Schlafzimmer versteckte und in den Hörer flüsterte. »Ich verstehe es nicht, ich meine, warum ist er zu ihr zurückgegangen? In unserer Ehe lief nichts schief, wir waren glücklich. Das ergibt keinen Sinn.«

Mom seufzte schwer. »So etwas habe ich schon mal gehört – Sex mit der Ex wird als weniger schlimm angesehen, als mit einer neuen Person fremdzugehen. Ich vermute, sie hat es ihm auf einem silbernen Tablett serviert und jetzt wollte er einen Nachschlag. Nick ist genau wie all die anderen Männer da draußen. Sie sind alle Sklaven ihrer Triebe.«

»Sag so etwas nicht.«

Ich konnte hören, wie Mom an ihrer Zigarette zog. »Was hat er gesagt, als du ihn damit konfrontiert hast?«

Ich hielt kurz inne. »Das habe ich noch nicht. Er ist in Paris, angeblich geschäftlich, aber er könnte genauso gut mit ihr zusammen sein. Das ist alles so ... so demütigend. Ich komme gegen Jen nicht an, sie ist zu stark für mich. Ich muss einfach verschwinden. Sofort.«

»Hmm ... Das ist eine wirklich schlechte Idee«, sagte sie. »Er sollte derjenige sein, der geht, nicht du.«

»Aber er kommt heute Abend nach Hause«, jammerte ich. »Was soll ich ihm sagen? Ich kann nicht so tun, als wäre alles in Ordnung, ich kann nicht im selben Bett schlafen wie er, in dem Wissen ...«

»Hör mir zu, Natasha.« Moms Tonfall wurde härter. »Hör auf dich selbst zu bemitleiden. Du musst dich in eine bessere Position bringen, bevor du etwas so Drastisches tust. Du kannst nicht einfach ohne einen einzigen Cent in deiner Tasche davonlaufen. Geh zu einem Anwalt und lass dich vernünftig beraten.« Das, was sie sagte, ergab Sinn, doch ich wollte es nicht hören. Ich wollte nicht warten, ich wollte sofort handeln. »Können wir bitte zu dir kommen?«, fragte ich mit leiser, aber hoffnungsvoller Stimme.

Mom zögerte, bevor sie antwortete. »Ich möchte wirklich nicht grausam klingen, aber ernsthaft, Liebes, ich denke, dass du erst einmal mit dir selbst ins Reine kommen musst. Hier ist kein Platz, schon gar nicht für ein Kind. Ich kann es mir nicht leisten, die Heizung den ganzen Tag laufen zu lassen oder euch durchzufüttern. Ich verdiene nur den Mindestlohn, das weißt du doch.«

»Mom, wir brauchen die Heizung doch noch nicht und ich kann dir helfen.«

»Ich meine es ernst, Natasha. Du musst jetzt stark sein. Sei nicht so eine Närrin, wie ich es war. Dein Herz hat dich in dieses Schlamassel gebracht, aber du brauchst einen kühlen Kopf, um da wieder herauszukommen.«

13

DAMALS

Natasha

Nick schrieb mir, um mir mitzuteilen, dass sein Flug aus Paris Verspätung hatte und ich nicht auf ihn warten sollte. Als er kurz vor Mitternacht zu Hause ankam, lag ich bereits im Bett, hatte die Lichter gelöscht und gab vor zu schlafen. Doch ich war hellwach, meine Sinne waren in Alarmbereitschaft, wie ein Tier, das spürt, wie sich ein Jäger nähert. Mein Herz schlug wie wild und meine Augen zuckten unter den Lidern hin und her. Ich versuchte, nicht zu erschaudern, als er unter die Decke schlüpfte und sich an mich kuschelte. Seine Haut fühlte sich kalt und frisch an, aber anstatt mich zu erregen, wie sie es schon unzählige Male getan hatte, fühlte ich nichts als Abscheu. War er wirklich auf Geschäftsreise gewesen oder hatte er die letzten vierundzwanzig Stunden mit ihr verbracht?

Emily wachte früh auf, um kurz nach sechs, und ich stand sofort auf, um nach ihr zu sehen. Ich war schon seit Stunden wach und dankbar, dass sie mir einen Grund gab, aufzustehen. Ich ging mit ihr nach unten und schaltete den Fernseher ein. Es lief eine ihrer Lieblingssendungen, also ließ ich sie weiterschauen, während ich mir eine Tasse Tee machte.

Die Atmosphäre im Haus schien sich verändert zu haben. Ich fühlte mich losgelöst, wie eine Fremde, die in einer luxuriösen Ferienwohnung wohnt, die Besitztümer einer anderen benutzt und vorgibt, ihr Leben zu leben. Ich beäugte all unsere Küchengeräte – die schicke Küchenmaschine, den unglaublich teuren Entsafter, die Barista-Kaffeemaschine, den Brotbackautomaten. All diese High-End-Designerprodukte hatten nie zu mir gepasst – ich hatte versucht, mich mit ihnen anzufreunden, um Nick zu gefallen, aber im Herzen war ich noch immer das einfache Mädchen aus der Sozialbausiedlung. Ich war in meinen eigenen vier Wänden ein Außenseiter gewesen, eine Hochstaplerin. Die letzten Jahre fühlten sich plötzlich wie ein einziges langes Versteckspiel an.

Als Nick eine Stunde später herunterkam, frühstückten Emily und ich gerade. »Guten Morgen, meine wunderschönen Damen«, sagte er und gab uns beiden einen Kuss auf die Wange. »Mhm, Haferbrei, lecker, lecker.«

»Lecker!«, plapperte Emily ihm nach und rieb sich Haferbrei auf ihren Schlafanzug. Nick stellte die Kaffeemaschine ein und machte sich einen Toast. »Alles okay?«, fragte er nach einigen Minuten der Stille.

»Du scheinst etwas ... na ja, abwesend zu sein.«

»Was? Nein, alles okay, ich bin nur müde.« Ich wandte mich ab und biss mir auf die Lippen. Ich hatte mir vorgenommen, mich normal zu verhalten, aber offensichtlich war ich nicht besonders überzeugend. »Wie war es in Paris?«

»Oh, wie immer. Streit ums Geld. Aber sie haben mich zu einem fantastischen Mittagessen eingeladen, also nehme ich es nicht zu schwer. Das Steak war nicht von dieser Welt und der Lavakuchen, o mein Gott, der war zum Niederknien. Irgendwann müssen wir dort zusammen hinfahren, es würde dir gefallen.« Seine Stimme war gleichmäßig; es klang, als würde er die Wahrheit sagen. Aber ich wusste aus eigener Erfahrung, dass mein

Ehemann ein ausgezeichneter Lügner war – während unserer Affäre hatte er Jen andauernd angelogen. Das durfte ich nicht vergessen.

Die nächsten paar Wochen arbeitete Nick hauptsächlich von zu Hause aus. Er zog sich in sein Büro im obersten Stockwerk des Hauses zurück und kam dann stundenlang nicht heraus. Manchmal hörte ich ihn telefonieren oder die Decke von Emilys Zimmer knarzen, wenn er auf und ab ging. Vorher hatte ich mich danach gesehnt, dass er mehr Zeit zu Hause verbrachte, doch nun machte seine Anwesenheit mir Sorgen. Ich fühlte mich, als stünde ich unter Beobachtung – als wüsste er, dass ich eine Flucht plante.

Sam kam nicht vorbei, der Range Rover stand unbewegt in unserer Einfahrt. Wo war er? Hatte er seine Kündigung bereits eingereicht, wie er es angekündigt hatte?

Ich wagte es nicht, Nick zu fragen, weil ich so möglicherweise Verdacht erregte. Ich fühlte mich wirklich schlecht, weil er seinen Job möglicherweise aus Loyalität mir gegenüber verloren hatte. Was, wenn Nick wusste, dass Sam mir erzählt hatte, was er beobachtet hatte? Es fühlte sich an, als würden wir Psychospielchen miteinander spielen, obwohl es oberflächlich betrachtet zwischen uns gut zu laufen schien. Ich achtete mit Bedacht darauf, den Schmerz, den ich in meinem Innern fühlte, nicht zu offenbaren, oder die Tatsache, dass ich in jeder Sekunde von jedem weiteren schrecklichen Tag an nichts anderes denken konnte als Nick und Jen.

Manchmal wurden die Bilder so durchdringend, dass ich körperliche Schmerzen empfand. Ich stellte mir vor, wie ich zu ihrer Wohnung ging und die beide im Bett überraschte – manchmal endeten diese Gedankenspiele mit Gewalt. Jedes Mal, wenn er das Haus verließ, war ich mir sicher, dass er zu ihr ging. Wenn er aus dem Fitnessstudio zurückkam, nahm ich seine Sportsachen aus dem Wäschekorb und überprüfte, ob sie nach Schweiß rochen. Ich ging seine Taschen durch, suchte nach verdächtigen Belegen – Essen für Zwei, Bestellungen von einem Floristen, romantische Geschenke – und fand nichts. Aber das bedeutete nicht, dass nichts vor sich ging.

Sein Handy konnte nur noch mit seinem Fingerabdruck aktiviert werden, abgesehen davon trug er es immer bei sich. Manchmal, wenn ich mich mitten in der Nacht unruhig im Bett herumwälzte, während er friedlich schlief, verspürte ich diesen schrecklichen Drang, seinen Finger zu benutzen, um mich durch seine Nachrichten klicken zu können. Ich stellte mir vor, wie ich heiße, verruchte Nachrichten fand, die Art, die er mir damals geschickt hatte, und Bildbeweise dafür, dass er und Jen Sex hatten. Aber ich traute mich nicht, dieses Risiko einzugehen, falls er aufwachen würde.

Nick war währenddessen gut gelaunt und schien auf einem Gesundheitstrip zu sein – er stand früh auf, um laufen zu gehen, und machte sich einige ekelhaft aussehende Smoothies. Natürlich sah ich das alles als Beweis dafür, dass er sich für Jen in Form brachte.

»Dieses von zu Hause aus arbeiten ist super«, verkündete er beim Mittagessen, während er sich eine große Portion Salat auflud. »Viel besser, als den ganzen Morgen im Verkehr festzustecken. Und es ist fantastisch, dass ich mehr Zeit mit meinem umwerfenden kleinen Mädchen verbringen kann.« Er lehnte sich herüber und tippte Emily auf die Nase, was sie zum Kichern brachte. »Und, dass ich mehr von dir sehen kann«, fügte er nach einer Weile hinzu.

Es fiel mir schwer, die Scharade aufrecht zu erhalten, doch ich kümmerte mich weiter um Emily, ließ mir die Nägel machen, bestellte Lebensmittel, kochte jeden Abend eine ausgewogene Mahlzeit und unterhielt mich am Esstisch mit Nick darüber, wie mein Tag war, auch wenn ich es kaum ertragen konnte, ihm ins Gesicht zu sehen, und jeder Bissen mir im Halse stecken blieb. Die eine Sache, zu der ich mich nicht überwinden konnte, war mit ihm zu schlafen – ich wusste, dass ich meine Emotionen dabei nicht unter Kontrolle hätte und zusammenbrechen würde. Er versuchte es einige Male, doch ich gab vor zu schlafen oder täuschte die üblichen Kopfschmerzen vor, wonach er sofort aufgab. Ich schloss daraus, dass er es nur wegen seiner Schuldgefühle probierte, oder um meinen Verdacht zu zerstreuen. Der Gedanke, dass er mich noch immer liebte, fühlte sich absurd an.

Während dieser verrückten, dunklen Tage, gab ich mir selbst die Schuld für mein Leiden. Meine Freunde hatten recht gehabt: Ich habe die Schwesternschaft betrogen und mich mit einem verheirateten Mann eingelassen, um seine Frau zu hintergehen. Jen und ich hatten die Plätze getauscht. Was für eine perfekte, köstliche Rache. Nur war das, was sie mir antat, schlimmer als das, was ich getan hatte, denn dieses Mal war ein Kind mit im Spiel.

Ich musste immer wieder an meine eigene Kindheit denken, es gab nur mich und meine Mutter. »Zwei ist eine gute Menge«, war ihr Motto gewesen – wir sprachen nie über die fehlende dritte Person, die ihrer Meinung nach eine zu viel gewesen wäre. Ich fragte mich, wie es für Emily werden würde, ohne ihren Vater aufzuwachsen. Sie war nicht mal zwei Jahre alt – es war unwahrscheinlich, dass sie sich an ein Leben mit ihm erinnern könnte. Ich hatte überhaupt keine Erinnerungen mehr an meinen Vater und ich habe auch überlebt, oder?

Einige Freunde von mir hatten ihre Kindheit damit verbracht, von einem Zuhause zum nächsten zu ziehen. Sie mussten sich an verschiedene Haushalte mit ihren aufeinanderprallenden Regeln und Familienkulturen anpassen. Das wollte ich nicht für Emily und ich wusste, dass es Nick ähnlich sehen wird. Wenn es noch eine Sache gab, der ich mir sicher war, egal wie sehr wir uns streiten würden, Emily wird immer an erster Stelle stehen.

Als der Tag voranschritt, wurde das Bedürfnis wegzulaufen immer stärker, doch Moms Ratschlag hielt mich zurück. Ich befand mich in einer sehr schlechten Position – ich hatte praktisch keine Ersparnisse und Mom war nicht in der Lage, uns zu unterstützen. Bevor ich den nächsten Schritt machte, musste ich heimlich etwas Geld zur Seite legen.

Aber das war weder leicht noch würde es schnell gehen. Nick bewahrte seine Bankkarte in der Küche auf, damit ich sie benutzen konnte, wann immer ich sie brauchte. Doch mit ihr konnte ich maximal dreihundert Pfund pro Tag abheben und wenn ich zu viel nahm, würde er es bemerken. Es gab nur eine andere Option: meine Designer-Stücke verkaufen.

Eines Abends, als Nick angeblich ins Fitnessstudio fuhr, ging ich zu meinem Kleiderschrank und schaute meine Kleider und Accessoires durch. Einige meiner Handtaschen hatten über tausend Pfund gekostet – zu dem Zeitpunkt hielt ich das für eine unglaubliche Geldverschwendung, aber Nick hatte darauf bestanden. Ich besaß mehrere Paare extrem teurer Designer-Schuhe, deren Absätze so hoch waren, dass ich kaum in ihnen laufen konnte, und einige Cocktailkleider, die mir nicht mal gefielen. Ich zog einen Mantel von Max Mara hervor, den Nick mir letztes Jahr an Weihnachten als »kleine Überraschung« mitgebracht hatte. Er war mir zu groß, doch ich war nie dazu gekommen, ihn umzutauschen. Der Gedanke an meine Faulheit und die Extravaganz machte mich krank, doch wenigstens hatte ich dadurch nun einen Vorteil. Selbst gebraucht mussten die Sachen irgendetwas wert sein. Ich holte mein Schmuckkästchen von meinem Schminktisch und leerte es über dem Bett aus. Die zahlreichen Ketten, Ringe und Ohrringe glitzerten unter der Beleuchtung wie ein Schatz. Ich sortierte die Ohrringe zu Paaren zusammen und entwirrte die Ketten. Die Ringe probierte ich an und betrachtete meine funkelnden Finger. Wie viel war das alles wert? Ein paar Tausend? Ein paar Hundert? Ich hatte keine Ahnung, wie ich sie am besten verkaufen sollte. Vielleicht würde ich sie zu einem Pfandleiher bringen. Ich gab ein bitteres Lachen von mir. Meine Großmutter hatte mir einmal eine Geschichte über ihre Mutter erzählt, die ihren Ehering verpfänden musste, um ihre Kinder ernähren zu können. Es hatte dramatisch geklungen, beinahe wie in den Büchern von Dickens. Dennoch war ich hier, im einundzwanzigsten Jahrhundert, und machte das Gleiche durch. Ich war vollkommen abhängig von meinem Ehemann – ohne sein Geld war ich machtlos. Unten öffnete sich die Haustür und schloss sich wieder. Nick war zurück. Hastig warf ich den Schmuck in das Kästchen zurück und stellte es an seinen Platz.

»Wie war's beim Sport?«, fragte ich, als er hereinkam.

»Großartig, danke der Nachfrage.« Er gab mir einen Kuss auf den Kopf. »Morgen habe ich ziemlich früh ein Meeting in der Nähe von Heathrow, also werde ich es nicht schaffen, Emily in den Kindergarten zu bringen.« Das war eine weitere seiner neuen Gewohnheiten – er spielte den hingebungsvollen Vater, der mit einer Hand den Kinderwagen schob und in der anderen einen Kaffee Latte hielt.

Ich setzte einen zwanglosen Ton auf. »Wird Sam dich abholen?« »Ja, natürlich«, antwortete er, die Zahnpasta schäumte aus seinem Mund hervor. »Warum?«

»Ich habe ihn einfach eine Weile nicht gesehen. Aber dann arbeitete er noch für dich?«

»Ja.« Er beäugte mich neugierig. »Warum sollte er das nicht tun?«

»Oh, ich weiß nicht, ich dachte nur ... Nicht so wichtig«, stotterte ich.

Nick spuckte ins Waschbecken. »Das Meeting wird den ganzen Tag dauern, wenn du ihn also brauchst, schreib ihm einfach.«

»Danke.« Ich wandte mich ab, da ich nicht wollte, dass er sah, wie sich die Erleichterung über meinem Gesicht ausbreitete. Also hatte Sam doch nicht gekündigt. Ich würde ihm morgen schreiben und ihn bitten, herzukommen, sobald er Nick abgesetzt hat.

»Ich habe mir solche Sorgen gemacht«, sagte Sam, als ich ihm die Tür öffnete. »Ich musste ununterbrochen an dich denken, ich fühle mich einfach so schrecklich wegen ... Du weißt schon ...«

»Das musst du nicht. Es geht mir gut, wirklich.« Ich trat

zurück, um ihn ins Haus zu lassen. »Vielen Dank, dass du gekommen bist.«

Es war ein wunderschöner Tag und das Sonnenlicht strömte durch den riesigen Anbau an der Rückseite des Hauses. Sam war schon öfter im Haus gewesen, doch er schien aufs Neue von den funkelnden Granitoberflächen, den glänzenden weißen Schränken, dem gewaltigen Herd und den schicken Chromarmaturen gefesselt zu sein.

»Ich dachte, du hättest gekündigt oder wärst entlassen worden«, sagte ich. »Ich hatte diese Albträume, dass du Nick gesagt hast ...«

»Nein! Ich habe nichts dergleichen getan.« Er machte eine Pause und fuhr mit seinen Fingern über die Arbeitsplatte. »Ich habe meine Kündigung noch nicht abgegeben, aber ich suche nach etwas Neuem.«

»Bitte geh nicht, noch nicht.« Ich ging auf ihn zu. »Zumindest nicht, bis ich ...« Ich brach ab. Konnte ich ihm vertrauen?

»Was ist denn, Natasha? Wenn du Hilfe brauchst, sag es einfach. Ich werde dich nicht verpfeifen, versprochen.« Sein Gesicht wirkte so offen, sein Blick so ehrlich. Ich spürte, wie sein warmes Lächeln mich traf und dafür sorgte, dass ich am liebsten sofort losgeweint hätte. Die letzten beiden Wochen hatte ich mich so isoliert und miserabel gefühlt, aber jetzt war Sam zurück und er war mein Freund. Der einzige, den ich noch zu haben schien.

»Es gibt ein paar Sachen, die ich zu meiner Mutter bringen muss«, sagte ich. »Ich könnte jemanden mit einem Transporter anheuern, aber ich versuche Geld zu sparen und ...«

Sam schnitt mir das Wort ab. »Also verlässt du ihn?«

Ihn verlassen. Das klang so traurig, so endgültig.

»Na ja, ich bin nicht sicher, wie sich das entwickeln wird, aber ich brauche ein bisschen Zeit, um mir darüber klar zu werden, was das Beste für uns ist. Vor allem für Emily.«

»Geht nicht zu deiner Mutter. Kommt mit zu mir«, platzte er heraus. »Wir suchen uns zusammen etwas. Wir werden nicht viel Geld haben. Aber ich kann einen neuen Job finden oder du suchst dir eine Arbeit und ich passe auf Emily auf, falls dir das lieber wäre.«

Ich starrte ihn an. Was wollte er mir damit sagen? »Meine Güte, Sam, das ist unfassbar nett von dir, aber ... Ich könnte dich doch unmöglich in so eine ...«

»Ich möchte mit dir zusammen sein.«

»Oh, na ja, ähm, also ...«, stotterte ich.

»Ich ... Ich habe Gefühle für dich, Natasha.«

Ich errötete. »Oh ... okay. Ich, ähm ...«

Die Worte sprudelten nur so aus ihm heraus. »Du empfindest genauso, das weiß ich. Wir haben uns von Anfang an zueinander hingezogen gefühlt. Zuerst habe ich mich deswegen schlecht gefühlt, verwirrt. Ich dachte, vielleicht sollte ich den Job an den Nagel hängen und vergessen, dich jemals getroffen zu haben, aber dann haben wir mit den Fahrstunden angefangen und ich wusste, dass es echt war. Jetzt treiben es Nick und Jen wie die Karnickel, also ... Was macht es da noch aus? Wir müssen uns nicht mehr schuldig fühlen.«

»Sam ... Ich weiß nicht, was ich sagen soll ...«

»Er verdient dich nicht, oder Emily. Wir können zusammen glücklich werden, Natasha, da bin ich mir sicher. Wir brauchen kein Geld oder schicke Autos und Designerklamotten. Wir brauchen nur einander.«

Er machte einen Schritt auf mich zu und legte seine Arme um mich. Ich fühlte, wie ich in seiner Brust versank und Tränen über meine Wangen liefen. Ich war unglaublich verwirrt. Ich wusste nicht mehr, was oder wen ich wollte, oder was zum Teufel ich mit meinem Leben anstellen sollte.

»Schon gut«, flüsterte er sanft. Er legte seinen Finger unter mein Kinn und hob mein Gesicht zu seinem, dann beugte er sich vor und küsste mich auf die Lippen. Eine Flutwelle aus Emotionen überrollte mich und plötzlich spürte ich, wie ich den Kuss begierig erwiderte. So standen wir da, es fühlte sich an wie mehrere Minuten, und konnten uns nicht voneinander lösen. »Ich werde auf dich aufpassen, Natasha«, sagte er. »Bei mir wirst du sicher sein.«

14

DAMALS

Natasha

Ich ließ zu, dass Sam mich die Treppe hinaufführte. Ich zitterte am ganzen Körper – ich wollte ihn und wollte ihn doch nicht, war erregt von unserem Kuss und gleichzeitig verängstigt vor dem, was als Nächstes passieren würde. Wir erreichten das Schlafzimmer; die Tür stand offen und ich hatte freie Sicht auf mein King-Size-Bett, das auf uns wartete. Doch es war nicht mein Bett, es war unseres, das von mir und Nick. Auf diesen Laken hatten wir uns unzählige Male geliebt. Wollte ich das hier wirklich oder war es nur der Gedanke an Rache, der mich weitertrieb? Wenn Nick untreu sein könnte, konnte ich das ebenfalls ...

Sam fing an, meine Bluse aufzuknöpfen. Ich schaute auf seine Finger herunter, die sich durch die Knöpfe arbeiteten, als mich die Panik überkam.

»Es tut mir leid«, sagte ich. »Aber ich kann das nicht tun. Nicht hier, nicht jetzt. Es fühlt sich falsch an.«

Er ließ sofort die Hände sinken. »Tut mir leid ... Ich dachte, du wolltest ...«

111

»Das tue ich. Aber ich kann nicht. Es ist meine Schuld. Ich hätte nicht ...« Ich zog mich von ihm zurück. »Ich habe Gefühle für dich, Sam, aber ich bin gerade nicht in besonders guter Verfassung. Ich fühle mich von Nick so betrogen ... Das macht mir zu schaffen, verstehst du?«

»Natürlich tue ich das.« Er sah so beschämt aus, dass es mir im Herzen wehtat. »Es tut mir leid, wirklich leid ... Natasha, bitte ... Ich wollte deine Situation nicht ausnutzen.«

»Ich weiß. Im Moment ist einfach alles etwas durcheinander. Ich kann kaum klar denken.«

»Ja, richtig, ja«, murmelte er. »Und ich mache es nur noch schlimmer.«

»Nein, so ist das nicht ...«

»Ihr solltet besser zu deiner Mutter fahren, ich verstehe das.« Ich seufzte. »Ja. Das denke ich auch.«

»Ja, ich auch.« Er wich zurück in Richtung der Zimmertür. »Falls du Hilfe brauchst, eure Sachen zu transportieren, lass es mich wissen, okay?«

»Danke, Sam.« Ich verzog mein Gesicht zu einem verheulten Lächeln. »Das weiß ich wirklich zu schätzen.«

Er rannte förmlich aus dem Haus und fuhr davon. Für den Rest des Tages hörte ich nichts mehr von ihm und als er Nick später nach Hause brachte, achtete ich darauf, dass ich ihm nicht begegnete. Ich fühlte mich schrecklich, ging die peinliche Begegnung im Schlafzimmer immer und immer wieder durch und jedes Mal zog sich mein Magen schmerzhaft zusammen. Ich konnte Sams Lippen immer noch auf meinen schmecken, konnte noch immer spüren, wie seine Zunge meinen Mund erkundete, genauso wie das Erzittern meiner Haut, als seine Finger sie berührten, um meine Bluse zu öffnen. Ein Teil von mir sehnte sich danach, dass er zurückkam und das, was er angefangen hatte, vernünftig zu Ende brachte; ein anderer Teil von mir wollte ihn nie wiedersehen.

Danach musste Nick wieder regelmäßig ins Büro fahren: Anscheinend bahnte sich eine neue Krise an und er wurde gebraucht. Sam tauchte wie immer jeden Morgen auf und brachte ihn dorthin, doch ich ging ihm aus dem Weg. Ich wusste, dass er mir trotz meiner Zurückweisung helfen würde. Vielleicht war es zu egoistisch von mir, ihn so zu benutzen, doch ich schien keine andere Wahl zu haben.

Ich versuchte, den unangenehmen Vorfall aus meinem Gedächtnis zu verdrängen und bereitete weiter meine Flucht vor. Ich schaffte es, ein paar hundert Pfund von Nicks Konto abzuzwacken, und legte mir eine geheime Liste an, was ich alles mitnehmen wollte: Kleidung, persönliche Gegenstände, Dokumente, Baby-Ausstattung und besonders die Dinge, die ich verkaufen wollte. Es war schwer so zu tun, als ob alles in Ordnung wäre. Eifersüchtige Gedanken und Bilder tauchten immer wieder in meinem Kopf auf, ob Tag oder Nacht.

Ich konnte nicht schlafen und verlor an Gewicht. So konnte ich nicht weitermachen, es würde mich umbringen. Ich musste bald von hier verschwinden, ob ich genug Geld hatte oder nicht.

Schließlich kam meine Chance. Es war ein Donnerstagabend und Nick kam aufgewühlt von der Arbeit zurück.

»In Toronto geht alles den Bach runter«, sagte er. »Der Partner unseres Koproduzenten hat Konkurs angemeldet. Ich muss morgen rüber fliegen und sehen, was ich retten kann. Ansonsten würden wir Vertragsbruch begehen.«

Mir drehte sich der Magen um, doch ich rührte weiter den Lammauflauf um. »Wie lange wirst du unterwegs sein?«

»Ich bin mir nicht sicher. Mindestens eine Woche, vielleicht zwei. Wer weiß? Es tut mir leid, Liebling, das ist ein richtiger Scheißdreck.«

Ich zuckte mit den Schultern. »Das verstehe ich schon. Du musst tun, was du tun musst.«

In dieser Nacht liebten wir uns zum ersten Mal, seit ich von der Affäre erfahren hatte. Ich war ihm aus dem Weg gegangen, aber aus irgendeinem Grund schien ich ihn genauso zu wollen wie er mich. Vielleicht, weil ich spürte, dass es das letzte Mal sein würde. Unser Liebesspiel war herzzerreißend sanft – es fühlte sich wie ein Abschied an oder eine Entschuldigung. An einem Punkt dachte ich sogar, er würde mir alles gestehen, doch dann war der Moment vorüber. Vermutlich hätte ich etwas sagen können, um ihn zu ermutigen. Vielleicht hätte ich etwas sagen sollen. Vielleicht, nur vielleicht, hätten wir uns von dem Abgrund zurückziehen und retten können. Aber das taten wir nicht. »Mein Flug geht erst um dreizehn Uhr, also können Sam und ich Emily auf unserem Weg beim Kindergarten absetzen«, sagte Nick am nächsten Morgen, als er eine Tasse Tee auf meinen Nachttisch stellte. Es war noch sehr früh und ich fühlte mich schläfrig. Nick war schon seit einer Ewigkeit auf und packte seinen Koffer. »Ich werde sie wecken. Du kannst noch liegen bleiben.« Er schloss den Reißverschluss seines Koffers und trug ihn aus dem Zimmer.

Ich nahm einen Schluck Tee, lehnte mich dann zurück und schloss meine Augen. Ich hatte schlecht geschlafen und der Gedanke daran, noch etwas im Bett zu bleiben, war durchaus verlockend. Da es das letzte Mal für eine ganze Weile sein würde, dass Nick Emily sah, würde ich ihm diese letzten Momente mit ihr nicht verwehren. Ich hörte, wie er sie dazu überredete, sich die Windeln wechseln zu lassen, und sie dann nach unten trug, um ihren Brei zuzubereiten. Als ich mich daran erinnerte, wie glücklich wir gewesen waren, als Emily geboren wurde, traten mir Tränen in die Augen. Wie bereitwillig Nick mehrmals pro Nacht aufgestanden war, um nach ihr zu sehen, obwohl er am nächsten Tag ein wichtiges Meeting hatte. Er hatte sich immer gut und so oft er konnte um sie gekümmert. Mein Handeln würden ihn zu Grunde richten, aber das war seine Schuld, nicht meine, erinnerte ich mich selbst.

Etwa zwanzig Minuten später kam er zurück ins Schlafzimmer, gab mir einen Kuss auf die Stirn und flüsterte mir einen Abschied zu. Er dachte, ich wäre wieder eingeschlafen, doch das war ich nicht. Ich träumte vor mich hin, formulierte in Gedanken bereits die Nachricht, die ich ihm auf seinem Kissen hinterlassen würde, und stellte mir seine Reaktion vor, wenn er sie las und ihm bewusst wurde, dass wir fort waren.

Nick ging die Treppe hinunter und nach ein paar weiteren

Minuten schloss sich die Eingangstür. Ich stellte mir vor, wie Sam Emily in ihrem Kindersitz anschnallte. Dann fuhr der Range Rover los und es wurde still. Sobald ich mir sicher war, dass sie weg waren, stand ich auf.

So verführerisch es auch war, sofort auszuziehen, hatte ich mich entschieden, damit bis kurz vor Nicks Rückkehr zu warten. Es musste alles normal aussehen, damit er keinen Verdacht schöpfte. Er meldete sich gerne jeden Tag über einen Videoanruf und würde bemerken, wenn wir nicht zu Hause wären. Außerdem gefiel es Mom immer noch nicht, dass wir bei ihr einziehen, weshalb ich sie nicht drängen wollte. Doch obwohl wir noch viel Zeit hatten, konnte ich es kaum erwarten, mit dem Packen anzufangen.

Ich übersprang das Frühstück, schnappte mir ein paar Müllsäcke aus der Küche und stopfte sie mit Schuhen und Handtaschen voll. Dann nahm ich all meine Klamotten aus dem Kleiderschrank und sortierte sie in drei Stapel: einen, den ich mitnehmen würde, einen, den ich zurücklassen würde, und einen, den ich verkaufen wollte. Der »Mitnehmen«-Stapel war zu groß – Moms Haus hatte nur zwei Schlafzimmer. Ich würde in mein altes Zimmer ziehen und es mir mit Emily teilen. Ich wusste nicht, ob Nick mich anflehen würde, sofort zurückzukehren, oder ob ich nie wieder von ihm hören würde. Ich entschied, dass ich später wiederkommen und mehr von meinen Sachen abholen konnte. Es wäre besser, Mom nicht zu viel zuzumuten.

Ehe ich mich versah, war es später Vormittag und an der Zeit, Emily abzuholen. Als ich den leeren Buggy zum Kindergarten schob, konnte ich die Leichtigkeit in meinen Schritten spüren. Es passierte. Es passierte wirklich. Ich lief nicht davon; ich holte mir die Kontrolle über mein Leben zurück.

Da ich etwas zu früh ankam, wartete ich auf dem Bürgersteig und verlor mich in meinen Gedanken. Nicks Flug war gerade erst gestartet und ich stellte mir vor, wie er auf dem Weg nach Kanada war, ohne Zweifel sehr zufrieden mit sich selbst und völlig unwissend, dass seine Ehe vorbei war. Ich hatte ihn verehrt, war voll und ganz davon überzeugt gewesen, dass er die Liebe meines Lebens war, doch nun fand ich ihn eher erbärmlich. Warum waren Männer so schwach, wenn es um Sex ging? Ich fühlte mich unglaublich traurig, dass es so schlimm endete, doch ebenso stark. Endlich würde Nick kapieren, dass ich nicht nur irgendein dummes Mädchen war, mit dem er machen konnte, was er wollte. Vielleicht hatten wir dann noch eine Zukunft zusammen, vielleicht aber auch nicht. Aber wenn wir eine hätten, dann zu ebenbürtigen Bedingungen.

Mittlerweile waren die anderen Mütter, Großmütter und auch einige Au-Pairs aufgetaucht, um ihre kleinen Schätze abzuholen. Die Haupttüren schwangen auf und wir strömten hinein, um im Flur zu warten. Die Kinder schossen aus ihren Gruppenräumen wie aus einer riesigen Konfettikanone, alle schrien und wedelten mit ihren bunten Bildern. Beim Suchen der richtigen Jacken und dem Versuch, widerspenstige Kinder in ihre Wagen zu setzen, gab es das übliche Durcheinander. Ich suchte die Menge der kleinen Köpfe nach Emilys blonden Locken ab. Sie war häufig die Letzte, die aus ihrer Gruppe kam, weil sie darauf bestand, noch ein letztes Mal zu rutschen oder noch einen weiteren Baustein auf ihren Turm zu setzen.

»Mrs. Warrington!«, sagte Kerry, eine der Erzieherinnen. »Ist alles in Ordnung?«

»Ja, alles gut, danke. Wo ist sie? Trödelt sie wieder herum?« Ich lachte. »Versucht sie, noch alles aus diesem Tag herauszuholen?«

Kerry erstarrte. »Emily ist nicht hier.«

»Was? Sie muss hier sein. Mein Mann hat sie heute Morgen hier abgesetzt.« Sie schüttelte ihren Kopf. »Sie war den ganzen Tag nicht hier.«

Das ergab keinen Sinn. Ich schob mich an ihr vorbei und lief in Emilys Gruppe. »Emily! Emily!« Abgesehen von ein paar Erzieherinnen, die aufräumten, war niemand da. Kerry war mir gefolgt und ich wandte mich zu ihr. »Sie muss in einer anderen Gruppe sein. Oder im Garten. Sie muss nach der Pause draußen vergessen worden sein – mein Gott, hat das denn niemand kontrolliert?«

Kerry berührte mich am Arm. »Vielleicht sollten Sie Ihren Mann anrufen.«

»Das geht nicht – er sitzt in einem Flugzeug nach Toronto«, fauchte ich. »Er hat sie heute Morgen hier abgesetzt, ganz sicher! Das ist unerhört, ihr habt mein Kind verloren!«

Als ich diese Worte aussprach, raste mein Puls unkontrolliert in die Höhe.

»Wir haben Emily nicht verloren, Mrs. Warrington«, sagte Kerry bestimmt. »Sie ist nie hier aufgetaucht.«

»Aber das muss sie!« Ich ließ den Blick durch den Raum wandern, als würde ich erwarten, dass Emily plötzlich hinter einem der Spielzeugschränke hervorlinst, mit einem verschmitzten Grinsen auf ihrem kleinen Gesicht. Sie liebte es, verstecken zu spielen. Zu Hause konnte sie eine kleine Ewigkeit hinter dem Sofa hocken und keinen Mucks von sich geben, während ich so tat, als würde ich nach ihr suchen.

Kerry sah verlegen aus. »Hören Sie, ich möchte nicht unhöflich erscheinen, aber Sie und Ihr Ehemann ... Ich meine, sind Sie ... Ähm ... Leben Sie getrennt?«

»Nein!«, rief ich wütend. »Er hat unser Haus heute Morgen mit ihr verlassen. Unser Fahrer hat sie abgeholt und sie wollten sie hier absetzen.«

»Sicher gibt es dafür eine einfache Erklärung. Wenn Sie ihren Ehemann gerade nicht erreichen können,

dann vielleicht Ihren Fahrer? Könnte er Bescheid wissen?«

»Ja. Ja, natürlich.« Sam würde mir das erklären können, dachte ich, als ich nach meinem Telefon griff. Ich wählte seine Nummer, doch es ging sofort die Mailbox dran. »Verdammt noch mal!«

Kerry zuckte zusammen. »Vielleicht sollten wir lieber ins Büro gehen? Die Nachmittagsgruppe wird jeden Moment ankommen.«

»Nein, ich gehe nach Hause. Werde es von dort aus regeln.«

»Ich bin mir sicher, das ist nur ein Missverständnis.«

»Genau.« Aber meine Gedanken malten ein anderes Szenario aus. Warum war Sams Handy ausgeschaltet? Hatten sie auf dem Weg zum Kindergarten einen Unfall? Bilder des zerstörten Range

Rovers schwirrten mir im Kopf herum. Vielleicht waren sie zu schwer verletzt, um mich kontaktieren zu können. Ich versuchte es auf Nicks Telefon, aber das war ebenfalls ausgeschaltet.

Ich lief aus dem Gruppenraum in den mittlerweile verwaisten Flur. Dort stand Emilys leerer Buggy, der Anblick ließ mein Herz schmerzen, als versuche jemand, es mir aus der Brust zu reißen. Ich schob den Kinderwagen stürmisch durch die Tür und eilte die Straße hinunter, doch schon nach ein paar Metern gaben meine Beine unter mir nach. Ich stolperte auf eine niedrige Mauer zu, die den Vorgarten eines Hauses umgab, und sank in mich zusammen. Ich fühlte mich benommen und konnte kaum atmen.

Was sollte ich tun? Die Polizei rufen? In den Krankenhäusern nachfragen? Vielleicht hatte bereits jemand versucht, mich auf dem Haustelefon zu erreichen. Oder sie hatten jemanden vorbeigeschickt, während ich unterwegs war. Das machten sie doch, wenn es schlechte Neuigkeiten gab, oder? Die Polizei würde sich melden. Was, wenn ich sie verpasst hatte, weil ich nicht zu Hause war? Ich musste nach Hause gehen.

Irgendwie schaffte ich es zurück auf meine Füße. Ich versuchte, zu rennen, aber meine Beine fühlten sich schwer an. In meinem Kopf spielten sich Bilder von Emily ab, wie sie auf einer Trage in einem Krankenwagen oder einem Krankenhausbett lag. Wo war sie? War sie schwer verletzt? War sie vielleicht sogar ...? Nein, diesen Gedanken durfte ich nicht zulassen. Wenn ich an das Schlimmste dachte, würde ich zusammenbrechen.

Ich weiß nicht, wie ich es zurück zum Haus schaffte. Ich erinnere mich nicht daran, die Haustür aufgeschlossen zu haben und nahm nur halb wahr, dass die Alarmanlage nicht anging. Ich eilte sofort zu unserem Haustelefon.

Es klingelte nicht und es gab auch keine Nachrichten auf der Mailbox. Ich versuchte wieder sowohl Nick als auch Sam anzurufen, aber ihre Telefone waren immer noch aus. Ich hatte keine andere Wahl – ich musste die Notaufnahmen der Krankenhäuser abklappern. Ich wählte Nummern, doch alles, was ich hörte, war die Aufforderung, verschiedene Nummern zu drücken, von denen keine Option für mich relevant war. Ich bekam keine menschliche Stimme an den Apparat. Also rief ich bei der Polizei an und erklärte meine Bedenken. Die Person am anderen Ende war freundlich, hatte aber leider keine Informationen für mich. Sie fragte nach dem Nummernschild des »betreffenden Fahrzeugs«, aber ich kannte es nicht auswendig, also sagte ich, ich würde nach den Dokumenten suchen und sie dann zurückrufen.

Es war alles so unwirklich. Im Haus war es ungewöhnlich still, als ich die Stufen zu Nicks Büro hinaufstieg. Mir war vor Sorge ganz schlecht – nicht nur wegen Emily, auch wegen Nick. Und Sam.

Als ich an Emilys Zimmer vorbeikam, bemerkte ich, dass die Tür weit offen stand. Ich ging hinein. Es sah anders aus – kalt und nackt. Die Matratze war abgezogen worden und die Regale sahen ungewöhnlich aufgeräumt aus, als hätte jemand die Spielsachen aussortiert und einige davon weggeworfen. Ihre Kiste mit den Bauklötzen war verschwunden, genauso wie der Kinderwagen ihrer Puppe. Und, was am schlimmsten war, Gemma die Giraffe war nirgendwo zu sehen.

Ich ging durch den Raum, öffnete ihren Schrank und schrie. Die winzigen hölzernen Kleiderbügel waren leer. Emilys gesamte Kleidung war verschwunden.

15

DAMALS

Natasha

Ich rannte in unser Schlafzimmer und warf die Türen von Nicks Schrank auf. Genau wie bei Emily war er praktisch leer. Er muss zurückgekommen sein, während ich unterwegs war, um Emily abzuholen, und ihre Sachen geholt haben. Ich sank auf die Knie und schnappte nach Luft.

Nick hatte mich verlassen.

Und, was noch schlimmer war, er hatte Emily mitgenommen.

Ich war reingelegt worden. Wahrscheinlich war er gerade mit Jen zusammen, sie tranken Champagner und prosteten sich zu ihrem cleveren Betrug zu. Sam hatte mich betrogen – er hatte Nick von meinen Plänen erzählt und Nick hatte entschieden, mir zuvorzukommen. Ich erzitterte, als ich daran dachte, wie süß er an diesem Morgen gewesen war, als er mir Tee brachte und anbot, Emily aufzuwecken und sie zum Kindergarten zu bringen. Er muss über sein ganzes Gesicht gegrinst haben, als sie davonfuhren. Kein Wunder, dass er sein Handy ausgeschaltet hatte, dieser Bastard. Nicht, weil er in einem Flugzeug saß, sondern weil er nicht mit mir sprechen wollte. Weil er bei ihr war. Wie unglaublich dumm ich gewesen war ...

Die Tränen fielen und ich fing an, unkontrolliert zu zittern. Emily, Emily... Ich schrie ihren Namen durch das Zimmer. Sie war alles, was ich hatte; ich konnte nicht mehr ohne sie sein. Und sie auch nicht ohne mich. Seit dem Tag ihrer Geburt waren wir noch nie länger als ein paar Stunden voneinander getrennt gewesen. Sie würde mich schrecklich vermissen, sie würde es nicht verstehen; es wäre ein unfassbarer Schock für sie. Sie brauchte ihre Mutter, nicht diese Schlampe, die nichts über Kinder wusste.

In meinem Kopf drehte sich alles, hinter meinen Augen bildete sich ein gewaltiger Kopfschmerz. Ich kam langsam auf meine Füße und stolperte ins Erdgeschoss. Mein Verstand wurde von Emotionen überschwemmt, aber eine Sache war sicher: Ich musste meine Tochter zurück nach Hause holen, wo sie hingehörte.

Ich schenkte mir ein Glas Wasser ein und trank es in einem Zug leer. Nick musste in Jens Wohnung sein. Ich würde dort hingehen und es mit ihnen klären. Ich würde keinen Aufstand machen, ich würde nicht die Polizei rufen. Ich würde vernünftig sein und mein Temperament zügeln. Gib mir nur Emily zurück, würde ich sagen, das ist alles, was ich will. Ich wollte Nicks Geld nicht; wenn es nach mir ging, konnte er das alles behalten. Und ich würde mich nicht mit Jen über ihn streiten – sie konnte ihn gerne haben. Aber Emily war nicht verhandelbar. Es war in ihrem besten Interesse bei ihrer Mutter zu sein, jedes Gericht würde dem zustimmen. Ich würde dafür sorgen, dass Nick das erkannte, und mit etwas Glück wäre sie für ihr Bad und die Gutenachtgeschichte wieder zu Hause.

Ich war noch nie in Jens Wohnung gewesen und hatte nur eine vage Idee, wo sie war. Ich ging nach oben in Nicks Büro, wo ich ihre Adresse in einer Akte fand, hingekritzelt auf ein Stück Papier. Dann zog ich mich um. Eine schlabberige Jeans und ein T-Shirt wären nicht gut genug; ich musste selbstbewusst und entschlossen aussehen. Ich entschied mich für eine frische weiße Bluse und einen roten Bleistiftrock. Meine Augen waren vom Weinen ganz rot und geschwollen, also legte ich neues Make-up und Lidschatten auf. Dann trug ich schwarzen Eyeliner auf, doch meine Hand zitterte so stark, dass ich ihn abwischen und von vorne anfangen musste.

Mittlerweile war es früher Nachmittag. Ich rief mir ein Taxi und nannte dem Fahrer Jens Adresse. Es dauerte nur ein paar Minuten, bis er bei ihrem Apartment in einem sehr schicken, modernen Bau ankam, mit riesigen Fenstern und Glasbalkonen. Ich atmete tief durch und drückte die Nummer ihrer Wohnung auf dem Videoeingangssystem. Es gab eine Pause, ein Klicken, und dann hörte ich Jens Stimme.

»Hallo? Wer ist da?«

»Ich bin's«, sagte ich.

»Entschuldige, ich kann Ihr Gesicht nicht sehen, Sie stehen zu nah an der Kamera.«

»Hier ist Natasha«, antwortete ich nervös. Wo lag der Sinn hinter dieser Farce?

»Bitte lass mich rein. Ich muss mit Nick sprechen.«

Als die Tür summte, öffnete ich sie und trat in ein großes, mit Marmor gefliestes Foyer, in dem gläserne Tische standen, auf denen riesige Vasen mit Kunstblumen ruhten. Vor dem Fahrstuhl zögerte ich. Falls Nick fliehen wollte, würde er vermutlich die Treppen benutzen. Ich drückte die Ruftaste, dann stieg ich die mit Teppich verkleideten Stufen bis in den dritten Stock hinauf, wobei sich mein Puls mit jedem Schritt erhöhte. Jen stand bereits in der offenen Tür ihrer Wohnung.

»Nick ist nicht hier«, sagte sie. »Worum geht es?«

»Du weißt, worum es geht.«

»Entschuldige, das weiß ich nicht. Aber komm rein, hier draußen sollten wir nicht reden.« Sie gab mir ein Zeichen, damit ich eintrat.

Ich ging einen schmalen Flur hinunter und an drei geschlossenen Türen vorbei, bevor ich in einen weitläufigen offenen Wohnbereich kam. Meine Sinne waren geschärft, ich horchte darauf, ob

Laute von Emily aus einem der Zimmer kamen, suchte nach Zeichen ihrer Anwesenheit, aber alles war still und aufgeräumt. Beinahe, als würde hier überhaupt niemand wohnen.

»Wo ist er?«, fragte ich nun.

»Was ist passiert, Natasha? Du siehst furchtbar aus. Hattet ihr einen Streit?« Jen deutete mir an, mich zu setzen, und ging zum Kühlschrank. »Sauvignon? Ich weiß, es ist noch früh, aber du siehst aus, als könntest du ein Gläschen gebrauchen.« Ich schüttelte bestimmt den Kopf, stand bewegungslos da, während sie sich selbst ein großes Glas einschenkte.

»Lüg mich nicht an. Ich weiß, was los ist.«

»Es tut mir leid, aber du sprichst in Rätseln. Setz dich hin, um Himmels Willen. Sag mir, warum du hier bist.«

»Ich muss mit Nick sprechen.«

»Das sagtest du bereits. Aber er ist nicht hier. Sieh dich ruhig um, wenn du möchtest.« Sie schwenkte mit dem Arm durch das Zimmer. »Na los.« Ich zögerte. Bluffte sie? Sie nippte an ihrem Wein. »Was ist passiert? Hat er dich verlassen?« Ihre Augen weiteten sich. »Oh, Gott, das hat er. Oh, du armes Ding.«

»Komm mir nicht mit ›Du armes Ding‹. Ich weiß, dass Nick sich mit dir getroffen hat.«

»Wie bitte?«

»Ihr hattet eine Affäre.«

Sie stieß ein Lachen aus. »Oh, Süße, nichts ist abwegiger. Ich habe Nick seit meiner kleinen Taktlosigkeit in eurem Haus nicht mehr gesehen. Er ist durchgedreht und hat mir gesagt, ich soll ihn in Ruhe lassen.«

Ich starrte sie an und blinzelte ungläubig. »Nein, nein, er hat dich regelmäßig am Abend besucht. Sam hat euch gesehen. Er hat euch im Schlafzimmer gesehen, wie ihr euch geküsst und Champagner getrunken habt ...«

»Das ist totaler Quatsch.«

»Du hast einen Kimono getragen und ...«

»Ich habe keinen Kimono!« Sie lachte. »Geh in mein Schlafzimmer und sieh nach. Na los! Sieh nach!«

Ich schluckte schwer. Ich wollte es wissen, aber der Gedanke daran, ihren Kleiderschrank zu durchwühlen, war erniedrigend. Hatte Sam gelogen? Hatte er das falsche Fenster beobachtet? Nichts von alldem ergab Sinn.

»Was ist passiert, Natasha?«, fragte Jen nun mit einer sanfteren Stimme. »Bitte, rede mit mir. Ich kann dir nicht helfen, wenn du es mir nicht erklärst.«

Ich starrte hinunter auf den Fußboden aus polierter Eiche. »Nick hat sich heute Morgen auf den Weg nach Toronto gemacht – das hat er mir zumindest erzählt. Sam sollte ihn zum Flughafen fahren. Nick wollte Emily ...«, bei der Nennung ihres Namens brach meine Stimme ab, »auf dem Weg dorthin beim Kindergarten absetzen, nur ist sie dort nie aufgetaucht. Nicks Handy wurde ausgeschaltet, genau wie das von Sam, und ihre Klamotten sind weg und ... Und ...«

Jen stellte ihr Glas auf dem Tisch ab. »Also hat er Emily mit sich genommen?«, sagte sie leise.

»Ja. Ich war mir so sicher, dass sie hier sein würden. Deshalb bin ich hergekommen. Ich wollte die Sache klären. Emily wird mich vermissen. Das ist nicht fair ...«

»Natürlich ist das nicht fair, das ist unerhört. Wie konnte er das tun? Das ist vollkommen verabscheuenswürdig.« Sie ging zum Kühlschrank zurück. »Du stehst unter Schock. Trink.«

»Ich verstehe das nicht«, sagte ich, nahm zögerlich das Glas entgegen und ließ mich von ihr zum Sofa führen. Ich sank auf die weißen Lederpolster, als würde ich auf eine Wolke fallen. »Sam hat gesagt ...«

»Sam hat gelogen. Offensichtlich war er von Anfang an in die Sache involviert. Alle Männer sind Schweine, Natasha, jetzt weißt du es.« Sie nahm einen großen Schluck Wein. »Okay, lass uns nachdenken. Wo könnte Nick hingegangen sein?«

»Ich weiß es nicht.« Ich war so davon überzeugt gewesen, dass er bei Jen war, dass ich andere Möglichkeiten gar nicht erst in Betracht gezogen hatte. »Bei seinen Eltern? Bei Hayley?« Als ich das sagte, wurde mir schlecht. Natürlich, dort würde er sein. Hayley würde vor Freude in die Luft gehen.

»Ich werde sie anrufen«, sagte Jen und schwebte durch den Raum, um ihr Handy zu holen. »Dir verrät sie vielleicht nichts, aber mir schon.«

Ich hörte mich selbst, wie ich ihr dankte. Das war Jen, die Frau, die ich seit Wochen im Geiste mit Nadeln durchbohrt hatte. Ich fühlte mich wirklich miserabel. »Hi Süße, wie ist die Lage?« Sie hielt sich einen Finger vor die Lippen, damit ich nichts sagte. »Wie geht es Ethan, schläft er nachts schon durch?« Ich saß so still da wie eine Schaufensterpuppe und hörte, wie Hayleys Stimme plapperte, als wäre nichts gewesen. Jen rollte mit den Augen, als sie versuchte, sie zu unterbrechen. »Hör mal, Hay, ich rufe nur an, weil ich wissen wollte, ob Nicky bei dir ist. Ich muss wirklich dringend mit ihm sprechen, aber der Blödmann antwortet nicht auf meine Nachrichten.«

Sie hörte einige Sekunden lang zu und ich hatte Probleme, Hayleys Antwort zu verstehen. »Oh … Oh, Gott, das ist schrecklich. Wann ist das passiert? … Ja, ich weiß, geschieht ihr recht, jetzt weiß sie, wie sich das anfühlt.« Sie verzog ihr Gesicht und formte *Sorry* mit ihrem Mund. »Also bleibt er erst mal bei euch? … Oh. Wohin ist er dann gegangen? … Oh, komm schon, Hay, mir kannst du's doch sagen … Oh … Oh, okay, ich verstehe …« Jen stand auf und entfernte sich von mir, wobei sie das Telefon so fest an ihre Wange drückte, dass ich Hayleys Stimme am anderen Ende nicht länger hören konnte. Sie ging in eines der anderen Zimmer und schloss die Tür.

Ich sprang auf meine Füße. Was ging hier vor sich? Warum wollte sie nicht mehr, dass ich zuhörte? Ich ging in den Flur und legte mein Ohr an die Tür. Jen redete nicht viel, sondern gab nur ein paar zustimmende Geräusche von sich, während Hayley sprach. Plötzlich wurde ich nervös. Was hatte ich mir dabei gedacht, als ich Jen darum bat, meine Probleme für mich zu lösen? Ich wusste, wo Hayley wohnte, also konnte ich dort alleine hinfahren. Heute Nachmittag. Sofort. Ich könnte mit einem Taxi nach Paddington fahren und in den nächsten Zug springen.

Ich ging zurück ins Wohnzimmer und schnappte mir meine Tasche. Vielleicht würde Nick jetzt an sein Telefon gehen, wenn ich es noch mal versuchte. Falls nicht, würde ich Sam anrufen und ihm gehörig meine Meinung sagen. All der Mist darüber, dass er in mich verliebt war ... Das waren alles Lügen. Nicks Telefon war immer noch ausgeschaltet und eine Mailbox gab es nicht. Bei Sam war es das Gleiche. Ich stöhnte laut auf und warf meine Handtasche auf den Tisch.

Warum brauchte Jen so lange?

Die Zeit drängte. Ich fragte mich, ob Emily ihren Nachmittagssnack bekommen hatte, ob sie einen Mittagsschlaf gemacht hatte. Nick kannte sich mit ihrer täglichen Routine nicht wirklich aus. Wenn sie kein Nickerchen machte, würde sie übermüden und grummelig werden, oder sie würde später am Tag einschlafen und alles aus dem Takt bringen. Ich hielt es kaum aus, nicht zu wissen, wo sie war. Fragte sie nach mir? War sie aufgebracht? Ich musste wenigstens mit Nick sprechen, um herauszufinden, wie es ihr ging.

Die Schlafzimmertür öffnete sich und Jen trat heraus. Sie hatte einen sehr seltsamen Ausdruck auf dem Gesicht; ich konnte ihn nicht deuten.

»Und?«, fragte ich. »Wo ist er?«

Jen seufzte, als sie zurück in das Wohnzimmer kam. Sie nahm einen großen Schluck Wein, bevor sie antwortete. »Anscheinend hat er Hayley gestern Abend angerufen und gesagt, dass er dich verlässt und für eine Weile untertauchen würde. Er wollte ihr nicht sagen, wohin er geht, damit sie niemanden anlügen müsste, falls sie gefragt wird.« Tränen sammelten sich in meinen Augen. »Aber das ist nicht fair. Warum tut er mir das an? Was ist mit Emily? Sie sollte bei mir sein. Ich bin ihre Mutter. Ich bin die einzige Person, die sie kennt und weiß, was sie braucht.«

Jen runzelte die Stirn. »Ich weiß nicht, wie ich das sagen soll, aber ...«

»Was? Was? Bitte Jen, sag es mir.«

»Nicky hat Hayley erzählt, dass er fliehen musste.«

»Ich verstehe nicht ...«

»Er hatte Angst vor dem, was du tun könntest.«

»Dass ich ihm etwas antun könnte?«

»Nein, Emily. Er hat Hayley erzählt, dass du psychisch labil wärst ... und gewalttätig.«

»Was?« Ich fühlte, wie mir die Hitze ins Gesicht stieg. »Nein, das ist nicht wahr, das ist kompletter Schwachsinn. So etwas würde er nicht sagen, sie ist eine verdammte Lügnerin!«

Jen kaute auf ihrer Lippe herum. »Hör mal, ich weiß nicht, was in eurer Ehe vor sich gegangen ist, aber offensichtlich ist irgendetwas schrecklich...«

»Ich bin nicht verrückt oder gewalttätig«, schnitt ich ihr das Wort ab. »Das bin ich nicht. Das schwöre ich. Das ist eine glatte Lüge. Ich könnte Emily niemals wehtun, oder Nick. So bin ich nicht.«

Sie verzog ihren Mund, während sie mir einen langen, prüfenden Blick zuwarf. »Nein, ich glaube auch nicht, dass du so bist. Hör mal, Natasha, ich weiß, wie es ist, von Nicky verletzt zu werden. An der Oberfläche ist er immer süß und sanft, aber sein Inneres ist hart wie Stahl. Wenn er etwas wirklich will, dann tut er alles, um es zu bekommen.«

Unsere Blicke trafen sich. Meinte Jen das ernst oder spielte sie Spielchen mit mir?

»Ich gebe mein Bestes, um herauszufinden, wo er ist«, fügte sie hinzu und wühlte sich durch ihre Handtasche. »Ich werde ihm sagen, dass er sich bei dir melden soll, damit du dir nicht mehr so große Sorgen um Emily machen musst.« Sie reichte mir ihre Visitenkarte. »Wenn es irgendwelche Probleme gibt, dann ruf mich an, okay?«

»Danke«, murmelte ich und starrte auf die Karte hinunter: Jennifer Warrington, Design Spaces. Ich hatte keine Ahnung, dass sie noch immer Nicks Nachnamen benutzte.

16

HEUTE

Anna

Ich hatte so fürchterliche Angst, dass ich meine Wohnung nicht verlassen konnte. Ich hatte es mehrmals versucht; war sogar so weit gegangen, die Riegel vor meiner Tür zurückzuschieben. Doch sobald ich die Kette lösen will, verkrampfen sich meine Finger und ich kann mich nicht mehr bewegen. Ich lebe mit einer selbstauferlegten Ausgangssperre.

Ich gehe zum Fenster zurück. Vorhänge habe ich immer gehasst, doch jetzt bin ich froh, dass sie da sind und mich vor der Außenwelt abschirmen. Ich spähe durch den schmalen Streifen zwischen dem Stoff und den Fensterrahmen, doch es ist schwer, über die wuchernde Ligusterhecke hinauszuschauen. Was, wenn er mir ganz bis nach Hause gefolgt war, ohne, dass ich es bemerkt hatte? Er könnte da draußen herumlungern, verdeckt von den Blättern und sich zwischen den Mülltonnen verstecken oder hinter einem geparkten Auto hocken.

Nun, ich würde das Haus nicht verlassen. Falls er darauf wartete, dass ich dort auftauchte, würde er viel Geduld brauchen.

Widerwillig ziehe ich mich von meinem Wachposten zurück und gehe in die Küche, um mir Mittagessen zu machen. Essen interessiert mich nicht. Ich koche nicht mehr, erwärme lediglich etwas und schiebe es auf dem Teller hin und her. Aber ich hatte Lindsay versprochen, keine Mahlzeiten auszulassen.

Der Kühlschrank ist fast leer. Ich öffne die Tür und starre auf den harten, vergilbten Kern eines Eisbergsalats, eine offene Packung trockenen Schinkens, eine blasse, halbe Tomate, eine runzlige, gelbe Paprika und zwei Mikrowellengerichte für eine Person, die ich im Sonderangebot gekauft hatte. Im Vorratsschrank standen noch eine Dose weiße Bohnen (die Tage, an denen ich auf einen niedrigen Zucker- und Salzanteil achtete, sind vorbei), ein paar Thunfisch-Döschen, ein Glas Erdnussbutter und eine Packung Billigmüsli, das wie Hamsterfutter schmeckt. Die Milch ist mir ausgegangen und ich trinke meinen Tee und den Kaffee schwarz. Die einzigen Sachen in der winzigen Gefrierschublade sind eine Tüte Erbsen und ein Laib Brot, den ich scheibenweise auftaue. Wenn ich es nicht bald schaffe, rauszugehen, würde nur noch die Kruste übrig sein. Es ist der dritte Tag, den ich aufgrund meines angeblichen Virusinfekts nicht auf der Arbeit war. Nur noch vier weitere Tage, bevor ich ins Büro zurückkehren oder mir eine Krankschreibung vom Arzt holen muss. Ich habe niemandem in der Arbeit von meiner posttraumatischen Belastungsstörung erzählt. Ich schäme mich deswegen nicht; es ist eine Krankheit wie jede andere auch – das akzeptierte ich mittlerweile –, aber das Element des Traumas ist komplex. Zu Anfang dachte Lindsay, dass ich lediglich in einen schweren Autounfall verwickelt gewesen war, aber je tiefer sie grub, desto mehr Schichten legte sie frei. Die ganze Geschichte habe ich ihr noch nicht erzählt, was dumm ist, ich weiß, denn wenn ich nicht ehrlich zu ihr bin, würde sie mir nie helfen können. Aber ich bin nicht bereit, mich dem zu stellen. Noch nicht. Während sich das Brot in der Mikrowelle dreht, gehe ich zum Fenster, um einen schnellen Blick nach draußen zu werfen. Es gibt nichts zu berichten, also mache ich mir mein Sandwich und nehme es mit in den Hinterhof. Die Rückseite des Hauses ist nach Norden ausgerichtet und obwohl es ein warmer Sommertag ist, liegt der kleine Hof im Schatten und fühlt sich ein wenig klamm an. Hier wächst nichts. Ich atme die Luft ein und nehme einen leichten Geruch nach Hefe aus den Brauereien wahr. Vielleicht sollte ich woanders nach einem Job suchen, denke ich, als ich mich zwinge, das trockene, nach Plastik schmeckende Brot hinunterzuwürgen. Ich kann mich nicht für immer in meiner Wohnung verstecken. Ich bin mir nicht sicher, ob ich an diesem Abend neulich verfolgt wurde; es konnte auch alles in meiner Fantasie abgelaufen sein. Wenn ich in eine andere Stadt ziehen würde, gäbe es keine Garantie, dass es nicht wieder passieren würde, also kann ich genauso gut hier mit meinen Dämonen kämpfen.

Mein Telefon klingelt und ich gehe zurück ins Haus, um abzunehmen. Es ist Chris von der Arbeit.

»Hallo. Habe ich dir meine Nummer gegeben?«, frage ich, wohlwissend, dass ich das nicht getan hatte.

»Nein, ich habe sie von Margaret.«

»Oh. Ich verstehe.« Meine Stimme zeugt von Missbilligung.

»Ich wollte nur fragen, wie es dir geht. Ich habe mir Sorgen gemacht. Es ist keine Magenverstimmung, oder? Ich konnte mich nicht erinnern, ob du in der Kirche etwas gegessen hattest. Man muss sehr vorsichtig sein, wenn man die Sachen wieder aufwärmt. Ich sag es ihnen immer wieder, aber ...«

»Nein, nein, das ist es nicht. Mach dir bitte keine Sorgen.«

»Oh, puh, ich meine gut«, sagt er. »Für uns genauso wie für dich. Das Letzte, was wir wollen, ist eine Lebensmittelvergiftung unter den Obdachlosen.«

»Nein, stimmt. Es geht mir gut, es ist nur ... eine Migräne. Es wird schon wieder besser.«

»Großartig, das sind tolle Neuigkeiten. Also ...« Es folgt eine lange Pause. »Ich habe mich gefragt, ob du Lust auf Besuch hättest.«

»Besuch?« Ich schaue mich erschrocken um. Das Zimmer

versinkt im Chaos. Ich habe seit einer Ewigkeit nicht mehr Staub gewischt.

»Oder vielleicht könnten wir etwas trinken gehen? Vielleicht sogar eine Kleinigkeit essen. Es gibt ein paar nette Restaurants am Fluss.«

»Na ja ... Ich weiß nicht ...« Ich verstumme. Auszugehen würde genau das bedeuten – das Haus verlassen - und ich bin mir nicht sicher, ob ich das schaffe. Andererseits, falls ich beobachtet werde, wäre es gut, wenn mich ein Mann an meiner Tür abholt. Es würde die Nachricht übermitteln, dass ich nicht alleine bin. »Okay«, höre ich mich mit gespielter Euphorie sagen. »Das wäre wunderbar. Wann?«

»Heute Abend? Schick mir deine Adresse, dann hole ich dich gegen sieben ab.«

»Mich abholen? Meinst du, mit einem Auto?«

»Ja. Keine Sorge, ich trinke nicht, wenn ich noch fahren muss.«

Seine Worte lösen eine Kaskade der Erinnerungen in meinem Kopf aus. »Ähm, ich habe es nicht so mit Autos.«

»Wie, wird dir schlecht beim Fahren?«

»Sozusagen.« Es ist keine komplette Lüge. Allerdings ist es nicht der Gedanke kurvenreiche Straßen entlang zu fahren, der mich krank macht, sondern allein die Tatsache in ein Auto zu steigen.

»Kein Problem«, sagt Chris. »Wir werden etwas in deiner Nähe finden, da bin ich mir sicher.«

Ich scheine gerade einem Date zugestimmt zu haben.

Pünktlich um sieben Uhr holt Chris mich ab. Er trägt ein rotkariertes kurzärmliges Hemd und eine blaue Chinohose mit dazu passenden Stiefeln. Mit seinem kurzgeschnittenen Haar, den ebenmäßigen Gesichtszügen und der schlanken Figur sieht er aus, als sei er gerade einem Katalog für Freizeitkleidung für den reifen Mann entstiegen. Mein früheres Ich hätte ihn umgehend abblitzen lassen, er ist ganz und gar nicht ihr Typ. Aber das neue Ich ist bereit und wartet auf ihn, mit verschwitzten Handflächen und einem nervösen Magen. Weniger wegen der Erwartung, ihn zu sehen, so angenehm seine Erscheinung auch ist, als vielmehr wegen der Tatsache, dass ich das erste Mal seit drei Tagen meine Wohnung verlassen werde.

Als er mich durch die Eingangstür auf die Straße führt, weht mir sein Zitrus-Aftershave um die Nase. Ich kann meine Augen nicht davon abhalten, herumzuschnellen, um zu sehen, ob jemand meine Zurschaustellung des Trotzes beobachtet. Natürlich ist dort niemand. Dort war nie jemand. Nichtsdestotrotz fühle ich mich zittrig, als wir die Straße hinunter in Richtung Fluss gehen.

»Ich dachte, wir gehen in das Swan«, sagt er. »Das kennst du bestimmt.« Ich erinnere ihn daran, dass ich erst seit ein paar Monaten in Morton wohne und geradeso meinen Weg zur Arbeit kannte. »Zu Fuß ist es etwa zwanzig Minuten von hier. Zu halb acht habe ich einen Tisch reserviert, wir haben also keine Eile.«

Wir erreichen die Steinbrücke und gehen einige Stufen zu dem Pfad hinunter, der neben dem Flussbett verläuft. Der Weg ist uneben und teilweise sehr schmal, sodass wir gezwungen sind, hintereinander zu gehen. Ich überlasse Chris das Reden – er redet über das Wetter (Gerüchte über eine Hitzewelle), die Arbeit (Gerüchte über Stellenstreichungen) und die immer weniger werdenden vernünftigen Pubs.

»Und, gehst du oft ins Swan?«, rufe ich ihm über das Getöse des Flusses zu. Das Wasser ist überraschend wild und schäumt, als es über einige große Felsen rauscht.

»Ja. Mit Sandy war ich ständig dort. Das ist meine Ex-Frau«, fügt er mit einem Hauch Bitterkeit in seiner Stimme hinzu. »Aber keine Sorge, wir werden sie dort nicht treffen. Sie und ihr Neuer sind nach Leicester gezogen. Damals hat mich das ziemlich fertiggemacht, aber jetzt komme ich damit zurecht. Wie ist es bei dir?«

»Wie ist was bei mir?«, wiederhole ich vorsichtig.

»Margaret hat mir erzählt, dass du alleine lebst. Geschieden?« Ich nicke schnell, meine Nerven sind bis zum Zerreißen gespannt. Von nun an werde ich meine Worte vorsichtig wählen müssen.

Falls Chris versucht, mich aus der Reserve des »Clubs für misshandelte Ehepartner« zu locken, könnte er mehr bekommen, als ihm lieb ist. »Wie war es?«, fragt er. »Beruhte es auf Gegenseitigkeit oder war es eher chaotisch?«

Chaotischer als du es dir jemals vorstellen könntest, denke ich, aber antworte nicht, stattdessen gebe ich vor, ihn über dem rauschenden Wasser nicht zu hören.

Doch er bemerkt es nicht. »Meine war chaotisch, aber wenigstens hatten wir keine Kinder. Hast du Kinder?«

Ich bleibe wie angewurzelt stehen und wende mich ihm zu. »Würde es dir etwas ausmachen, wenn wir über etwas anderes reden?«

Er errötet leicht. »Entschuldigung, ich wollte nicht neugierig sein.«

»Ich versuche, weiterzumachen. Einen Neustart hinzubekommen.«

»Unbedingt. Ich ebenso.«

Er gestikuliert mir zu, damit ich weitergehe und wir legen die nächsten paar hundert Meter schweigend zurück. Ich kann die Anspannung in seinen Schritten spüren, die Distanz zwischen uns wird größer, da er sich nun zurückhält. In meinem Kopf schwirren viele wenig hilfreiche Gedanken herum. Das ist ein Fehler; ich hätte nie zusagen sollen, mit ihm auszugehen. Ich bin nicht bereit für soziale Interaktionen. Ich sollte lieber nach Hause gehen und uns beiden einen verschwendeten Abend ersparen.

»Ah, da ist es«, sagt Chris, als wir um eine Kurve gehen und ein großes, weißes Giebelgebäude in unser Blickfeld rückt. Der Pfad wird wieder breiter und er eilt neben mich, um mich über eine rostige Treppe auf eine überdachte Terrasse zu führen. Ein Kellner zeigt uns unseren Tisch und wir setzen uns. Es ist ein warmer Abend, aber vom Fluss zieht eine kühle Brise herüber. Chris studiert die Karte, während ich vorgebe, mich zu entscheiden. Ich hatte seit Tagen nichts Vernünftiges gegessen, dennoch reizt mich nichts, was die Karte zu bieten hat. Trotz seiner Empfehlung der Steakpastete, die mit lokalem Ale zubereitet wird, bestelle ich einen Krabbensalat und ein Glas Weißwein. Während wir auf unser Essen warten, machen wir immer weniger Smalltalk und bewundern stattdessen die Aussicht, die Blumenkörbe und sogar eine Katze, die in einem der Pubs residiert. Der Kellner zündet die Kerze auf unserem Tisch an und schenkt uns ein wissendes Lächeln, als befänden wir uns bei einem romantischen Date. Aufgrund der fallenden Temperatur knöpfe ich meine Jacke zu und wünsche mir, doch ein warmes Gericht gewählt zu haben.

»Wie lange hilfst du schon ehrenamtlich im St. Saviours?«, frage ich, sobald unser Essen serviert wurde.

»Etwa sechs Monate.« Er bedeckt seine Pommes mit Salz. »Als Sandy mich verließ, hat mich das schwer getroffen. Eine Nachbarin empfahl mir, in die Kirche zu gehen – sie dachte, das könnte mir Trost spenden. Zunächst war ich skeptisch, aber es hat mir tatsächlich das Leben gerettet. Als mir der Vikar dann von dem St. Saviours erzählte, entschied ich, dem eine Chance zu geben. Die Arbeit dort gibt mir so viel, Anna. Ich danke Gott jeden Tag dafür.«

»Das ist großartig. Ich freue mich wirklich für dich.«

»Ich bin nicht so anders als diese obdachlosen Menschen. Mein Leben hat eine schlimme Wendung genommen und ich wollte davonlaufen. Weißt du, was ich meine?« Er sieht mich forschend an.

»Natürlich«, sage ich und lade mir die Gabel mit Krabben voll, während ich versuche, Augenkontakt zu vermeiden.

»Ich verurteile niemanden dafür, der sich für diesen Weg entscheidet«, spricht Chris weiter. »In eine neue Gegend ziehen, einen neuen Job suchen, eine andere Person werden ...«

»Wir verdienen alle einen Neustart«, sage ich vorsichtig.

»Ich bin vollkommen deiner Meinung.« Chris nimmt einen Schluck aus seinem Bierglas. »Ich hoffe, es macht dir nichts aus, wenn ich das jetzt erwähne. Aber da ist dieser Kerl, der von Zeit zu Zeit in das Zentrum kommt – letzte Woche war er da, an dem gleichen Abend wie du.«

Die Gabel wackelt, als ich sie mir in den Mund schiebe.

»Hm?«

»Er hat mir erzählt, dass er als Jugendlicher auf die schiefe Bahn geraten ist und achtzehn Monate fürs Dealen einsaß. Aber als er wieder rauskam, entschied er sich, dass er genug hatte und ein neues Leben weiter im Süden anfangen wollte. Also ging er nach London und bekam eine Anstellung als Chauffeur für diesen vornehmen Kerl und seine Frau ...«

Mir schnürt sich die Kehle zu und ich verschlucke mich an einem Stück Rucola. Chris' Blick durchbohrt mich – ich muss ihm nicht in die Augen sehen, ich kann es fühlen. Der Tisch zwischen uns ist ein schwarzes Loch und er wartet nur darauf, dass ich hineinstürze.

»Wie auch immer, es ist alles fürchterlich schiefgelaufen«, sagt er, »und jetzt ist er wieder zurückgekommen, nur dass es hier kein Zuhause mehr für ihn gibt. Keinen Job, nichts. Und welch Überraschung, er nimmt wieder Drogen. Das bricht mir das Herz, verstehst du das?«

Es folgt eine lange, schmerzhafte Pause.

»Das wirklich Witzige an der Sache ist«, fährt Chris fort, »dass er glaubt, dich wiedererkannt zu haben.« Noch eine Pause. »Hast du mal in London gewohnt?«

»London ist sehr groß.«

Er lacht. »Genau das habe ich auch gesagt. Wie dem auch sei, du hast einen anderen Namen als die Frau, die er kannte, also muss er dich verwechselt haben.« Er lehnt sich über den Tisch und berührt meinen Arm. »Allerdings schien er sich ziemlich sicher zu sein. Sein Name ist Sam. Sam Armitage. Sagt dir das irgendwas?«

»Nein, tut mir leid.«

»Dann musst du eine Doppelgängerin haben, Anna. Man sagt doch, dass jeder einen hat.«

Ich schiebe meinen Stuhl zurück und stehe auf. »Entschuldige mich. Ich muss mal für kleine Mädchen.« Ich gehe so ruhig wie ich kann über die Terrasse und verschwinde im hinteren Teil des Lokals. Das Innere des Pubs ist voll mit Leuten, die trinken und essen, und ich muss mir meinen Weg durch die Menge bahnen, um zum Vordereingang zu gelangen. Ich stürme durch die Flügeltüren auf den Bürgersteig hinaus.

Das Licht schwindet und taucht alles in einen Schatten. Alles, was ich hören kann, ist das Rauschen des Flusses hinter mir. Auf dieser Straße war ich noch nie und ich weiß nicht genau, wo ich bin. Ich fühle, wie sich mir die Nackenhaare aufstellen. Wurde ich in eine Falle gelockt und ganz bewusst hierhergebracht? Was, wenn Sam sich auf dem Pfad neben dem Fluss versteckt und nur darauf wartet, mich auf dem Nachhauseweg abzufangen?

Bestimmt würde Chris so etwas Schreckliches nicht tun. Er ist ein netter Kerl, ein Christ. Nein, das steht außer Frage.

Aber er musste bemerkt haben, dass ich log, als ich sagte, dass ich Sam nicht kenne. Er weiß, dass Anna nicht mein richtiger Name ist.

Vielleicht versucht er mich zu warnen, weil ich hier nicht sicher bin?

Direkt gegenüber ist eine Bushaltestelle und ich überquere die Straße, um auf den Fahrplan zu schauen. In der Dämmerung ist die kleingedruckte Schrift nur schwer zu entziffern, doch es sieht so aus, als würde gleich ein Bus kommen. Ich überprüfe die Uhrzeit auf meinem Handy. Wage ich es, zu warten, oder sollte ich davonlaufen? Ich möchte nicht, dass Chris herkommt, um nach mir zu suchen. Gerade als ich darüber nachdenke, ob ich dieses Risiko auf mich nehmen soll, erscheint ein kleiner Bus wie ein Schutzengel vor mir, seine Scheinwerfer glühen in der Dunkelheit.

Ich strecke meinen Arm aus, um ihn anzuhalten. »Vielen, vielen Dank«, sage ich, als ich hineinklettere und Kleingeld auf die Ablage werfe. Ich gleite auf einen freien Platz auf der rechten Seite und starre durch das Fenster auf den Eingang des Pubs, als der Bus losfährt.

Armer Chris. Ich fühle mich etwas schuldig, ihn einfach zurückzulassen. Wahrscheinlich war er nicht auf mich angesetzt, aber ich kann dieses Risiko nicht eingehen, nicht, wenn so viel auf dem Spiel steht. Sam hat mich bereits zwei Mal gesehen. Beim dritten Mal werde ich nicht mehr so viel Glück haben.

17

DAMALS

Natasha

Ich verließ Jens Wohnung und ging nach Hause, meine Gedanken rasten. Hatte Nick Hayley wirklich erzählt, dass er Angst vor mir hatte? Er wusste, dass ich weder gewalttätig noch labil war und dass ich Emily niemals etwas antun würde; das waren alles Lügen. Boshafte, schmerzhafte Lügen. Aber wer erzählte die Lügen? Jen, Hayley, Nick, Sam? Vielleicht alle. Plötzlich hatte ich das Bild von ihnen vor Augen, wie sie sich alle zusammen gegen mich verschworen hatten. Aber warum wollten sie mir Emily wegnehmen? Was hatte ich getan, um das zu verdienen?

Sobald ich zu Hause war, rief ich Mom an. Sie wollte sich gerade auf den Weg zu ihrer Spätschicht machen und hatte keine Lust zu reden, doch als ich ihr erklärte, was passiert war, schrie sie in den Hörer: »Ruf die Polizei, sag ihnen, Emily wurde entführt. Hör auf, deine Zeit mit mir zu verschwenden, wähl den Notruf.« Und genau das tat ich. Es dauerte nicht lange, bis ein Kriminalbeamter in Begleitung einer uniformierten Beamtin vorbeikam. Er schlug vor, dass wir uns setzen sollten, während die Polizistin in die Küche ging, um einen Tee aufzusetzen. Sie versuchten, freundlich zu sein, doch es fühlte sich an, als wären wir in ihrem Haus und ich nur zu Besuch. Ich schaute aus dem Fenster und sah das Polizeiauto in der Einfahrt stehen, wo noch vor wenigen Stunden der Range Rover gestanden hatte. Es fühlte sich surreal an, als würden wir eine Szene aus einem Krimi nachspielen. »Wann haben Sie das erste Mal bemerkt, dass Ihre Tochter vermisst wird?«, fragte der Beamte, drückte das Ende seines Stifts auf sein Knie und fing an zu schreiben.

Ich erklärte ihm, dass Nick angeboten hatte, Emily auf seinem Weg zum Flughafen im Kindergarten abzusetzen, und dass sie nicht dort war, als ich kam, um sie abzuholen. »Er hat sein Handy ausgeschaltet und seinen Fahrer kann ich ebenfalls nicht erreichen.«

»Seinen Fahrer?« Der Polizist sah beeindruckt aus. »Und wer wäre das?«

»Sein Name ist Sam«, antwortete ich. »Ich befürchte, ich kenne seinen Nachnamen nicht. Nick wurde der Führerschein entzogen, deshalb muss Sam ihn zu seinen Terminen fahren. Er hat Nick und Emily zum Kindergarten gefahren – zumindest dachte ich das.«

»Ich verstehe. Um wie viel Uhr ging der Flug Ihres Mannes? Wissen Sie, wann er gelandet ist?«

»Er ist in kein Flugzeug gestiegen – das war eine Lüge. Er hat sich irgendwo mit Emily abgesetzt.«

Der Polizist legte seine Stirn in Falten. »Woher wissen Sie das?«

»Tue ich nicht, aber es ist ziemlich offensichtlich.« Ich erzählte ihnen von meinem Besuch bei Jen und ihrem Anruf bei Hayley, wobei ich allerdings den Teil auslieβ, in dem Nick mich als labil bezeichnete.

Die Polizistin kam mit einem Tablett mit dampfenden Tassen zurück. »Milch, kein Zucker, das ist richtig, oder?«, fragte sie, als sie mir die »Besteste Mama der Welt«-Tasse reichte.

»Ähm, Verzeihung, aber das verstehe ich nicht so recht«, sagte der Sergeant. »Sie sind verheiratet, richtig?« Ich nickte. »Nicht getrennt oder geschieden? Und der Name Ihres Ehemannes steht auf der Geburtsurkunde Ihrer Tochter?«

»Ja, natürlich. Warum? Was macht das für einen Unterschied?«

»Nun, das bedeutet, dass er das Sorgerecht für Emily hat und sie somit nicht entführen kann.« Er hob seine Tasse an und schlürfte zufrieden an dem heißen Getränk.

»Aber bestimmt kann er sie nicht einfach ohne meine Erlaubnis mitnehmen, oder?«

»Doch, kann er. Genau wie Sie.«

»Aber das ist nicht fair.« Während ich das sagte, wurde mir die Ironie meiner Situation bewusst. Ich hatte genau das Gleiche geplant. Sam musste Nick davon erzählt haben und jetzt ist Nick mir zuvorgekommen, um mir eine Lektion zu erteilen.

Als was für eine abscheuliche Person Sam sich herausstellte: Dachte sich die Affäre von Jen und Nick aus und verriet Nick, dass ich ihn verlassen wollte. Warum? Weil ich ihn zurückgewiesen hatte?

Der Polizist beendete seine Notizen und legte seinen Stift nieder. »Haben Sie irgendeinen Grund zur Annahme, dass für Emily von ihrem Vater Gefahr ausgeht?«

»Nein, überhaupt nicht. Er kommt wunderbar mit ihr zurecht, aber sie gehört hierher, nach Hause. Bitte, Sie müssen sie mir zurückbringen.«

Er zuckte mit den Schultern. »Ihr Ehemann verstößt gegen kein Gesetz. Wenn es eine gerichtliche Anordnung gäbe, der er sich widersetzt, wäre das eine andere Sache, aber in Ihrem Fall, wenn die Ehe gerade erst zerbrochen ist …«

Zerbrochen. Seine Worte schnitten mir tief ins Herz.

»Ich verstehe das immer noch nicht. Er hat mir Emily weggenommen. Ich habe doch bestimmt das Recht darauf, zu erfahren, wo sie ist.«

»Das kommt darauf an. In Fällen, in denen der Ehepartner Opfer von häuslicher Gewalt geworden ist oder um die Sicherheit des Kindes fürchtet, ist es wichtig, ihren Aufenthaltsort vertraulich zu halten.«

»Aber ich bin nicht gewalttätig!«, protestierte ich. In meinem Kopf begann sich eine Geschichte zu formen. Vielleicht gehörte zu Nicks Spiel vorzugeben, dass ich eine Gefahr für Emily darstellte, damit er nicht preisgeben musste, wo er sich aufhielt. O Gott, um so weit zu gehen, musste er wirklich böse auf mich sein. Was in aller Welt hatte Sam ihm erzählt?

»Ich sage lediglich, dass es auf die Umstände ankommt«, antwortete der Polizist mit einem beruhigenden Ton in seiner Stimme. »Und natürlich müssten jegliche Anschuldigungen bewiesen werden.«

Ich starrte ihn an. »Also wollen Sie mir sagen, dass Sie nichts tun können. Sie können ihn nicht ausfindig machen, Sie können ihn nicht dazu zwingen, sie mir zurückzubringen ...«

»Nicht ohne einen gerichtlichen Beschluss.«

»Und wo bekomme ich so einen her?«

Er lächelte mir mitfühlend zu. »Ich schlage vor, dass Sie sich an einen Anwalt wenden.«

Nachdem sich die Polizei verabschiedet hatte, trug ich das Tablett zurück in die Küche und schleuderte die Tassen über die Fliesen. Meine »Besteste Mama der Welt«-Tasse zerbrach in tausend Teile, aber es war mir egal, ich war froh, sie los zu sein. Nick hatte sie für mich gekauft, damit Emily sie mir zum Muttertag schenken konnte, zusammen mit einer dämlichen, überteuerten Halskette. Alles, worüber ich mich wirklich gefreut hatte, war die Karte, die sie im Kindergarten gebastelt hatte – ein wildes Gekritzel mit einem blauen Stift, von dem sie mir sagte, es wäre ein »Smefferling«. Ich betrachtete die vielen Zeichnungen von ihr, die an der Kühlschranktür hingen – glitzernde Farbkleckse und Collagen aus trockenen Nudeln – und fuhr mit meinen Fingern über ihren winzigen Handabdruck auf einem Stück pinkem Bastelpapier. Ich fing an zu weinen. Was, wenn alle

Nicks Lügen glauben würden, und ich sie nie wiedersehen durfte? Ich konnte nicht zulassen, dass das passierte. Wenn die Polizei mir nicht helfen würde oder konnte, dann musste ich mir selbst helfen.

Ich wählte zum x-ten Mal Nicks Handynummer und hinterließ ihm eine Nachricht. Es war schwer, die Wut aus meiner Stimme zu halten, aber ich schluckte sie herunter und sagte, dass ich mir Sorgen um Emily machte und wissen musste, ob es ihr gut ginge. »Können wir bitte über alles reden?«, flehte ich. »Ich weiß nicht, wie das passieren konnte, Nick, aber ich glaube, jemand hat dich belogen. Was auch immer dir erzählt wurde, es ist nicht wahr. Bitte rede mit mir. Ich möchte die Dinge einfach wieder in Ordnung bringen.«

Dann versuchte ich es unter Sams Nummer. Dieses Mal bekam ich die Nachricht, dass die Nummer nicht vergeben wäre. Was bedeutete das? Ich erinnerte mich daran, dass Nick Sam extra ein Telefon nur für die Arbeit gegeben hatte – hatte Sam es abgeben müssen? Das würde bedeuten, dass er nicht länger für Nick arbeitete. Aber Nick durfte nicht selbst fahren, wie würde er also seinen Alltag regeln? Ich musste wissen, wo sie waren. Ich musste Emilys Stimme hören. Warum ging Nick nicht an sein Telefon? Ich starrte gefühlt stundenlang auf den Bildschirm meines Handys und wartete auf seinen Rückruf. Als ich den Drang nach Alkohol nicht länger unterdrücken konnte, ging ich zu dem Barschrank und schenkte mir einen Whiskey aus einer geschliffenen Glaskaraffe ein. Die Flüssigkeit brannte in meinem Hals und schickte sofort ein Gefühl von Wärme durch meinen Körper.

Ich kippte ihn herunter und schenkte mir noch einen ein. Okay, er würde also nicht antworten. Zeit für Plan B. Da ich mich nun etwas mutiger fühlte, rief ich in Nicks Büro an. »Hallo, könnte ich bitte mit Johnny Bashford sprechen? Hier ist Natasha Warrington.«

Es gab eine lange Pause. Ich konnte hören, wie die Rezeptionistin ihre Hand über den Hörer legte und einer anderen Person etwas zuflüsterte. Nach ein paar Sekunden stellte sie mich durch und Johnny, Nicks Anwalt und guter Freund, nahm ab.

»Natasha! Wie schön, von dir zu hören«, sagte er mit seiner honigsüßen Stimme. Sofort kam mir ein Bild von ihm in seinem Nadelstreifenanzug und dem rosa Hemd mit den weißen Manschetten in den Sinn. »Wie läuft's?«

»Nicht so gut, wenn ich ehrlich bin ...«, fing ich an, doch wurde gleich von ihm unterbrochen.

»Das überrascht mich nicht. Wie geht es dem lieben Nicholas? Ich war wirklich schockiert, als er sich einfach so davongemacht hat. Ich wollte mich noch bei euch melden, aber du weißt ja, wie das ist. Tut mir leid, ich habe wirklich oft an ihn gedacht, aber ...«

»Willst du mir damit sagen, dass er seinen Job hingeschmissen hat?«

»Ja, Schätzchen, ich dachte, du wüsstest das?«

»Nein ... Ich hatte keine Ahnung. Wann war das?«

Johnny dachte einen Moment lang nach. »Ähm... Etwa vor einem halben Monat. Vielleicht drei Wochen? Ich weiß nicht genau. Ich habe ihm gesagt, dass er zum Arzt gehen und sich ein paar Glücklichmacher verschreiben lassen soll. Er beteuerte, dass es ihm gut ginge, aber wir hatten alle den Eindruck, dass er einen Nervenzusammenbruch hatte.«

Ich erzählte Johnny die ganze Geschichte – na ja, das Meiste davon. Er gab viele zustimmende Geräusche von sich, aber klang weder schockiert noch überrascht.

»Hat er irgendetwas gesagt, bevor er gegangen ist?«, fragte ich. »Irgendeinen Hinweis, wo er jetzt sein könnte?«

»Nein, tut mir leid. Alles, was er gesagt hat, war, dass er mehr Zeit mit seiner Familie verbringen wollte.«

»Richtig ...« Ich spürte, wie mir die Tränen kamen, aber versuchte, sie zu unterdrücken. »Ich versuche, mit Nicks Fahrer Sam zu sprechen. Über sein Handy ist er nicht mehr erreichbar, also brauche ich seine Adresse. Ich dachte, du könntest sie mir vielleicht geben.«

Es entstand eine Pause. »Nein, Nick hat ihn direkt angestellt.

Aber selbst, wenn ich seine Kontaktdaten hätte, dürfte ich sie nicht rausgeben. Das wäre ein Verstoß gegen unsere Pflichten gemäß dem Datenschutzgesetz.«

Ich spürte, wie Wut in mir aufstieg. »Komm mir nicht mit diesem Anwalts-Gerede. Das ist wichtig. Nick ist dein Freund – falls er tatsächlich einen Nervenzusammenbruch hat, müssen wir ihn finden, alleine schon um Emilys willen. Ich denke, dass Sam vermutlich weiß, wo sie sind.«

Eine weitere Pause, dieses Mal länger. »Es tut mir leid, Natasha, aber ich kann dir nicht helfen.«

»Was geht hier vor sich, Johnny? Steckst du da mit drin?«

»Wenn du Nicholas findest, richte ihm meine Grüße aus.« Ich hörte ein Klicken, dann Stille. Der Bastard hatte mich aus der Leitung geworfen.

Ich schenkte mir noch einen Whiskey ein – ich mochte das Zeug nicht einmal, aber ich brauchte etwas, um den Schmerz zu lindern. Ich hatte das Gefühl, als wüsste jeder, was hier vor sich ging, außer mir. Aber was war mit Jen, war sie Freund oder Feind?

Ich zog ihre Visitenkarte aus meiner Tasche und legte sie auf den Couchtisch. In Gedanken ging ich zurück zu der grauenhaften Fahrt zu der Taufe. Es war Jens Idee gewesen, dass Nick einen Fahrer einstellte – sie hatte etwas von einem Freund gesagt, der sich von Sam trennen musste. Vielleicht könnte sie an seine Adresse kommen. Ich wollte sie nicht um Hilfe bitten; es fühlte sich erniedrigend an. Aber sie war meine einzige Hoffnung.

»Gibt es etwas Neues?«, fragte sie, als sie meinen Anruf nach dem ersten Klingeln annahm. »Nein. Nichts.« Ich klammerte mich an mein Whiskeyglas. »Die Polizei war hier, aber sie sagen, dass sie nichts machen können, weil Nick das elterliche Sorgerecht hat. Ich werde vor Gericht ziehen müssen.«

Sie seufzte hörbar. »Das wird dich ein kleines Vermögen kosten.«

»Ich will einfach nur mit ihm reden, weißt du, und versuchen, die Wogen zu glätten.«

»Natürlich, das wäre der beste Weg. Wenn er wenigstens den Anstand hätte, auf deine Anrufe zu reagieren.«

»Jen, könntest du mir einen Gefallen tun? Ich brauche Sams Privatadresse.«

»Wofür?« Ihre Stimme klang misstrauisch. Sofort musste ich an die L-Schilder denken, die noch an dem Auto gewesen waren, und ihre betrunkene Anschuldigung, dass Sam und ich es treiben wollten. Hatte sie Nick Lügen über uns erzählt? Meine Gedanken begannen eine neue Richtung einzuschlagen. »Wofür, Natasha?«, wiederholte sie.

»Oh, ähm ... Ich möchte ihn fragen, ob er weiß, wo Nick und Emily sind, das ist alles«, sagte ich mit flacher Stimme. »Ich dachte, vielleicht könntest du deine Freunde fragen, du weißt schon, bei denen er vor uns angestellt war.«

»Oh, richtig, ich verstehe, worauf du hinauswillst. Gute Idee. Ich werde sie gleich anrufen und mich dann wieder bei dir melden.«

Ich legte das Telefon zur Seite. Für den Moment hatte ich alles getan, was ich konnte; jetzt musste ich abwarten. Mein Magen kämpfte mit dem Alkohol und mir wurde bewusst, dass ich seit dem Frühstück nichts mehr gegessen hatte. Doch ich war zu aufgebracht, um das jetzt nachzuholen. Ich wanderte von Raum zu Raum, richtete Dekoration neu aus und polsterte die Kissen auf. Die Stille war unerträglich. Ich lauschte angestrengt, ob ich Emilys Stimme hören konnte, wie sie oben herumlaufen und Melodien summen würde, während sie mit ihren Spielzeugen spielte. Ihr leerer Hochstuhl stand im Flur, verhöhnte mich. Ich fuhr mit meinen Fingern über den Plüschoverall, der an einem Haken neben der Tür hing – er war unendlich süß, mit weißen Schneeflocken darauf. Wenn das schlechte Wetter kommen würde, würde sie ihn brauchen, dachte ich. Aber wird sie dann hier sein, um ihn tragen zu können? Panik machte sich in mir breit – meine Brust schmerzte und ich bekam nicht genug Luft. »Tief einatmen und ausatmen«, flüsterte ich. Du darfst nicht zusammenbrechen, darfst dein Schicksal nicht hinnehmen. Du musst weitermachen.

Für Emily.

Plötzlich klingelte das Telefon. Für den Bruchteil einer Sekunde dachte ich, es wäre Nick und nahm sofort ab. Doch am anderen Ende der Leitung war Jen.

»Das ging schnell«, sagte ich schwer atmend. »Hattest du Glück?«

»Jep. Er wohnt in Walthamstow. Ich schicke dir seine Adresse.«

»Ausgezeichnet. Vielen Dank, Jen.« Erleichterung überkam mich. Zumindest das konnte ich noch tun.

»Wann wirst du zu ihm fahren?«, fragte sie.

»Ich weiß nicht. Jetzt?« Dieser Zeitpunkt schien genauso gut zu sein wie jeder andere.

Sie schien nachzudenken. »Warum machst du es nicht morgen früh? Es ist wahrscheinlicher, dass er dann zu Hause ist.«

»Ja, das ist wahr.«

»Möchtest du, dass ich dich begleite?«, fragte sie. »Wenn wir zu zweit sind, hast du vielleicht mehr Glück. Frauenpower und so.«

Auf keinen Fall würde Jen mich begleiten. Es gab Dinge, die ich zu Sam sagen musste, die sie nicht hören sollte. »Ähm, nein danke, ich denke, das mache ich besser alleine. Aber vielen Dank für das Angebot, das ist wirklich nett von dir.«

»Jederzeit, Süße, jederzeit.« Ihre Stimme war warm und aufrichtig, ohne die Schärfe, die sie sonst für mich zu reservieren schien. »Und das meine ich ernst. Ich verstehe deinen Schmerz, wirklich. Ich weiß, du wirst es nicht glauben und hast auch jeden Grund, es anzuzweifeln, aber ehrlich, Natasha, ich bin auf deiner Seite.«

DAMALS

Natasha

Es dauerte weniger als eine Stunde, um nach Walthamstow zu gelangen. Ich saß in der U-Bahn, benommen von der abgestandenen Luft, wobei meine Lider zwischen den Stationen immer wieder zufielen. Ich war völlig fertig. Die letzte Nacht war die reinste Qual gewesen und die erste Nacht, die ich jemals von Emily getrennt gewesen war. Obwohl ich wusste, dass sie nicht in ihrem Gitterbettchen lag, war ich aufgeblieben und hatte gelauscht. Als ich schließlich einschlief, hörte ich sie in meinen Träumen weinen. Ich wachte auf und war so überzeugt davon, sie wirklich gehört zu haben, dass ich aufstand und nachschaute. Doch natürlich war ihr Zimmer leer. Ich hob einen von ihren Teddys auf und nahm ihn mit in mein Bett, wo ich mich an ihn kuschelte, sein Fell roch nach meinem kleinen Mädchen. Eine weibliche Stimme holte mich in die Gegenwart zurück. »Nächste Station

Walthamstow Central. Der Zug endet dort.«

Sobald ich nicht mehr unter der Erde war, überprüfte ich mein Handy auf Nachrichten von Nick. Nichts.

Laut Google Maps war Sams Adresse einen neunminütigen Spaziergang entfernt. Ich ging die Haupteinkaufsstraße hinunter, wobei ich meine Umgebung kaum wahrnahm. Mein gesamter Verstand konzentrierte sich auf Emily. Ich versuchte mir vorzustellen, wo sie gerade war und was sie machte. Zweifellos würde sie nach mir fragen. Welche Lügen Nick ihr wohl auftischen würde, um meine Abwesenheit zu erklären.

Ich bog in eine Seitenstraße ab, die mich bergab an einigen kleinen Reihenhäusern vorbeiführte, mein Puls erhöhte sich mit jedem Schritt, dem ich meinem Ziel näherkam. Ich musste aufhören, mir Sorgen um Emily zu machen, und darüber nachdenken, was ich zu Sam sagen wollte. Das Wichtigste war, dass ich herausfand, wo Nick und Emily waren. In einem Hotel? Einer gemieteten Wohnung? Sam musste sie dorthin gefahren haben. Plötzlich kam mir ein schrecklicher Gedanke. Was, wenn er sie wirklich zum Flughafen gefahren hatte? Was, wenn er sie ins Ausland gebracht hatte? Ich hatte nicht überprüft, ob ihr Pass noch in der Schreibtischschublade lag.

Ich beschleunigte mein Tempo, meine Sorgen wuchsen mit jedem Schritt. Als ich die Hauptstraße erreichte, war ich so aufgewühlt, dass ich ohne auf den Verkehr zu achten auf die Kreuzung trat und ein Auto quietschend vor mir zum Stehen kommen musste. Die Fahrerin schüttelte missbilligend den Kopf, während ich über die Straße hastete.

Die Straße, in der Sam wohnte, lag vor mir. Ich wanderte herum und suchte nach Hausnummer 72. Es war eine hübsche, edwardianische Reihenhaussiedlung, deren Häuser in Wohnungen unterteilt waren, jede mit ihrer eigenen Eingangstür. Auf der anderen Straßenseite war ein großer Park, der von einem Eisenzaun umgeben war. Ich zählte mit, während ich den Weg entlangeilte – 48, 56, 62 ,70 ... Nummer 72 kam als Nächstes. Ich atmete tief ein, als ich das Gartentor aufdrückte.

Das Haus sah aus, als wäre es vermietet. Der Garten wirkte

wild, die Gardinen in den Fenstern waren schmuddelig und grau und die Haustür brauchte einen neuen Anstrich. Ich drückte die Klingel, aber im Innern schien sich nichts zu regen, also klopfte ich mehrere Male und wartete. Stille. Ich versuchte es erneut und klopfte so laut ich konnte. Ich drückte mein Ohr gegen den Briefschlitz und lauschte.

Nichts. Ich hielt mein Gesicht vor das Erkerfenster und versuchte, durch die Vorhänge zu spähen. Als ich die Szene wahrnahm, erstarrte ich.

Neben einem schwarzen Ledersofa und einem Fernseher standen dort eine Babywippe und ein Roller für Kleinkinder. Das Zimmer war ein einziges Durcheinander. Überall auf dem Teppich lagen Spielzeuge verstreut und auf dem Wäscheständer hingen kleine T-Shirts und Socken. Ich wich kopfschüttelnd von dem Fenster zurück. War das die falsche Adresse? Ich verglich die Notizen auf meinem Zettel mit den Messingzahlen an der Eingangstür. Nein, das hier war Nummer 72.

Ich eilte zurück durch das Tor, überquerte die Straße und ging in den Park, wo ich einem kurvenreichen Pfad folgte, der an grünen Wiesen und Spielplätzen vorbeiführte, ohne zu wissen, wohin ich ging oder was ich tat. Ich versuchte nur zu verarbeiten, was ich gesehen hatte. Die Hinweise waren offensichtlich. Sam war verheiratet und hatte eine Familie, mindestens ein Kind, vielleicht zwei. Warum hatte er sie nie erwähnt? Warum hatte er mich angelogen? Ich dachte an den schrecklichen, schmerzlichen Moment vor ein paar Wochen zurück, als er mir seine Liebe gestanden hatte.

Kommt mit zu mir.

Ich hielt einen Moment an einem großen Teich inne und beobachtete, wie die Enten und Schwäne gemütlich über das Wasser glitten. Sam hatte so ehrlich geklungen, so nervös, als könnte er seine Liebe für mich keine Sekunde länger unterdrücken. *Ich habe Gefühle für dich, Natasha.* Was war in diesen letzten Monaten wirklich vor sich gegangen? Hatte Nick Sam als eine Art Treuetest eingeschleust? Falls dem so war, musste ich bestanden haben. Ja, ich war in Versuchung geraten, aber nur für einen Moment und auch nur, weil ich wegen Nick und Jens Affäre so durcheinander gewesen war. Nur dass Jen behauptete, dass Sam diese Geschichte erfunden hatte. Alles schien auf Sam und seine Lügen zurückzugehen. Aber ich konnte mich nicht entscheiden, ob er wirklich der Bösewicht war, oder ob er nur von Nick manipuliert wurde. Mein Verstand wurde so schnell von grauenvollen Möglichkeiten überschwemmt, dass ich mich kaum auf den Beinen halten konnte.

Ich versuchte, mich zu beruhigen und positiv zu denken, lenkte meine Gedanken zu Emily. Vielleicht spielte sie gerade mit Nick in einem ganz ähnlichen Park. Ich stellte sie mir vor, wie sie Tauben jagte, Enten fütterte, eine Rutsche hinuntersauste oder in einem Sandkasten buddelte. Sie liebte Schaukeln und ich hatte ihr gerade beigebracht, ihre Beine auszustrecken, wenn sie nach vorne flog, und sie einzuziehen, wenn es nach hinten ging. Ich hoffte, dass es ihr gut ging und sie mich nicht zu sehr vermisste. Ich mochte zwar nicht wissen, wo sie war, aber wenigstens war sie nicht bei einem Fremden. Sie war bei jemandem, der sie genauso sehr liebte wie ich. Und sie liebte ihren Dada. An diesem Trost musste ich mich festhalten, sonst würde ich völlig den Verstand verlieren.

Im Zentrum des Parks gab es ein kleines Café, in dem ich mir einen Kaffee bestellen wollte. Das Lokal war derart mit Kinderwagen zugestellt, dass ich mich kaum bis zum einzigen freien Tisch im hinteren Teil durchkämpfen konnte. Ich warf einen Blick auf die Kreidetafel, auf der sich die Speisekarte befand, und erinnerte mich selbst daran, dass ich seit gestern noch immer nichts gegessen hatte. Offenbar war hier alles hausgemacht. Die meisten Gerichte schienen Couscous zu enthalten und alle Kuchen waren glutenfrei. Ich hatte keinen Appetit, doch ich musste mich stärken, also bestellte ich einen Bio-Flapjack zusammen mit einem Cappuccino und suchte mir einen Platz.

Gruppen von jungen Müttern unterhielten sich, stillten ihre Babys und aßen Croissants, alles gleichzeitig. Sie waren denen in Emilys Kindergarten sehr ähnlich, nur nicht so gut frisiert oder teuer gekleidet. Und sie waren definitiv Mütter, keine Kindermädchen oder Au-Pairs. Während ich an meinem Heißgetränk nippte und mit den klebrigen Haferbrocken spielte, beobachtete ich die Babys genau, um zu sehen, ob irgendeins von ihnen Sam ähnlich sah. Aber ich konnte keine Ähnlichkeiten ausmachen und wenn ich darüber nachdachte, passte dieses Lokal auch nicht zu ihm. Er gehörte zu der bodenständigen Arbeiterklasse, nicht zu Londons Stadtelite. Ich erinnerte mich daran, wie wir uns über die Art von Müttern amüsiert hatten, die ihre Kinder nur Kuchen essen ließen, der größtenteils aus Gemüse bestand, und Eiscreme für das Werk des Teufels hielten. Über unsere gemeinsame heimliche Liebe zu ganztägigem Frühstück hatten wir eine Verbindung aufgebaut – er hatte mich zwischen den Fahrstunden sogar in seine liebste Imbissbude mitgenommen.

All das schien schon so lange her zu sein. War der Fahrunterricht der Auslöser für diesen ganzen Ärger gewesen? Hatte Jen die L-Schilder gesehen und Nick davon erzählt? Doch das wäre bestimmt kein derart schlimmes Verbrechen gewesen, dass er mich verließ. Ich konnte mir keinen Reim darauf machen.

Der Lärmpegel in dem Café erreichte ein ohrenbetäubendes Level – mehrere Kinder weinten, während andere unter den Tischen herumkrabbelten. Ich fühlte mich von den Buggys eingeengt und brauchte dringend frische Luft, also drängte ich mich nach draußen und ging zu dem Parkeingang zurück, der sich beinahe direkt gegenüber von Sams Haus befand. Ich suchte mir einen Platz auf einer Parkbank unter einer Rosskastanie und fixierte seine Haustür. Ich fühlte mich wie ein Privatdetektiv bei einer Observierung. Irgendwann musste er nach Hause kommen. Ich würde nicht aufgeben; ich würde so lange warten, wie es nötig war.

Es war ein warmer Tag und ich war äußerst müde. Es kostete mich beträchtliche Mühe, wach zu bleiben, doch nach etwa einer Stunde wurde ich belohnt. Nicht Sam, aber seine Frau – oder Freundin oder Partnerin, was auch immer – trug ein Baby in einem Tragetuch und schob einen kleinen Jungen in einem Buggy vor sich her, der kaum älter aussah als Emily. Die Frau war etwa in meinem Alter, vielleicht älter, ein bisschen pummelig, hatte matte braune Haare, trug pinke Leggings, Turnschuhe und ein weißes T-Shirt mit einem glitzernden Muster auf dem Rücken. Ich beobachtete, wie sie durch das Tor schritt und die Tür aufschloss. Sollte ich mit ihr sprechen oder wäre es besser, auf Sam zu warten? Ich wollte ihnen keine Schwierigkeiten bereiten, aber es war ein Notfall. Ich musste wissen, wo Emily war. Diese Frau war auch eine Mutter – bestimmt wäre sie bereit, mir zu helfen. Mein Mund fühlte sich trocken an, als ich den Park verließ, die Straße überquerte und zu Hausnummer 72 ging. Sams Frau war bereits im Innern verschwunden, also klopfte ich gegen die Tür.

Sie öffnete die Tür und hielt das Baby – ein kleines pummeliges Mädchen – auf ihrer Hüfte. »Ja?«, sagte sie scharf und beäugte mich von oben bis unten.

»Ich suche nach Sam. Das ist seine Adresse, nicht wahr?« Sie nickte, doch Feindseligkeit ging in Wellen von ihr aus. »Wer sind Sie? Was wollen Sie hier?«

»Mein Name ist Natasha Warrington«, fing ich an und versuchte nicht zu bedrohlich zu klingen. »Sam arbeitet für meinen Mann.«

»Nicht mehr. Er hat ihn gehen lassen, wie sie es formuliert haben. Vor zwei Wochen. Einfach so, ohne Vorwarnung, dieses Schwein.« Sie teilte Sams knappe Sprache, nur war ihre noch platter.

Ich geriet ins Stocken. »Vor zwei Wochen? Sind Sie sicher?«

»Nennen Sie mich etwa eine Lügnerin?« Sie setzte ihr Baby auf die andere Hüfte.

»Nein, auf gar keinen Fall«, sagte ich, konnte aber den finsteren Blick auf meinem Gesicht nicht verbergen. Es stimmte, dass ich Sam seit unserer peinlichen Begegnung nicht mehr gesehen hatte, aber er hatte Nick und Emily gestern Morgen abgeholt, oder nicht? Ich versuchte mich daran zu erinnern, was vor sich ging, als ich im Bett lag. Sams Stimme hatte ich nicht gehört, aber den Range Rover, der aus unserer Einfahrt fuhr, und ich hatte angenommen, dass er hinter dem Steuer saß. War Nick selbst gefahren, obwohl ihm sein Führerschein entzogen worden war?

»Also hat Sam gestern nicht für ihn gearbeitet?«

»Nein, warum sollte er?«

Mein Herz rutschte mir in die Hose. Wenn Sam nicht an der Flucht beteiligt war, hatte er keine Ahnung, wo Emily war. »Was wollen Sie denn von ihm?«, fragte sie. »Ich muss mich um die Kinder kümmern.« Wie auf Kommando kam ein kleiner barfüßiger Junge den Flur entlang gewatschelt und hielt eine Windel.

»Eigentlich ist es nichts. Ich dachte nur, vielleicht hätte er ... Es ist nicht so wichtig. Ich würde trotzdem gerne mit ihm sprechen.«

»Nun, er ist nicht hier. Er ist weg. Verreist. Ich weiß nicht, wann er zurückkommmt.«

Ich zögerte. »Oh, ich verstehe. Ähm ... Wenn er anruft, könnten Sie ihm sagen, dass Na ... Mrs. Warrington gerne mit ihm sprechen würde? Er hat meine Nummer.«

»Oh, darauf wette ich, Schätzchen«, antwortete sie bitter. Der kleine Junge zupfte an ihrer Hose. »Verschwinden Sie!« Damit schlug sie mir die Tür vor der Nase zu.

Die Rückreise fühlte sich wie eine Ewigkeit an. Ich war ausgelaugt und der Wahrheit kein Stück nähergekommen. Als der Zug sich King's Cross näherte, wurde es langsam voller. Die Hitze machte mir zu schaffen und ich hatte fürchterliche Kopfschmerzen. In Gedanken spielte ich das Treffen mit Sams Frau noch einmal durch und versuchte, die Fakten herauszufiltern. Sie wirkte müde und erschöpft. Ihr Mann hatte seinen Job verloren und ich hatte das Gefühl, dass sie mir dafür die Schuld gab. Es musste sehr verdächtig aussehen, wenn die Ehefrau des Chefs bei ihm zu Hause auftauchte und nach ihm fragte. Wäre ich an ihrer Stelle gewesen, wäre ich definitiv misstrauisch geworden. Ich seufzte schwer. Das war Sams Problem, nicht meins. Ich hatte schon genug um die Ohren. Ich schloss meine Augen und ließ mich von dem Zug durchschütteln.

Als ich aus der U-Bahn stieg, war es bereits Nachmittag. Ich überprüfte sofort mein Handy – keine Nachrichten, keine verpassten Anrufe: Gab es sonst etwas Neues? Mein Akku war beinahe leer, ich musste ihn aufladen. Ich eilte den Hügel hinunter. Die Luft war warm, der Himmel von der Luftverschmutzung getrübt. Ich hatte seit dem Vortag nicht mehr geduscht und meine Haut juckte von den Abgasen der Stadt. Meine Reise nach Walthamstow hatte mehr Fragen aufgeworfen als beantwortet, aber wenigstens hatte ich nicht tatenlos herumgesessen. Hatte mich nicht mit einer Flasche Gin auf dem Sofa zusammengerollt. Morgen würde ich versuchen, einen Anwalt zu finden, um diesen Gerichtsbeschluss zu bekommen. Ich konnte es mir zwar nicht leisten, hatte jedoch keine andere Wahl. Ich würde mein Kreditkartenlimit erhöhen, all meine Habseligkeiten verkaufen, das komplette Haus leer räumen, wenn es sein musste. Wenn Nick dachte, dass ich das einfach hinnehmen und ihn gewähren lassen würde, hatte er sich geschnitten.

Ich bog in unsere breite, grün bepflanzte Straße ein, die so anders war als die bescheidene Häuserreihe, in der Sam lebte. Sams Haus gefiel mir tatsächlich besser; es war eher so, wie das Haus in dem ich aufgewachsen war. All die Häuser hier waren gigantisch, freistehend, mit pompösen Eingängen und breiten Zufahrten. Einige von ihnen hatten weiße Gitter vor den Fenstern und Sicherheitsglas. Sie waren mehrere Millionen wert. Ich erinnerte mich noch daran, wie eingeschüchtert ich gewesen war, als ich Nicks Haus das erste Mal gesehen hatte. Selbst mit der neuen Einrichtung hatte es sich nie wirklich wie ein Zuhause angefühlt. Es war zu groß, zu vornehm, zu selbstgefällig. Ich war immer ein Eindringling gewesen, der Kuckuck in einem fremden Nest. Der Gedanke daran, noch eine Nacht ohne Emily in diesem Haus verbringen zu müssen, verängstigte mich.

Ich erreichte die Haustür, nahm meine Schlüssel hervor und sagte in Gedanken den Code für die Alarmanlage auf. Aber der

Riegel wollte sich nicht verschieben lassen und der Schlüssel passte nicht in das Hauptschloss. Ich starrte wie gelähmt auf den Schlüsselbund in meiner Hand. Hatte ich aus Versehen den falschen eingesteckt? Aber nein, da war mein N-förmiger Schlüsselanhänger. Ich versuchte es erneut. Das Metall glitt mir durch meine verschwitzten Finger, als ich versuchte, es in das Schloss zu zwängen. Es half nichts, es funktionierte nicht. Ich trat zurück und zitterte am ganzen Körper, als die Wahrheit mich traf wie der Blitz.

Während ich in Walthamstow war, hatte jemand die Schlösser ausgewechselt.

19

DAMALS

Natasha

All der Schmerz, der sich in den letzten vierundzwanzig Stunden in mir angesammelt hatte, stieg aus meinem Magen empor und ich übergab mich auf die Eingangstreppe. Warum tat er mir das an? Ich sank zitternd auf meine Knie, als ich mir die Galle vom Mund wischte. *Warum? Warum?*

Er hatte wohl kaum das Recht, so etwas zu tun. Alles, was ich besaß, war in diesem Haus. Meine Klamotten, die Designer-Sachen, die ich verkaufen wollte, meine Ausweisdokumente, das Bargeld, das ich zur Seite gelegt hatte, selbst das verdammte Ladekabel für mein Handy. Ich nahm mein Mobiltelefon und schielte auf die rote Linie auf dem Batteriesymbol – es waren noch fünf Prozent übrig, vermutlich genug für einen letzten Anruf. Sollte ich die Polizei rufen? Würden sie die Tür für mich aufbrechen oder würden sie mir wieder sagen, dass ich mich an einen Anwalt wenden sollte? Ich entschied, stattdessen meine Mom anzurufen.

»Oh, mein Gott, ich kann es nicht glauben. Wie kann er nur so

155

etwas tun?«, zeterte sie. »Und woher wusste er, dass du unterwegs sein würdest?«

»Er muss jemanden beauftragt haben, das Haus zu überwachen«, sagte ich und versuchte verzweifelt, mich daran zu erinnern, ob ich irgendwelche verdächtigen Fahrzeuge gesehen hatte, als ich mich an diesem Morgen auf den Weg gemacht hatte. Ich erinnerte mich vage an einen weißen Van, der ein paar Häuser weiter geparkt hatte, aber ich war mir nicht sicher.

»Du musst dich gegen ihn wehren, Natasha, damit kannst du ihn nicht durchkommen lassen.«

»Mom, bitte, hör mir zu, ich habe keine Kraft mehr. Ich kann nirgendwohin. Kann ich zu dir kommen?«

»Bleib, wo du bist. Ich komme und hole dich ab.«

Ich konnte den Gedanken an meine Mutter, die sich in ihrem alten Fiesta durch den Verkehr kämpfte, während ich wie eine Gestrandete in meiner eigenen Einfahrt saß, nicht ertragen. Was, wenn die Nachbarn mich sahen?

»Danke, aber ich werde den Zug nehmen. Ist ja nicht so, als hätte ich besonders viel Gepäck bei mir«, sagte ich grimmig.

»Dafür muss Nick bezahlen. Wir werden ihn drankriegen, keine Sorge, wir werden ...« Ihre wutgetränkten Worte brachen ab, als mein Telefon schließlich den Geist aufgab.

Als ich bei meiner Mutter ankam, war ich am Ende meiner Kräfte – schwach, von Müdigkeit erschlagen und ausgezerrt von meinen Tränen. Sie drückte mir eine Tasse Tee und ein paar Paracetamol in die Hände und schickte mich nach oben in mein altes Zimmer, während sie etwas zu essen zubereitete. Ich legte mich auf mein Bett und zog meine Beine an.

Es war Jahre her, dass ich das letzte Mal über Nacht geblieben war, aber die Formen und Strukturen und Gerüche waren mir so vertraut, dass es mir für einen Augenblick so vorkam, als wäre ich nie weggewesen. Ich erinnerte mich daran, als Teenagerin auf diesem Bett gelegen zu haben und mir Gedanken darüber gemacht zu haben, was das Leben noch für mich bereithielt. Ich zerbrach mir den Kopf darüber, ob ich jemals einen Freund finden oder meine Abschlussprüfung bestehen würde, ob ich einen guten Job und einen Mann finden würde, den ich heiraten und mit dem ich Kinder bekommen könnte. Die Antwort? In fast allen Aspekten war ich kläglich gescheitert. Aber jetzt wurde mir bewusst, dass nichts davon wichtig war. Das Einzige auf dieser Welt, das mir wirklich wichtig war, der einzige Grund, den ich zum Leben hatte, war Emily.

Die Tabletten erfüllten ihren Zweck nicht. Wenn überhaupt wurden meine Kopfschmerzen noch schlimmer. Ich stützte mich auf meine Ellbogen und kippte meinen Tee hinunter. Mom hatte ihn mit Zucker zubereitet, »um dir Kraft zu geben«, und es schmeckte furchtbar. Ich legte mich wieder hin, ließ mein Gesicht von den heißen Sonnenstrahlen bedecken, die sich durch das Zimmer kämpften und den Staub tanzen ließen. Das Schlafzimmer wurde nur noch als Lagerraum genutzt und die Luft war abgestanden. Ich konnte hören, wie Mom in der Küche herumhantierte, doch bei dem Gedanken daran etwas zu essen, wurde mir schlecht. Eigentlich hätte sie an diesem Abend arbeiten müssen, Büros putzen, doch sie hatte Bescheid gegeben, dass sie es nicht schaffte. Ich hatte sie angefleht, hinzugehen – die Agentur war sehr streng, was Fehlzeiten betraf, und ich wollte nicht, dass sie zu allem Überfluss auch noch ihren Job verlor. Aber natürlich hatte sie sich geweigert. Als ich so in der stickigen Hitze dalag, fühlte ich mich in meine Kindheit zurückversetzt, in diesen einfachen, machtlosen Zustand, in dem deine gesamte Existenz von deinen Eltern abhängt – oder wie in meinem Fall von meiner Mutter. Ich hatte mich wirklich bemüht, frei zu sein und eine eigenständige Person zu werden, doch alles, was ich erreicht hatte, war es, jemand Neues zu finden, der sich um mich sorgt – jemanden, der fast alt genug war, um mein Vater zu sein. Man musste kein Psychiater sein, um seine Schlüsse daraus zu ziehen.

Aber ich war jetzt selbst eine Mutter. Vielleicht war es an der Zeit, dass ich aufhörte, mich selbst zu bemitleiden, und erwachsen wurde.

Ich erhob mich vom Bett und ging wieder nach unten.

»Bestimmt würde die Polizei dir helfen, die Tür zu öffnen«, sagte Mom und drehte die Hitze unter der Pfanne mit den Kartoffeln runter. Nebenbei kochte sie in Scheiben geschnittene Möhren, außerdem konnte ich riechen, wie Würstchen in der Pfanne brutzelten. »Es ist genauso sehr dein Haus wie es seines ist.«

»Ich möchte gar nicht zurück«, murmelte ich. »Ich habe mich dort nie wohl gefühlt, zumindest nicht wirklich. Es war immer ihr Zuhause, das von Nick und Jen.«

»Nun ja, ich erinnere mich noch daran, dass du es kaum erwarten konntest, dort einzuziehen. Du hättest darauf bestehen sollen, mit ihm zusammen irgendwo anders neu anzufangen.«

»Das hast du nie erwähnt.«

»Oh, als ob du auf mich gehört hättest.« Mom lachte trocken, während sie die Würstchen wendete. Es waren die einer billigen Marke und in der Pfanne tanzte das Fett. Egal, wohin ich sah, alles hier erinnerte mich daran, wie arm sie war und wie verwöhnt und wählerisch ich in den letzten drei Jahren meines luxuriösen Lebens geworden war. Aber ich würde mich schnell wieder anpassen. Ich wollte sogar, dass es so wurde wie früher.

»Ich war eine Idiotin, Mom, das weiß ich jetzt. Eine naive, dumme Idiotin.« Sie nahm die Pfanne von Herd und goss das Gemüse in der Spüle ab.

»Du bist nicht die Erste und du wirst auch nicht die Letzte sein«, sagte sie.

Ich verbrachte eine grauenvolle Nacht in meinem alten Bett, starrte auf Umrisse in der Dunkelheit, während ich immer wieder aus einem unruhigen Schlaf aufschreckte. In den wachen Momenten überlegte ich mir endlose Nachrichten für Nick, manche waren wütend und fordernd, andere entschuldigend und flehend. Ich würde ihm einen Deal anbieten – der Verzicht auf den Anspruch seines Geldes im Gegenzug zum geteilten Sorgerecht von Emily. Ich war nicht so dumm zu denken, dass er sie ganz aufgeben würde, aber ein finanzieller Anreiz würde ihn sicher überzeugen. Oft genug hatte er herumgestöhnt, weil er Alimente an Jen bezahlen musste; noch eine Ex-Frau wollte er sicher nicht unterhalten müssen.

Sobald ich aufwachte, griff ich intuitiv nach meinem Telefon, um zu sehen, ob er sich gemeldet hatte. Doch ich hatte vergessen, dass der Akku leer war. Es war das neueste iPhone, das überraschenderweise nicht mit Moms Ladegerät kompatibel war – noch etwas, das ich heute kaufen musste. Ich kletterte aus dem Bett und duschte mich schnell, weil Mom nicht besonders glücklich wäre, wenn ich mir meine üblichen zwanzig Minuten Zeit nahm. Ich trocknete mich mit einem abgenutzten, rauen Handtuch ab, das ich noch aus meinen Teenagerjahren kannte, und tappte zurück in mein Zimmer.

Während ich unter der Dusche stand, hatte Mom mir saubere Unterwäsche auf das Bett gelegt und ein gelbes Top an den Griff des Schrankes gehängt. Das war sehr aufmerksam von ihr, doch ihre Kleidergröße war mir drei Nummern zu groß. Der BH war ein hoffnungsloser Fall, aber das Höschen würde seinen Zweck erfüllen. Ich musste ein paar Dinge kaufen, um zurechtzukommen. Zurück zu den Supermärkten und Second-Hand-Läden, dachte ich, als ich meine Jeans anzog. Diese Vorstellung fand ich seltsam beruhigend.

Als ich nach unten ging, war meine Mutter bereits zu ihrer Morgenschicht aufgebrochen und hatte mir auf dem Küchentisch vier Pfund zusammen mit einer Nachricht hinterlassen, ich solle für später etwas Hühnchen kaufen, darunter stand: *PS: Asda ist super für Unterwäsche.*

Das nächste Shopping-Center – eine schäbige Mall aus den Sechzigern, in der ich seit Jahren nicht gewesen war – war eine kurze Busfahrt entfernt, aber ich entschied mich, das Geld zu sparen und zu Fuß zu laufen. Tatsächlich gab es bei Asda eine Abteilung für Kleidung und für einen Fünfer fand ich dort einen BH. Zusammen mit einem Dreierpack Slips, einem Viererpack Socken, einem Doppelpack einfacher T-Shirts, einem um fünfzig

Prozent reduzierten Langarmshirt und einer Leggings kam ich mit meinem Einkauf auf nicht einmal fünfzig Pfund, was in der Welt, aus der ich gerade kam, erstaunlich günstig war. Ich schnappte mir eine Packung Hähnchenbrust aus dem Kühlregal und reihte mich in der Schlange vor der Kasse ein.

»Tut mir leid, Ihre Karte wurde abgelehnt«, sagte die Kassiererin.

»Scheiße«, zischte ich. Die Kreditkarte lief auf meinen Namen, aber über Nicks Konto. Er musste sie gekündigt haben.

»Haben Sie eine andere, die ich versuchen kann?«

»Oh, ähm, ja, tut mir leid, einen Moment.« Ich durchsuchte mein Portemonnaie und zog Nicks Bankkarte hervor, doch die würde auch nicht funktionieren. Die Schlange hinter mir wurde länger und ich konnte spüren, wie ich errötete.

»Hier, probieren Sie die.« Ich überreichte ihr eine andere Bankkarte. Es war die von meinem alten Konto – ich war mir sicher, dass sie funktionierte.

Ich verstaute meine Einkäufe in einer Plastiktüte und suchte peinlich berührt das Weite. Während ich an den gemütlichen Morgeneinkäufern vorbeimarschierte, wurde ich mit jedem Schritt ungehaltener. Okay, nicht genug, dass er mir meine Tochter gestohlen und mich aus meinem eigenen Haus ausgeschlossen hatte, jetzt schnitt er mir auch noch die Finanzen ab. Auf meinem privaten Konto waren nur noch ein paar hundert Pfund, die letzten Überreste meines Gehalts als Barista. Was sollte ich tun, wenn alles aufgebraucht war? Wieder anfangen, in einem Café zu arbeiten, vermutete ich. Aber wie sollte ich die Gebühren für den Kindergarten mit einem Null-Stunden-Vertrag und Mindestlohn bezahlen? Ich eilte in ein Elektrogeschäft und kaufte mir ein neues Ladekabel. Noch eine Ausgabe, auf die ich hätte verzichten können, aber ich musste mein Telefon am Leben erhalten; es war der einzige Weg für Nick, mich zu erreichen. Bestimmt würde er diese Funkstille nicht ewig durchhalten. Emily würde nach mir fragen, sie würde Videoanrufe mit mir machen wollen, so wie wir es immer mit ihm getan hatten. Es wäre zu grausam, sie nicht einmal meine Stimme hören zu lassen.

Ich fuhr mit dem Bus nach Hause und steckte das Handy sofort an das Ladegerät. Aber Nick hatte nicht angerufen oder eine SMS oder E-Mail geschickt. Nicht an diesem und auch nicht am nächsten Tag. Meine Mutter drängte mich immer wieder dazu, zur Bürgerberatung zu gehen – sie war davon überzeugt, dass sie mir helfen würden –, aber ich fühlte mich bereits besiegt, bevor der Kampf richtig begonnen hatte. Es spielte keine Rolle, wer Recht oder Unrecht hatte, wer log oder die Wahrheit sagte. Für Moral gab es dabei keinen Platz. Nick war tausend Mal reicher als ich und er war intelligent. Die ganze Sache war sorgfältig geplant worden. Er muss herausgefunden haben, welche Rechte er über Emily hat, und diese dann geschickt gegen mich ausgespielt haben. Er benutzte all seinen Reichtum und seine Macht und Gerissenheit, um zu verhindern, dass ich sie mir zurückholte. Deshalb hatte er seiner Schwester erzählt, dass ich psychisch labil wäre; deshalb musste er »flüchten«, weil er sich um Emilys Sicherheit sorgte. Wer weiß, wie lange es dauern würde, bis die Polizei an meine Tür klopfte und mich der Körperverletzung oder des Missbrauchs beschuldigte? Ich verstand, was mein Ehemann vorhatte, aber ärgerlicherweise konnte ich nichts dagegen unternehmen.

Ich verbrachte die nächsten fünf Tage damit, im Bett zu liegen. Ich aß nichts, ich wusch mich nicht und war in einem Nebel aus Trauer gefangen. Ich dachte die ganze Zeit an Emily – stellte mir vor, wo sie war oder was sie tat und fragte mich, ob Nick angemessen auf sie achtgab. Glücklicherweise hatte ich noch Dutzende Fotos von ihr auf meinem Handy. Ich löschte alle, auf denen Nick zu sehen war, und scrollte mich wieder und wieder durch die restlichen. Klammerte mich an die Momente, in denen ich die Fotos geschossen hatte, und küsste immer wieder ihre runden kleinen Wangen, bis der Bildschirm ganz verklebt war.

Mom gab ihr Bestes, mich aufzumuntern. »Ich habe nachgedacht«, sagte sie und setzte sich auf die Bettkante. »Für diesen Fall brauchst du einen vernünftigen Anwalt. Einen, der genauso gut ist wie jemand, den Nick sich holen würde.«

»Das kann ich mir nicht leisten«, antwortete ich, während ich die Wand anstarre. »Das würde tausende von Pfund kosten.« Mom legte ihre Hand auf meine Schulter. »Ich habe ein bisschen gespart. Ich möchte, dass du es nimmst.«

Ich drehte mich um. »Das ist das Geld für deinen Ruhestand. Das werde ich nicht annehmen.«

»Das war nur für Urlaub gedacht. Ich komme auch ohne aus. Außerdem würde ich meinen Ruhestand lieber damit verbringen, Zeit mit meiner Enkeltochter zu verbringen.«

»Das ist wirklich lieb von dir, Mom, aber ich kann das nicht ...«
Sie winkte meinen Protest ab. »Wir können Nick nicht gewinnen lassen, nur weil er reich ist. Wir müssen ihm auf Augenhöhe begegnen.«

»Ich möchte dein Geld nicht verschwenden.«

»Also wirst du einfach dabei zusehen, wie er dir Emily wegnimmt?«, fragte sie nun in einem schärferen Ton. »Ich dachte, ich hätte dich zu einer stärkeren Frau erzogen.«

Ich fühlte, wie ich ihrem Angebot nachgeben wollte und mich gleichzeitig stärker fühlte. Mom hatte recht. Ich konnte ihn damit nicht durchkommen lassen. Wenn ich nicht kämpfte, würde ich Emily vielleicht nie wiedersehen.

20

HEUTE

Anna

Sobald der Bus mich abgesetzt hat, renne ich den Hügel hinauf und nehme die Seitenstraße, die zu meiner Wohnung führt. Überhastet drehe ich den Schlüssel im Schloss um, drücke die Tür auf und falle beinahe in den Flur. Es ist dunkel und zunächst finde ich den Lichtschalter nicht. Vielleicht sollte ich das Licht nicht einschalten, denke ich, das würde zeigen, dass ich hier bin. Ich stolpere blind den schmalen Flur hinunter und betrete die Küche. Im hinteren Teil des Hauses wäre ich sicher; von hier aus kann niemand hineinschauen. Als die Leuchtstoffröhre über mir aufflackert, blinzle ich in das scharfe, unbarmherzige Licht. Mein Puls beruhigt sich langsam und die Stiche in meinen Seiten lassen nach. Ich habe es nach Hause geschafft, ohne verfolgt zu werden – zumindest vermute ich das. Gott sei Dank war der Bus gekommen. Ich überprüfe mein Handy. Keine verpassten Anrufe oder Nachrichten von Chris. Vielleicht sitzt er immer noch an dem Tisch im Pub, spielt mit seinem Essen herum und fragt sich, warum ich so lange brauche. Er muss geahnt haben, dass ich einen Abgang machen wollte. Armer Mann. Ich fühle mich schlecht, weil ich ihn versetzt habe.

Ich setze einen Kessel auf und gehe zu dem Schrank mit den kleinen Päckchen Kräutertees, die ich zur Beruhigung meiner Nerven gekauft habe. Lavendel, Kamille, Brennnessel ... Möchte ich schlafen oder sollte ich wach und auf der Hut bleiben? Vielleicht brauche ich stattdessen Koffein. Ich nehme eine Dose mit Pulverkaffee, schraube den Deckel ab und schnuppere daran. Das Zeug riecht widerlich, aber es ist alles, was ich mir heutzutage leisten kann, und er bringt die gewünschte Wirkung. Ich gebe einen gehäuften Löffel davon in eine Tasse und gieße es mit Wasser auf. Der Kaffee zischt.

Ich nehme die Tasse mit zum Fenster, starre in den Betongarten hinaus und versuche, meine Gedanken zu ordnen. Also war es doch Sam, an dem Tag im Industriegebiet, der mit dem Gesicht zur Wand dastand und seinen Freunden sagte, dass sie mich in Ruhe lassen sollten. War unsere Begegnung ein Zufall oder hatte ihm jemand erzählt, dass ich in Morton wohne? Wie dumm ich war, ernsthaft. Ich hätte meinen Instinkten vertrauen sollen, als ich seine Stimme hörte, aber ich dachte, dass es nur meine Angst war, die mir einen Streich spielte. Ich habe sogar versucht, mir selbst einzureden, dass ich falsch lag, indem ich zu diesem Obdachlosenzentrum gegangen bin. Das war ein großer Fehler. Ein weiterer, den ich zu meiner immer länger werdenden Liste hinzufügen kann. Aber es hat keinen Sinn, mir Gedanken über vergangene Taten zu machen. Ich muss handeln. Sam weiß, dass ich hier bin, und er hat Chris nach mir gefragt. Vielleicht hat er meine Adresse bereits. Bestimmte Leute würden sehr viel Geld dafür bezahlen zu wissen, wo ich bin – falls Sam sich dessen bewusst ist, schwebe ich in großer Gefahr. Ich hatte keine Ahnung, dass er wegen Drogen im Gefängnis saß, und laut Chris ist er nun selbst wieder drauf. Abhängige brauchen einen steten Geldfluss. Wie sollte er der Versuchung widerstehen?

Ich bin hier nicht mehr sicher. Ich muss meine Sachen packen und Morton noch heute Nacht verlassen. Den Job vergessen, der mir irgendwie gefällt, die Freunde, die ich hier mehr oder weniger gefunden habe, den Zwölf-Monats-Vertrag, den ich unterschrieben habe, den langsamen, aber stetigen Fortschritt, den ich bei der Therapie und in meinem neuen Leben gemacht habe, das ich mir hier aufbauen wollte. Ich werde ganz von vorne anfangen müssen, irgendwo weit weg von hier, an einem Ort, an den niemand freiwillig gehen würde.

Der Kaffee schmeckt bitter, jeder Schluck fühlt sich wie Sand auf meiner Zunge an. Ich spüle die Tasse aus, dann meinen Mund. Ja, ich sollte gehen. Aber wohin? Und bin ich dieser Aufgabe gewachsen? Ich bin so erschöpft davon, wegzulaufen und mich zu verstecken, vorzugeben, eine andere Person mit einer ausgedachten Vergangenheit zu sein, und von dem Versuch, aus all meinen Lügen eine neue Wahrheit zu formen. Doch wenn ich nicht bereit bin, von vorne anzufangen, könnte ich mir genauso gut meine Taschen mit Steinen füllen und von der Steinbrücke springen. Das Wasser dort ist tief, tief und finster und kalt, das Flussbett mit scharfen Felsen übersät. Es wäre besser, es selbst zu beenden, als darauf zu warten, gefunden zu werden. Allerdings würde ich mir niemals selbst das Leben nehmen. Ich bin ein schrecklicher Feigling, das war ich schon immer.

Ich gehe ins Schlafzimmer und werfe die Türen des billigen Kleiderschranks auf. Annas billige, konventionelle Kleidung hängt an den Bügeln – ich hasse sie, aber sie ist alles, was ich habe. Ich ziehe meinen einzigen Koffer unter dem Bett hervor und stopfe alles hinein. Dann laufe ich ins Badezimmer und werfe meine Hygieneartikel in einen Plastikbeutel, wobei ich flüchtig mein Spiegelbild in dem fleckigen Spiegel betrachte. Meine Haut ist bleich wie Talkumpuder, meine Augen starren müde aus ihren Höhlen heraus. Ich sehe schrecklich aus.

Du hast keine Wahl. Hau ab, solange du noch kannst.

Als es laut an der Vordertür klopft, schrecke ich zurück, meine Hand schnellt zu meinem Herzen.

»Anna? Anna?« Der Briefschlitz öffnet sich. »Ich bin es, Chris. Bist du da?«

Chris. Gott sei Dank, es ist nur Chris.

Ich starre auf mein erschrockenes Spiegelbild. Was jetzt? Soll ich antworten? Was, wenn Sam bei ihm ist? Was, wenn es ein Trick ist, damit ich die Tür öffnete.

»Anna! Bitte. Wir müssen reden ... Ich mache mir Sorgen um dich.«

Seine Stimme klingt aufrichtig. Meine Augen huschen unschlüssig hin und her. Ich weiß nicht, was ich tun soll.

»Anna? Bist du da? Wenn du nicht reden möchtest, schick mir einfach eine SMS. Ich muss wissen, ob es dir gut geht.«

»Warte!«, rufe ich. »Ich komme.«

Ich gehe in den Flur und schiebe die Riegel zurück, bevor ich aufschließe. Ich öffne die Tür, so weit es die Kette zulässt und linse durch den Schlitz auf Chris' besorgtes Gesicht. Er scheint alleine zu sein. »Bitte lass uns reden«, sagt er, seine Stimme ist ruhig und sanft. Ich schließe die Tür, um die Kette zurückzuschieben, und öffne sie gerade weit genug, damit er eintreten kann.

Wir gehen in die Küche und setzen uns an den kleinen Tisch, dessen glänzende rote Oberfläche mit durcheinander gewürfelten schwarzen Dreiecken übersät ist – ein Möbelstück aus den Sechzigern, für das man in einem Vintage-Laden in London hunderte von Pfund bezahlt, selbst mit dem Brandfleck einer Zigarette in der einen Ecke. Ich weiß nicht, warum mir ausgerechnet jetzt dieser Gedanke kommt. Vermutlich liegt es an den Nerven. Erinnerungen der Vergangenheit.

Chris lehnt Kaffee und Tee ab, sagt aber ja zu einem Glas Wasser. »Es tut mir leid, dass ich abgehauen bin«, sage ich schließlich. »Ich bin einfach in Panik geraten.«

»Das ist meine Schuld. Ich war zu neugierig, das ist alles. Es tut mir wirklich leid. Ich fühle mich schrecklich.« Er zögert. »Du kennst diesen Sam, nicht wahr?«

Ich nicke.

»Du scheinst richtig Angst vor ihm zu haben.«

»Ja ... Und nein. Ich habe mehr Angst davor, wen er anrufen

könnte.« Ich stelle das Glas Wasser vor ihm ab und setze mich ihm gegenüber.

»Ich verstehe.« Chris hebt das Glas an seine Lippen und nimmt einen Schluck. »Und wer wäre das, wenn ich fragen darf?«

Ich atme tief durch. »Mein Mann ... Ich meine Ex-Mann.

Sam hat für ihn gearbeitet – es besteht die Möglichkeit, dass sie noch immer in Kontakt stehen.«

»So etwas in der Art habe ich mir schon gedacht.« Chris' braune Augen blicken mich mitfühlend an. »War er gewalttätig, dein Ex-Mann?«

»Das ist eine lange, komplizierte Geschichte«, sage ich, während die Erinnerungen sich an die Oberfläche kämpfen. Wo sollte ich überhaupt anfangen?

»Ich möchte nicht darüber sprechen – es ist zu schmerzhaft. Alles, was ich sagen kann, ist, dass ich nicht möchte, dass irgendjemand weiß, wo ich bin. Ist das okay?«

»Natürlich.« Er hebt seine Hand und legt sie über meine. »Es tut mir wirklich leid, ich hatte keine Ahnung. Aber ich denke nicht, dass du dir um Sam Sorgen machen musst. Er war sich nicht sicher, ob er dich wirklich erkannt hat, und als ich ihm sagte, dein Name wäre Anna, hat er den Gedanken sofort verworfen. Also denkt er entweder, dass er sich vertan hat, oder ihm ist bewusst geworden, dass du untergetaucht bist und er möchte dich in Ruhe lassen.«

»Ich befürchte, das ist nur Wunschdenken, Chris. Er weiß, wer ich bin.«

»Er scheint ein anständiger Bursche zu sein, nicht unbedingt ein Draufgänger. Ich denke nicht, dass du dich vor ihm fürchten musst. Es sieht aus, als hätte er lediglich seinen Weg aus den Augen verloren.«

»Das Risiko möchte ich lieber nicht eingehen.«

Chris runzelt die Stirn. »Was meinst du?«

»Ich fühle mich hier nicht mehr sicher. Ich muss von hier verschwinden.«

»Aber Sam weiß nicht, wo du wohnst. Ich habe ihm weder

Handynummer noch Adresse oder deine E-Mail-Adresse gegeben. Wir im St. Saviours sind sehr streng, was Diskretion angeht.«

»Das beruhigt mich zu hören, danke, aber Morton ist eine kleine Stadt. Ich denke, dass ich trotzdem gehen muss.«

»Aber wohin? Du müsstest deinen Job kündigen; wie schaffst du das finanziell?«

Ich zucke mit den Schultern. »Ich lasse mir schon etwas einfallen. Alleine kann ich hier nicht bleiben, so viel ist sicher.«

Er lehnt sich vor. »Komm mit zu mir.«

»Was?«

»Ich habe ein Gästezimmer. Du hättest dein eigenes Zimmer für dich und müsstest keine Miete bezahlen. Wir könnten jeden Tag zusammen zur Arbeit fahren. Ich werde auf dich aufpassen.«

Ich kann mein Lachen nicht unterdrücken. »Das ist sehr lieb von dir, Chris, aber du kannst nicht rund um die Uhr meinen Bodyguard spielen.«

»Warum nicht? Du würdest mir einen Gefallen tun. Ich hasse es, ganz alleine zu wohnen. Seit mich meine Frau verlassen hat, fühle ich mich unglaublich einsam. Es ist niemand da, mit dem man über seinen Tag reden kann. Nie genug schmutziges Geschirr, um die Spülmaschine anzustellen. Du weißt, wie das ist ...« Er bemerkte meinen verstörten Gesichtsausdruck und errötete. »Nicht, dass ich wollen würde, dass wir ... Ich versuche nicht ... Nicht, dass ich dich nicht attraktiv finde, aber ...« Er bricht stotternd ab. »O Mann, ich vermassle es total. Was ich versuche zu sagen, ist, dass wir nur Freunde wären. Mitbewohner. Wir würden einander helfen.«

Ich schaue auf den Tisch und verfolge die schwarzen Linien der Dreiecke mit meinem Finger. Der Gedanke daran, ein Haus zu teilen, mich versorgt und beschützt zu wissen, berührt einen Teil in mir, den ich längst vergessen geglaubt hatte. Aber ich kenne diesen Mann kaum; genau genommen ist er ein Fremder. Chris scheint meine Gedanken gelesen zu haben. »Ehrlich, du musst dir keine Sorgen machen. Ich bin nicht an einer zwanglosen Beziehung interessiert. Ich bin Christ, ich gehe jeden Sonntag in die

Kirche. Ich besuche gerade sogar Kurse, damit ich gefirmt werden kann. Du kannst dich beim Pfarrer erkundigen, er wird für mich bürgen.«

»Sei nicht albern.« Ich winke ab. »Ich habe nicht einen Moment daran gedacht ... Jedenfalls suche ich auch nicht nach ...«

»Sieh mal«, sagt Chris, »ich fühle mich für das hier verantwortlich. Wenn ich dich nicht dazu gedrängt hätte, im St. Saviours auszuhelfen, wäre das nie passiert. Ich möchte dir helfen. Ich habe das Gefühl, dass das meine Pflicht ist.«

»Ich weiß, danke. Das weiß ich sehr zu schätzen, wirklich, aber ich denke, ich sollte Morton einfach verlassen.«

»Wenn du jetzt wegläufst, wirst du das für den Rest deines Lebens tun.« Es ist ein Cliché, doch es entspricht der Wahrheit. Ich wende meinen Blick ab und spüre wie Tränen in meine Augen steigen. Ich will nicht davonlaufen, aber wenn ich hierbleibe, verliere ich den Verstand. Ich würde nicht mehr schlafen können, aus Angst, dass jemand einbricht

und mich im Schlaf angreift.

»Komm mit und bleib für eine Woche oder so bei mir«, fährt Chris fort. »Bis sich die Situation beruhigt hat. Wenn du dich schon woanders nach einem Job umsehen möchtest, ist das okay, dabei kann ich dir helfen. Nur überstürze die Dinge nicht. Bleib standhaft, vertrau auf ...« Er bricht ab, vermutlich weil er die Sache mit Gott nicht übertreiben möchte.

»Okay«, sage ich nach einigen Sekunden. »Danke. Nur für ein paar Nächte, richtig? Während ich mich sammle und dann entscheide, was zu tun ist.«

»Ja, das klingt sinnvoll. Warte ab, wie es läuft.«

»Ich packe nur noch meine Tasche, wenn das okay für dich ist.«

»Natürlich. Nimm so viel mit, wie du möchtest. Ich habe reichlich Platz.« Seine Augen folgen mir, als ich aufstehe und zur Tür gehe. »Ähm, Anna?«

»Ja?«

»Nur eine Sache noch. Wie lautet dein richtiger Name? Sam hat nichts erwähnt.«

Ich werfe ihm einen stählernen Blick zu. »Spielt das eine Rolle? Diese Person bin ich nicht mehr: Sie ist fortgegangen, hat keine Spuren hinterlassen, sie könnte genauso gut tot sein. Ich habe alles geändert, meinen Vornamen, Nachnamen, alles. Das ist legal. Anna ist jetzt mein richtiger Name.«

Er nickt. »Das verstehe ich und ich verspreche, niemandem davon zu erzählen. Weder bei der Arbeit, noch in der Kirche.« Unsere Blicke treffen und halten sich für einen Moment, vereinbaren schweigend einen Bund des Vertrauens. »Aber wenn du mit zu mir kommst und eine Weile bei mir bleibst, wenn ich dir helfen soll, dann denke ich, sollte ich es wissen.«

Ich spüre, wie der Geist meiner Vergangenheit in meinem Brustkorb erzittert. »Jennifer«, sage ich. »Aber alle haben mich Jen genannt.«

TEIL II

21

DAMALS

Jennifer

Ich habe mich in Nicky verliebt, als ich elf Jahre alt war. Ich war gerade in die Sekundarstufe gewechselt und seine Schwester Hayley saß in der Klasse neben mir. Wir verstanden uns auf Anhieb und schon wenige Tage später fragte sie, ob ich nach der Schule mit zu ihr nach Hause kommen wollte.

Sie wohnte in einer schicken Siedlung mit imposanten Bauten am Rande des Dorfes – große, freistehende Häuser mit riesigen Einfahrten und Säulen auf beiden Seiten der strahlenden Eingangstür. An den Außenwänden waren rote Überwachungsboxen angebracht, die möglichen Einbrechern einen Strich durch die Rechnung machen sollten. Dort gab es keinen Müll, keine Kaugummireste auf den Gehwegen. Alles war glänzend und neu und da, wo es hingehörte. So komplett anders als unser langweiliger Bungalow aus den Sechzigern. Hayleys Mutter rief meinen Dad an, um unser Treffen zu arrangieren. Sie holte uns nach der Schule ab und brachte mich gegen sieben Uhr wieder nach Hause. Ich erinnere mich daran, dass ich vor Aufregung ganz zittrig war, aber auch ängstlich, weil ich Hayley irgendwann sagen müsste, dass ich ihre Einladung nicht erwidern konnte. Ich fand, dass sie es wissen sollte, bevor ich mit zu ihr ging, für den Fall, dass sie ihre Meinung noch ändern wollte. Aber ich freute mich so sehr darauf, dass ich mich nicht überwinden konnte, es ihr zu gestehen.

In der Grundschule hatte ich nicht viele Freunde. Es war nicht so, dass ich unbeliebt oder unsozial war. Es lag daran, dass meine Eltern die Fahrten zu den verschiedenen Aktivitäten – Ballett, Gymnastik, Schwimmen, nicht zu vergessen die zahllosen Geburtstagsfeiern – nicht mit übernehmen konnten. Mein Vater hasste es, von anderen Leuten abhängig zu sein, und wollte nicht, dass uns irgendjemand aus Mitleid einen Gefallen tat. Also ging ich nach der Schule sofort nach Hause und blieb an den Wochenenden in meinem Zimmer. Ich war deswegen nicht böse auf ihn; ich verstand es.

Meine Mutter litt an Multipler Sklerose und verbrachte die meiste Zeit damit, sich in ihrem Rollstuhl mit dem Marihuana zuzudröhnen, das mein Vater heimlich im Gewächshaus anbaute. Er arbeitete Teilzeit, damit er sich um sie kümmern konnte, und von mir wurde erwartet, die Lücken zu füllen. Deswegen habe ich kochen gelernt. Zuerst wurde ich dazu gezwungen, doch mit der Zeit genoss ich es. Ich lieh mir Kochbücher aus der Bücherei aus und versuchte mich an neuen Rezepten. Nur selten hatte ich alle benötigten Zutaten, also musste ich improvisieren. Bald kreierte ich meine eigenen Gerichte – einige davon waren seltsame Kombinationen, das muss ich zugeben. Hähnchenbrust mit Bananen. Schweinekotelett in Marmeladen-Marinade. »Können wir zur Abwechslung nicht einfach mal Bratwurst und Pommes essen?«, sagte Dad dann, wenn ich wieder eins von Jennys Spezialgerichten servierte.

Ja, ich war eine Kinderbetreuerin, auch wenn ich mich nicht erinnere, diese Beschreibung jemals gehört zu haben. Heutzutage gibt es mehr Hilfe für Kinder, deren Eltern an einer Krankheit leiden. Die Sozialämter behalten die »Risikofamilien« im Auge und es gibt Wohlfahrten, die zusätzliche Pflege, Selbsthilfegruppen und sogar Urlaube anbieten. Aber ich bin nie in Selbstmitleid geschwommen; so waren die Dinge einfach. Ich liebte meine Mutter und hasste es, sie so schmerzerfüllt zu sehen. Doch als die Krankheit voranschritt, entfernte sie sich immer weiter von mir. Und auch von Dad. Ich schob es auf das Gras, aber rückblickend realisierte ich, dass ich genauso viel Schuld trug. Ich hatte mich bei einer anderen Familie abgesetzt.

Nach diesem ersten Besuch bemerkte ich sehr schnell, dass es Hayleys Eltern egal war, ob Autofahrten oder Einladungen erwidert wurden. Schon sehr bald war ich, wenn ich nicht zu Hause war und kochte, die Wäsche machte, putzte oder mich um die wachsenden physischen Bedürfnisse meiner Mutter kümmerte, jede freie Minute bei den Warringtons.

Sie hießen mich im Schoß ihrer Familie willkommen, behandelten mich wie ihr drittes Kind. Hayleys Mutter kochte Extraportionen Eintopf und backte die doppelte Menge an Muffins, die sie mir dann in Tupperschüsseln mit nach Hause gab. Sie bot sogar an, ihre Haushaltshilfe unsere Sachen bügeln zu lassen, doch das gefiel Dad nicht.

»Wenn sie dir weiter ihre Wohltätigkeit in den Hals stopft, wirst du dort nicht mehr hingehen«, sagte er.

Doch ich hörte nicht damit auf. Ich schmuggelte die Eintöpfe und Kuchen ins Haus und gab vor, sie selbst zubereitet zu haben. Dad erzählte ich, dass ich Zeit mit Hayley verbringen musste, weil wir zusammen ein Referat vorbereiten oder für die Abschlussprüfungen lernen mussten.

Am Anfang der achten Klasse war unsere Freundschaft fest in Stein gemeißelt. Wir teilten einen gemeinsamen Musik- und Modegeschmack, liebten und verabscheuten dasselbe Essen. Wir frisierten unsere Haare ähnlich und übten auf dem Gesicht des jeweils anderen, uns zu schminken. Beide hassten wir Fußball und liebten es zu tanzen. Hayley dachte sich Choreographien aus, die wir vor dem Spiegel in ihrem Schlafzimmer einstudierten, bevor wir nach unten liefen und sie ihren Eltern vorführten, die immer applaudierten und uns sagten, wie unglaublich talentiert wir waren. Ich hatte mich vollständig in die Familie integriert. Ich hatte meinen eigenen Platz am Esstisch, meine eigene Tasse und eine Zahnbürste im Badezimmer.

An manchen Tagen musste ich nach der Schule sofort nach Hause, um mich um meine Mutter zu kümmern. Doch sobald Dad eintraf, um mich abzulösen, flüchtete ich in Hayleys Haus. Mittlerweile konnte ich alleine mit dem Bus fahren, doch ich wurde immer entweder von Hayleys Mutter oder Vater nach Hause gebracht. Gelegentlich durfte ich dort übernachten, aber normalerweise wurde ich morgens zu Hause gebraucht. Es war meine Aufgabe, Mom zu wecken, sie zu duschen und anzuziehen, dann machte ich ihr Frühstück.

Dad sah ich nicht sehr oft. Wir waren wie Schichtarbeiter, die sich nur bei der Übergabe trafen. Ich bereitete ihm Mahlzeiten zu, die er sich aufwärmen konnte, und er verbrachte die Abende alleine vor dem Fernseher. Mom wollte immer früh ins Bett, doch Dad konnte nicht ausgehen, für den Fall, dass sie auf die Toilette musste. Wenn ich so zurückdenke, hatte er nicht mehr viel vom Leben. Aber er beschwerte sich nie, bat mich nie, zu Hause zu bleiben, damit er in den Pub gehen oder am Samstagnachmittag ein Fußballspiel ansehen konnte. »Na los, geh und hab Spaß«, sagte er immer. Ich vermute, dass er wusste, dass Mom es nicht mehr lange machen würde; dass in ein paar Jahren alles vorbei sein und er frei sein würde. Aber zu dem Zeitpunkt war mir das nicht bewusst. Ich war zu beschäftigt damit, ein egoistischer Teenager zu sein, war besessen von Musik, Klamotten und dem Traum der großen Liebe. Ich war keine Akademikerin, aber ziemlich gut in Kunst. Ich dachte, ich könnte Modedesignerin werden oder wenigstens bei Topshop arbeiten. Eine Universität kam nicht in Frage, denn selbst wenn ich bessere Noten gehabt hätte, wäre ich nicht in der Lage gewesen, von zu Hause auszuziehen. Doch wie sich herausstellte, war das nicht das Problem. Als Mom starb war ich siebzehn, doch bereits an jemand anderen gebunden.

Nicky.

Ich wusste von Anfang an, dass er mich mochte, weil er mich

immerzu neckte. Hayley war oft sauer auf ihn, doch das machte mir nichts aus, solange er mir seine Aufmerksamkeit schenkte. Er schnappte sich meine Hausaufgaben und ließ sich von mir durchs Zimmer jagen, um sie zurückzubekommen, oder er schlug mich mit einem Kissen und weigerte sich aufzuhören, bis ich selber nach einem griff und ihn ebenfalls attackierte. Diese spielerischen Kämpfe endeten typischerweise in einer Kitzelschlacht. Nick war ein Profi darin, nicht zu lachen, und das machte Hayley und mich verrückt.

Er war zwei Jahre älter als ich, sah gut aus und strotzte nur so vor Selbstbewusstsein. Irgendwie hatte er es geschafft, die trottelige Phase zu überspringen, die fast alle Jungs in ihren Teenagerjahren durchmachten. Alle Mädchen standen auf ihn und als wir vierzehn wurden, wurde Hayley plötzlich ziemlich beliebt. Aber sie ließ unter keinen Umständen zu, dass ein anderes Mädchen in seine Nähe kam. Wenn es nach ihr ging, war Nicky bereits vergeben.

Hayley freute es, als Nicky und ich zusammenkamen; sie war überhaupt nicht eifersüchtig. Als wir anfingen, miteinander auszugehen – meistens waren es lange Spaziergänge am Kanal oder ein Ausflug ins Kino – half sie mir mein Outfit auszusuchen und gab sich besonders viel Mühe mit meinem Make-up. Danach löcherte sie mich dann mit all den schmutzigen Fragen. *Was hat er gesagt? Was habt ihr gemacht? Hast du ihn seine Hand in deinen BH stecken lassen?*

Ihre Eltern – Jane und Frank – wussten, dass wir miteinander gingen und schienen es gutzuheißen. Die ganze Familie mochte mich; ich konnte nichts falsch machen. Zunächst dachte ich, dass ich ihnen aufgrund meiner häuslichen Situation einfach leidtat, doch als die Jahre vergingen, schob ich diese Angst beiseite. De facto war ich bereits eine Warrington. Ich hoffte, dass es eines Tages offiziell sein würde.

Hayley liebte ihren großen Bruder, doch sie erzählte mir immer, dass sie sich eine Schwester wünschte. Ich fühlte genauso. Als ich geboren wurde, erlitt meine Mutter einen schweren Rückfall und es wurde ihr dringend davon abgeraten, noch mehr Kinder zu bekommen.

»Wenn du Nicky heiratest, dann bist du meine richtige Schwester«, sagte Hayley. »Wäre das nicht super?«

Wir konnten Stunden damit verbringen, heimlich die Hochzeit zu planen – wir suchten Farben aus, stellten uns die perfekte Location vor, wählten das Menü und die Blumen aus. Natürlich würde Hayley meine erste Brautjungfer sein und Nicky würden wir gnädigerweise seinen Trauzeugen selbst auswählen lassen. Wenn mir im Unterricht langweilig war, designte ich mein eigenes Hochzeitskleid am Rand meines Schreibheftes und übte meine zukünftige Unterschrift – Jennifer Warrington – und rahmte sie mit Schnörkeln ein. Ich mochte es, wie die zwei Namen miteinander harmonierten: beide bestanden aus drei Silben und hatten ein »i« in der Mitte. Es schien vorherbestimmt zu sein.

Ich werde niemals vergessen, wie wir zusammen unsere Jungfräulichkeit verloren haben, das Datum hatte sich in mein Gedächtnis eingebrannt. Sonntag, der 9. Juli 1989. Das Haus war leer. Jane und Frank hatten Tickets für das Wimbledon Finale der Männer gewonnen und Hayley war auf einer Klassenfahrt in Frankreich. Ich war das einzige Mädchen in der Klasse, das nicht hatte mitfahren können. Mom war zu diesem Zeitpunkt schon sehr krank und Dad hatte immer mehr Schwierigkeiten damit umzugehen. Nicht, dass es mir besonders viel ausmachte, dass ich den Ausflug verpasste; es bedeutete, dass ich mehr Zeit mit Nicky verbringen konnte. Wir hatten gerade einige wichtige Prüfungen hinter uns gebracht und viel Zeit. In diesem Jahr spielte Boris Becker gegen Stefan Edberg. Selbst heute muss ich noch an diesen kostbaren Tag denken, jedes Mal, wenn ich sehe, wie Boris im Fernsehen seine Tennis-Kommentare abgibt. Wir haben es auf dem Sofa gemacht, während der Fernseher in der Ecke lief, damit wir bemerken würden, falls ein plötzlicher Regenschauer das Spiel unterbrach. Auch wenn das Wetter perfekt und Wimbledon über hundert Meilen entfernt war, hatte ich trotzdem Angst, dass seine Eltern hereinkommen und uns erwischen könnten. Aber Nicky mochte den Reiz des Risikos. Während ich unter ihm lag, meine Beine in die Luft streckte und mein Bestes gab, unbekümmerte Leidenschaft auszustrahlen, schaute ich immer wieder auf den Bildschirm und suchte die Menge nach dem Strohhut seiner Mutter ab. Ich war gerade sechzehn geworden, also war es jetzt legal. Alles, was wir bisher getan hatten, war heftiges Petting. Ich hasste diesen Ausdruck. Man las es damals auf Postern im Freizeitzentrum. Dort war ein Cartoon mit einem Jungen abgebildet, der ein Mädchen mit einer Badekappe umarmte, und Nicky sagte immer, wie lachhaft es war, weil keine Badekappe jemals in irgendeiner Weise anziehend sein könnte. An diesem Tag gingen wir weit über das Petting hinaus, bis ans Ende, um genau zu sein. Wie auch Beckers Sieg an diesem Tag, war es viel zu schnell vorbei. Es war kein großartiger Sex, doch auf seine Weise wunderschön. Ein historischer Moment. Danach lagen wir eng umschlungen auf den cremefarbenen Velourskissen, verfolgten die Siegerehrung und sahen, wie die Herzogin von Kent mit den Balljungen plauderte und Becker seine Trophäe der jubelnden Menge präsentierte. Die Innenseiten meiner Schenkel waren verschwitzt und schmerzten seltsam. Ich hatte keinen Zweifel daran, dass dieser einfache, peinliche Akt unser Schicksal besiegelt hatte und uns für immer aneinander binden würde.

»Ich liebe dich«, flüsterte ich und werde niemals seine plumpe Antwort vergessen. »Und ich dich auch, glaube ich.« Keine schöne Erwiderung, besonders wenn man bedachte, dass ich ihm gerade erst meine Jungfräulichkeit geschenkt hatte, aber ich vergab ihm. Ich vergab ihm immer. Egal, was war.

22

DAMALS

Natasha

Ich fand Andrew Watson & Partner, einen Familienanwalt, im Internet. Das Büro lag über dem eines Immobilienmaklers und war über einen Durchgang und eine schmale Treppe erreichbar. Ich hatte sehr spontan einen Termin bekommen, was mir etwas Sorgen bereitete. Sie boten mir eine kostenlose Beratung an, nach der eine »erschwingliche Gebühr« erhoben werden würde. Wenn es nach mir ging, waren keine Gebühren erschwinglich, aber ich sehnte mich nach der Beratung. Ich fühlte mich nicht wohl dabei, wenn Mom ihre Ersparnisse für mich ausgab und war entschlossen, einen anderen Weg zu finden, um es mit Nick aufzunehmen. Vielleicht hatte ich Anspruch auf Unterstützung bei den Prozesskosten, überlegte ich.

Andrew Watson schlug eine neue Seite in seinem Notizbuch auf und schrieb meinen Namen in schwarzen Lettern an den oberen Rand. Er war etwa in Nicks Alter, doch ihm standen die Jahre weniger gut. Unter den Knöpfen seines Hemdes zeichnete sich ein dicker Bierbauch ab und seine Finger ähnelten fetten

Würsten. Sein strubbeliger Bart sah aus, als hätte ein Kind ihn in sein Gesicht gemalt, und schaffte es nicht, seine schlaffen Wangen oder das Doppelkinn zu verdecken.

»Nun, erklären Sie mir bitte kurz, weshalb Sie hier sind«, sagte er.

Ich beschrieb, wie Nick mit unserer Tochter verschwunden war und ich nicht wusste, wo er war.

»Sie sind offiziell verheiratet, richtig?« Ich nickte. »Er steht als Vater in der Geburtsurkunde Ihrer Tochter?«

»Ja. Ich weiß über das elterliche Sorgerecht Bescheid. Ich weiß, dass Nick nichts Illegales getan hat.«

»Haben Sie irgendeinen Grund anzunehmen, dass er dem Kind schaden könnte?«

»Nein, keinen. Ich bin mir sicher, dass Emily bei ihm in Sicherheit ist, aber deswegen bin ich nicht hier«, sagte ich und wurde vor Angst ganz rot. »Sie braucht mich. Ich möchte sie wieder bei mir haben.«

»Verständlich. Ich denke nicht, dass das Gericht dem Verhalten Ihres Mannes sehr gutwillig gegenüberstehen wird – es sei denn er hätte einen bestimmten Grund dafür, Ihnen Ihre Tochter aus der Fürsorge zu entziehen.« Er machte eine Pause, um meine Reaktion zu studieren. »Zum Beispiel, wenn er der Meinung ist, dass sie in irgendeiner Art und Weise eine Gefahr darstellen würden.«

Nicks Behauptung, dass ich gewalttätig war, kam mir wieder in den Sinn, doch ich schüttelte vehement den Kopf. »Nein, es ist nichts dergleichen. Um ehrlich zu sein, hatte ich vor, ihn zu verlassen – er hat es herausgefunden und ist mir zuvorgekommen. Ich glaube, darum geht es hier.«

Andrew Watson schrieb ein paar Worte in sein Notizbuch, dann hob er seinen Blick und verkündete sein Urteil. »Das Familiengericht handelt nach dem, was sie für das Beste im Interesse des Kindes halten, und normalerweise, wenn auch nicht immer, bedeutet das, die normalen Lebensumstände wiederherzustellen.

Wir können einen Eilantrag stellen, damit er Ihre Tochter zum Familienwohnsitz zurückbringen muss.«

Zum ersten Mal seit vielen Tagen breitete sich ein Lächeln auf meinem Gesicht aus. »Das wäre wunderbar. Also müssen wir das tun.«

Er runzelte die Stirn. »Das könnte leichter gesagt als getan sein. Sie sagten vorhin, Sie wüssten nicht, wo er sich gerade aufhält.«

»Nein.« Sofort rutschte mir das Herz wieder in die Hose.

»Noch ist nicht alles verloren. Das Gericht kann einen weiteren Beschluss erlassen, der jeden, der etwas über seinen Aufenthaltsort weiß, dazu zwingt, diesen preiszugeben. Ein Familienmitglied, ein Angestellter, die Bank oder der Mobilfunkanbieter, um nur ein paar zu nennen. Sobald Emily wieder zu Hause ist, werden Sie und Ihr Ehemann sich hoffentlich darüber einig, bei wem sie wohnen und wie es weitergehen soll, aber falls das nicht möglich ist, wird das Gericht einen Sorgerechtsantrag stellen.«

»Das klingt extrem kompliziert.«

»Das kann es werden, ja. Dann müssen Sie noch über den Scheidungsablauf nachdenken. Falls Ihr Ehemann nicht kooperiert, befürchte ich, dass Ihre Gerichtskosten sich auf mehrere Tausend Pfund belaufen werden.«

Tausende, die ich nicht habe, dachte ich.

Watson schaute auf seine Uhr. Meine Gratisberatung war fast vorbei. »Gibt es noch etwas, womit ich Ihnen helfen kann?«

O, ja, dachte ich, nur noch eine Kleinigkeit. Ich erzählte ihm davon, wie ich aus dem Familienheim ausgesperrt worden war und keinen Zugang mehr zum Geld hatte. Er pfiff leise, als ich zugab, dass Nick und ich nie ein gemeinsames Konto eingerichtet hatten, und machte sich eine weitere Notiz auf seinem Blatt. Ich konnte es nicht lesen, aber vermutlich stand da so etwas wie »Die dümmste Frau, die ich je getroffen habe«.

Andrew Watson lehnte sich in seinem Stuhl zurück. »Ich gehe davon aus, dass Sie Miteigentümerin der Immobilie sind. In diesem Fall benötigen Sie einen Beweis, dass ...«

Ich hob meine Hände, um ihn zu unterbrechen. »Ich glaube nicht, dass ich Miteigentümerin bin.«

Er sah mich fragend an. »Sie glauben es nicht? Das sollten Sie doch wissen, oder nicht?«

Ich errötete. »Mein Mann wohnte dort bereits mit seiner ersten Frau. Sie ist aus- und ich bin eingezogen. Ich erinnere mich nicht daran, irgendetwas unterschrieben zu haben. Ich habe einfach angenommen, dass es automatisch auch mir gehört, wenn wir verheiratet sind. Aber vielleicht ist das nicht der Fall.«

»Wenn Sie keine Übertragungsurkunde unterschrieben haben ... dann nicht.« Er schüttelte ungläubig seinen Kopf. »O Mann, o Mann, Sie stecken in der Klemme.«

Ich senkte meinen Blick. »Ja. Deswegen bin ich hier.«

»Okay ...« Er sammelte seine Gedanken. »Wenn Sie beweisen können, dass Sie für eine gewisse Zeit in diesem Haus gewohnt haben, können wir eheliches Wohnrecht beantragen. Das Gericht wird erlassen, dass Sie in dem Familienhaus wohnen können, bis die Scheidung rechtskräftig ist. Das ist eine ziemlich einfache Sache, es sei denn ...«, er hob warnend einen Finger, »es sei denn, die Immobilie ist gemeinsames Eigentum Ihres Mannes und einer weiteren Partei, seiner Ex-Frau, zum Beispiel, und diese stimmt dem nicht zu. Aber lassen Sie uns nicht spekulieren. Wir können im Grundbuch nachsehen und herausfinden, wer der Eigentümer ist.«

Noch mehr Gerichtsbeschlüsse, noch mehr Gerichtskosten. Ich konnte sehen, wie sich tausende von Goldmünzen auf den lederbezogenen Schreibtisch ergossen, der kahle Kopf von Andrew Watson war dahinter kaum noch zu erkennen. Er musste denken, dass Weihnachten dieses Jahr früher war.

»Was ist mit Rechtskostenhilfe?«, fragte ich. »Ich habe kein Einkommen, keine nennenswerten Ersparnisse ...«

Er rümpfte die Nase. »Sie hätten nur Anspruch auf Unterstützung, wenn Sie nachweislich Opfer häuslicher Gewalt geworden sind, oder das Kind bei Ihrem Ehemann einem Risiko ausgesetzt ist, was, wenn ich Sie richtig verstanden habe, nicht der Fall ist?«

Er erkannte die Niederlage, die sich in meinen Augen widerspiegelte. »Es tut mir leid. Das kann ein extrem frustrierendes und teures Unterfangen sein. So gerne ich Sie auch vertreten würde, ich empfehle Ihnen, die Situation einvernehmlich mit Ihrem Mann zu klären und das Gericht aus der Sache herauszuhalten.«

Ich wusste, dass das auf keinen Fall passieren würde. Nick würde mit jedem Schritt weiter gegen mich kämpfen und es wäre ihm egal, wie viel es kostete. Wahrscheinlich saß er bereits bei einem schicken, teuren Anwalt und stellte eine Akte gegen mich zusammen. Es gab keine Beweise, dass ich eine Gefahr für Emily darstellte, aber das würde Nick nicht interessieren – er würde sich etwas einfallen lassen.

»Vielen Dank für die Beratung«, sagte ich und erhob mich auf meine Füße. »Sie haben mir sehr viel zum Nachdenken gegeben.«

Ich verließ das Büro des Anwalts und trat auf den Bürgersteig. Es war Vormittag, die Sonne schien hell und der Himmel trug ein fröhliches, spöttisches Blau. Ich litt so unter meinen Sorgen, dass ich mich kaum bis zur Straße schleppen konnte. Was würde ich meiner Mom erzählen? Ich wusste, dass sie außer sich wäre, weil ich keinen Anspruch auf Prozesskostenhilfe hatte, und dass sie sich darüber auslassen würde, dass reiche Leute vor Gericht keinen Vorteil haben durften. Ich wusste auch, dass sie kämpfen wollen würde, dass sie mir ihr Geld in die Hände drücken würde. Aber das konnte ich nicht annehmen. Selbst wenn ich all ihre Ersparnisse aufbrauchen würde, wäre es nicht genug und wir würden niemals gewinnen. Wir konnten das Geld genauso gut in den Kamin werfen. Es wäre eine komplette Verschwendung von Moms ganzer harter Arbeit, von all den Jahren des Sparens und der Selbstvernachlässigung. Sie verdiente es, sich in ihrem Ruhestand etwas zu gönnen; das konnte ich ihr nicht wegnehmen. Nein, das hier war mein Problem. Dennoch würde ich Emily nicht aufgeben. Ich musste nur einen anderen Weg finden.

Vermutlich wusste Nicks Familie, wo er war. Da ich es mir nicht leisten konnte, einen Gerichtsbeschluss zu erwirken, musste ich einen Anlauf auf eigene Faust einen Anlauf starten. Es hatte keinen Zweck seine Eltern oder Hayley zu kontaktieren und sie um Informationen anzuflehen. Doch Jen stand ihnen immer noch nahe.

Würde sie mir helfen?

Sie hatte schon einmal mit Hayley gesprochen und Sams Adresse für mich herausgefunden. Es hatte ihr nichts ausgemacht, dass ich mit ihm reden wollte, was vermuten ließ, dass sie nichts zu verbergen hatte. Ich dachte an unsere letzte Begegnung in ihrer Wohnung zurück. Als sie abstritt, dass sie und Nick eine Affäre hatten, hatte ich das Gefühl, sie sagte die Wahrheit. Und sie schien wirklich schockiert darüber gewesen zu sein, dass er Emily mit sich genommen hatte. Ich spürte einen Funken von weiblicher Solidarität – konnte ich ihn in eine Flamme verwandeln?

Sobald ich wieder im Haus meiner Mutter war, wählte ich Jens Nummer. Mein Puls schlug schneller, als ich darauf wartete, dass sie abnahm.

»Natasha?«, sagte sie. »Ich habe viel an dich gedacht. Wie läuft's?«

»Nicht so gut. Immer noch keine Neuigkeiten von Nick.«

Sie schnalzte mit der Zunge. »Das ist so unfair dir gegenüber. Und für die kleine Emily. Ich verstehe nicht, warum er so etwas macht.«

»Komm schon, Jen«, gab ich zurück, »wir wissen beide, wie er ist. Er geht seinen eigenen Weg und interessiert sich nicht dafür, wen er dabei verletzt. Das gleiche hat er bei dir auch gemacht. Das wird mir jetzt bewusst und ich fühle mich schrecklich deswegen.«

»Nun ... Ich muss zugeben, dass ich dich sehr, sehr lange gehasst habe.« Sie hielt inne und ich meinte, einen kleinen Knacks in ihrer Stimme zu hören. »Aber du warst nur ein Kind. Du hast nicht verstanden, auf wen du dich einlässt. Aber das ist Schnee von gestern. Lass uns jetzt nicht darüber reden.«

»Ich möchte trotzdem, dass du weißt, dass es mir leidtut.«

Sie gab einen kleinen, anerkennenden Laut von sich, dann wechselte sie das Thema. »Hat dir die Adresse von Sam weitergeholfen? Konntest du mit ihm sprechen?«

»Es war die richtige Adresse, aber ich habe ihn nicht angetroffen, nein. Er ist verreist.« Ich entschied, die demütigende Begegnung mit seiner Frau und den Kindern nicht zu erwähnen.

»Oh, das ist aber schade. Und was hast du jetzt vor? Zu Hause sitzen und auf ein Wunder hoffen?«

Ich erzählte ihr davon, dass Nick die Schlösser am Haus ausgetauscht und alle meine Karten gesperrt hatte.

»Er hat was gemacht?! Du verarschst mich doch.« Ihre Stimme erhob sich. »So ein Arschloch, so ein riesiges Arschloch. Allerdings überrascht mich das kein bisschen. Deshalb habe ich einfach nachgegeben, als er mich verlassen wollte. Ich wusste, dass es schmutzig werden würde, wenn ich mich gegen ihn gewehrt hätte.«

Ich seufzte hörbar. Natürlich, deshalb war sie sofort ausgezogen. Warum war mir das nicht früher aufgefallen? Seit dem Tag, an dem ich Nick kennengelernt hatte, war ich blind durch die Welt gelaufen, hatte zugelassen, dass er jede Szene für mich malte, und hatte nicht auf mich selbst achtgegeben. Ich hatte die Welt durch seine Augen gesehen und jedes Wort seiner Lügen geglaubt. Jens Stimme riss mich aus meinen Gedanken. »Und wo bist du jetzt untergekommen?«

»Bei meiner Mutter. Sie kümmert sich um mich.«

»Klingt, als könntest du das auch gebrauchen.« Sie stieß einen Seufzer aus. »Hör mal, Natasha, wenn es irgendetwas gibt, das ich für dich tun kann ...«

»Na ja, da gäbe es tatsächlich etwas«, sagte ich, wobei ich versuchte ruhig und selbstsicher zu klingen.

»Okay ... Schieß los.«

»Ich muss von Angesicht zu Angesicht mit Nick reden. Unsere Ehe ist vorbei, dessen bin ich mir bewusst. Ich möchte nichts von ihm; alles, was mich interessiert, ist Emily. Wir müssen in ihrem Interesse handeln«, sagte ich und wiederholte die Worte des Anwalts.

»Unbedingt. Aber ich verstehe nicht, wie ich dabei helfen kann.«

Ich atmete tief ein. »Könntest du Hayley fragen, ob sie weiß, wo Nick ist?«

»Hmm ... Sie sagte, dass er ihr das ganz bewusst nicht verraten hat, erinnerst du dich?«

»Ich weiß, aber vielleicht hat er es mittlerweile doch getan. Mir würde sie das niemals verraten, nicht in einer Millionen Jahren, aber dir schon, da bin ich mir sicher ...« Ich konnte beinahe hören, wie Jen ihre Loyalität abwog. »Bitte? Für Emily, nicht für mich.«

»Okay, ich werde sehen, was ich tun kann, aber ich kann dir nichts versprechen, okay? Und ich werde Hayley nicht anlügen. Ich bin dein Vermittler, wenn du willst. Ich werde ihr deine Position erklären und wir werden sehen, was sie sagt. Sie ist selbst eine Mutter, sie wird es verstehen.«

»Vielen Dank, Jen«, sagte ich, als eine Welle der Erleichterung mich überkam. »Das weiß ich wirklich zu schätzen.«

DAMALS

Jennifer

Es war mir nie in den Sinn gekommen, dass ich irgendwann keine eigene Familie haben würde. Nicky und ich hatten alles durchgeplant. Wir würden drei Kinder bekommen, einschließlich eines Jungens für ihn und eines Mädchens für mich. Ich wollte, dass sie altersmäßig nah beieinander lagen, damit sie miteinander spielen konnten, aber nicht so nah, dass es zu schwer zu handhaben wäre. Ein Abstand von zwei Jahren zwischen jedem Kind schien perfekt.

Wir heirateten sehr jung, ich war erst neunzehn und Nicky einundzwanzig. Einige unserer Hochzeitsgäste waren davon überzeugt, dass ich schwanger sein musste, und verbrachten den Empfang damit, auf meinen Bauch zu starren. Aber abgesehen von dem ersten Mal während des Wimbledon-Finales waren wir extrem vorsichtig. Nicky wollte kein Kind in diese Welt setzen, bevor er nicht dafür sorgen konnte. Wir mussten zuerst unser eigenes Haus haben, mit drei Schlafzimmern und einem Garten, in dem die Kinder spielen konnten. Es musste in einer hübschen

Gegend mit guten Schulen liegen. Darüber ließ er nicht mit sich diskutieren, also nahm ich weiter die Pille.

Am Anfang wohnten wir bei Nickys Eltern. Wir schliefen in seinem Zimmer und nutzten das Gästezimmer als separates Wohnzimmer. Hayley, die in der Schule immer besser gewesen war als ich, war zur Uni gegangen und kam nur in den Ferien zurück. Es war einfach, die Rolle der Tochter zu übernehmen; ich hatte sie jahrelang einstudiert. Die Küche musste ich mir mit Jane teilen, aber das stellte kein Problem dar. Wir wechselten uns damit ab, für alle vier zu kochen. Es war sehr behaglich und praktisch. Jane und ich gingen sogar gemeinsam in Bristol Klamotten kaufen. Ich glaube, wir beide vermissten Hayley und brauchten etwas weibliche Gesellschaft.

Dad sah ich nicht sehr oft. Jetzt, da Mom von uns gegangen war, arbeitete er wieder Vollzeit und wenn er nicht arbeitete, reiste er um die Welt. Bald gab es eine neue Frau in seinem Leben, eine Lehrerin aus Australien, die er in Sydney kennengelernt hatte. Es war im Gespräch, dass er seinen Wohnsitz dorthin verlagerte, um mit ihr zusammen sein zu können. Ich verurteilte ihn nicht; nach all den Jahren, in denen er sich um Mom gekümmert hatte, verdiente er es, glücklich zu sein. Wir beide verdienten ein wenig Glück und wie durch ein Wunder schienen wir es beide gefunden zu haben. Ich hatte das Gefühl, als würde da oben jemand über uns wachen.

Nicky wollte nicht zur Universität gehen. Er war zu ungeduldig, drei Jahre zu warten, bevor er seine Karriere beginnen konnte. Er fand einen Job als Aushilfskraft in einer Werbeagentur in Bristol und stieg schnell auf, ließ die Uni-Absolventen hinter sich und wurde im Alter von nur vierundzwanzig Jahren ein leitender Angestellter. Seine charmante Art war einzigartig und ich glaube nicht, dass er jemals einen Kunden verloren hat. Es verging kaum eine Woche, in der er nicht von Kunden oder konkurrierenden Agenturen umworben wurde, sogar einige aus London waren dabei. Als er seinem Chef erzählte, dass er kündigen wollte, boten sie ihm eine Gehaltserhöhung an.

Ich arbeitete als Rezeptionistin in einem großen Bürokomplex im Stadtzentrum. Nickys Unternehmen hatte dort seinen Sitz, was der Grund war, weshalb ich den Job bekommen hatte. Ich dachte, wir könnten uns zum Mittagessen treffen, doch er war immer damit beschäftigt, seine Kunden zu unterhalten. Es war einfache, langweilige Arbeit, weit unter meinen Fähigkeiten, aber mir gefiel der Gedanke, in Nickys Nähe zu sein, auch wenn ich ihn nie sah und er länger blieb als ich. Ich träumte noch immer davon, eine Designerin zu werden, aber hatte nicht die Motivation, die nötigen Kurse zu besuchen. Stattdessen begnügte ich mich damit, im Foyer die Kunstblumen zu arrangieren und die Sitzecken herzurichten.

Nicky und ich hatten nun entschieden, lieber früher als später eine Familie zu gründen. Es schnell hinter uns bringen und dann, wenn die Kinder erwachsen wären, wären wir immer noch jung genug, um das Leben zu genießen. So war seine Vorstellung. Doch er vertrat stets die Meinung, dass wir vorher unser eigenes Zuhause haben mussten. Bei seinen Eltern zu leben war bequem und günstig, aber es war keine Dauerlösung. Wir gehörten zu einer unbeschwerteren Generation. Damals war es viel einfacher, etwas zu kaufen; wenn man eine Hypothek abschließen wollte, musste man nur eine kleine Anzahlung leisten.

Wir schafften es, ein süßes, kleines Haus am Rande von Bristol zu kaufen, in das wir kurz vor meinem dreiundzwanzigsten Geburtstag einzogen. Ich erinnere mich noch, wie wir auf den Umzugskartons saßen und warmen Sekt tranken, weil wir noch keinen Kühlschrank hatten, und ich sagte: »So, können wir jetzt Babys machen?« Er stieß mit seinem Glas gegen meines und erwiderte: »Warum nicht? Was du heute kannst besorgen, das verschiebe nicht auf morgen.« Wir legten unsere Matratze auf den Fußboden im Schlafzimmer und liebten uns gleich dort. Es war eine symbolische Geste, doch es fühlte sich anders an. Besonders. Gewagt. Ich hörte auf, die kleinen Tabletten zu nehmen, die mittlerweile zu meiner Abendroutine geworden waren, und bereitete mich darauf vor, schwanger zu werden. Wir dachten, dass wir sofort ins Schwarze getroffen hätten, weil meine Periode ausblieb.

Aber der Schwangerschaftstest war negativ. Im nächsten Monat war es dasselbe und im nächsten und im nächsten. Es dauerte sechs Monate, bis mein Körper in seinen natürlichen Rhythmus zurückgefunden hatte. »Jetzt wird es klappen«, sagte Nicky. »Wart's nur ab.« Wir machten uns mit neuem Elan ans Werk, doch nun hatten wir das gegenteilige Problem.

Meine Periode kam jeden Monat, pünktlich wie ein Uhrwerk.

Nicky wurde immer frustrierter. Nach seiner Erfahrung wurde man dafür belohnt, wenn man hart arbeitete und alles richtig machte. Doch je mehr wir es versuchten, desto weniger erreichten wir. Ich führte Buch über meine Temperatur, aß bestimmte Lebensmittel und mied dafür andere. Wir hatten weniger oft Sex und konzentrierten uns auf die Zeit meines Eisprungs. Er ließ mich danach sogar mit erhobenen Beinen auf dem Rücken liegen, um die Spermien dazu zu bringen, in die richtige Richtung zu schwimmen.

Mittlerweile war ein Jahr vergangen und unsere Babypläne hinkten unserem Zeitplan hinterher. Nicky bestand darauf, dass ich zu einem Arzt ging, um mich testen zu lassen. Bei mir schien alles in Ordnung zu sein, also schlug der Arzt vor, dass Nicky sich testen lassen sollte. Nach einem erniedrigenden Termin im Krankenhaus wurde festgestellt, dass er langsame Spermien hatte. Er war erschüttert. Zum ersten Mal in seinem Leben, lief etwas für ihn nicht nach Plan. Wir versuchten alles, was in den Ratgebern empfohlen wurde – er hörte auf zu rauchen und fing an Vitamine zu nehmen – doch nichts davon funktionierte. Miteinander zu schlafen wurde zu einem Stressfaktor und bereitete immer weniger Vergnügen. Manchmal schaffte er es nicht, eine Erektion zu bekommen, und wurde wütend auf mich, weil ich zu viel Druck auf ihn ausübte. Ich fing an, mich vor dem Ausdruck auf seinem Gesicht zu fürchten, jeden Monat, wenn ich meine Periode bekam.

Das Schlimmste war, dass er seiner Familie erzählt hatte, dass die Probleme von uns beiden ausgingen. Er tat mir derart leid, dass ich die Lüge aufrechterhielt. Da allerdings weder die Intrauterine

Insemination noch die künstliche Befruchtung funktionierte und er es trotzdem geschafft hatte, Natasha zu schwängern, muss mit mir ebenfalls etwas nicht gestimmt haben. Letztendlich glaube ich, dass es Stress war, der uns davon abgehalten hat, schwanger zu werden. Wir wollten es zu sehr und konnten mit der Niederlage nicht umgehen. Als die Jahre vergingen, flehte ich Nicky an, ein Baby zu adoptieren, doch darüber wollte er gar nicht erst nachdenken. Seine Kinder mussten sein eigen Fleisch und Blut sein.

Kinderlos zu sein, hatte viele Vorteile. Wir konnten beobachten, wie unsere Freunde Probleme hatten, sich finanziell über Wasser zu halten. Ihren Stress, als sie versuchten, die Kinder und ihre Karrieren unter einen Hut zu bekommen, wie sie geplante Treffen absagen mussten, weil sie keinen Babysitter finden konnten, und wie sie sich darüber beschwerten, dass Urlaub kein Urlaub mehr war, sondern lediglich harte Arbeit. Sie sagten, sie beneideten uns für unsere Freiheit und unser verfügbares Einkommen, doch fügten dann stets hinzu: »Aber wir würden sie auf keinen Fall wieder hergeben.« Jedes Mal, wenn Nicky diese Worte hörte, krampfte er sich zusammen, als hätte er einen Tritt in die Eier bekommen.

Also hörten wir auf, uns mit unseren taktlosen Freunden zu treffen, die bereits Kinder hatten. Selbst Hayley, die mittlerweile Ryan geheiratet hatte und wie es schien, Kinder bekommen konnte, wann immer sie wollte, achtete darauf, dieses Thema zu meiden. Nicky stürzte sich noch enthusiastischer in seine Arbeit und als sich die Möglichkeit eröffnete, nach London zu ziehen und in ein Vertriebsunternehmen für Medien einzusteigen, griff er mit beiden Händen danach. Wieder einmal stieg er rasend schnell die Karriereleiter hinauf. Bald verdiente er mehr Geld, als selbst er es sich jemals erträumt hatte. Außerdem machte er einige sehr gute Investitionen in Aktien, deren Gewinne wir nutzten, um uns im Bereich der Immobilien weiterzuentwickeln.

Ich musste nicht mehr arbeiten; mein Gehalt war nur ein Tropfen in dem üppigen Meer, das Nicks Einkommen darstellte. Als wir nach London zogen, suchte ich mir keinen neuen Job, sondern konzentrierte mich darauf, unser Heim einzurichten. Ich wählte die Wandfarben, kaufte Möbel, verglich Stoff- und Teppichmuster. Nicky gefiel es, dass ich nicht arbeitete. Er sah es als Zeichen seines Erfolges an. Doch sobald das Haus vollständig renoviert und eingerichtet war, wurde ich rastlos. Also gründete ich mit etwas Hilfe von Nicky mein eigenes Büro für Innenarchitektur. Es schien keine Rolle zu spielen, dass ich keine Qualifikationen hatte – Freunde empfahlen mich ihren Freunden weiter und so entwickelte sich das Geschäft. Ich war nicht besonders aufmerksam, was die Verwaltung betraf; kümmerte mich nie besonders um die Buchhaltung. Es war weniger Arbeit als ein Sozialleben.

Ich glaube, die letzten fünf Jahre, die wir miteinander verbrachten, waren meine glücklichsten. Wir feierten unseren zwanzigsten Hochzeitstag mit einer riesigen Familienfeier und erneuerten unsere Gelübde am Strand von Mauritius. Wir hatten immer noch keine Kinder bekommen, aber das war immer weniger ein Problem. Als ich vierzig wurde, war ich beinahe erleichtert, weil ich das gebärfähige Alter langsam hinter mir ließ und nicht mehr ständig gefragt wurde, ob ich noch Kinder bekommen wollte. Wir hatten genug Geld, um alles zu tun, was wir wollten. Das Leben war schön. Nein, mehr als schön: Es war fantastisch.

Aber das alles endete an dem Tag, als Nicky mir von Natasha erzählte. Ich weiß, das klingt melodramatisch, aber so war es.

Es war Mitte Februar und draußen war es kalt und grau. Ich arbeitete an einer Erweiterung der Wohnküche für Freunde von Freunden von Freunden, die gerade ein Haus in Primrose Hill gekauft hatten. Die Frau wünschte sich ein großes Mosaik an der Wand über dem Esstisch und ich versuchte gerade, den passenden Künstler dafür zu finden. Richtige Künstler waren oft eigensinnig, wenn es darum ging, in einem bestimmten Farbschema zu arbeiten, also musste ich jemanden finden, der talentiert, aber nicht zu abgehoben war. Ich klickte mich durch einige Websites, als ich hörte, wie Schlüssel in der Haustür umgedreht wurden.

»Nicky? Bist du das?« Er antwortete nicht, aber ich konnte

seine Schritte im Flur hören. Ich erhob meine Stimme. »Liebling?
Was ist los?« Es war Nachmittag. Er kam sonst nie mitten am Tag
nach Hause. Er kam ins Wohnzimmer und trug noch immer
seinen Mantel. Sein Gesicht war blass und dennoch strahlte er
seltsam, als wäre tief in seinem Innern ein Feuer entfacht worden.
Ich konnte seinen Ausdruck nicht lesen. War jemand gestorben?
Hatte er einen riesigen Deal an Land gezogen? Ich konnte nicht
erkennen, ob es gute oder schlechte Neuigkeiten waren.

»Um Himmels willen, was ist passiert?«, fragte ich.

»Ich werde Vater«, antwortete er.

Es war, als spräche er in einer mir fremden Sprache. Seine
Worte ergaben keinen Sinn.

»Wie meinst du das?«

»Ich werde Vater«, wiederholte er. »Natasha ist schwanger.«
Ich kapierte es noch immer nicht. »Wer zum Teufel ist Natasha?«

Er ließ sich auf das Sofa nieder und vergrub das Gesicht in
seinen Händen. »Es tut mir leid, Jen«, sagte er durch seine Finger.
»Es tut mir leid.«

»Wer. Ist. Natasha?«

»Die Frau, die ich angefahren habe. Die Radfahrerin. Ich habe
dir von ihr erzählt.«

Ich fühlte einen stechenden Schmerz in meiner Brust. Nicky
hatte den Unfall an dem Tag erwähnt, als er passiert war. Sie war
jung, eine Kellnerin oder so. Er hatte sich schuldig gefühlt, sie
angefahren zu haben, und machte sich Sorgen, dass sie sich an die
Polizei wenden könnte. Ich glaube, ich habe sogar selbst vorge-
schlagen, dass er ihr schreiben sollte, um sich nach ihrem Wohlbefinden zu erkundigen. »Lass deinen Charme spielen«, hatte ich
gesagt.

Nun, das hatte er offensichtlich getan. Und jetzt, keine drei
Monate später, war sie schwanger? Mit seinem Kind? Das war in
vielerlei Hinsicht nicht möglich. Erstens, war er glücklich verheiratet. Zweitens, arbeitete er rund um die Uhr; verbrachte sein Leben
an Flughäfen und in den Hotels fremder Länder. Er war zu
beschäftigt, um eine Affäre zu haben. Und drittens war er impo-

tent. Seine Spermien waren langsam und schwach. Sie schafften es ja nicht einmal, das Prüfröhrchen hinaufzuschwimmen.

»Ich liebe sie nicht«, erzählte er mir. »Es war nur ein Ausrutscher. Eine Art Midlife-Crisis. Ich wollte es beenden.«

»Bist du sicher, dass es von dir ist?«

Er nickte. »Das hat sie gesagt und ich glaube ihr. Bei so etwas würde sie nicht lügen.«

Ich wickelte meine Arme um meinen Oberkörper und krümmte mich. Ich schnappte nach Luft. Meine Brust schmerzte so stark, dass ich dachte, ich hätte einen Herzinfarkt. Denn ich wusste, dass es keine Möglichkeit gab, dass er sie jetzt noch gehen lassen würde, nicht mit dem wertvollen Leben, das in ihr heranwuchs. Und ich wusste, dass mein Leben nicht länger lebenswert sein würde.

Es war nicht nur Nicky, den ich verlor; es war alles und jeder. Jane und Frank, die mich aufgenommen hatten, als ich gerade mal elf Jahre alt war, die mich durch meine Teenagerjahre begleitet hatten, die mich unterstützten, als meine Mutter starb, die mir ein Zuhause gegeben hatten. Sie würden sehr wütend auf Nicky sein, aber auf keinen Fall würden sie ihn zu meinen Gunsten verstoßen. Nicht, wenn ein Enkelkind unterwegs war. Und was wäre mit Hayley? Sie müsste eine Seite wählen und ich vermutete, dass ich als Verliererin dastehen würde. Blut war dicker als Wasser.

Das war es also. Es war vorbei. Mein guter Lauf hatte ein Ende gefunden. Es würde keine Familientrips mehr nach Ibiza geben, keine Treffen an Weihnachten, keine Grillfeste im Sommer ... Nicht mehr dieses warme Gefühl der Zugehörigkeit, das Gefühl, erwünscht zu sein, und zu wissen, dass andere Menschen sich um dich sorgten. Ich würde aus der einzigen Familie geworfen werden, die ich jemals hatte, und in die Wildnis verbannt werden.

24

DAMALS

Natasha

Ich musste drei Tage auf eine Antwort von Jen warten. Sie schickte mir eine ominöse Nachricht.

Können wir uns um vierzehn Uhr beim London Eye treffen?
Ja. Warum?
Das erkläre ich dir später. X

Eine Nachricht von Jen, unterzeichnet mit einem Kuss. Es war seltsam, wie sich die Dinge verändert hatten.

Ich nahm den Zug, um ins Stadtzentrum zu gelangen, und starrte auf die monotone Landschaft hinaus, während ich versuchte, mir unsere Unterhaltung vorzustellen. Ich kam zu dem Entschluss, dass sie Neuigkeiten über Emily haben musste, und spürte die Hoffnung in mir aufkeimen. Aber warum konnte sie nicht am Telefon mit mir darüber sprechen? Dann kam mir der Gedanke, dass es sich um eine schlechte Nachricht handeln musste, die man nur persönlich überbrachte. Was wenn er sie ins

Ausland gebracht hatte? Ich hatte Fälle von Kindesentführungen im Internet recherchiert und war über einige grausame Geschichten gestolpert, in denen die Mütter jahrelang darum kämpfen mussten, ihre Kinder zurückzubekommen. Sie hatten den ausländischen Gerichten ein Vermögen bezahlt und manchmal, selbst wenn sie den rechtlichen Streit gewonnen hatten, waren die Kinder von ihren Vätern so sehr gegen die Mütter aufgebracht worden, dass sie sich weigerten, nach Hause zu kommen. Bis vor ein paar Wochen hätte ich niemals gedacht, dass Nick zu so etwas fähig wäre, doch nun war ich mir nicht mehr so sicher.

»Natasha!« Jen hatte mich entdeckt und winkte mir zu. Ich erhöhte mein Tempo und als wir uns trafen, umarmte sie mich ungelenk. »Danke, dass du gekommen bist«, sagte sie.

Ich zog mich zurück. »Ich danke dir.« Sie trug ein eng anliegendes weißes Kleid mit schwarzen Streifen an den Seiten, die ihre Sanduhrfigur betonten. Ihr Haar sah aus, als hätte sie frische Highlights machen lassen, und ihr Make-up war perfekt, wenn auch ein bisschen zu stark. Neben ihr sah ich blass und langweilig aus, in meinen ausgewaschenen Jeans und dem schlabberigen T-Shirt.

»Warum sind wir hier?«, fragte ich.

»Ich hatte heute Morgen ganz in der Nähe einen Termin. Und es ist ein guter Ort für einen Spaziergang, findest du nicht?« Sie deutete in Richtung der Themse zu ihrer Linken. Es war ein sonniger Tag und das Wasser schimmerte tiefblau. Mit Nick war ich viele Male hier gewesen, vor und auch nach Emilys Geburt. Wir liebten es, an der South Bank von Waterloo in Richtung der Tower Bridge zu spazieren, den Straßenmusikern zuzuhören und Essen von den verschiedenen Imbissständen zu kaufen. Manchmal standen wir einfach nur da und beobachteten das geschäftige Treiben auf dem Wasser. Oder bestaunten die majestätischen Houses of Parliament oder die hellen, prächtigen Gebäude am anderen Ufer.

»Dieser Aussicht werde ich nie überdrüssig werden«, sagte Nick immer. Und jetzt fragte ich mich, ob es auch der Lieblingsplatz von ihm und Jen gewesen war. Sie hakte sich bei mir unter.

»Hier ist ziemlich viel los, gehen wir ein Stück, okay?« Wir gingen in Richtung Osten auf das National Theatre zu.

Der Bürgersteig war voller Touristen, die gemütlich dahinschlenderten und ohne Vorwarnung direkt vor uns stehen blieben, um Fotos zu machen. Wir wichen ihnen aus und bahnten uns unseren Weg durch die Schlangen vor den Imbisswagen und den Kunden eines Standes mit gebrauchten Büchern. Dieser Ort schien eine komische Wahl für eine private Unterhaltung zu sein. Doch dann dachte ich, dass es vielleicht zu ihrem eigenen Schutz war, für den Fall, dass das, was sie mir zu sagen hatte, mich aufregte oder wütend machte.

»Worum geht es, Jen?«, fragte ich. »Hast du herausgefunden, wo Nick ist? Bitte spann mich nicht weiter auf die Folter, das ertrage ich nicht.«

»Entschuldige, das war eine schlechte Idee.« Sie blieb stehen. »Hier ist zu viel los. Lass uns einen Ort finden, wo wir uns setzen können. Wie wäre es mit dem Foyer des Theaters?«

»Sag es mir einfach. Weißt du, wo Nick ist?« Sie nickte. »Ich glaube schon.«

»Gott sei Dank.« Ich seufzte. »Wo?«

»Lass uns eine ruhigere Ecke suchen.« Sie führte mich in das Theater und sein riesiges, höhlenartiges Foyer. Das Publikum der Nachmittagsvorstellung war gerade hineingegangen, also gab es viele leere Plätze. Wir wählten eine Bank am Fenster aus und setzten uns. Jen bot an, uns einen Kaffee zu holen, aber ich lehnte ab. Ich wollte einfach nur wissen, was sie herausgefunden hatte.

Sie klemmte eine Haarsträhne hinter ihr Ohr, dann legte sie ihre Hände in ihren Schoß. »Okay. Also, zunächst einmal habe ich Hayley angerufen und ihr erzählt, was du durchmachst und dass du gerne mit Nick verhandeln möchtest.« Sie schürzte ihre Lippen. »Leider war sie nicht sehr kooperativ. Sie meinte, sie weiß nicht, wo er ist, und selbst wenn, würde sie es dir nicht verraten.«

»Das überrascht mich nicht im Geringsten«, antwortete ich.

»Ja, na ja, manchmal kann sie ziemlich rücksichtslos sein«, stimmte Jen mir zu. »Ich liebe sie wie eine Schwester, aber ...

Wenn sie sich erst mal eine Meinung über jemanden gebildet hat, bringt sie nichts mehr davon ab. Sie war nicht gerade begeistert davon, dass ich versuche, dir zu helfen.« Sie verzog ihr Gesicht.

Ich blinzelte sie irritiert an. »Aber du hast gerade gesagt, du wüsstest wahrscheinlich, wo sich Nick aufhält.«

»Jep. Als nächstes habe ich es bei Jane versucht. Sie ist keine ganz so harte Nuss. Dieses Mal habe ich dich erst gar nicht erwähnt und einfach gefragt, ob sie etwas von Nicky gehört hat oder wüsste, wo er untergetaucht ist.«

»Und?« Meine Stimme hellte sich auf.

»Sie meinte, sie wäre sich nicht sicher, aber etwa eine Woche, bevor er verschwunden ist, hat er sie nach Red How gefragt; ob sie wüsste, ob es noch zu mieten sei.«

»Entschuldige«, sagte ich. »Was ist das Red How?«

Jenny schaute mich überrascht an. »Hat Nicky es nie erwähnt? Mein Gott. Ich habe gedacht ...« Sie brach ab. »Oh, na ja, ich schätze, das Haus wurde zu sehr mit uns, also mit mir und Nicky, in Verbindung gebracht.«

»Was soll das sein, so was wie ein Ferienhaus?«

»Ja, im Lake District. Es ist ein riesiges Landhaus mit Platz für fünfzehn Leute, mit einem wunderschönen Garten und sogar einem kleinen See. Die Warringtons haben es jedes Jahr an Ostern für die ganze Familie gebucht. Es ist ein großartiger Ort zum Wandern oder um die Natur zu genießen, obwohl es fast immer geregnet hat. Schließlich hat uns das Wetter ganz vertrieben. Wir waren seit Jahren nicht mehr dort, aber trotzdem ist es ein besonderer Ort. Mit vielen guten Erinnerungen, verstehst du?« Ein wehmütiger Ausdruck huschte über ihr Gesicht.

»Und da hat Nick Emily hingebracht?«, fragte ich.

»Ich bin mir nicht hundertprozentig sicher, aber ich glaube es, ja. Ich habe mich bei der Vermittlungsagentur erkundigt und eine allgemeine Anfrage gestellt und sie sagten mir, dass es für die nächsten drei Monate ausgebucht sei. Natürlich konnte ich nicht fragen, wer es gebucht hat, aber es muss Nicky sein. Es ist sehr abgelegen, der perfekte Ort um unterzutauchen. Und es ist ihm vertraut; er kennt die Landschaft und fühlt sich dort wie zu Hause.«

»Wie lautet die Adresse?« Jen zögerte und ich fühlte Verärgerung in mir aufsteigen.

»Wenn du es mir nicht verrätst, kann ich einfach im Internet nachschauen.« Ich griff in meine Tasche, doch sie legte ihre Hand auf meinen Arm.

»Deshalb wollte ich dich persönlich sprechen.« Sie sah mich ernst an. »Ich habe mir Sorgen gemacht, dass du sofort dorthin eilen würdest.«

»Genau das habe ich vor.«

»Und was, wenn er sich weigert, mit dir zu sprechen?«

»Ich werde ihn dazu bringen, mit mir zu sprechen.«

»Wie? Indem du ihn durch den Briefschlitz hinweg anschreist?« Sie warf mir einen verzweifelten Blick zu. »Er wird dir Emily nicht überlassen, nur weil du nett gefragt hast. Er hat viel auf sich genommen, um sich von dir fernzuhalten, Natasha. Er ist nicht an gerichtlichen Anordnungen oder Sorgerechtsverfügungen interessiert. Er teilt nicht gerne. Bei ihm heißt es entweder alles oder nichts. Das war schon immer so und wird immer so bleiben. Er ist skrupellos, deshalb ist er ein so erfolgreicher Geschäftsmann. Er trampelt alle nieder, die sich ihm in den Weg stellen, und er tut es mit so viel Charme, dass sie es nicht einmal bemerken. Doch es wird ihn nicht interessieren, ob er dir wehtut.«

Ich hasste es, das zuzugeben, aber wahrscheinlich hatte Jen recht. Auch wenn wir über drei Jahre lang zusammen gewesen waren, kannte sie meinen Mann immer noch besser als ich. Zu wissen, wo Emily sich aufhielt, war eine unglaubliche Erleichterung, aber sie zurück zu bekommen, war eine ganz andere Sache.

»Du hast hierbei nur einen Versuch«, sagte Jen. »Sobald er merkt, dass du weißt, wo er ist, wird er sich einen anderen Unterschlupf suchen und du wirst sie nie finden.«

»Ja, ich weiß. Ich kann es mir nicht leisten, das zu vermasseln.«

Sie rutschte näher zu mir und senkte ihre Stimme. »Es hat

keinen Zweck, mit ihm zu diskutieren. Du musst sie dir zurückstehlen.«

Diese Idee entzündete ein Feuer in mir. Sofort hatte ich Visionen vor Augen, wie ich mit Emily in meinen Armen einen Feldweg hinunterlief, sie in ein Auto setzte und mit ihr davonraste. Aber wie konnte ich so einen Plan umsetzen? Ich war auf mich allein gestellt, konnte nicht mal fahren – zumindest nicht legal. Und Nick würde nicht kampflos aufgeben. Wer weiß, was er tun würde, um mich aufzuhalten?

Ich bemerkte, dass Jen mein Gesicht studierte, als versuchte sie, meine Gedanken zu lesen. Sie nahm meine Hände in ihre und lehnte sich vor. »Wenn du möchtest, helfe ich dir.«

»Wirklich?« Meine Finger fühlten sich in ihrem Griff schlaff an. »Warum? Warum würdest du das für mich tun? Ich habe deine Ehe zerstört, dich aus deinem Haus getrieben. Du hast gesagt, du hast mich gehasst. Nicht, dass ich dir das verüble. Ich hätte es auch getan. Ich verstehe nicht, warum du plötzlich ...«

»Rache«, sagte sie. »Schlicht und einfach Rache. Alles, was Nicky immer wollte, war ein eigenes Kind. Um mich hat er sich nicht gekümmert. Sobald du schwanger warst, ist er abgehauen. Wir waren ihm immer egal, verstehst du das nicht? Er hat uns benutzt – uns beide.«

»Ich weiß nicht ... Vermutlich, ja. So ... So habe ich das noch gar nicht gesehen«, stammelte ich.

»Warum zur Hölle sollte er Emily ganz für sich allein haben? Dem würde ich liebend gerne einen Riegel vorschieben. Mal sehen, wie es ihm gefällt, wenn er so ruiniert wird und ganz auf sich allein gestellt ist.« In ihren Augen flackerte Bitterkeit auf und ihr Mund war zu einem finsteren Grinsen verzogen. »Dir zu helfen wäre egoistisch«, sprach sie weiter. »Ich würde es für mich tun, nicht für dich. Das wäre eine enorme Genugtuung für mich.«

Endlich verstand ich den Grund unseres Treffens. Wir waren sehr ungleiche Gefährten und doch schien es sinnvoll, unsere Kräfte zu vereinen. Es spielte keine Rolle, ob unsere Motivation eine andere war: Unser Ziel war dasselbe. Und es hätte auch praktische Vorteile. Sie hatte ein Auto und sie wusste, wo dieses Haus war. Zweifellos war das ein Zwei-Personen-Job. Ich würde mir Emily schnappen – ich hatte keine Ahnung wie, aber wir würden einen Weg finden – und Jen würde das Fluchtauto fahren. Es würde schwierig werden, aber es war den Versuch wert.

»Und? Was denkst du?«, sagte sie und riss mich aus meinen Gedanken.

»Okay.« Ich nickte. »Lass es uns tun.«

Jen lächelte. »Das ist mein Mädchen! Je eher, desto besser, würde ich sagen. Wir wollen nicht, dass er doch noch seinen Aufenthaltsort wechselt.«

»Nein, du hast recht ... Mir fällt auch kein Grund ein, warum wir warten sollten.« Meine Gedanken kreisten bereits um alles, was ich mitnehmen musste. Kleidung für Emily, Essen und Trinken. Eine Decke, um sie warm zu halten.

»Gut. Wir fahren morgen früh los und observieren das Haus. Wir müssen sichergehen, dass er auch wirklich dort ist, bevor wir loslegen. Dann warten wir.«

»Du meinst, wir brechen nachts dort ein? Aber wie? Wird nicht alles abgeschlossen sein?«

»Ja, aber ich kenne einen Weg ins Innere. Wir werden Taschenlampen benötigen. Ich erinnere mich noch an den Grundriss des Hauses und habe eine Idee, wo Emily vermutlich schlafen wird.«

»Wirklich?«

Plötzlich wurde ihre Stimme leiser und Tränen traten in ihre Augen. »Es gibt ein kleines Zimmer an der Vorderseite des Hauses, über der Veranda. Es war wie eine altmodische Kinderstube eingerichtet, mit einem wunderschönen alten Kinderbettchen darin. Hayleys Kinder haben dort immer geschlafen. Nicky hat immer gesagt, dass wenn wir Kinder hätten, er oder sie in diesem Bettchen schlafen würden. Deshalb ist er nach Red How gefahren, um sich endlich diesen Wunsch zu erfüllen.«

»Mein Gott ... Ich hatte keine Ahnung, dass er so besessen ist«, sagte ich. »Als wäre er verrückt geworden.«

»Oh, es gibt Nichts, das er nicht tun würde, um Emily zu behalten«, antwortete Jen. »Du bringst dich damit selbst in Gefahr, ist dir das bewusst? Wenn wir Erfolg haben, wird er uns das nie verzeihen.«

Ich spürte, wie sich mein Kiefer vor Entschlossenheit anspannte. »Ich weiß. Und es ist mir egal.«

25

HEUTE

Anna

Das muss meine sechste Sitzung mit Lindsay sein und ich bin noch nicht davon überzeugt, dass es besonders viel hilft. Nicht, dass sie nicht gut in ihrem Job wäre oder ich mich unwohl bei ihr fühle. Wir sind so unterschiedlich, wie man es sich nur vorstellen kann, aber das gefällt mir. Sie ist sehr klein und rund, in ihren frühen Sechzigern, schätze ich. Ihr Haar ist kurz geschnitten, das Grau wird von einem rosa Schatten aufgefrischt. Sie trägt bunte Jeans mit großen Taschen an den Seiten, weite Baumwollpullover und flache, hässliche Sandalen. Manchmal sind ihre Zehennägel grün lackiert. Die Therapeutin, mit der ich mich getroffen habe, bevor ich nach Morton zog, war immer sehr neutral gekleidet. Anscheinend vertrat sie die Meinung, dass ein bestimmtes Aussehen einige ihrer Klienten abschrecken oder zumindest ablenken würde. Aber Ablenkung konnte sinnvoll sein. So manches lange Schweigen habe ich mit dem Studium von Lindsays mutigen Farbzusammenstellungen verbracht.

»Nun, Anna«, sagt sie und lächelt mich mit ihren ungeraden

Zähnen an. »Wir haben uns ein paar Wochen nicht gesehen. Wie geht es Ihnen?«

»Oh, es gibt gute und schlechte Tage«, antworte ich. »Wie war Ihr Urlaub?«

»Wunderbar, danke. Mehr gute als schlechte, oder mehr schlechte als gute?«

Ich schiebe meine Unterlippe vor, unsicher, wie ich antworten soll. Doch ich überlege nicht, wie viele von jeder Sorte es gab und welche gewonnen haben, sondern wäge ab, wie viel ich preisgeben soll.

»Etwas mehr gute als schlechte«, sage ich nach einer langen Pause.

»Also gibt es eine Verbesserung.«

»Hmm ... Vermutlich.«

»Wie glauben Sie, konnten Sie die Anzahl der guten Tage erhöhen?«, fragt Lindsay. Ich schaue sie müde an. Sie scheint sich an dieses Konzept zu klammern und seine Bedeutung ermitteln zu wollen, obwohl es nicht mehr als eine Redewendung war. »Es geht mir gut«, hätte seinen Zweck erfüllt. Ich mache mir in Gedanken eine Notiz, mich in Zukunft noch vager zu halten.

Sie nickt mir ermutigend zu. »Fangen wir doch damit an, dass Sie mir sagen, was für Sie einen guten Tag ausmacht.«

Da sie sich von dem Thema nicht abbringen lässt, versuche ich die Frage richtig zu beantworten.

»Wenn ich nicht jede Sekunde jeder Minute von jeder Stunde daran denken muss. Etwas zu schaffen, wie Zähne putzen oder einen Tee zu machen, und dann zu bemerken, dass ich für ein paar Augenblicke an etwas anderes gedacht habe. Das muntert mich sehr auf.«

»Mit ›daran‹ meinen Sie den Unfall?«, fragt sie, entwirrt ihre Beine und überschlägt sie dann auf der anderen Seite.

Ich nicke unbestimmt, weil ich sie nicht direkt anlügen möchte. Der Unfall ist im Hintergrund immer präsent, aber ich denke an alles andere, das mich dorthin geführt hat, mindestens genauso viel. Es ist alles auf bizarre Art und Weise miteinander verbunden, wie bei diesem Spiel, Cadavre Exquis, das ich oft mit Hayley gespielt habe, als wir Teenager waren. Aber ich traue mich nicht, das Papier zu entfalten und Lindsay das außergewöhnliche Bild meines Lebens zu offenbaren. Das würde sie beruflich in eine unmögliche Lage bringen.

»Das ist großartig«, sagt sie. »Darauf können Sie aufbauen, Schritt für Schritt. Werden Sie sich dieser gedankenfreien Momente bewusst und klopfen sich selbst dafür auf die Schulter. Und bald werden Sie feststellen, dass Sie eine ganze Stunde nicht an den Unfall gedacht haben, oder einen ganzen Morgen, oder sogar einen ganzen ...«

»Ich kann mir nicht vorstellen, dass das jemals passieren wird«, unterbreche ich sie ungestüm. »Das läuft wie in einer Schleife ab. Wie eine Playlist in einem Supermarkt. Wenn man lange genug dort bleibt, hört man dieselben Lieder immer wieder in der gleichen Reihenfolge. So fühlt es sich in meinem Kopf an. Es hört niemals auf.« Lindsay hat bereits – sehr behutsam – erwähnt, dass ich pessimistische Tendenzen habe. »Aber Sie haben gerade gesagt, dass Sie es manchmal vergessen. Also ist es möglich, dass diese Abschnitte länger und länger werden, und eines Tages könnte die Musik aufhören zu spielen, ohne dass Sie es bemerken.«

»Aber ich möchte nicht vergessen«, sage ich. »Ich sollte nicht vergessen. Es ist falsch von mir, es vergessen zu wollen. Denn das eigentliche Problem ist, dass ich mich nicht erinnern kann.«

Als sie ihr Gesicht verzieht, fällt eine rosa Haarsträhne nach vorne. »Sie können nicht vergessen, obwohl Sie sich nicht erinnern können? Ist das nicht ein Widerspruch?«

»Nein, ist es nicht.«

Sie schiebt die Strähne wieder an ihren Platz und denkt einen Moment lang nach. »Tut mir leid, das verstehe ich nicht.«

»Ich meine die Momente, die zu dem Unfall geführt haben«, sage ich. »Sie sind komplett weg. In der einen Minute fahre ich über die Straße, in der nächsten liege ich im Krankenhaus. Ich erinnere mich nicht daran, mit anderen Autos kollidiert zu sein, ich erinnere mich nicht daran, wie ich aus dem Auto gezogen wurde ...«

»Bestimmt wurde Ihnen bereits erklärt, dass das eine sehr weit verbreitete Erfahrung unter Opfern von Verkehrsunfällen ist.« Lindsay wirft mir einen beschwichtigenden Blick zu. »Das ist normal.«

Ich schüttle meinen Kopf. Meine Situation ist alles andere als normal. »Ich bin mir sicher, dass die Erinnerungen dort irgendwo sind. Es ist, als würden sie verstecken mit meinem Verstand spielen. Jedes Mal, wenn ich mich der Wahrheit nähere, läuft sie davon und versteckt sich an einem neuen Ort. Manchmal habe ich das Gefühl, als würde dieses Spiel niemals enden, als müsste ich den Rest meines Lebens mit der Suche verbringen und dass mich das irgendwann in den Wahnsinn treibt.«

»Da gibt es noch eine Menge interessanter Dinge zu enthüllen«, sinniert Lindsay und verzieht ihren Mund. »Aber nehmen wir mal für einen Moment an, dass diese ›Wahrheit‹«, sie zeichnet Anführungszeichen mit ihren Fingern in die Luft, »existiert, warum sollte Ihr Unterbewusstsein sie vor Ihrem Verstand verbergen?« Ich werfe ihr einen meiner »Wie dumm kann man sein«-Blicke zu.

»Weil der Unfall meine Schuld war.«

»Aber es gibt keine Beweise, die das belegen, nicht wahr?« Sie hielt inne, um durch ihre Notizen zu blättern. »Sie wurden nicht wegen fahrlässiger Gefährdung des Straßenverkehrs angeklagt, hatten weder getrunken noch Drogen genommen.«

»Ein Zeuge hat gesehen, wie das Auto Sekunden vor dem ersten Aufprall ins Schlingern geriet«, platze ich heraus. In meinem Magen öffnet sich ein klaffender Abgrund, als Panik mich überflutet. Wir betreten hier ein gefährliches Gebiet. So weit war ich mit Lindsay noch nie ins Detail gegangen; wir schlichen immer um das Thema herum, sprachen eher über Gefühle als Tatsachen. Verlust. Trauer. Depression. Die Schuld des Überlebenden.

Sie überprüft wieder ihre Notizen. »Die Ermittlungen haben

ergeben, dass Ihnen ein Reifen geplatzt ist und Sie die Kontrolle über das Fahrzeug verloren haben.«

»Das konnte nicht festgestellt werden, es war nur eine Vermutung. Den Forensikern war es nicht möglich, genau zu rekonstruieren, was passiert ist.« Ich kann fühlen, wie das Blut aus meinen Extremitäten fließt. Ich würge und halte mir den Bauch. »Tut mir leid, ich kann nicht weitermachen. Ich fühle mich nicht so gut.« Ich schließe meine Augen und beuge mich in dem Versuch vor, die sich nähernde Schwärze zu vertreiben.

»Alles in Ordnung?« Lindsays Stimme klingt, als würde sie aus weiter Entfernung zu mir durchdringen. »Anna, hören Sie mir zu. Atmen Sie tief ein ... Erinnern Sie sich an Ihre Übungen ... Gut, genau so, Anna, das ist gut.«

Anna, denke ich, als ich versuche, die Luft in meine Lungen zu zwingen. Warum habe ich diesen Namen ausgewählt? Ich mag ihn nicht einmal.

Ich spüre Lindsays Hand auf meinem Knie. »Soll ich Ihnen ein Glas Wasser holen?«

»Bitte«, flüstere ich. Nach einigen Momenten hebe ich langsam meinen Kopf und öffne die Augen. Der Schwindel lässt nach und die Welt rückt an ihren ruhelosen Platz zurück.

Sie überreicht mir ein Glas. »Sie haben heute einige wirklich wertvolle Erkenntnisse gewonnen, Anna. Das war unglaublich mutig.«

»Ich bin nicht mutig, ich bin ein Feigling«, sage ich und nehme einen Schluck. Das Wasser schmeckt warm und metallisch. »Wenn ich mutig wäre, würde ich mich erinnern.«

»Sie machen das wirklich ganz fantastisch.« Sie steht über mir, ihre Hände sind in den Taschen ihrer roten, formlosen Hose. »Ich möchte, dass Sie bis zu unserem nächsten Treffen über Folgendes nachdenken: Was ist, wenn Sie keine Erinnerung unterdrücken? Was, wenn es gar keine gibt?«

· · ·

Ich kehre aus meiner extra langen Mittagspause zurück, lasse mich leise auf meinen Stuhl gleiten und rufe den Berichtsentwurf von heute Morgen auf meinem Computerbildschirm auf. Innerhalb von Sekunden sieht es so aus, als wäre ich nie weg gewesen. Allerdings entgeht Margaret nicht das Geringste. Sie watschelt mit zwei dampfenden Tassen Tee herüber.

»Bitte schön.« Meine stellt sie vorsichtig auf einen Untersetzer. »Ich habe dich in der Mittagspause vermisst. Ich dachte mir, du hast dich bestimmt mit Chris davongeschlichen.«

Die arme Margaret hatte die falschen Schlüsse gezogen. Letzte Woche hat sie gesehen, wie wir zusammen ins Büro kamen, und hat beschlossen, dass wir ein Paar sind.

»Ich habe dir doch gesagt, dass wir nur Freunde sind«, sage ich. »Mitbewohner. Wir leisten uns gegenseitig Gesellschaft und sparen Geld.«

»Natürlich, Schätzchen«, sagt sie strahlend. »Keine Sorge, euer Geheimnis ist bei mir sicher. Sag mir nur rechtzeitig Bescheid, wenn ich mich für einen gewissen Tag in Schale schmeißen muss.«

Ich stimme in ihr Lachen mit ein. »Oh, Margaret ...« Sie zwinkert mir zu und geht zurück an ihren Schreibtisch.

Ich schicke Chris eine Nachricht, dass ich heute länger bleiben muss, da ich irgendwie die dreißig Minuten wieder aufholen muss, die ich meine Pause überzogen habe. Er antwortet und erinnert mich daran, dass er heute Abend im St. Saviours ist und mich ohnehin nicht nach Hause fahren kann. Die Erwähnung des Obdachlosenheimes lässt meine Finger vor Panik kribbeln, als sie auf dem Bildschirm herumirren. *Entschuldige, habe ich vergessen. Bis später.* Wir schicken uns keine Küsse oder Grüße am Ende unserer Nachrichten. Das ist Teil seines ritterlichen Ehrenkodex und ich möchte keine gemischten Signale senden.

Chris wohnt in einer neuen Wohnsiedlung, die etwa eine zwanzigminütige Busfahrt von der Stadt entfernt liegt. Der Stadtrat hatte einige Sportplätze verkauft, um Platz für dreihundert neue Wohneinheiten zu schaffen. Noch waren nicht alle Wohnungen bewohnt und die öffentlichen Bereiche riechen

immer noch nach Farbe. Oft sehe ich Außenstehende herumlungern. Ich glaube, die meisten von ihnen sind potenzielle Käufer
oder Anwohner, trotzdem bin ich immer erleichtert, wenn ich es
sicher ins Innere geschafft habe und den Riegel vorlegen kann.

Ich packe meine Einkäufe aus und fange an, Gemüse für ein
Ratatouille zu schneiden. Seit ich hier eingezogen bin – Korrektur:
seit ich hier übernachte – koche ich wieder. Nichts Besonderes:
Chris ist ein Mann des einfachen Geschmacks, außerdem liegt es
nicht mehr in meinem Budget, teures Fleisch einzukaufen. Er
möchte von mir keine Miete, also ist es das Mindeste, das ich tun
kann. Obwohl wir nicht jeden Abend zusammen essen, koche ich
immer für zwei, damit er sich seine Portion aufwärmen kann,
sobald er nach Hause kommt. Es ist ein einfaches Arrangement,
frei von jeglichem Ärger. Ich mache mir nicht gerne Gedanken
darüber, wann er auftauchen wird oder ob ich auf ihn warten
sollte. Wenn er seine Portion nicht isst, stelle ich sie für den
nächsten Tag in den Kühlschrank.

Nach dem Abendessen, das ich von einem Tablett vor dem
Fernseher esse, wasche ich ab und bügle ein wenig. Nur meine
eigenen Klamotten, nicht die von Chris. So weit reicht unser häus-
liches Glück noch nicht. Es ist Jahre her, seit ich das letzte Mal
selbst bügeln musste, und ich musste feststellen, dass ich nicht sehr
gut darin bin. Ich scheine die Falten eher hinein, anstatt heraus zu
bügeln. Die Tätigkeit ist zu langweilig, als dass mein Verstand
nicht an dunklere Orte wandern könnte, also schalte ich wieder
den Fernseher an, um mich abzulenken. Beinahe funktioniert es.
Würde dieser als guter oder schlechter Tag zählen?, frage ich mich,
während das Bügeleisen über meine Bluse zischt. Wie viele
Sekunden habe ich geschafft, nicht daran zu denken? Vielleicht
zehn. Maximal zwanzig. Ich fühle mich gleichzeitig zufrieden und
von mir selbst angewidert.

Während ich meine Oberteile zum Durchlüften über die Tür
meines Schrankes hänge, gehen mir Lindsays letzte Worte durch
den Kopf. Was, wenn die Erinnerungen dieser letzten Sekunden
nicht existieren? Ich weiß nicht viel über Neurologie, aber ich

weiß, dass ich mich manchmal nicht mehr an Dinge erinnern kann, die erst vor wenigen Momenten passiert sind. Wie bin ich nach Hause gekommen? War ich gerade auf der Toilette? Vielleicht macht sich das Gehirn nicht mehr die Mühe, den Vorfall abzuspeichern, weil es bereits tausend ähnliche Vorfälle in seinem System abgespeichert hat.

Als ich an diesem Tag hinter dem Steuer saß, waren meine Gedanken mit wichtigeren Dingen beschäftigt – Dinge, von denen ich Lindsay niemals erzählen kann. Das bereitet mir die meisten Sorgen: Dass ich mich nicht konzentriert habe. Der Unfall passierte so schnell, es wäre möglich, dass meinem Gehirn nicht genug Zeit zum Schalten blieb und diese letzten Moment nie aufgezeichnet wurden. In diesem Fall wäre meine Suche nach der Wahrheit hoffnungslos und ich sollte aufhören. Das ist ein befreiender Gedanke.

Zu befreiend.

Als Chris nach Hause kommt, liege ich bereits im Bett und lese. Zumindest versuche ich zu lesen. Die Worte kreisen um meinen Kopf, dann fliegen sie davon und ich muss wieder von vorne anfangen.

Ich höre, wie er sich durch die Wohnung bewegt, den Wasserhahn aufdreht und den Teekessel aufsetzt. Sein Teller dreht sich in der Mikrowelle, die mit einem lauten Piepen verkündet, dass sie fertig ist. Er braucht nur fünf Minuten, um das Ratatouille zu essen, dann geht er ins Badezimmer und rasiert sich. Ich will gerade meine Nachttischlampe ausschalten, als er an meine Schlafzimmertür klopft.

Das ist neu.

»Ja?«, sage ich zögerlich. »Ähm ... Komm rein.« Ich lege mein Buch zur Seite und ziehe mir die Decke bis unters Kinn.

Chris schiebt die Tür auf und steckt seinen Kopf ins Zimmer. »Tut mir leid, wenn ich störe. Ich habe gesehen, dass bei dir noch Licht brennt. Ich dachte, du würdest vielleicht gerne wissen ...«

»Was wissen? Bitte komm doch rein.« Als er ein paar Schritte nach vorne macht, sehe ich, dass er nur einen Morgenmantel und

Hausschuhe trägt. Ein Hauch seines Aftershaves weht zu meinem Bett herüber und lässt mich noch weiter unter die Decke sinken.

»Ich war heute Abend im Obdachlosenzentrum«, sagt er. »Es war brechend voll. Uns sind die Pasteten ausgegangen. Langsam spricht sich unsere Einrichtung herum; es waren Leute da, die ich noch nie zuvor gesehen habe, was auf der einen Seite gut ist, aber auf der anderen macht man sich Sorgen, weil sie nur die Spitze des Eisbergs sind ...« Er hält inne.

»Was wolltest du mir erzählen?«

Er zieht den Morgenmantel über seiner Brust zurecht. »Oh, richtig. Ich dachte, du würdest vielleicht gerne wissen, dass der Kerl, wegen dem du dir Sorgen gemacht hast, Sam, der, der nach dir gefragt hat, na ja, er ist weg. Er wurde seit über einer Woche von niemandem mehr gesehen.«

»Was meinst du damit, er ist weg?«, frage ich. »Wo soll er sein?«

»Anscheinend zurück nach London. Du bist in Sicherheit.« Er wirft mir ein aufmunterndes Lächeln zu. »Nicht, dass ich wollen würde, dass du zurück in deine Wohnung ziehst, ganz und gar nicht. Du darfst gerne so lange bleiben, wie du möchtest. Aber ich dachte, du möchtest wissen, dass er sich aus dem Staub gemacht hat. Gute Neuigkeiten, was?«

»Da bin ich mir nicht sicher«, sage ich langsam. »Es könnten auch sehr, sehr schlechte Neuigkeiten sein.«

»Oh, ich würde da nicht zu viel hineininterpretieren.« Chris winkt lässig ab.

»Diese obdachlosen Typen wandern immer von Ort zu Ort und ...« Er fängt meinen Blick ein und hält inne. »Was ist los? Mein Gott, Anna, du zitterst ja. Ich wollte dich nicht verärgern.«

»Ich bin nicht verärgert«, sage ich. »Ich bin verängstigt. Vielleicht muss ich wegziehen, einen anderen Ort zum Leben finden.«

»Nein, nein, das musst du nicht!« Er setzt sich auf die Kante des Bettes und nimmt meine Hand. »Bitte geh nicht. Ich werde auf dich aufpassen, versprochen. Wir ... Wir gehen zur Polizei und bitten sie um Schutz.«

»Keine Polizei, Chris. Es tut mir leid, aber das steht nicht zur Debatte. Ich kann dir nicht erklären, wieso. Es ist kompliziert.« Er kommt näher und hält meinen Blick, der Geruch seines Aftershaves in dem kleinen Zimmer wird stärker. *Bitte versuch nicht mich zu küssen, bitte, bitte nicht, denn ich könnte den Kuss erwidern und das wäre so falsch ...*

»Lass uns beten«, sagt er und schließt seine Augen. »Vater unser im Himmel ...«

Ich atme erleichtert aus.

Die vertrauten Worte des »Vater Unsers« fließen über mich hinweg und ich werde sofort zu den wenigen Malen zurückversetzt, in denen ich in der Kirche war. Meine eigene Hochzeit, ein ungemütlicher Tag im November. Ich stand in meinem ärmellosen Kleid zitternd vor der Kirche, während Hayley an meiner Schleppe herumfummelte. Dann, über zwanzig Jahre später, stehen Nicky und ich in der gleichen Kirche am Taufbecken, während der Pfarrer heiliges Weihwasser auf die Stirn unseres Patensohnes träufelt. »Dein Reich komme, dein Wille geschehe.« Chris' Stimme ist voller Energie. Zum ersten Mal in meinem Leben höre ich wirklich auf die Bedeutung der Worte. »Und vergib uns unsere Schuld, wie auch wir vergeben unsern Schuldigern.«

Sam hat ihm erzählt, was ich getan habe, denke ich. *Er weiß es.*

26

DAMALS

Natasha

Mom war nicht sehr begeistert von dem Plan. Sie war außer sich vor Wut, weil ich Jen kontaktiert und sie um Hilfe gebeten hatte. Sie hielt mich schon allein dafür für verrückt, weil ich in Betracht zog, Emily zu entführen.

»Das ist keine Entführung«, versuchte ich zu erklären. »Ich bin ihre Mutter, ich habe das Recht, sie mit mir zu nehmen.«

»Ich bin immer noch der Meinung, dass du das Gericht einschalten solltest. Jetzt, da du weißt, wo er ist, kannst du eine dieser Verfügungen beantragen und er wird gezwungen sein, Emily nach Hause zu bringen. Ich habe dir bereits gesagt, dass ich gerne die Kosten dafür übernehme«, sagte sie, ihre Stimme schien vor Verzweiflung ganz dünn zu werden. Es war spät und sie war gerade erst von einer langen Schicht bei ihrem Reinigungsdienst nach Hause gekommen.

Ich war übergeschäumt vor Aufregung und hatte den Abend damit verbracht, eine Tasche für Emily zu packen. Ich war zu Asda gefahren und hatte einige Klamotten und eine Packung

214

Windeln gekauft. In der Gartenhütte hatte ich eine Taschenlampe gefunden und die Batterien überprüft. Ich wollte, dass Mom begeistert war und mich bei unserem Vorgehen unterstützte. Ich hatte mich sogar gefragt, ob sie darauf bestehen würde, uns zu begleiten, und ob das für Jen okay wäre.

»Okay, Mom, lass uns jetzt nicht darüber streiten. Du bist müde.«

Sie schlug die Türen des Küchenschrankes zu, als sie sich eine Tasse und eine Schachtel Teebeutel herausnahm. »Wenn du mein Geld nicht willst, dann sieh es als einen Kredit an, zahl es mir zurück, sobald ihr geschieden seid«, sagte sie. »Du solltest von allem die Hälfte bekommen; dann bist du reich. Ein paar Tausend sind dann nichts mehr für dich.«

»Ich will Nicks Geld nicht.«

»Sei nicht so stolz, Natasha.«

»Ich will nur Emily.«

»Aber das ist nicht der richtige Weg. Lass die Gerichte das für dich regeln. Das wird klappen, sie entscheiden ohnehin immer zugunsten der Mutter.«

»Ich weiß, aber ich vertraue nicht darauf, dass Nick die Urteile befolgt«, sagte ich und ließ einen Teebeutel in eine zweite Tasse fallen. »Jen sagt, Nick hasst es zu teilen, und sie hat recht. Das Gericht wird ihm Besuchsrecht einräumen und sobald er Emily für ein Wochenende bekommt, wird er wieder mit ihr davonlaufen.«

Mom goss das kochende Wasser auf, dann ging sie zum Kühlschrank, um Milch zu holen. »Und was wirst du tun, wenn du sie zurückgeholt hast? Wo werdet ihr euch verstecken?«

Ich verzog das Gesicht. So weit hatte ich noch nicht gedacht. Natürlich würde Nick hier als allererstes suchen, was bedeutete, dass ich einen anderen Ort finden musste. »Ich weiß es nicht«, sagte ich. »Ich gehe in ein Heim oder so.«

»Die sind für Frauen, die misshandelt werden. Wie auch immer, viele dieser Heime wurden nach den Kürzungen der Stadt geschlossen. Du denkst das nicht bis zum Ende durch; du lässt dich von deinen Emotionen leiten, wie immer. Sei mal realistisch, Natasha.«

»Ich bin realistisch«, protestierte ich. »Genau das bin ich. Jen sagt ...«

Die Milchflasche landete krachend auf dem Tisch. »Ich traue dieser Frau nicht über den Weg.«

»Oh, wirklich? Du hast deine Meinung geändert. Ich dachte, du stehst auf ihrer Seite.« Ich konnte spüren, wie sich eine unserer spektakulären Streitereien zusammenbraute. Wenn wir aneinandergerieten, dann im großen Stil, was immer damit endete, dass wir Dinge sagten, die wir später bereuten.

»Vergiss Jen«, sagte Mom resigniert. »Sie hat ihre eigene Agenda. Nimm einfach mein Geld und geh vor Gericht.«

Sie frustrierte mich ungemein. Warum konnte sie das nicht verstehen?

»Das würde ich gerne, aber das wird nicht funktionieren«, sagte ich zum bestimmt zwanzigsten Mal. »Nicht mit Nick. Er kämpft mit schmutzigen Tricks. Ich muss ihn mit seinen eigenen Mitteln schlagen.«

»Du tust sowieso, was du willst.« Sie nahm ihre Tasse und machte sich auf den Weg nach oben. »Du hast noch nie auf meinen Rat gehört. Warum habe ich erwartet, dass du jetzt damit anfängst?« Ich verschränkte wütend meine Arme vor meiner Brust, als sie nach oben in ihr Schlafzimmer ging und die Tür hinter sich zuschlug.

Ich ärgerte mich über den Streit mit meiner Mutter und als ich versuchte, zu schlafen, hallten ihre Worte in meinem Kopf wider. Aber hauptsächlich hielt mich die Aufregung vor dem nächsten Tag wach. Mir war bewusst, dass es ein gewisses Risiko barg, war aber gleichzeitig fest davon überzeugt, dass es keine andere Möglichkeit gab. Jetzt, da ich wusste – oder zumindest glaubte zu wissen –, wo Emily war, fühlte ich mich dazu verpflichtet, zu ihr zu gehen und sie zurückzuholen. Bestimmt würde das jede Mutter so machen, oder nicht?

Mom schlief noch, als ich das Haus verließ, und ich weckte sie nicht, um mich zu verabschieden. Sie würde nur versuchen, mich aufzuhalten, dachte ich, und noch einen Streit würde ich jetzt nicht verkraften. Ich brauchte positive Energie, die mir durch diesen anstrengenden Tag helfen sollte.

Ich nahm den Zug nach King's Cross, wo Jen mich einsammeln wollte. Ihr silberner Mazda rückte in mein Blickfeld, kurz darauf kam sie vor mir zum Stehen. Ich warf meine Tasche auf den Rücksitz, dann ließ ich mich neben ihr nieder.

»Alles klar?«, fragte sie. »Bist du bereit?«

»Natürlich.«

Sie setzte den Wagen in Richtung der M1 in Bewegung. Der Verkehr war die Hölle, draußen war es so warm, dass die Klimaanlage auf höchster Stufe laufen musste. Es fühlte sich seltsam an, vorne auf dem Beifahrersitz zu sitzen, wo ich noch vor wenigen Monaten zu Emily auf die Rückbank verfrachtet worden war. Diese Fahrt zu der Taufe war mir sehr gut in Erinnerung geblieben. Wie sehr habe ich Jen dafür gehasst, dass sie sich in diese Veranstaltung geschlichen und sich so benommen hatte, als wären sie und Nick noch verheiratet. Ich schaute nach hinten auf den leeren Rücksitz und stellte mir vor, wie Emily dort saß, in ihrem neuen weißen Kleidchen, das ich bei Asda für sie gekauft hatte. Dann traf mich ein Gedanke. »Verdammt. Wir haben keinen Kindersitz.«

Jen zuckte mit den Schultern, als würde das keine Rolle spielen. »Wir werden einen kaufen. Lass uns sie zunächst einmal finden.«

»Ich weiß immer noch nicht, wohin genau wir fahren.«

»Etwas nördlich von Kendal, mitten ins Nirgendwo. Das Haus liegt ziemlich versteckt, außer Sichtweite, und hat seine eigene Zufahrtsstraße.«

»Der perfekte Ort, um sich zu verstecken«, sinnierte ich.

»Jep. Aber wir müssen vorsichtig sein. Ich meine, wir können nicht einfach dort vorfahren. Er würde uns schon aus mehreren Meilen Entfernung kommen sehen. Wir müssen warten, bis es dunkel ist, und dann zu Fuß gehen.«

Als wir einen freien Autobahnabschnitt erreichten, beschleunigte Jen und schon bald fuhren wir neunzig Meilen pro Stunde. Ich klammerte mich heimlich an die Kante meines Sitzes, während die Landschaft an mir vorbeizog. »Also, wie ist der Plan, wenn wir bei dem Haus ankommen?«

»Der Besitzer versteckt immer einen Ersatzschlüssel der Hintertür auf dem Außenklo. Dadurch braucht nicht jeder einen eigenen Haustürschlüssel; das macht es wesentlich einfacher, wenn Leute wandern gehen und zu unterschiedlichen Zeiten zurückkommen.« Sie bemerkte meinen zweifelnden Ausdruck. »Er wird das nicht geändert haben, versprochen. So ist es dort oben. Es ist nicht wie in London, wo man nicht einmal den Briefschlitz öffnen kann, ohne einen Alarm auszulösen.«

»Selbst wenn dem so ist«, sagte ich, »kann ich mir nicht vorstellen, dass Nick nicht sicherstellt, dass nachts alle Türen und Fenster verschlossen sind. Was Sicherheit betrifft ist er sehr fanatisch.«

»Aber er hat keine Ahnung, dass wir wissen, wo dieser Schlüssel liegt. Er erwartet uns nicht, also wird er nicht in Alarmbereitschaft sein.«

»Was, wenn der Schlüssel nicht dort ist? Dann sind wir aufgeschmissen.« Jen schnaubte verärgert.

»Hast du eine bessere Idee?«

»Nein, ich ... Ähm, ich meinte nur ...« Ich brach ab. Ich wollte sie nicht kritisieren, das war nicht fair. »Du kennst dieses Haus, du weißt, wie es dort läuft ... Bestimmt hast du recht wegen des Schlüssels.«

»Wir sind im Nullkommanichts drinnen und wieder verschwunden, er wird nichts mitbekommen. Ich wünschte, ich könnte sein Gesicht sehen, wenn ihm bewusst wird, dass Emily verschwunden ist.« Sie warf mir einen verschwörerischen Blick zu und lachte.

»Ich kann nicht glauben, dass wir das wirklich machen.« Ich grinste.

»Nun, das tun wir aber, Süße, das machen wir wirklich.«

Die nächsten paar Meilen fuhren wir schweigend und ich versuchte, mich zu entspannen. Jen raste weiter zuversichtlich über die Überholspur, was die langsameren Fahrer dazu zwang, ihr auszuweichen. Ich hatte das Gefühl, als würde ich sie das erste Mal richtig wahrnehmen. Vorher war sie nichts anderes als eine weinerliche Stimme am anderen Ende der Telefonleitung gewesen, ein unwillkommener Gast, der immer wieder auftauchte. Sie war das Kreuz, dass ich dafür tragen musste, mich in einen verheirateten Mann verliebt und Glück gefunden zu haben. Ich hatte mich schuldig gefühlt, aber ebenso ihre Bedürftigkeit verachtet, die Art, wie sie sich an die Vergangenheit klammerte und nicht loslassen wollte. Nun hatte sie sich endlich befreit und war ohne ihre Ketten stärker als je zuvor. Nick würde nicht für eine Sekunde denken, dass wir zusammen gegen ihn arbeiteten. Sobald wir Emily gerettet und in Sicherheit gebracht hätten, würde es mir große Freude bereiten, ihm die ganze Geschichte zuteilwerden zu lassen.

Es dauerte mehrere Stunden, bis wir Kendal erreichten, was auch den zahlreichen Staus und einem längeren Stopp an einer Tankstelle geschuldet war, bei dem Jen ein kurzes Nickerchen machte. Ich fühlte mich schlecht, weil ich nicht anbieten konnte, einen Teil der Strecke zu fahren, und schwor mir, dass ich wieder Fahrstunden nehmen würde, sobald dieser Albtraum vorbei war – nur dieses Mal von einem richtigen Lehrer.

Unser Abendessen holten wir uns in einem kleinen Pub. Ich war zu nervös, um etwas zu essen, doch Jen bestand darauf, dass ich ein paar Kohlenhydrate zu mir nahm, um mein Energielevel hochzuhalten. Wir hatten immer noch gut acht Meilen vor uns, über eine hügelige, kurvenreiche Strecke. Sie überlegte besorgt, wo wir das Auto abstellen konnten, ohne dem Haus zu nahe zu kommen. »Wir sollten parken, solange es noch hell ist. Wenn es dunkel wird, kann man dort keine drei Meter weit sehen. Und ich möchte nicht in einem Graben landen.« Das Essen in dem Pub war miserabel, aber keine von uns erwähnte es.

»Ich hoffe, dass ich noch die richtige Abzweigung finde.«

»Wie oft warst du schon dort?«, fragte ich, als ich die klebrigen Nudeln auf meine Gabel drehte.

»Oh, mindestens ein halbes Dutzend Mal. Vielleicht sogar öfter. Es war unser ganz besonderer Ort.« Sie nahm einen Schluck ihres Weins und seufzte schwer. »Wir haben zusammen immer unfassbar lange Spaziergänge gemacht, unsere Pläne für die Zukunft geschmiedet, unsere Hoffnungen und Träume geteilt. Wenn wir oben in den Bergen waren, schien alles möglich zu sein.« Sie machte eine Pause und starrte leer in die Ferne. Ich konnte mir sie und Nick als junges Liebespaar vorstellen, wie sie Arm in Arm die Pfade entlangliefen und ihre Köpfe zusammensteckten. Es überraschte mich, dass ich nicht einen Hauch von Eifersucht verspürte.

Jen nahm das Gespräch wieder auf. »Es gibt einen See am Ende des Gartens, er gehört zu dem Haus. Er ist nicht besonders groß, aber umso tiefer – das Wasser war eisig kalt, aber das hat uns nicht davon abgehalten, schwimmen zu gehen. Der Besitzer hatte ein Ruderboot, das wir benutzen durften. Manchmal fuhren wir im Dunkeln hinaus, nur eine Laterne am Bug leuchtete uns den Weg. Es war so romantisch. Auf diesem See hat mir Nicky sogar den Antrag gemacht.«

»Meine Güte.« Ich hätte mich beinahe an meinem Essen verschluckt.

»Tut mir leid, ich weiß nicht, warum ich dir das erzähle.« Sie schob ihren Teller von sich. »Wie sehr wir beide unsere Leben doch verkorkst haben, was? Wenigstens hast du nur drei Jahre verschwendet. Ich bringe es auf verdammte vierundzwanzig.«

Wir bezahlten die Rechnung und gingen zum Wagen zurück. Jen stellte das Navi ein, obwohl es Probleme zu haben schien, sich zu orientieren, und wir verschwanden in der Dämmerung. Mir war bewusst, dass wir an einer unglaublichen Landschaft vorbeifuhren, doch ich konnte sie nicht genießen. Mein Verstand war voll und ganz von dem eingenommen, was bald kommen würde.

Die Straße verjüngte sich, als wir in das Tal hinabfuhren. Irgendwann gab das Navi ganz auf und wir konnten die Abfahrt zum Haus nicht finden, was zum Teil auch daran lag, dass das Schild von einer riesigen Hecke überwuchert wurde. Jen fuhr zwei Mal daran vorbei, bevor ich die Zufahrt erkannte. Die Bremsen quietschten, bevor wir mitten auf der Straße zum Stehen kamen. »Hmm«, sagte sie. »Wir sollten unter einem Baum parken.« Ich zuckte zusammen, als sie den Rückwärtsgang einlegte, auf den Grünstreifen fuhr und gerade noch rechtzeitig auf die Bremse drückte. »Perfekt«, sagte sie und stellte den Motor ab. »Jetzt müssen wir nur noch warten, bis es richtig dunkel ist und Nicky ins Bett gegangen ist.«

Ich löste meinen Sicherheitsgurt. »Wir wissen noch nicht sicher, ob er hier ist. Ich dachte, wir würden das Haus erst noch ausspionieren.«

»Nicht nötig. Wenn der Range Rover draußen geparkt ist, werden wir es wissen«, antwortete sie und hob ihre Nase. »Ich kann den Feind schon riechen, du auch?«

Ich wurde ungeduldig. Wir waren so nah bei Emily und doch schien sie unendlich weit entfernt. Ich lehnte meinen Ellbogen aus dem offenen Fenster und versuchte, den Vögeln dabei zuzuhören, wie sie sich selbst in den Schlaf sangen. Doch mein Kopf wurde völlig von Emilys süßer Stimme eingenommen – von der niedlichen Art, wie sie »Mama! Mama!«, rief, wenn sie mir ihre Arme entgegenhielt, damit ich sie auf den Arm nahm. Ich gab mir selbst das Versprechen, dass ich sie niemals wieder aus den Augen lassen würde, sobald ich sie wiederhätte.

Jen sagte mir immer wieder, dass ich mir den Himmel anschauen sollte, dessen Farben von Orange zu Indigo wechselten, während die Sonne hinter dem Berg zu unserer Linken unterging. »Gott, ich hatte ganz vergessen, wie schön es hier ist«, sagte sie. Die Dunkelheit legte sich wie ein sanfter Schleier über unsere Schultern. Die Vögel wurden still. Wir warteten und warteten. Ich wollte diesen Weg hinunterlaufen und mich im Garten verstecken, aber Jen legte Einspruch ein. »Wir müssen bis nach Mitternacht warten«, verkündete sie.

»Aber das sind noch zwei Stunden!«

»Vertrau mir, Tasha. Wenn er noch wach ist, wird es nicht funktionieren. Wir müssen sicher sein, dass er tief und fest schläft, und nicht noch eine seiner spätabendlichen Sendungen schaut.«

»Ich weiß ... Ich weiß. Ich möchte sie mir einfach nur schnappen und wieder verschwinden.«

Um Mitternacht gab sie schließlich nach. Wir kletterten aus dem Auto und schalteten unsere Taschenlampen ein. Es war stockduster, nicht einmal die Sterne waren zu sehen. In jeder anderen Nacht hätte ich voller Ehrfurcht die Schönheit dieses Ortes bewundert, aber alles, was ich in diesem Moment wollte, war so schnell zu diesem Haus zu laufen, wie es mir die Taschenlampe erlauben würde.

»Ich kann es nicht erwarten, sie zu sehen«, sagte ich, als das Adrenalin durch mich hindurchfuhr.

»Du musst flüstern«, zischte Jen. »Geräusche verlaufen sich hier sehr leicht.«

Der Weg wurde von hohen Hecken gesäumt, die raschelten, als wir sie passierten. Es dauerte nur ein paar Minuten, bis wir unser Ziel erreichten und der Pfad sich plötzlich in eine breite Schottereinfahrt öffnete. Ich schnappte nach Luft, als ich den Range Rover sah, der die Vordertür wie ein riesiger schwarzer Hund bewachte. *Also sind sie definitiv hier*, dachte ich. Nur Nick und Emily oder auch Sam? Bei all unserer Planung hatten wir diese Möglichkeit nicht wirklich in Betracht gezogen. Aber dieses Auto hier stehen zu sehen, erinnerte mich daran, dass Nick seinen Führerschein verloren hatte, und brachte mich ins Grübeln. Uns gegen einen Mann zur Wehr zu setzen wäre möglich, aber gegen zwei?

Ich erwartete, dass Bewegungsmelder aufleuchten würden, doch es schien keine zu geben. Ich linste in die Dunkelheit und versuchte, die Form des Hauses auszumachen. Es sah sehr solide aus: Steinwände mit einer Doppelfront und einer großen, abfallenden Veranda. Im Innern waren alle Lichter erloschen – Nick muss schon ins Bett gegangen sein.

Jen gestikulierte in meine Richtung. »Geh über das Gras, das ist leiser. Hier entlang.« Ich folgte ihr um das Haus herum zu einem kleinen gemauerten Nebengebäude. Vorsichtig hob sie den Riegel vor der alten Holztür an. Sie quietschte, als Jen sie langsam aufzog, und wir hielten beide den Atem an. Sie tastete die Wand ab und grinste, als sie fand, wonach sie suchte. Triumphierend hielt sie den Schlüssel in die Höhe, der an einer kleinen Schlaufe befestigt war.

»Hab's doch gesagt«, flüsterte sie.

Auf Zehenspitzen liefen wir über die Pflastersteine, die zur Hintertür führten. Sie sah alt und verzerrt aus; bestimmt würde sie klemmen. Mein Herz schlug mir bis zum Hals, als Jen den Schlüssel herumdrehte und leicht mit ihrer Schulter gegen das Holz drückte. Die Glasscheibe erzitterte geräuschvoll, als die Tür sich öffnete. Wir hielten inne, horchten ängstlich auf Geräusche im Innern. Aber es ertönten keine Schritte im Obergeschoss oder ein Ächzen der Treppen.

»Du wartest hier«, sagte Jen. »Ich werde sie holen und dir dann hier übergeben, okay? Dann laufen wir davon.«

»Aber ich möchte ...«

»Ich weiß, wohin ich gehen muss. Aber zu zweit machen wir nur mehr Lärm.«

»Okay, okay.« Ich zupfte an ihrem Ärmel. »Viel Glück. Und Jen ... Danke. Ich schulde dir was.«

Sie hob ihre Augenbrauen und grinste, dann schlich sie über den gefliesten Fußboden und verschwand in den Schatten des Hauses.

DAMALS

Natasha

Ich stand in der Küche, meine Knie zitterten, mein Herz schlug mir bis in den Hals. Ich versuchte, meine Atmung zu beruhigen und mir selbst einzureden, dass ich meine gesamte Kraft brauchte, um Emily schnell genug den Pfad zurücktragen zu können.

Meine Augen blinzelten in die Dunkelheit. Dort stand etwas zum Abwaschen in der Spüle. Ich konnte einen ihrer Becher und ein vollgekleckertes Lätzchen auf der Arbeitsplatte liegen sehen und musste dem Drang widerstehen, es anzufassen. Die Uhr an der Wand tickte laut. Es waren erst ein paar Sekunden vergangen, doch sie fühlten sich an wie Stunden. Meine Nerven waren bis aufs Äußerste gespannt und standen kurz davor zu reißen. Ich wollte mit Kriegsgebrüll die Treppe hinaufstürmen. Ich wollte in Emilys Zimmer laufen und sie mir schnappen. Aber ich musste geduldig sein.

Tick-tack, tick-tack.

Was war passiert? Hatte Jen sie bereits gefunden? Ich horchte auf Geräusche ihrer Bewegungen, doch sie war leise wie eine

Katze. Mein Blut wurde rauschend durch meinen Kopf gepumpt und passte sich dem Rhythmus der Uhr an. Ich zählte zwanzig Sekunden. Dreißig. Vierzig. Eine Minute. *Tick-tack*. Sie schien lauter zu werden, hallte durch die Küche.

Mittlerweile musste sie Emily gefunden haben. Sie musste sich gerade die Treppe hinunterschleichen, vorsichtig, Schritt für Schritt. *Bitte Gott, lass Emily nicht aufwachen.* Ich starrte auf die Türöffnung, wartete darauf, dass Jen hindurchtrat. Ich machte einen Schritt nach vorne und streckte erwartungsvoll meine Arme aus, konnte es kaum erwarten, sie um mein kleines Mädchen zu schlingen. Wo war sie? Warum waren sie noch nicht hier? War etwas schiefgelaufen?

Ich hörte ein Geräusch hinter mir und fühlte, wie sich ein Schatten über meinen Rücken legte. Bevor ich mich umdrehen konnte, schlang jemand seine Arme um meinen Oberkörper und hob mich hoch. Mir fiel die Taschenlampe aus der Hand und sie flog quer durch den Raum. Ich schrie, trat um mich, als er mich durch die Küche trug. Ich konnte spüren, wie sein Bart über die Seite meines Halses kratzte, konnte seinen vertrauten Atem riechen.

»Lass mich los! Lass mich los!«

Jetzt waren wir im Flur. Es war stockfinster und ich konnte nichts sehen. Er zerquetschte meine Rippen, sodass ich kaum Luft bekam. Meine Schreie verwandelten sich in ein Quieken. Plötzlich ließ er mich fallen und ich krachte mit den Knien voran auf den Boden, dann zerrte er mich an meinen Armen wieder nach oben und schob mich in einen dunklen Schrank, wobei er mir in die Seite trat, um mich an einer Flucht zu hindern. Ich hörte, wie die Tür zuschlug und ein Riegel vorgelegt wurde.

»Nick!«, schrie ich. »Du Schwein!«

In meinen Kniescheiben brannte noch immer ein stechender Schmerz, dennoch kroch ich auf ihnen herum und suchte nach einem Lichtschalter. Es gab keinen. Ich hielt meine Augen geöffnet und hoffte, sie würden sich an die Dunkelheit gewöhnen. Über mir war die Unterseite einer hölzernen Treppe. Sie knarzte laut, als er die Stufen erklomm. Ich lehnte mein gesamtes Gewicht gegen die kleine Tür und drückte gegen den Riegel – er knackte, wollte aber einfach nicht nachgeben. Es gab keinen Ausweg.

Ich stieß einen frustrierten Seufzer aus. Wir hatten es komplett vermasselt, wie ein Haufen pfuschender Amateure. Nick muss noch wach gewesen sein, vielleicht hatte er sogar Wache gehalten. Zuerst musste er Jen geschnappt haben, dann hatte er sich an mich herangeschlichen. Ich wusste nicht, was mit ihr geschehen war. Von oben waren keine Schreie zu mir durchgedrungen, keine Geräusche eines Kampfes – was hatte er getan? Ich wollte es mir nicht vorstellen. Er hatte mich so grob behandelt, ohne auch nur ein Wort zu sagen. Ich fühlte, wie sich dort, wo er mich getreten hatte, ein blauer Fleck ausbreitete, und mir traten Tränen in die Augen. Wozu war er fähig? Ich fühlte mich so verängstigt, so verletzlich. Das Haus war meilenweit vom nächsten entfernt. Niemand würde unsere Schreie hören. Ich hatte Mom die Adresse nicht genannt, wusste sie nicht mal selbst. Ein lauter Fluch entglitt mir über meine eigene Dummheit. Warum hatte ich nicht auf sie gehört?

Irgendjemand weinte, die Laute kamen von oben. Ich drückte mein Ohr gegen die Türspalte und lauschte. Das war nicht Jen; das war das Schreien eines Kindes. Meines Kindes. Ich spürte, wie sich mein Magen drehte und immer wieder verkrampfte.

»Emily! Emily!« Ich schlug meine Fäuste gegen die Tür. »Emily! Mama ist hier! Mama ist hier!« Doch ich wusste, dass es hoffnungslos war, sie konnte mich nicht hören. Ihre Schreie wurden immer lauter, sie klang hysterisch. Warum weinte sie so sehr? Ich hämmerte wieder gegen die Tür, bis meine Fäuste schmerzten. »Nick! Lass mich raus! Lass mich zu ihr!«

Es kam niemand. Das Weinen wurde leiser, aber ich konnte es immer noch hören. Es klang, als wäre sie in einen anderen Teil des Hauses gebracht worden. Dann hörte ich ein Schlurfen, das klang, als würde etwas – oder jemand – über den Fußboden gezerrt werden. Konnte es ein Mensch sein?

Meine Kniescheiben brachten mich um, also setzte ich mich

auf meinen Po. Zu weinen oder gegen die Tür zu hämmern hatte keinen Zweck. Ich musste überlegen, was ich tun sollte. Mittlerweile hatten sich meine Pupillen geweitet, sodass ich mehrere Objekte im Schrank ausmachen konnte. Ein Staubsauger. Ein paar Plastikeimer mit Putzzeug. Handfeger und Kehrblech. Ein Klappstuhl. Konnte irgendetwas davon als Waffe herhalten? Früher oder später musste Nick mich herauslassen und ich musste vorbereitete sein. Bewaffnet. Ich fing an, mich durch die Eimer zu wühlen, und fand eine Flasche Reinigungsmittel sowie eine Büchse Politur. Ein Spritzer davon konnte ausreichen, um mich an ihm vorbeizudrängen und fliehen zu können. Oder vielleicht sollte ich ihm eins mit dem Metallrohr des Staubsaugers überziehen? So oder so, es wäre schwierig, ihn aus einer hockenden Position aus einem Schrank heraus anzugreifen. Ich stellte die Sprühflasche neben die Tür, der Zerstäuber war nach vorne gerichtet.

Die Stufen über mir erzitterten, als jemand über sie hinunterlief, und sich ein schwacher silberner Lichtschimmer unter der Schranktür durchkämpfte. Ich hörte, wie die Schritte hin und her eilten, harte Sohlen auf den Fliesen. Sie klangen wie Nicks Schritte. Dann öffnete sich quietschend eine schwere Tür – ich vermutete, dass es die Vordertür war. Irgendetwas regte sich. Die Stufen knarzten und stöhnten, als jemand anderes hinunterkam, und Emilys Schreie, die nie wirklich aufgehört hatten, wurden wieder lauter. Wer hielt sie? Die einzige Person, die mir einfiel, war Sam. Ich hielt meinen Atem an und versuchte, die verschiedenen Puzzleteile der Geräusche, die ich hörte, zusammenzusetzen. Objekte wurden bewegt. Vielleicht Gepäck. Zog Nick aus? Würde er mich hier zurücklassen, eingeschlossen in einem Schrank? Und was hatte er mit Jen angestellt? Emily weinte, gab erstickte Schluchzer von sich, und ich sah vor mir, wie sich ihre kleine Brust hob und senkte, wie ihr Gesicht ganz rot und verquollen war. Ich sah genau wie aus diesen wunderschönen blauen Augen Tränen liefen.

Sie musste auf den Boden abgesetzt worden sein, denn ich konnte hören, wie ihre Füße über die Fliesen tapsten. Ihre Schritte kamen näher. Dann blieb sie stehen. Ich war mir sicher, dass sie auf der anderen Seite der Tür stand. Ich schlug mit meinen Fäusten dagegen. »Emily! Emily! Hier ist Mama! Mama!«

»Mama?«, wiederholte sie.

»Ich bin hier, gleich hier! Hinter der Tür.«

»Verdammt noch mal, hol sie da weg, du Idiotin!«, rief Nick. »Bring sie ins Auto.«

»Entschuldigung ... Na komm, Süße, komm mit mir.« Das war Jens Stimme.

Ich schnappte nach Luft und stolperte zurück, wobei ich an etwas Spitzes an der Wand hinter mir stieß. Schmerz breitete sich zwischen meinen Schulterblättern aus. Jen? Aber... aber das konnte nicht sein ...

Mein Baby quiekte protestierend auf, als Jen sie hochhob, ihre Schritte wurden leiser, als sie sich entfernte. Ich versuchte, ihnen hinterher zu rufen, bekam aber keinen Ton mehr raus. Nick lief wieder die Stufen hinauf, das Echo seiner Schritte verschwand in einem anderen Teil des Hauses.

Ich klammerte mich an meine Haare und verzog mein Gesicht, versuchte nachzudenken und mir einen Reim auf all das zu machen. Jen war auf meiner Seite, nicht auf der von Nick. Wir hassten ihn beide mit Leib und Seele; sie half mir, um ihre eigene Rache zu verüben. Wir steckten hier gemeinsam drin – es sollte Frauenpower sein. Frauen, die sich gegenseitig halfen. Es hatte keinen Zweck vor Gericht zu ziehen und mich mit Anwälten herumzuschlagen. Der einzige Weg, Emily zurück zu bekommen, war es, Nick mit seinen eigenen Waffen zu schlagen. Das hatte sie selbst gesagt. Und ich hatte ihr geglaubt. Jedes Wort.

War Jen immer noch meine Verbündete oder hatte sie von Anfang an für den Feind gekämpft? Ich hörte, wie sie zurück ins Haus kam. Nick kam die Treppe hinuntergelaufen, ihre Unterhaltung hallte durch den ganzen Flur. Ich legte mein Ohr an die Tür und lauschte, mein Herz schlug einen nervösen Rhythmus, der sich ihren Worten anpasste.

Jen: »Ich muss los. Emily ist alleine im Wagen.«

Nick: »Bitte bleib. Ich weiß nicht, ob ich das alleine schaffe.«

Jen: »Nein, Nicky, das war deine Idee, da musst du jetzt durch. Ich habe getan, worum du mich gebeten hast, meine Arbeit ist getan. Wir müssen Emily hier wegbringen.«

Nick: »Ja, stimmt, du hast recht. Ich schaffe das schon, es ist alles vorbereitet.«

Es folgte eine Pause und ich stellte mir vor, wie sie sich umarmten und Nick ihr einen Kuss auf die Stirn gab, wie er es immer bei mir getan hatte.

»Du weißt, wo wir uns treffen? Ich werde in ein paar Stunden nachkommen.«

Ich hörte, wie sie hinausging und die Haustür hinter ihr ins Schloss fiel. Dann öffnete und schloss sich eine Autotür. Der Range Rover wurde gestartet, seine breiten Räder rollten über den Schotter und verschwanden dann in der Ferne. Jen war weg und hatte Emily – meine Tochter – bei sich. Die grauenvolle Wahrheit sickerte durch meinen Verstand. Mir war schlecht und schwindelig, als würde ich in einen Abgrund fallen. Ich wollte schreien, aber mein Mund war zu trocken. Ich wollte die Tür aufbrechen, aber konnte mich nicht bewegen.

Nick seufzte schwer, dann ging er in die Küche, seine Schuhe klatschten über den harten Boden. Er stellte das Wasser an und ich stellte mir vor, wie seine Finger mit dem Wasserhahn spielten, während er darauf wartete, dass es eiskalt wurde. Ich erzitterte. Was würde er als Nächstes tun?

2 8

DAMALS

Jennifer

Emily wollte nicht aufhören zu schreien. Sie war laut genug, um die Nachbarn aufzuwecken, obwohl das nächste Haus über eine Meile entfernt war. Ich hielt den Range Rover am Ende des Pfades an, versicherte mich, dass er von der Straße aus nicht zu sehen war, und wechselte dann in den Mazda. Während ich ihren Sitz in meinem Auto anbrachte, ließ ich sie frei auf dem Rücksitz herumklettern. Noch nie in meinem Leben hatte ich einen Kindersitz installiert und verfluchte mich selbst dafür, vorher nicht genau darauf geachtet zu haben, wie es ging. Nach einigen hektischen, schweißtreibenden Minuten, während deren ich befürchtete, Emily würde mit dem Kopf voran gegen das Fenster stürzen, gelang es mir schließlich. Sie wehrte sich, als ich sie wieder anschnallen wollte, trat um sich und kniff in meine Arme. »Lass das!«, schrie ich. »Bitte, hör damit auf!« Ich reichte ihr einen Becher mit Wasser, aber sie warf ihn mir nur zurück. Es war unmöglich, sie zu beruhigen; ich würde einfach versuchen müssen, sie zu ignorieren. Ich ließ mich im Fahrersitz nieder und setzte

230

zurück, wobei ich in meiner Panik vergaß zu überprüfen, ob die Straße frei war.

Glücklicherweise war sie völlig verlassen.

Ich fuhr langsam los und versuchte, meine Nerven zu beruhigen. Emily schrie sich immer noch die Lunge aus dem Leib. Ich überlegte, ob ich ein Schlaflied singen sollte, aber mir fiel keins ein, also versuchte ich es stattdessen mit Mäh, mäh, schwarzes Schaf. Es schien ihr ein wenig Trost zu spenden. Entweder das oder es lag an den sanften Bewegungen des Autos. Schließlich verstummten ihre Schreie und sie schlief wieder ein.

Das Motel war dreißig Meilen entfernt, was bei diesen kurvenreichen Straßen etwa eine Stunde dauern würde. Ich hoffte, dass sie es mir nicht zu schwer machen würde, wenn sie wieder aufwachte. Nicky würde noch eine Weile brauchen, bis er sich zu uns gesellen konnte, also würde die vorübergehende Kinderbetreuung in meine Hände fallen. Nicht, dass es mir etwas ausmachte – ich hatte mich auf all das gefreut –, aber als Mutter war ich blutige Anfängerin.

Während ich die unheimlich leeren Straßen entlangfuhr, meine Scheinwerfer standen fast permanent auf Fernlicht, versuchte ich, nicht daran zu denken, was gerade in dem Haus vor sich ging, und konzentrierte mich stattdessen darauf, wie sich der Kreis schließlich geschlossen hatte. Hayley hatte von Anfang an vorhergesagt, dass Nick Natasha irgendwann satthaben würde. »Diese Ehe ist zum Scheitern verurteilt. Er wird zu dir zurückgekrochen kommen, darauf würde ich mein Haus verwetten«, sagte sie. Damals hatte ich ihr nicht geglaubt und angenommen, dass sie nur versuchte, mich zu trösten.

Am Tag ihrer Hochzeit ertränkten Hayley und ich meine Sorgen in der Küche meiner schicken neuen Wohnung in Alkohol. Nicky bezahlte die absurd hohe Miete und überwies jeden Monat siebentausend Pfund auf mein Konto, jedoch bedeutete seine finanzielle Großzügigkeit mir nichts. Unerschütterliche Loyalität und moralische Unterstützung waren genau das, was ich brauchte. Jemanden, an dessen Schulter ich mich ausweinen konnte und der nicht schockiert war, wenn ich mich darüber ausließ, wie sehr ich diese Schlampe umbringen wollte, die mir meinen Mann gestohlen und mein Leben zerstört hatte. Hayley war eine sehr wohlwollende Freundin. Sie hatte sich geweigert, zu der Hochzeit zu gehen, die anscheinend nicht mehr als eine kleine, schäbige Feier beim Standesamt war, an der nur wenige Gäste teilnahmen. Nickys Eltern hatten in letzter Minute zugestimmt, ihrer neuen Enkelin zuliebe. Aber Hayley war standhaft geblieben, hatte ihre Einladung zerrissen und sie so mit der Post zurückgeschickt.

»Auf die Braut und den Bräutigam! Mögen sie mit Krankheit, Armut und Elendigkeit gesegnet werden«, verkündete sie und füllte ihr Glas auf. Es war noch Vormittag, aber wir waren schon gut angetrunken. »Ist Elendigkeit ein Wort?«

»Ich glaube, du meinst Elend«, sagte ich und spürte, wie mir der Alkohol zu Kopf stieg.

»Ja, Elend. Krankheit, Armut und Elend!« Wir tranken auf unseren boshaften Toast und Hayley kicherte wie eine Hexe, die einen Fluch aussprach. Ich versuchte, Wut anstelle von Traurigkeit zu empfinden, doch das stellte sich als schwierig heraus. Meine Augen wanderten immer wieder zur Uhr. Die Zeremonie – wenn man es denn so nennen konnte – fand um elf Uhr statt und jetzt war es sieben Minuten vor elf. Es fühlte sich wie der Countdown zum Ende meiner Welt an. Wie würde ich weitermachen? In ein paar Wochen würde das Baby kommen. Anscheinend war es ein Mädchen. Wenn sie auch nur annähernd so aussah, wie das Kind, von dem ich immer geträumt hatte, mit Nickys dunklen Haaren und den braunen Rehaugen, würde ich mir die Kugel geben.

»Was ich nicht verstehe ist, wie er es geschafft hat, sie zu schwängern. Vermutlich hat sie die Jugend auf ihrer Seite, die Eier schießen nur so aus ihr heraus, wie bei einem Huhn, aber selbst dann ...« Hayley wetterte weiter, ohne zu bemerken, dass ihre Worte mich trafen wie Messerklingen. »Wenn ich darüber nachdenke, was du alles durchgemacht hast, um schwanger zu werden, all diese falschen Hoffnungen ... Und so bedankt er sich dafür.

Gott verdammt, ich weiß, er ist mein Bruder, aber ich hasse ihn für das, was er dir angetan hat. Und ich bewundere dich dafür, dass du es mit so viel Würde getragen und ihm eine schnelle Scheidung ermöglicht hast. Ich wäre nicht so großherzig gewesen ... Hätte ihm die Hölle heiß gemacht. Du bist eine Heilige, Jen, weißt du das? Eine verdammte Heilige.«

»Das ist nicht seine Schuld«, sagte ich leise. »Sie gibt ihm das, was er immer wollte. Da kann ich nicht mithalten.«

»Okay, sie wusste, was sie getan hat, ganz bestimmt sogar. Aber es ist auch Nickys Schuld. Er hatte eine Affäre.«

»Viele Männer sind untreu, besonders in seinem Alter.« In letzter Zeit hatte ich zahlreiche Ratgeber zu diesem Thema gelesen. »Das liegt ihnen im Blut.«

»Also, es liegt besser nicht in Ryans Blut, so viel kann ich dir sagen«, gab sie zurück.

»Er meinte, es täte ihm leid, und ich habe ihm geglaubt. Habe ihm sogar vergeben.«

»Ja, ich kann deinen Heiligenschein richtig sehen, Süße.« Hayley zieht Kreise über meinen Kopf.

»Aber er hätte sie nicht heiraten müssen, oder?«

Ich schaute wieder auf die Uhr: zwei Minuten vor elf. Zwei Minuten, bis ich endgültig ersetzt worden wäre. Ich kippte den Rest meines Weines hinunter und hielt mein Glas hoch, um nachgeschenkt zu bekommen.

Aber letztendlich hatte Hayley recht behalten. Es dauerte ein Jahr, bis Nicky wieder zur Besinnung kam. Wenn ich mich während der Scheidung gegen ihn gestellt hätte, auf meinen Anteil des Hauses bestanden hätte, wenn ich gehässig und rachsüchtig gewesen wäre, wäre er niemals zurückgekommen.

Ich lenkte meine Gedanken in die Gegenwart zurück. Die Straßen waren geradezu verlassen, sodass ich schnell vorankam und um kurz vor zwei Uhr nachts bei dem Motel ankam. Es war einer dieser anonymen Orte, die an eine Tankstelle anschlossen und einen Vierundzwanzig-Stunden-Check-In anboten. Die

Rezeptionistin beachtete mich kaum, dennoch stellte ich sicher, nicht direkt in die Sicherheitskameras zu schauen.

»Mein Mann wird in den nächsten paar Stunden nachkommen«, sagte ich. Es fühlte sich komisch an, aber auch aufregend, wieder diesen Begriff zu verwenden. Emily lag in meinen Armen – ich hatte es geschafft, sie aus ihrem Kindersitz zu nehmen, ohne sie aufzuwecken – und war zusätzlich mit unseren Reisetaschen beladen. Ich brauchte mehrere Anläufe, um unsere Zimmertür zu öffnen, die in ein Familienzimmer mit Blick auf den Parkplatz führte.

Ich schob die Taschen von meinen Schultern und ließ sie zu Boden fallen, denn legte ich Emily vorsichtig in das Gitterbettchen. Erleichterung durchflutete mich, als ich auf dem Bett zusammenbrach. Ich zog mein Prepaid-Handy hervor und hoffte, keine Nachricht von Nick zu sehen – er würde mich nur im äußersten Notfall kontaktieren. Wir hatten extra dafür gesorgt, dass unsere Mobiltelefone nicht zurückverfolgt werden konnten. Außerdem hatten wir die letzten paar Wochen fast ausschließlich über Briefe kommuniziert, die wir verbrannten, sobald wir sie gelesen hatten. Es hatte sich angefühlt, als würden wir eine finstere sexuelle Fantasie ausleben. Doch es war keine Fantasie, das hier war real. Und in genau diesem Moment würde es für Nicky noch viel realer werden.

Du hast versprochen, nicht daran zu denken, erinnerte ich mich selbst.

Emily murmelte in ihrem Schlaf, ich stand sofort auf und ging zu ihr, schwebte über dem Bettchen und starrte auf ihre schmuddeligen, tränenverklebten Wangen. Sie drehte ihren Kopf von links nach rechts, es sah aus, als würde sie träumen. »Na, na«, flüsterte ich und legte meine Hand zögerlich auf ihren Bauch. »Ich werde auf dich aufpassen, Herzchen.« Sie hatte keine Ahnung, wie sehr ich sie liebte oder was ich durchmachen musste, um hierher zu kommen. Ich stand eine Ewigkeit so dort und bestaunte ihr Antlitz. Sie sah so traumhaft aus, ich konnte kaum glauben, dass sie endlich mir gehörte. Natasha würde nie gefunden werden. Der

See war tief, das Haus abgelegen, und was am wichtigsten war, niemand hatte einen Grund, dort nach ihr zu suchen. Es hatte Stunden gedauert, einen geeigneten Ort zu finden, und dieses Haus war perfekt. Wir hatten es unter einem falschen Namen gemietet und bar im Voraus bezahlt. Natasha hatte mir die Geschichte über das alte Ferienhaus der Familie sofort abgekauft, auch dass Nicky mir den Antrag auf diesem See gemacht und wir davon geträumt hatten, eines Tages unser eigenes Kind herzubringen.

Ich hatte angenommen, dass der schwierigste Teil der wäre, mich mit ihr anzufreunden, dass sie mich sofort durchschauen würde, aber entweder war ich eine großartige Lügnerin oder sie war hoffnungslos naiv. Vermutlich ein wenig von beidem. Je besser ich sie kennengelernt hatte, desto mehr musste ich feststellen, dass ich sie mochte, auch wenn der Gedanke daran mir zuwider war. Sie war eine offene, aufrichtige Person, ganz und gar nicht die hinterhältige Intrigantin, für die Hayley und ich sie zunächst hielten. Ich bewunderte ihren Mut, besonders wenn es um Emily ging. Nicky hatte alle Trümpfe auf der Hand, aber sie hatte nicht nachgegeben, so wie ich es getan hatte. Sie würde kämpfen, daran hatte ich keinen Zweifel.

Ich versuchte mein Bestes, um Ruhe zu finden, doch das war unmöglich. Mein Kopf stand in Flammen und nichts konnte das Feuer löschen. Hätte es eine Minibar gegeben, hätte ich sie leer getrunken. Stattdessen tigerte ich in dem kleinen Zimmer umher, massierte meine Hände, schaute auf der Suche nach den Scheinwerfern des Range Rovers durch die vertikalen Jalousien oder lauschte auf Nickys Schritte im Flur.

Weitere zwei Stunden vergingen, gleich würde es dämmern. Ich war völlig erschöpft und konnte fühlen, wie sich Kopfschmerzen anbahnten. Ich füllte den Wasserkocher über den Wasserhahn im Badezimmer auf und stellte ihn an, wobei ich hoffte, dass die Geräusche, die er von sich gab, Emily nicht weckten. An einem fremden Ort ohne ihren Vater aufzuwachen, könnte sie aufregen und noch mehr Geschrei ertrug ich nicht. Sie kannte mich flüchtig, war aber noch nicht warm mit mir geworden. Mir war bewusst, dass das Zeit brauchte. Ich erwartete keine Wunder.

Ich zwang mich, vom Fenster wegzutreten und mich hinzusetzen. Ich trank den widerlichen Tee, las mehrfach die Hotelvorschriften und blätterte durch ein Touristenmagazin. Die Vögel besangen den neuen Tag und schwaches, rosa Tageslicht schien durch die Lücken zwischen den Jalousien. Wir hatten es fast geschafft. Sobald Nicky hier auftauchte, würde unser neues Leben als Familie beginnen.

DAMALS

Natasha

Ich atmete die abgestandene Luft ein und lehnte meinen Rücken gegen die Schrankwand. All meine Gliedmaßen taten weh, meine Lungen litten unter dem Staub und mein Mund war völlig ausge-dörrt. Ich wartete angespannt auf jegliche Geräusche hinter dieser Tür, aber vor einer Weile war es still geworden. Es war schwer auszumachen, wie lange ich schon hier drin war. Die Zeit war zu einem Konzept geworden, nicht mehr etwas, das ich messen konnte. Nicht lange nachdem Jen verschwunden war, hörte ich Nick die Stufen hinaufsteigen, aber soweit ich wusste, war er nicht wieder nach unten gegangen. Ich überlegte, was er wohl tat. Traf er letzte Vorbereitungen? Ging er noch mal die Pläne durch? Kippte er eine Flasche Whiskey herunter, um sich Mut anzu-trinken?

Irgendetwas musste er mit mir vorhaben. Er konnte mich nicht einfach hier verhungern lassen. Das war ein Ferienhaus; meine Leiche würde sofort entdeckt und mit ihm in Verbindung gebracht werden. Nein, er musste mich hier mit seinen bloßen Händen umbringen und dann sicherstellen, dass ich nicht gefunden wurde. Grauenvolle Bilder setzten sich in meinem Kopf fest – Messer und Seile, Knebel, Klebeband, Plastikfolie. Bei dem Gedanken daran, was er mir antun könnte, erzitterte ich, doch zur gleichen Zeit konnte ich nicht glauben, dass er dazu fähig war. Das war mein Ehemann von dem wir hier sprachen, kein psychopatischer Mörder. Nick mochte seinen eigenen Weg gehen, aber er hasste körperliche Gewalt. Er hatte mich nie geschlagen und ich hatte nur einmal gesehen, wie er seine Beherrschung verlor.

Doch nun realisierte ich, dass ich mit einem Hochstapler verheiratet war. Ich hatte gedacht, dass unsere Liebe so stark wäre, dass sich ihr nichts in den Weg stellen konnte, aber das war alles nur eine Fassade gewesen. Von Anfang an hatte er mich belogen, ausgetrickst und ausgenutzt, mich als zufälligen Ersatz benutzt. Während ich die Puzzleteile zusammensetzte, wurde mir immer schlechter. War das schon immer der Plan gewesen oder war ihnen die Idee gekommen, als sich herausstellte, dass ich schwanger war? Ich dachte an diese aufregende Zeit zurück und sah sie nun mit anderen Augen. Wie schnell Jen kapituliert hatte, aus ihrem Haus ausgezogen war und uns scheinbar ihren Segen gegeben hatte. Wie anmutig sie es hingenommen hatte, dass sie Nick nicht das Kind schenken würde, nach dem er sich so sehnte. Mir war gesagt worden, dass ich sie bemitleiden musste. Die arme, unfruchtbare, alte Jen, gescheitert und zurückgewiesen, nicht fähig, mit ihrem Leben weiterzumachen und die sich immer nach den Krümeln von Nicks Zuneigung verzehrte. Ich selbst wurde als die böse Verführerin angesehen, das hartherzige, geldgeile Miststück, das eine glückliche Ehe zerstört hatte. Deswegen hatte ich Freunde verloren. Selbst meine eigene Mutter hatte sich gegen mich gestellt. Und während dieser ganzen Zeit ...

Wie konnte ich so falsch liegen? Wie konnte ich die Anzeichen nicht erkennen? Emotionen stiegen in mir auf, doch ich schob sie wieder zurück. Tränen würden mich nur schwächen und ich musste stark sein. Die Atmosphäre war erdrückend. Meine Augen kämpften immer wieder mit der Dunkelheit, doch ich musste wachsam bleiben. Irgendwann würde Nick diese Tür öffnen und mich herausziehen. Ich musste bereit für ihn sein.

Die Sprühflasche mit Badezimmerreiniger und das Staubsaugerrohr waren die einzigen Waffen, die ich hatte. Ich versuchte, mir den Angriff auszumalen, konzentrierte mich auf das Ziel: Sein Gesicht. Ich würde mehr als meine üblichen Kräfte aufbringen müssen, wie es Menschen in extremen Situationen öfter taten. Es gab Geschichten über Frauen, die Autos angehoben hatten, um ihre Kinder zu befreien, oder die minutenlang ihren Atem angehalten hatten, um nicht zu ertrinken. Alles, was ich tun musste, war an Emily zu denken, und meine übermenschlichen Fähigkeiten würden durch meine Adern strömen.

Ihre hysterischen Schreie hallten immer noch in meinem Kopf, aber ich hatte es in ein Kriegsgebrüll verwandelt, in einen inspirierenden Soundtrack für meinen Kampf. Ich musste ihr zuliebe überleben. Ich konnte nicht zulassen, dass sie mit dem Gedanken aufwuchs, dass diese abscheuliche Frau ihre echte Mutter war. Emily war kaum mehr als ein Baby, ihre Erinnerungen waren so zart wie Spinnweben. Noch wäre es leicht, sie auszulöschen, damit neue ihren Platz einnehmen konnten. Sie würden ihr irgendwelche erfundenen Geschichten erzählen. Schon bald würde sie vergessen, dass es mich gab. Das konnte ich nicht zulassen. Eine neue Welle aus Wut baute sich in mir auf, erfüllte mich mit neuer Energie. Ich biss meinen Kiefer so fest zusammen, dass meine Zähne schmerzten. *Komm schon, Nick. Worauf wartest du?* Doch es fehlte jede Spur von ihm.

Die Zeit verging. Nichts. Es war wie Folter.

Dennoch blieb ich entschlossen auf meinem Posten vor der kleinen Tür und versuchte, mich auf Emily zu konzentrieren, redete in meinem Kopf mit ihr. Ich sagte ihr, dass sie sich keine Sorgen machen musste, dass Mama bald wieder bei ihr sein würde und alles gut werden würde. *Wo ist sie?*, fragte ich mich. Hatte Jen sie zurück nach London gebracht oder warteten sie ihn der Nähe darauf, dass Nick zu ihnen stieß?

Warum dauerte das so lange?

Das alte Haus war so leise und ruhig, ich konnte nicht einmal mehr die Uhr ticken hören. Er versuchte mich zu brechen, entschied ich. Ja, das war es. Es musste sich nicht beeilen – ein paar Tage eingesperrt, ohne Nahrung oder Wasser, würden mich erheblich schwächen. In diesem engen Raum würden sich meine Muskeln verkrampfen, die Luft würde dünn werden und ich hätte Probleme zu atmen. Das würde zu Panikattacken und Schmerzen in der Brust führen; vielleicht würde ich das Bewusstsein verlieren. Sobald er nicht länger meine Rufe nach Hilfe oder Gnade hören konnte, würde er die Tür öffnen und mich wie eine Puppe herausziehen. Ich würde nicht mehr in der Lage sein, mich zu bewegen, geschweige denn zu kämpfen. Er würde mich in eine Plane einwickeln, mit Steinen beschweren und mich dann am tiefsten Punkt des Sees versenken. Es gäbe keine Spuren eines Kampfes, kein Blut, dass er aufwischen musste. Der Mord wäre lächerlich einfach. Eine neue Welle der Verzweiflung traf mich. Warum war ich immer so ungestüm, so darauf bedacht, alles auf meine Weise zu machen? Warum hatte ich Jen vertraut und Moms Ratschlag ignoriert? Ich ließ Emily im Stich. Ich würde mir das niemals verzeihen und falls sie es jemals herausfinden sollte, würde sie es genau so wenig. Ich stieß meine Stirn gegen meine Knie, bis es schmerzte.

In diesem Moment hörte ich ein Knarren von den Stufen über mir. Er kam nach unten. Seine Schritte hallten über die Fliesen im Flur. Ich kroch nach vorne und spähte durch den Spalt neben der Tür, doch konnte nur das Blau seiner Jeans aufblitzen sehen, während er auf und ab ging. Dann hockte er sich hin, nur Zentimeter von mir entfernt, und füllte den Schlitz mit dem Weiß seines Hemdes aus.

»Tash?«

Seine Stimme klang sanft und vertraut. Vor nicht allzu langer

Zeit wäre ich sofort dahingeschmolzen, doch jetzt erfüllte sie mich mit Angst.

»Tash? Bist du wach? ... Tash, bitte rede mit mir. Sag irgendwas.«

»Zum Beispiel?« Meine Stimme klang trocken und rau, ich erkannte sie kaum wieder.

»Wir müssen reden. Ich werde die Tür öffnen und dich rauslassen, okay? Ich werde dir nicht wehtun, versprochen.«

Ich glaubte ihm kein Sterbenswörtchen. Das war Taktik und nichts anderes. Meine Finger legten sich um das Staubsaugerrohr. Mit der anderen Hand hielt ich die Sprühflasche vor mich und bereitete mich vor, den Abzug zu drücken.

Der Riegel knackte, als er ihn zur Seite schob, und die Holztür knarrte in den Angeln, als er sie öffnete. Der einfallende Lichtstrahl blendete mich, doch ich sprühte den Flüssigreiniger in die Richtung, in der ich sein Gesicht vermutete. Er wich zurück und schrie schmerzerfüllt auf, während ich mich aus dem Schrank stürzte, auf meine Füße kam und mehrfach mit dem Rohr auf ihn einschlug. Aber meine Hiebe waren schwach, er erholte sich schnell, wirbelte herum und schlug mir das Rohr aus der Hand. Es schlitterte geräuschvoll über den Boden. Wir standen uns gegenüber, waren ein paar Sekunden lang wie gelähmt.

»So nicht, Tash«, keuchte er, während seine Augen tränten. »So muss es nicht ablaufen. Lass uns reden.«

Ich schüttelte meinen Kopf. »Du Bastard ...« ich drehte mich um und rannte in Richtung der Haustür, doch er war direkt hinter mir. Er umfasste meine Taille, während ich mit dem Schloss kämpfte, und zog mich zurück. Ich trat und kratzte und stieß ihn mit meinen Ellbogen in die Rippen, aber er hielt mich weiter einige Sekunden lang fest, bevor er mich plötzlich losließ und mit dem Kopf voran zu Boden warf. Er setzte sich rittlings auf meinen Rücken und zog meinen Kopf an meinen Haaren nach hinten. Als er sich vorbeugte und in mein Ohr flüsterte, konnte ich seinen Atem riechen.

»Zwing mich nicht dazu.«

»Wozu?«

»Du weißt schon ...«

Es entstand eine Pause. Meine Kopfhaut brannte, mein Nacken brachte mich um, aber ich konnte meine Stimme ruhig halten.

»Damit werdet ihr nicht durchkommen«, sagte ich. »Ich habe gesehen, wie Jen die Adresse in ihr Navi eingetippt hat und habe sie an Mom geschickt. Wenn sie nichts von mir hört, wird sie die Polizei rufen.«

Ich fühlte, wie sich sein Griff minimal lockerte. »Du lügst.«

»Vielleicht tue ich das, vielleicht auch nicht. Warum das Risiko eingehen?«

Ich konnte fast hören, wie sein Verstand arbeitete. Die Angst, die ich riechen konnte, gehörte zu ihm nicht zu mir. Jetzt wusste ich, warum er so lange damit gewartet hatte, den Schrank zu öffnen. Er konnte es nicht durchziehen.

Es gab noch einen Hoffnungsschimmer. Ich musste mich an ihn klammern, konnte nicht zulassen, dass er mir durch die Finger glitt.

»Ist es das, was du dir für Emily wünscht?«, sprach ich weiter. »Das Wissen, dass ihr Vater ihre eigene Mutter umgebracht hat? Irgendwann wird sie das herausfinden. Während du dein Leben im Gefängnis verbringst und sie in einer Pflegefamilie ...«

»Halt dein Maul!«

»Bitte lass mich gehen. Gib mir Emily zurück und ich verspreche dir, dass ich nicht zur Polizei gehen werde.«

Er antwortete nicht.

»Ich versuche dir zu helfen, Nick. Ich weiß, dass du mich nicht umbringen möchtest. Du hast recht, wir sollten reden. Wie Erwachsene. Über Emily, unser wunderschönes kleines Mädchen. Wir haben sie zusammen erschaffen, Nick. Wir lieben sie beide so sehr und sie braucht uns beide. Ich bin mir sicher, dass wir eine Lösung finden werden.«

Er zögerte, dann ließ er mein Haar los und ich spürte, wie sein Gewicht sich von meinem Rücken löste. Er schwang sein Bein herüber und stand auf. Langsam erhob ich mich auf meine Hände und Knie und schließlich auf meine Füße. Ich wandte mich ihm zu und zwang ein Lächeln auf mein Gesicht.

»Dankeschön«, sagte ich. Dann schaute ich ihm in die Augen, suchte nach einem Rest des Mannes, den ich einst geliebt hatte, doch sein Blick war glasig. Ich hatte angenommen, dass er schwächer geworden war, doch nun war ich mir da nicht mehr so sicher. Er sah alt und ausgezehrt aus, seine Augen waren rot unterlaufen, in seinen Mundwinkeln sammelte sich Speichel. Konnte ich mich darauf verlassen, dass er mir nichts mehr antat? Oder sollte ich meine Chance ergreifen?

Ich ging auf ihn zu und legte meine Hände auf seine Schultern. »Ich liebe dich immer noch, Nick«, sagte ich, dann hob ich mein Knie und rammte es so hart und fies wie ich konnte zwischen seine Beine. Er schrie auf und stolperte zurück, krümmte sich vor Schmerzen und hielt seine Hände über seine Genitalien. Ich stürzte zur Haustür, öffnete sie und rannte in die Dunkelheit.

Es war stockfinster und ich konnte nicht das Geringste sehen. Die Sichel des Mondes war hauchdünn und Sterne waren keine zu sehen. Daran würden sich meine Augen nicht gewöhnen. Hinter mir konnte ich hören, wie Nick Flüche ausstieß. Ich hatte ihn vorübergehend außer Gefecht gesetzt, aber in einer Minute hätte er sich erholt und würde mir folgen. Ich stolperte bis an den Rand der Einfahrt und fand den Pfad wieder. Das wäre der schnellste Weg zurück zur Straße, aber auch der offensichtlichste. Ich entschied mich, stattdessen durch den Garten zu laufen und hoffte, dass es irgendwo eine Lücke im Zaun geben würde, oder einen Ort, an dem ich mich verstecken konnte. Als ich den Abhang hinunterlief, gruben sich meine Füße durch das lange taufrische Gras. Ich wusste, dass es hier Kaninchenbauten gab und Steine in meinem Weg liegen konnten, aber nichtsdestotrotz musste ich rennen, auch wenn die Dunkelheit mich praktisch blind machte.

»Tash! Tash!« Ich erstarrte und schaute zurück. Nick stand im Türrahmen, erleuchtet von dem Licht im Flur. Er starrte in die Schwärze und versuchte, meine Position auszumachen. Ich war weniger als dreißig Meter von ihm entfernt; das war nicht genug. Ich versuchte, mich lautlos wieder in Bewegung zu setzen.

Vor mir breitete sich etwas Dunkles aus, wie ein riesiges Laken aus grauem Metall. Der See. Ich fluchte innerlich. Aber es war zu spät, ich konnte mich nicht mehr für eine andere Richtung entscheiden. Hinter mir konnte ich hören, wie Nick sich keuchend durch die Unebenheiten des Geländes kämpfte. Ich hörte, wie er stolperte und fiel.

»Tash! Bleib hier! Du kannst mir nicht entkommen! Es gibt keinen Ausweg.« Vor mir zeichnete sich eine weitere Form ab – ein kleines Ruderboot.

Ich weiß nicht warum, aber ich lief darauf zu. Auf keinen Fall konnte ich über das Wasser rudern und entkommen, aber irgendetwas zog mich dorthin. In dem Boot lag ein hölzernes Ruder. Ich hob es auf und wog es in meinen Händen.

Nick war wieder auf seinen Füßen und kam schnell näher. Ich konnte ihn schwer atmen hören. Meine Augen passten sich der Nacht an und ich konnte sehen, wie sich sein weißes Hemd auf mich zu bewegte. Ich holte mit dem Ruder aus und schwang es in sein Gesicht. Es war wesentlich schwerer als das Staubsaugerrohr und krachte genau auf seine Nase. Er wirbelte herum und ich schlug erneut zu, wobei ich ihn seitlich am Kopf erwischte. Sein Kiefer knackte, Blut lief aus seinen Nasenlöchern. Ich landete einen dritten Treffer, der ihn nach hinten stolpern ließ. Doch das Ruder folgte ihm, traf immer und immer wieder auf sein Gesicht. Es schien ein Eigenleben entwickelt zu haben und ich unternahm nichts, um es aufzuhalten.

Als er auf das Wasser aufschlug, ertönte ein Platschen. »Tash ...«, gurgelte er.

Ich ließ meine Waffe fallen und rannte davon. Ich stürmte den Hang wieder hinauf, schlitterte durch das Gras bis in die Einfahrt. Vor mir lag der Pfad, der zurück zur Straße führte. Ich lief um mein Leben. Ich lief, als würde er mich verfolgen, obwohl ich wusste, dass er gerade ertrank. Vor mir tauchte der Range Rover auf. Jen muss die Autos hier gewechselt haben. Ich lief auf ihn zu und zog an dem Türgriff. Er war nicht verschlossen. Ich kletterte auf den Fahrersitz. Der Schlüssel steckte noch in der Zündung. Als ich ihn drehte, erwachte das Auto zum Leben. Das war meine Chance. Ich musste sie nutzen. Aber wusste ich noch, wie man fährt?

30

DAMALS

Jennifer

Ich öffnete Natashas Reisetasche, nahm Emilys Sachen heraus und legte sie wie bei einer Militärinspektion auf das Bett. Windeln und Feuchttücher. Ein gestreiftes Unterhemd, das zwischen ihren Beinen zusammengehalten werden würde, und ein hübsches weißes Kleid mit Flügelärmeln, an beidem waren noch die Preisschilder. Ich riss sie ab, aber die Plastikringe blieben dran. Das spielt keine Rolle, dachte ich – sie würde Asda nicht sehr lange tragen müssen.

Emily schlief immer noch tief und fest, war völlig erschöpft von der letzten Nacht. Ich hingegen hatte kein Auge zugemacht. Noch immer hatte ich nichts von Nicky gehört und wusste nicht, was ich als Nächstes tun sollte. Sollte ich hierbleiben und warten oder zurück nach Red How fahren? Nick wäre außer sich, wenn ich von unseren Plänen abweichen würde, und dennoch ... Das hier fühlte sich nicht richtig an.

Ich kippte den restlichen Inhalt der Reisetasche aus und Natashas Geldbörse und Mobiltelefon fielen auf die Bettdecke. Es war, als hätte sie plötzlich den Raum betreten, und ich wich zurück. Ich musste sie so schnell wie möglich loswerden; diese Dinge waren unglaublich belastend. Nur natürlich nicht hier. Ich hob die Geldbörse auf und roch an dem weichen purpurroten Leder. Sie hatte nicht viel Bargeld dabei – ein Zehn-Pfund-Schein und ein paar Münzen. Drei Bankkarten, zwei davon auf Nickys Namen, von denen ich wusste, dass er sie kürzlich hatte sperren lassen. Ein kleines Foto von Emily, die mir hinter einem durchsichtigen Umschlag entgegen lächelte. Ihren fehlenden Zähnen nach zu urteilen schätzte ich, dass es aufgenommen wurde, als sie gerade vier oder fünf Monate alt war. Ich schaute zu ihrer schlafenden Gestalt in dem Gitterbettchen hinüber und dachte an die unzähligen Fotos, die ich noch von ihr machen würde, wenn diese ganze Sache vorbei wäre. Wir würden einen Termin in einem Studio buchen – Nicky, Emily und ich in aufeinander abgestimmten Pastelltönen, wie wir leger vor einem weißen Hintergrund posierten. Das schönste Foto würde ich auf eine gigantische Leinwand drucken lassen und es über den Kaminsims im Wohnzimmer hängen, wie ein traditionelles Familienportrait. Ich fing gerade an, mir das Foto vorzustellen, als Emily sich regte. Es war kurz vor sieben Uhr am Morgen, eine sehr vernünftige Zeit für ein Kleinkind, fand ich. Zeit für meinen ersten Versuch, eine Windel zu wechseln. Ich breitete die tragbare Plastikmatte aus und legte sie neben ihre Klamotten auf das Bett.

»Dada?« Sie rieb sich ihre Augen mit ihren kleinen Fäusten, setzte sich auf und beäugte blinzelnd ihre neue Umgebung. »Dada?«

»Er wird bald hier sein«, sagte ich unbekümmert, als ich zu ihrem Bettchen ging und sie in meine Arme hob. Sie schaute mich verwirrt an, als würde sie mich nicht wiedererkennen. »Lass uns deine Windel wechseln und dir ein paar saubere Klamotten anziehen. Dann können wir aufbrechen und uns ein leckeres Frühstück organisieren.« Mir grauste vor dem Gedanken, welchen widerlichen Mist sie hier servieren würden. Sie lehnte sich von mir weg und schaute finster. »Dada?«

»Ja, er wird bald hier sein. Solange passe ich auf dich auf.«

»Mama?«

»Ja, das bin ich. Ich bin jetzt deine Mama. Na komm, mein Mäuschen.«

Sie wimmerte, als ich sie auf das kalte Plastik legte, und versuchte wegzurobben. »Nein, nein, du musst liegen bleiben.« Ich klemmte sie zwischen meinen Oberschenkeln ein und zog ihr ihren fleckigen Pyjama aus, wobei ich an ihrer Nase hängen blieb, als ich ihn ihr über den Kopf zog. Als ich nach den Babytüchern griff, entwischte sie meinem Griff, rollte sich herüber und krabbelte über das Bett. Ich fasste sie an ihren Knöcheln, zog sie zurück und drehte sie wieder auf den Rücken. Obwohl ich ihr nicht wehgetan hatte, verzog sie ihr Gesicht und fing an zu weinen.

»Um Himmels willen, ich will dir doch nur eine frische Windel anziehen.« Mittlerweile war das Feuchttuch auf mysteriöse Weise verschwunden. Ich griff nach einem weiteren, aber mit ihm kamen drei weitere aus der Packung und klebten zusammen. Nachdem ich ihren Unterkörper grob gereinigt hatte, hob ich ihren Po an und legte eine frische Windel unter sie. Irgendwann fand ich heraus, wie die Klebestreifen funktionierten und schaffte es, sie in etwa gleichen Abständen zu ihrem Bauchnabel anzubringen. Während ich ihr einen Body und ihr neues Kleid anzog, trafen mich ihre Tritte im Bauch. Als ich schließlich alle Knöpfe geschlossen hatte, war ich abgekämpft und genervt.

»Dada?«, sagte Emily zum zwanzigsten Mal, als sie sich auf ihren Bauch rollte und auf den Rand des Bettes zuhielt.

»Ich habe dir doch schon gesagt, dass er unterwegs ist.« Ich schaffte es, sie abzufangen, bevor sie mit dem Kopf voran in Richtung Boden flog, und setzte sie zurück in ihr Gitterbett. »Spiel hier für ein paar Minuten, während Mami duscht, okay?«

Mit diesem Plan war sie ganz und gar nicht einverstanden, also fing sie an zu schreien. Aber ich wusste nicht, was ich sonst mit ihr machen sollte. Ich ging ins Badezimmer und schloss die Tür. Wie immer brauchte man eine Klempnerausbildung, um herauszufinden, wie man die Wassertemperatur richtig einstellte. Ich duschte mich schnell mit dem kochenden Wasser ab, bevor ich meine gerötete Haut abtrocknete. Anstatt mich erfrischt zu fühlten, fühlte ich mich noch verschwitzter als zuvor. Emilys Jammern drang über das Surren der Lüftungsanlage zu mir.

Zurück im Schlafzimmer zog ich mich schnell an. Sie lag strampelnd in ihrem Bettchen, ihr Gesicht war vor Wut ganz rot und die Vorderseite ihres billigen Baumwollkleides von Tränen durchtränkt.

»Oh, bitte hör auf«, sagte ich gereizt, als ich mir die Haare bürstete. Unter meinen Augen lagen tiefe Ringe voller Sorge; ich sah schrecklich aus. Es war keine Zeit für meine tägliche Hautpflege-Routine, aber ohne ein wenig Lippenstift konnte ich das Zimmer nicht verlassen. »Ich frage mich, was es zum Frühstück geben wird«, sagte ich zu Emilys missbilligender Reflexion im Spiegel auf dem Schminktisch. »Magst du Würstchen? Ich wette, es gibt Würstchen. Jam, jam.« Bei dem Gedanken eine dieser orangen Plastik-Frankfurter zu essen, wollte ich mich am liebsten übergeben, aber ich machte munter weiter und zählte alle möglichen Dinge auf, die auf einem Frühstückstisch stehen könnten.

Als ich Haferbrei erwähnte, flackerten Emilys Augen kurz auf. Vielleicht aß sie den regelmäßig, dachte ich und warf meinen Lippenstift in meine Tasche. Ich hoffte, dass es den bei dem Buffet-ähnlichen Frühstück geben würde. Dann stritten wir uns einen Moment lang um ihre Gummischuhe. Sie schien sie nicht ohne Socken tragen zu wollen, aber Natasha hatte keine eingepackt und den Rest ihrer Klamotten wollte Nicky mitbringen. Ich biss mir auf die Lippe. Was zum Teufel trieb er? Zu diesem Zeitpunkt sollten wir schon lange auf unserem Weg nach London sein. Ich brauchte ihn. Glücklicherweise war das Restaurant praktisch leer, abgesehen von ein paar Männern in Anzügen, die aussahen wie Handelsvertreter und vollständig von ihren Telefonen eingenommen wurden. Und es gab tatsächlich Haferbrei, den man sich selber aus einer Art Suppenterrine nehmen konnte. Leider war er klebrig und so fest, dass keine Milch der Welt ihn hätte retten können.

Als ich versuchte, Emily damit zu füttern, presste sie ihre Lippen aufeinander. Nachdem sie sich als hoffnungsloser Dickkopf herausgestellt hatte, gab ich ihr stattdessen ein Teil meines Plunderstücks mit Mandeln. Bald war ihr Kleid mit fettigen Krümeln übersät und auf ihrem Kinn glitzerte der Zuckerguss. Da sie zu denken schien, dass die Mandelflocken nicht essbar waren, pflückte sie sie mit ernster Miene herunter und warf sie auf den Teppich. Ich hoffte nur, dass sie nicht allergisch gegen Nüsse war. Nicky hatte nie etwas erwähnt, aber man konnte nicht vorsichtig genug sein. Das Letzte, das ich jetzt gebrauchen konnte, war ein Kind mit einem anaphylaktischen Schock.

»Warte kurz hier, Süße, Mami holt sich nur noch einen Kaffee«, sagte ich, zupfte ihr noch ein Stück Gebäck ab und legte es verlockend auf die Ablage ihres Hochstuhls. Ich eilte zur Theke und zog mir einen Caffé Americano. Während das heiße Wasser zögerlich in meine Tasse tröpfelte, winkte ich Emily aufmunternd zu. Sie starrte mich nur an und winkte nicht zurück. Ich hoffte, dass niemand es bemerkt hatte. Es war riskant, mich mit ihr in der Öffentlichkeit aufzuhalten, aber sie musste etwas essen. Wir konnten nicht den ganzen Tag in dem Hotelzimmer bleiben. Wenn ich keine zweite Nacht buchte, müssten wir bis elf Uhr auschecken. Das war noch über drei Stunden hin. Was sollten wir tun?

Nach dem Frühstück brachte ich Emily zurück in unser Zimmer und versuchte, sie zu waschen. Ihr neues Kleid war bereits ruiniert und ich hatte nichts anderes, was sie hätte tragen können. Ich zog ihr die Schuhe aus und ließ sie ein wenig herumlaufen, das Badezimmer erkunden und unter den Schminktisch kriechen. Ich saß im Schneidersitz auf dem Bett und versuchte zu entscheiden, was ich tun sollte. Wir hatten abgemacht, uns nicht anzurufen, aber ... Ich versuchte es auf Nickys Handy, doch es ging sofort die Mailbox dran, auf der ich keine Nachricht hinterließ. Konnte ich es wagen, auf dem Festnetztelefon des Ferienhauses anzurufen? Ich kramte in meiner Tasche, fand die Buchungsinformationen und wählte die Nummer. Es klingelte dutzende Male, bevor ich schließlich auflegte. Nicky war also definitiv nicht mehr in dem Haus. Was wahrscheinlich bedeutete, dass er auf dem Weg war. »Guck!« Emily hielt ein Kabel, das sie aus der Rückseite des Fernsehers gezogen hatte.

»Um Himmels willen, du bekommst noch einen Stromschlag!«, fauchte ich, woraufhin sie in Tränen ausbrach.

Bis halb elf blieben wir im Zimmer, dann kam jemand von der Rezeption, um uns rauszuschmeißen. Ich packte unsere Sachen, bezahlte die Rechnung in bar und trug Emily zum Parkplatz. Als ich sie auf der Rückbank anschnallte – wogegen sie sich natürlich wehrte –, traf ich eine Entscheidung. Ich hielt es nicht aus, noch länger zu warten; ich musste zurück nach Red How fahren und sehen, was dort vor sich ging.

Ich öffnete die Fenster und ließ mir den Fahrtwind um die Nase wehen, damit ich nicht schläfrig wurde. Es war ein wunderschöner sonniger Morgen und Emily war hellwach und gesprächig. Sie zeigte auf »Baume« und Schafe auf den Feldern und als wir einen Fluss überquerten, rief sie: »Guck, Meer. Fisch! Meer!« Immer mal wieder machte sie Pausen, dachte einen Moment lang nach, und fragte dann »Mama? Dada?«, mit so viel Hoffnung in ihrer Stimme, dass es mir das Herz brach. Ich wollte ihr antworten, doch ich wusste nicht mehr, was ich ihr sagen sollte. In meinem Kopf schwirrten finstere Gedanken umher. Ich hatte Angst vor dem, was ich in dem Haus finden könnte. Wir hatten nicht viel darüber geredet, wie Nicky es machen wollte – er meinte, es wäre besser, wenn ich es nicht wusste –, aber er hatte mir versprochen, dass es schnell gehen würde. Bis spät in die Nacht hatten wir darüber diskutiert, ob es wirklich nötig wäre, so weit zu gehen. Warum sich nicht einfach von ihr scheiden lassen, meinte ich, und seinen Reichtum nutzen, um das volle Sorgerecht für Emily zu bekommen? Aber Nicky sagte, dass die Gerichte fast immer auf der Seite der Mutter standen. Ihm war bewusst geworden, dass Natasha ihre Tochter niemals einfach aufgeben würde; sie würde kämpfen wie eine Löwin und unser Leben ruinieren. Es wäre auch besser für Emily, nicht mit geschiedenen Eltern leben zu müssen.

Zu dieser Zeit ergab das alles einen Sinn, aber jetzt erkannte ich, wie verrückt das war. In dieser Nacht hatte er völlig rational geklungen, als hätte er alle möglichen Optionen gegeneinander abgewogen und die logischste Entscheidung getroffen. Er hatte wirklich geglaubt, dass er in unserem besten Interesse handelte, sich sogar opferte. »Überlass das mir«, hatte er gesagt, »und bald wird alles perfekt sein.« Seine Worte legten sich über meinen Körper wie Giftefeu, quetschten alles Gute aus meinem Herzen.

Als ich in den Weg abbog, der mit Red How ausgeschildert war, rutschte mir das Lenkrad durch meine verschwitzten Hände. Der Range Rover stand nicht mehr dort, wo ich ihn zurückgelassen hatte – war das ein gutes oder ein schlechtes Zeichen? Ich hielt an und lehnte mich in meinem Sitz nach vorne. War Nicky bereits weggefahren oder hatte er das Fahrzeug nur umgeparkt und es stand vor dem Haus? Vielleicht war er immer noch da, packte und räumte auf.

Ich fuhr vorsichtig weiter, bog um die Kurve und näherte mich dem Haus. Der Range Rover war nicht zu sehen. *Wir müssen aneinander vorbeigefahren sein und jetzt wäre er genervt, weil ich nicht in dem Motel auf ihn gewartet hatte.* Ich schaltete in den Rückwärtsgang und nahm meinen Fuß von der Kupplung. Als ich zurücksetzte, erhaschte ich aus dem Augenwinkel einen Blick auf die Eingangstür. Es sah aus, als stünde sie offen. Ich hielt an, kletterte aus dem Auto und machte ein paar Schritte, während mein Magen sich vor Angst zusammenzog.

»Nicky?«, rief ich und drückte die Tür ein Stückchen weiter auf.

Sein Gepäck stand im Flur. Ich schob mich ins Haus und erhob meine Stimme. »Nicky? Ich bin's, Jen. Ist alles okay?« Ich ging in das Wohnzimmer, aber dort war niemand. Auch in der Küche war er nicht, außerdem hatte er noch nicht aufgeräumt. Ich erklomm die Stufen der Treppe und rief seinen Namen. Ich überprüfte jedes Schlafzimmer und sogar die Bäder, doch das Haus war verlassen. Kein Nicky. Und auch keine Natasha. Und keine Anzeichen eines Kampfes.

Vielleicht war er draußen; er könnte noch unten am See sein, obwohl sich mir nicht erschloss, warum er bis zum Tagesanbruch hätte warten sollen. Auch wenn es keine direkten Nachbarn gab, war der Plan gewesen, es nachts im Schutz der Dunkelheit zu tun.

Ich ging wieder nach draußen. Emily wollte raus aus dem Auto und schrie sich die Seele aus dem Leib, doch ich nahm sie kaum wahr. Ich machte mich in Richtung des Hanges hinter dem Haus auf den Weg. Das Gras war lang und üppig, die Erde uneben. Es gab keinen Pfad. Bäume und blühende Sträucher wuchsen so, als wären sie wahllos aus dem Boden gesprossen. Meine Knöchel schwankten auf meinen Absätzen, als ich mich auf den Weg bergab zum See begab.

»Nicky?«, schrie ich. »Wo bist du?«

31

DAMALS

Natasha

Mom öffnete die Tür. »Schlüssel vergessen?«, sagte sie, als sie mir einen ihrer verärgerten Blicke zuwarf. »Du hast Glück, ich wollte gerade los.«

Ich stolperte in den schmalen Flur und ging auf direktem Weg in die Küche, wo ich mir ein Glas Wasser einschenkte. Die letzten drei Stunden war ich über staubige Straßen gelaufen und starb beinahe vor Durst.

Sie folgte mir und stellte sich mit verschränkten Armen in den Türrahmen. »Was ist passiert?«

»Nichts.« Das Wasser lief kühl über meine Lippen. Ich trank das Glas leer und goss mir sofort noch mehr ein.

Mom rollte mit den Augen. »Verkauf mich nicht für blöd, Tash. Du siehst einfach schrecklich aus, als hättest du die ganze Woche nicht geschlafen. Deine Schuhe sind völlig verdreckt und wo ist überhaupt deine Handtasche?«

»Die habe ich verloren.«

»Verloren?«, sagte sie skeptisch. »Wie das?«

»Ich weiß es nicht.«

»Irgendetwas stimmt doch nicht mit dir«, drängte sie. »Ich habe dich mehrmals versucht anzurufen, aber dein Handy war ausgeschaltet.«

»Das ist in meiner Tasche.« Ich spülte das Glas aus und stellte es geräuschvoll auf das Abtropfbecken. Meine Füße brannten und ich stand kurz vor dem Zusammenbruch.

»Du bist zu Nick gegangen, nicht wahr?« Sie starrte mich an, wartete darauf, dass die Wahrheit aus mir heraussprudelte, doch ich klammerte mich an meinen Oberkörper und behielt sie bei mir.

»Nein.«

»Du lügst«, sagte sie knapp. »Darüber reden wir, wenn ich von meiner Schicht zurück bin.«

Sie verließ das Haus genervt und mit leeren Händen. Ich würgte ein paar Kekse hinunter, dann ging ich nach oben in mein Zimmer und legte mich aufs Bett.

Es war ein Wunder, dass ich in einem Stück zu Hause angekommen war. Den Range Rover den ganzen Weg vom Lake District hierher zu fahren, hatte meine gesamte Konzentration und all meine Überlebensinstinkte eingefordert. Autobahnen und Hauptverkehrsstraßen hatte ich gemieden, aber meine Augen wanderten ständig zum Rückspiegel, um zu sehen, ob ein Polizeiauto hinter mir war. Außerdem war ich jedes Mal, wenn eine Sirene ertönte, beinahe vor Schreck von der Straße abgekommen. Nachdem ich etwa hundert Kreisverkehre und mehrere erschreckend enge Einbahnstraßen in den Innenstädten passiert hatte, erreichte ich den Stadtrand von Milton Keynes, wo mir das Benzin ausging und ich das Auto stehen lassen musste. Ich schaffte es, eine nette alte Rentnerin davon zu überzeugen, mich bis St. Albans mitzunehmen. Während der gesamten Fahrt hielt sie mir einen Vortrag über Sicherheit, den Rest des Weges lief ich nach Hause. Es war der reinste Albtraum gewesen, besonders für jemanden, der seine Führerscheinprüfung noch nicht bestanden hatte. Aber ohne Lizenz Auto zu fahren war ein nichtiges Vergehen, verglichen mit Mord.

Mord. Ich hatte einen Mord begangen.

Was sollte ich tun? Ich lag regungslos auf dem Bett und ging immer wieder meine Optionen durch. Nur waren es weniger Optionen als unabwendbare Fakten. Es konnte sich nur noch um Stunden handeln, bis ich verhaftet werden würde. Jen würde Nick als vermisst melden, dann würde es nicht mehr lange dauern, bis die Polizei seine Leiche fand. Ich war in Panik geraten und hatte überall meine Spuren hinterlassen. Hatte nicht daran gedacht, die Tatwaffe zu entsorgen, die bestimmt mit meiner DNA übersät wäre. Es wäre vernünftiger, zur nächsten Polizeistation zu gehen und mich zu stellen. Aber was wäre, wenn ich wegen vorsätzlichem Totschlags angeklagt werden würde? Es gab keine Garantie, dass das Gericht mir glaubte, ihm all diese grässlichen Verletzungen nur in Notwehr zugefügt zu haben. Und Jen hätte keinen Skrupel, mich trotz Meineids fälschlicherweise zu belasten. Sie würde behaupten, mich dort hingebracht zu haben, um eine Lösung mit Nick auszuhandeln; dann waren wir handgreiflich geworden und sie hatte Emily weggebracht, um sie zu beschützen. Dafür hatte Nick bereits den Boden bereitet, als er seiner Schwester, seinem Anwalt und Gott weiß wem noch alles erzählte, dass ich psychisch labil wäre, dass er mich verlassen hatte, weil er um seine und um Emilys Sicherheit fürchtete. Es war ein ganzes Bündel aus Lügen, die auf mysteriöse und grauenvolle Weise wahr geworden waren.

Ich konnte das Bild von seinem Körper, der auf dem See trieb, nicht aus dem Kopf bekommen. Sein blutgetränktes Hemd blies sich im Wasser auf, sein zertrümmertes Gesicht blickte hilflos in den schwarzen Himmel. Seltsamerweise erinnerte mich das an unseren ersten gemeinsamen Urlaub, als er und Jen sich gerade getrennt hatten. Wir hatten ein Luxushotel in der Toskana gebucht, doch es war brüllend heiß gewesen und ich war zu schwanger, um mir die Sehenswürdigkeiten anzusehen. Wir verbrachten unsere Tage damit, auf den Liegen vor dem Infinity-Pool zu liegen, trugen unsere Ray-Bans und planten unsere Zukunft – die Hochzeit, die Renovierung des Hauses, zum ersten

Mal Eltern zu werden. Dort entschieden wir uns für Emilys Namen. Ich war so glücklich gewesen, dass ich das Gefühl hatte, ich könnte darin ertrinken. Jetzt wurde ich von Angst und Hass überwältigt. Ich hatte den Mann getötet, den ich einst geliebt hatte, und mein wunderschönes kleines Mädchen war mir gestohlen worden. Ich hatte keine Ahnung, wo sie war oder ob ich sie jemals zurückbekommen würde. Würde sie mich im Gefängnis besuchen können? Würde sie mich im Gefängnis besuchen wollen, sobald sie alt genug war, um zu verstehen, was ich getan hatte? Jen würde sie nicht behalten dürfen (immerhin etwas Gutes), aber Hayley würde das Sorgerecht vermutlich bekommen. Meine arme Mutter hatte keine Chance gegen sie. Emily würde nie die Wahrheit über ihren Vater erfahren und würde so aufgezogen werden, dass sie mich hasste.

Das konnte ich nicht ertragen. Wenn ich dazu verdammt wäre, die nächsten dreißig Jahre im Gefängnis zu verbringen, abgestoßen und verachtet von meiner eigenen Tochter, dann hatte mein Leben keinen Sinn mehr. Es wäre besser, eine Überdosis zu nehmen oder vor einen Zug zu springen. Ich fing an zu weinen und heftig zu zittern, rollte mich zu einem Ball zusammen, um mich so klein wie möglich zu machen. Ich wollte schrumpfen, bis ich nicht größer als ein Staubkorn wäre, unsichtbar für das menschliche Auge.

Es war kurz vor Mitternacht, als ich von Geräuschen aus dem Erdgeschoss geweckt wurde. Ich hatte von meiner Haft geträumt und dachte, dass es die Polizei war, die die Haustür eingetreten hatte. Aber es war nur meine Mutter, die von ihrer Schicht zurückgekommen war. Ich war noch vollständig angezogen und lag zusammengekauert auf den Laken. Mein Kopf fühlte sich schwer an und mein Magen verzog sich vor Hunger. Ich setzte mich auf, blinzelte in das schwache Mondlicht und fing an mich auszuziehen, in der Hoffnung, richtig im Bett zu liegen, bevor Mom nach oben kam. Sie hatte noch immer diese Angewohnheit, ihren Kopf zur Tür hereinzustecken, um zu sehen, ob ich schlief, und eine weitere Befragung würde ich jetzt nicht ertragen.

Ich konnte hören, wie sie sich in der Küche einen Mitternachtssnack zubereitete. Hoffentlich würde sie noch etwas fernsehen, bevor sie ins Bett ging. Ich warf meine Klamotten auf den Boden, atmete tief durch und kroch nackt unter die Decke. Es war dunkel und stickig und die Laken rochen nach Weichspüler. Ich zog meine Knie an, wickelte meine Arme um meinen Oberkörper und gab mein Bestes, keinen Laut von mir zu geben.

Aber ich sollte nicht verschont bleiben. Ein paar Minuten später klopfte es an der Tür. »Natasha? Bist du noch wach, Liebes? Ich habe gesehen, dass du die Vorhänge nicht zugezogen hast.«

Ich steckte meinen Kopf aus meiner Höhle und seufzte. »Ich versuche zu schlafen, Mom«, sagte ich.

Die Türklinke senkte sich und sie kam herein, in ihren Händen hielt sie eine Tasse. »Ich dachte, du magst vielleicht einen Kakao.«

»Danke, aber ...«

»Ich konnte den ganzen Abend nicht aufhören, an dich zu denken. Konnte kaum arbeiten.« Sie stellte die Tasse auf meinen Nachttisch und setzte sich auf die Bettkante. »Setz dich hin und rede mit mir. Erzähl mir, was los ist.«

»Nichts ist los.«

»Natasha ...« Ihre Stimme nahm eine wärmere Nuance an. »Mir kannst du nichts vormachen.«

Ich zog mich am Kopfteil nach oben, griff nach meinem Morgenmantel und legte ihn um meine Schultern. »Es ist zu schrecklich. Das möchtest du nicht wissen, Mom. Ehrlich – es ist besser, wenn du das nicht tust.«

»Ich bin deine Mutter«, sagte sie streng. »Es ist offensichtlich, dass du in Schwierigkeiten steckst.

Jetzt erzähl mir davon.« Also erzählte ich es ihr.

Als ich meine Geschichte beendete, legte Mom ihren Kopf in ihre Hände und beugte sich vor. Sie saß völlig still da, ohne etwas zu sagen. Ich dachte, sie würde weinen, aber als sie ihren Blick hob, waren ihre Augen trocken. In diesen paar Momenten schien sie um Jahre gealtert zu sein. »Das war kein Mord«, sagte sie. »Du hast versucht, dein eigenes Leben zu retten.«

Mein Herz sprudelte über vor Dankbarkeit. Ich hoffte, dass die Polizei es ähnlich sehen würde. »Sollte ich mich stellen?«, fragte ich.

»Ich weiß es nicht.« Sie stand auf und zog die Vorhänge zu, versteckte uns vor dem Rest der Welt. In diesem Haus, mit ihr zusammen, fühlte ich mich sicher, aber mir war bewusst, dass das nur eine Illusion war. Sie wandte sich mir zu. »Bist du dir sicher, dass er wirklich ... na ja ... tot ist?«

»Nein. Ich bin nicht geblieben, um mich dessen zu vergewissern. Aber er war sehr schwer verletzt, als er ins Wasser gefallen ist. Ich glaube nicht, dass er noch die Kraft hatte, sich selbst rauszuziehen.«

»Hmm, Nick ist ein sportlicher Mann, er ist stark. Ich werde online nachsehen. Mal schauen, ob es irgendeinen Polizeibericht über ihn gibt.« Sie ging auf die Tür zu. »Danke, Mom.« Das klang so unangebracht. »Es tut mir leid, dass ich dir so viele Sorgen bereite.«

»Wenn er noch am Leben ist, bringe ich den Bastard eigenhändig um«, sagte sie und ging aus dem Zimmer.

Sie ging nach unten und schaltete ihren gebrechlichen alten Laptop ein. Ich zog ein sauberes T-Shirt und eine Leggings über, dann gesellte ich mich zu ihr an den Esstisch. Wir suchten nach allen Schlagwörtern, die uns einfielen, fanden jedoch nichts. Allerdings bewies das noch nichts, da ich den Tatort vor nicht einmal vierundzwanzig Stunden verlassen hatte. Wenn Jen nicht sofort zu ihm gefahren war, konnte es eine Weile dauern, bis Nicks Leiche gefunden werden würde (Ich konnte kaum glauben, dass ich so etwas dachte; es wirkte so surreal, als wäre es jemand anderem passiert). Vermutlich hatte er das Haus unter falschem Namen gemietet, weshalb es eine Weile dauern würde, bevor seine wahre Identität ausgemacht werden konnte. Ich hatte noch nie Ärger mit dem Gesetz gehabt, also war meine DNA nicht in irgendeiner Datenbank. Je länger Mom und ich darüber diskutierten, desto unwahrscheinlicher schien es, dass ich sofort geschnappt werden würde, wenn überhaupt. Aber ich merkte, dass sie nur Scherze machte, um meine Laune zu heben. Was von nun an passieren würde, lag nicht in unseren Händen. Mein Schicksal hing davon ab, was Jen tun würde.

»Wenn sie zur Polizei geht, wird sie ihnen Emily übergeben müssen«, sagte Mom und schloss ihren Laptop etwa eine Stunde später wieder. »Und ich vermute, dass sie das nicht tun möchte. Sie und Nick hatten vor, dich umzubringen, um Himmels willen, also wird sie Emily nicht aufgeben, solange sie nicht dazu gezwungen wird.«

»Was denkst du, wird sie dann tun?«

Mom zündete sich eine Zigarette an. »Ich weiß nicht. Untertauchen? Sie ins Ausland mitnehmen? Sie tragen den gleichen Nachnamen; wenn sie ihren Pass dabei hat, wer würde dann vermuten, dass sie nicht ihre Mutter ist?«

»Sag so etwas nicht. Bitte nicht.«

»Du hast mich gefragt, was ich denke, was sie tun könnte.«
»Ich weiß, aber ...«

Ein Teil von mir wollte Jen anrufen und sie anflehen, mir Emily zurückzubringen. Im Gegenzug würde ich der Polizei nicht verraten, dass sie an der ganzen Sache beteiligt war. Aber mein Telefon war in meiner Tasche auf der Rückbank von Jens Auto und ich kannte ihre Nummer nicht auswendig. Abgesehen davon wäre es höchst unwahrscheinlich, dass sie sich auf einen Deal einlassen würde. Sie und Nick hatten versucht, mir alles zu nehmen. Ich hatte kein Zuhause, keinen Besitz, kein Geld ... Aber ohne Emily spielte nichts davon eine Rolle. Alles, was mir noch geblieben war, war meine Freiheit, und ich musste das Beste aus ihr machen, bevor ich sie auch noch verlor. Ich wandte mich meiner Mutter zu. »Okay, wo fangen wir an, nach ihr zu suchen?«

»An den offensichtlichen Orten würde ich sagen.« Sie blies den Rauch von mir weg.

Jahrelang hatte ich versucht, ihr diese ungesunde und teure Angewohnheit auszureden, aber in diesem Augenblick war mein Stresspegel so hoch, dass ich versucht war, mich ihr anzuschließen. »In ihrer Wohnung. Vielleicht in eurem alten Haus. Sie könnte nach Hause fahren, um ein paar Dinge zu holen, vielleicht würde sie sogar eine Nachsendeadresse hinterlassen. Wir werden die Nachbarn fragen.«

»Ich kann mir nicht vorstellen, dass sie uns helfen werden, aber einen Versuch ist es wert. Alles ist einen Versuch wert.«

Eine stumme Träne lief über meine Wange, die Mom mit ihrem Finger wegwischte. Wir starrten uns tief in die Augen, es kam mir vor wie eine Ewigkeit. Nach all diesen Jahren der Streitigkeiten, in denen ich sie enttäuscht und unter ihrer Ablehnung gelitten hatte, schienen wir endlich wieder Frieden geschlossen zu haben.

3 2

———

DAMALS

Jennifer

Ich fand Nick im Gras liegend, sein Gesicht war dermaßen zertrümmert, dass man ihn kaum noch erkennen konnte. Ich beugte mich vor, um seinen Puls zu fühlen. Er atmete noch, Gott sei Dank. Seine Augen waren dunkel und aufgequollen, verklebt wie die eines kranken Kätzchens; seine Nase war eingeschlagen worden, dunkles Blut tropfte heraus. Er musste aus dem See hierher gekrochen sein, denn seine Kleidung war triefend nass und sein Hemd war mit Schlamm bedeckt.

Ich berührte ihn leicht an den Schultern und flüsterte seinen Namen. Er regte sich leicht und stöhnte durch seine geschwollenen Lippen. »Ich bin es, Jen«, sagte ich. »Soll ich einen Krankenwagen rufen?« Er stöhnte verneinend auf, hob seine Hand und tastete nach mir. »Okay, okay, ich werde versuchen, dich zurück ins Haus zu bringen.«

Er war zu schwer, als dass ich ihn hätte tragen können, also musste ich ihn unter den Armbeugen anheben und den hügeligen Abhang hinaufziehen. Ich entschuldigte mich fast permanent, während er schmerzerfüllt aufschrie. Als wir uns der Einfahrt näherten, erreichten Emilys hysterische Schreie unsere Ohren. Nicky versuchte etwas zu sagen, brachte jedoch nicht mehr als ein Gurgeln heraus.

»Sie ist noch im Auto«, sagte ich zu ihm. »Angeschnallt in ihrem Sitz. Lass uns zuerst dich reinbringen, dann werde ich nach ihr sehen.«

Angestachelt von Emilys Rufen, kämpfte er sich auf seine Füße. Ich legte seinen Arm über meine Schulter und wir hinkten auf die Vordertür zu.

Im Innern angekommen, baute sich vor uns die Treppe auf. Sie zu erklimmen lag fürs Erste jenseits unserer Kräfte, also brachte ich ihn ins Wohnzimmer und legte ihn auf das Sofa.

»Was ist passiert?«, fragte ich und stützte seinen Kopf mit einem Kissen. »Wo ist Natasha?«

Er drehte seinen Kopf leicht und sagte etwas, das wie »Emily« klang. Ich eilte zum Auto zurück und holte sie aus ihrem Sitz. Doch bevor ich sie hineinbrachte, hielt ich inne. Ich konnte nicht zulassen, dass sie Nick in diesem Zustand sah; sie wäre völlig verängstigt. Was sollte ich mit ihr machen? Ich konnte sie nicht einfach in ihrem Zimmer einschließen – das wäre zu unsicher. Ich fühlte mich hin- und hergerissen. Ich musste Nicky helfen.

»Lass uns dir ein Bettchen suchen«, sagte ich, als ich sie nach oben trug. »Du kannst ein bisschen spielen, während Mami Papi hilft.«

»Dada?«, sagte sie und schaute sich um.

»Ja, Dada geht es gerade nicht so gut. Er ist hingefallen und hat sich im Gesicht wehgetan. Dummer Dada!« Ich brachte sie ins Schlafzimmer und setzte sie in das hölzerne Gitterbettchen. Sie war eindeutig zu groß dafür. Ich hoffte, dass die Seiten hoch genug wären, sodass sie nicht alleine herausklettern konnte. Sie schaute mich empört an und zog eine Grimasse. Ich blickte mich auf der Suche nach Spielsachen um, aber es war bereits alles eingepackt worden.

»Es dauert nicht lange, versprochen. Sei für mich ein braves Mädchen, okay?«

Ich versuchte, ihre Schreie auszublenden, als ich ins Badezimmer lief und nach einem Erste-Hilfe-Kasten suchte. Bestimmt war es gesetzlich vorgeschrieben, dass Ferienhäuser zumindest die grundlegenden Dinge bereitstellen mussten. Doch als ich keine Hinweise auf eine derartige Ausrüstung fand, schnappte ich mir eine Rolle Toilettenpapier und eilte nach unten. In der Küche fand ich eine Plastikbox, die so aussah, als wäre sie seit Jahren nicht benutzt worden. Ich nahm einige muffig riechende Verbände heraus, ein Paket Pflaster und eine Tube antiseptische Creme, dann füllte ich eine Schüssel mit kaltem Wasser und ging zu meinem Patienten zurück.

»Dann flicken wir dich mal wieder zusammen, was?«, sagte ich, obwohl ich dachte, dass er eigentlich Morphin und einen Gehirnscan bräuchte. Nicky stöhnte und quiekte, während ich versuchte, seine Wunden zu reinigen, wobei sich das Toilettenpapier auflöste und an dem angetrockneten Blut hängen blieb. »Ich nehme an, sie hat dir das angetan.« Er versuchte zu nicken. Seine Nase sah gebrochen aus, im Gesicht hatte er schwere Prellungen und wo er sich in die Wangen gebissen hatte, klafften tiefe Schnittwunden.

»Ich denke wirklich, dass wir dich in die Notaufnahme bringen sollten«, sagte ich. »Vielleicht musst du genäht werden. Und du braucht stärkere Schmerzmittel; alles, was ich habe, ist Paracetamol.«

»Nein«, murmelte er. »So ... ist ... besser.«

»Was meinst du damit?« Aber seine Lippen waren so geschwollen, dass er nicht mehr sagen konnte.

Ich ging wieder nach oben und befreite Emily aus ihrem Gefängnis. Sie hatte die gesamte Betteinrichtung über die Gitter geworfen und versuchte gerade, nun auch sich selbst über die oberste Stange zu hieven. Ihre blonden Locken waren ganz verknotet, ihr Gesicht noch immer rot vom Weinen und sie warf mir einen so vernichtenden Blick zu, dass ich am liebsten selbst angefangen hätte zu weinen. Ich setzte sie ab und ließ mich dann auf der gepolsterten Fensterbank nieder, wo ich versuchte zu Atem zu kommen, während sie wie eine wild gewordene Fee herumrannte.

So war das nicht geplant gewesen. Wir sollten schon lange auf unserem Weg zurück nach London sein. Die neuen Schlüssel zum Haus warteten bereits am Boden meiner Handtasche auf ihren ersten Einsatz. Bisher hatte ich mich noch nicht getraut, sie zu benutzen. Doch ich sehnte mich danach, endlich wieder über die Schwelle zu treten. Ich wollte mein Territorium zurückerobern, Natashas Überreste ausradieren und unser altes Leben wiederherstellen. Mit einem wichtigen Zusatz – das Kind, das wir uns immer gewünscht hatten.

Ich dachte an die wundersame Nacht vor sechs Monaten zurück, nach der sich alles verändert hatte. Eines Abends war Nicky sehr spät bei meiner Wohnung aufgetaucht und weckte mich auf. Ich öffnete die Tür in meinem Kimono und er taumelte an mir vorbei in die Küche, ohne ein Wort zu sagen. »Was ist los?«, fragte ich, gleichzeitig verärgert und dennoch neugierig. »Warum bist du hier?« Ich vermutete, dass er unterwegs gewesen war, um seine Kunden zu bespaßen.

Sein eleganter schwarzer Anzug sah zerknittert aus und er stank nach Alkohol. »Heute Abend war ein Fiasko«, sagte er und stellte den Wasserhahn an.

»Dieser russische Investor, dem ich Honig ums Maul schmieren wollte, hat seine Frau zum Dinner mitgebracht – damit habe ich nicht gerechnet, sie ist einfach aufgetaucht. Sie mochte nichts von der Karte, sagte, der Champagner wäre zu trocken, saß dann während der Diskussion wie ein geprügelter Welpe neben ihm und verlangte direkt nach dem Hauptgang, dass er sie nach Hause brachte.« Ich reichte ihm ein Glas und er trank das Wasser in einem Zug leer, dann spritzte er sich etwas davon ins Gesicht. »Von dem Deal kann ich mich verabschieden.«

»Du hättest Natasha mitnehmen sollen«, sagte ich leicht verschmitzt.

Nicky ließ sich auf mein Sofa fallen und nahm seine Krawatte ab. »Du machst wohl Scherze. Sie ist eine Bürde. Ich kann nicht darauf vertrauen, dass sie nicht etwas Falsches sagt. Sie zieht sich an wie ein Hippie und fängt immer mit diesem sozialistischen Mist an. Das ist so peinlich. Ich meine, wer will bei einem Cocktail über den Klimawandel reden? Es ist, als hätte man einen verdammten Teenager bei sich. Aber abgesehen davon, will sie Emily nicht alleine lassen.« Er strich das Haar aus seiner Stirn und stieß einen langen Seufzer aus. »Ich vermisse dich, Jen«, sagte er. »Gott, ich vermisse dich ... Du konntest immer wunderbar mit meinen Kunden umgehen. Alle waren dir sofort verfallen. Ich schwöre dir, dir hatte ich eine Menge Deals zu verdanken.«

Als er davon sprach, was für ein Gewinn ich für ihn gewesen war, durchfuhr mich ein Kribbeln. Ich vermisste diese Zeiten ebenfalls: Partys auf einer Yacht in Cannes, Abendessen in protzigen Restaurants in New York und Los Angeles. Es hatte mir gefallen, Nickys glamouröse Partnerin zu spielen, mit den Männern zu plaudern und die Frauen zu unterhalten. Nie habe ich über Politik oder das Geschäft gesprochen und mich stattdessen an Themen wie Shopping, Filme und Mode gehalten. Und wenn einer der Männer einen Annäherungsversuch startete, lenkte ich die Gespräche charmant in eine andere Richtung.

»Du hast mir immer noch nicht gesagt, warum du hier bist«, sagte ich und setzte mich neben ihm auf das Sofa. Mein Kimono öffnete sich leicht und entblößte meine frisch gewachsten und gebräunten Beine. Es war, als hätte ich ihn erwartet, ohne es zu wissen. »Es ist ein Uhr nachts. Wird dein Frauchen sich keine Sorgen machen?«

Er legte seinen Arm um meine Schulter und zog mich an sich. »Ich war nach dem Essen so sauer, dass ich in einen Club gegangen und mich betrunken habe«, sagte er. »Ich wollte nicht nach Hause gehen. Alles, woran ich denken konnte, waren die alten Zeiten, als es nur dich und mich gab. Wir waren ein großartiges Team, Jen. Wir kennen einander in- und auswendig, verstehen, wie der andere tickt; kennen die guten und die nicht so guten

Seiten. Wir verstehen einander, verstehst du? Wir denken auf dieselbe Art und Weise.«

»Ich weiß«, flüsterte ich und kuschelte mich an ihn. Mein Herz raste. War es der Alkohol, der aus ihm sprach, oder war dies die Wendung, von der ich geträumt hatte? Hayley hatte mir versichert, dass Nicky irgendwann zurückkommen würde, aber Emily war schon über ein Jahr alt und bis zu diesem Moment hatte es nicht das kleinste Anzeichen dafür gegeben.

»Bei mir und Natasha gibt es so eine Chemie nicht«, fuhr er fort und streichelte mir übers Haar, was mir einen Schauder über den Rücken schickte. »Zunächst einmal gehört sie nicht zu meiner Generation. Wir haben nichts gemeinsam, vertreten bei kaum einem Thema dieselbe Meinung. Sie versteht meine Welt nicht und weiß nicht zu schätzen, wie hart ich arbeite.«

»Um ehrlich zu sein, habe ich nie gedacht, dass sie dein Typ ist«, sagte ich vorsichtig.

»Du hast recht, das ist sie nicht. Ich weiß nicht, was in mich gefahren ist. Ich glaube, es war eine Midlife-Crisis oder so etwas.« Er schüttelte bestürzt seinen Kopf. »Ich war so ein Arschloch, Jen. Ich fühle mich so schuldig, wie ich dich behandelt habe. Wegen mir musstest du dein Zuhause verlassen, wurdest aus der Familie gedrängt. Kein Wunder, dass sie alle auf deiner Seite stehen. Ich habe so viele Leute verletzt – Mom, Dad, Hayley, unsere Freunde –, aber dich habe ich am meisten verletzt. Dich habe ich wirklich leiden lassen.«

Das entsprach der Wahrheit. Die letzten fünfzehn Monate waren eine Qual gewesen. Ich war so aufgebracht und wütend gewesen und unglaublich eifersüchtig, dass ich einfach nur davonlaufen wollte. Aber Hayley hatte darauf beharrt, dass das die falsche Taktik wäre. »Diese Schlampe muss dich permanent vor Augen haben, damit sie das Gefühl bekommt, dich nicht abschütteln zu können. Aber sei nicht grausam. Sei nett zu Emily und geduldig mit Nicky. Lass ihn wissen, dass du leidest, aber auch, dass du ihm vergibst. Und dann, wenn er genug von der kleinen

Nutte hat, wirst du schon auf ihn warten.« Konnte es sein, dass sich all die Opfer endlich auszahlten?

»Wir alle lieben dich«, sagte ich, streichelte über seine Brust und spielte mit den Knöpfen seines Hemdes. »Wir haben dir vergeben, wegen Emily. Sie ist ein kleines Wunder.«

»Sie hätte dein Kind sein sollen, nicht das von Natasha«, antwortete er, es lag eine seltsame Bitterkeit in seiner Stimme. »Wir haben es so sehr versucht, haben uns sie so sehr gewünscht. Wir haben sie uns verdient.«

»Ich weiß, aber es sollte nicht sein.«

Er lehnte sich vor, nahm meine Hand in seine. »Sie ist in der falschen Familie. Ich bin in der falschen Familie. Wir drei sollten es sein, Jen. Du, ich und Emily. Das wünsche ich mir.«

»Das wünsche ich mir auch«, sagte ich und legte meinen Arm um seinen Hals. »Das ist alles, was ich immer wollte.«

Nicky stand auf und wandte sich mir zu. Sein Atem ging schnell, seine Augen funkelten. »Was hält uns dann davon ab?«, fragte er. Ich stand ebenfalls auf und wir küssten uns, lange und intensiv. Seine Lippen schmeckten vertraut und dennoch schockierend aufregend. Es fühlte sich an wie ein Schlag in den Magen, als meine alte Leidenschaft für ihn wieder aufflammte. Er zog mir den Kimono aus und vergrub sein Gesicht zwischen meinen nackten Brüsten, dann ließen wir uns ungelenk auf den Fußboden nieder und ...

»Mama? Mama?« Emily rüttelte an der Türklinke. Ich blickte aus meinem Tagtraum auf und seufzte. Wahrscheinlich war sie hungrig und brauchte ihr Mittagessen.

»Okay, okay.« Ich kam auf meine Füße und ließ sie heraus. Sie lief auf den Treppenabsatz zu. »Pass auf die Stufen auf!«, rief ich und rannte hinter ihr her, doch sie rutschte bereits auf ihrem Hintern nach unten.

Ich trieb sie in die Küche und schloss die Tür hinter uns. »Sollen wir dir eine Kleinigkeit zu essen machen?«

Sie schüttelte ihren Kopf. »Mama! Wo Mama?«

»Sie hat zu tun«, sagte ich ungeschickt. Ich wusste nicht, was ich sonst sagen sollte. »Dada?«

»Der schläft.« Ich legte meine Hände aufeinander und hielt sie neben meine Wange. Sie machte die Geste nach. »Genau. Schhh ... Wir müssen leise sein, damit wir ihn nicht aufwecken.« Das schien sie für den Moment zufriedenzustellen. Ich ging zum Kühlschrank und fand einen kleinen Becher Erdbeerjoghurt. »Komm und setz dich. Ich hole dir einen Löffel.« Sie kletterte auf einen Stuhl, während ich den Deckel abriss. Dann reichte ich ihr den Teelöffel und sie versuchte, eigenständig zu essen, wobei allerdings nur wenig tatsächlich in ihrem Mund landete. Ich riss ein Stück Küchenpapier ab und wollte ihr das Kinn abwischen, doch sie stieß mich von sich. Ihr ganzes Oberteil war mir Joghurt voll gekleckert.

Plötzlich traf mich die Realität unserer Situation. Wir konnten nicht nach Hause zurückkehren, zumindest nicht heute. Nicky würde die lange Reise nicht überstehen. Ich war besorgt, dass er eine Gehirnerschütterung erlitten haben konnte. Was, wenn er innere Blutungen hatte? Ich verfluchte mich selbst dafür, keinen Notarzt gerufen zu haben, auch wenn er dann wütend auf mich gewesen wäre.

Wo war Natasha? Offensichtlich hatte es einen Kampf gegeben. Sie konnte ebenfalls verletzt sein. Plötzlich begriff ich, dass sie den Range Rover genommen haben musste – deshalb hatte ich ihn auf meinem Weg hierher nicht mehr gesehen. Hatte sie es geschafft, zur nächsten Polizeiwache zu fahren? Mein Herz raste panisch. Wenn dem so war, waren wir leichte Beute. Sie konnten jederzeit an die Tür klopfen. Ich musste mit Nicky reden, herausfinden, was passiert war und was er als Nächstes tun wollte. Für mich war es offensichtlich, dass wir uns eine andere Bleibe suchen mussten.

Ich schlich mich aus der Küche und ging zu ihm. Er schlief tief und fest, sein Mund war zu einer hässlichen Fratze verzogen. Sein Gesicht sah geschwollen und deformiert aus – selbst wenn die

Wunden verheilt waren und die Schwellung zurückgegangen war, würde er nicht mehr so hübsch aussehen wie vorher. Ich wollte ihn nicht stören, also schlich ich mich wieder hinaus und ging zu Emily zurück. Sie hatte so viel gegessen, wie sie wollte, und spielte nun mit dem Becher, balancierte ihn auf ihrer Nase, doch als sie ihren Kopf senkte, flog er quer über den Tisch. Ihr Gesicht, ihre Hände und der Tisch waren mit pinker, klebriger Schmiere bedeckt.

»Verdammt noch mal!«, rief ich und griff erneut nach dem Küchenpapier. Noch bevor ich es zu ihr schaffte, wischte sie ihre Hände an dem Stuhlkissen ab. »Nein, tu das nicht!« Sie starrte mich an und ihre Unterlippe begann zu zittern.

»Oh, tut mir leid, Süße«, sagte ich, als ich versuchte, sie sauber zu machen. »Mami sollte nicht fluchen.«

Ihre großen blauen Augen füllten sich mit Tränen. »Nein. Nein. Mama! Wo Mama?«

Ich drückte sie an mich. »Ich werde besser darin werden«, flüsterte ich. »Versprochen.«

DAMALS

Natasha

Am nächsten Tag fuhr Mom mich in den Norden von London und wir suchten uns einen Parkplatz in der Nähe von Jens Wohnung. Ihr silberner Mazda war vor dem Haus nicht zu sehen, trotzdem drückte ich die Klingel neben ihrer Wohnungsnummer. Niemand antwortete.

»Versuch es bei den Nachbarn«, schlug Mom vor. »Vielleicht wissen sie, wo sie ist.«

Ich klingelte bei allen Wohnungen des zweiten Stocks. Nur eine Person antwortete über die Sprechanlage und als ich ihn nach Jennifer Warrington fragte, wimmelte er mich ab, als wäre ich eine Betrügerin oder Mitglied bei den Zeugen Jehovas. Er behauptete, nie von ihr gehört zu haben.

Mom schaute durch die Eingangstür in das mit Marmor verkleidete Foyer. »Sieht ziemlich gehoben aus. Gibt es hier einen Concierge?«

»Ich weiß es nicht genau, glaube es aber nicht. Hier wird uns niemand helfen, Mom, so sind die Leute hier nicht.«

»Oh, nun gut, wir haben es versucht ...« Wir gingen zum Auto zurück. »Hat Nick ihr die Wohnung gekauft?«

»Ähm, ich weiß nicht. Möglich wäre es.«

Sie konnte sich ein Schnauben nicht verkneifen. »Du weißt rein gar nichts über seine Angelegenheiten, nicht wahr? Du warst wirklich ein Tölpel Natasha ... Hast dich von ihm schikanieren lassen.«

»Letzten Endes habe ich das nicht mehr getan«, antwortete ich, spürte das Gewicht des Ruders in meiner Hand und sah sein blutverschmiertes Gesicht vor mir, als er rückwärts in den See stolperte. Ich wusste nicht, ob ich ihn umgebracht hatte, aber für mich fühlte er sich tot an. Ein Teil von mir war froh, weil ich mich endlich gegen ihn zur Wehr gesetzt hatte. Aber ein anderer Teil war völlig verängstigt. Wann würden sie es herausfinden? Wann würde die Polizei aufkreuzen und mich verhaften?

»Als Nächstes sollten wir beim Haus nachsehen«, sagte Mom, als sie in das Auto stieg und ihren Sicherheitsgurt anlegte. »Ich kann mir nicht vorstellen, dass sie sich jetzt trauen würde, da hinzufahren, aber man kann nie wissen.«

Mir war unwohl dabei, dorthin zurückzukehren, weil ich wusste, dass es komplizierte Erinnerungen wecken würde. Außerdem konnte die Polizei dort schon nach mir suchen. Dann wiederum dachte ich, wenn sie mich bisher hätten finden wollen, hätten sie es auch geschafft. Ich hatte mich dazu entschieden, zu gestehen, aber auf Notwehr zu plädieren.

»Wie weit ist das von hier?«, drängte Mom. »Zu Fuß erreichbar?«

Ich nickte. Mom hatte mich dort nicht ein Mal besucht und tatsächlich war es mir zu peinlich gewesen, sie einzuladen. »Nur ein Katzensprung, aber lass und trotzdem mit dem Auto fahren.« Während wir den kurzen Weg zurücklegten, dachte ich an den schicksalhaften Tag des Unfalls zurück, verfluchte mich selbst dafür, nicht überprüft zu haben, dass ich freie Fahrt hatte, dafür zugestimmt zu haben, mit zu Nick zu fahren, dafür ihm erlaubt zu haben, mich zum Essen auszuführen, dafür mich immer wieder mit ihm getroffen zu haben. Dafür mich unsterblich in ihn verliebt zu haben. Es hatte so viele Möglichkeiten gegeben, an denen ich mich von ihm hätte zurückziehen können – an denen ich es hätte tun sollen. Ich hatte gewusst, dass das, was ich tat, falsch war, aber er war so überzeugend gewesen, ich konnte ihm nicht widerstehen.

Als wir das Haus erreichten, wies ich Mom an, in die Einfahrt abzubiegen. »Das ist es«, sagte ich. Das Grundstück wirkte seltsam verlassen; die Einfahrt war lange nicht gefegt und die Mülltonnen nicht zurück an ihren richtigen Platz geschoben worden. Ich schaute zu den Fenstern hinauf und sie starrten kühl zu mir zurück.

»O, mein Gott, das ist eine verdammte Villa«, sagte Mom, als sie den Motor abstellte.

»Nicht ganz. Es hat fünf Schlafzimmer, aber verglichen mit den anderen Häusern in dieser Straße ...«

»Das ist unglaublich. Wenn ich mir vorstelle, dass du hier ... Wie lange hast du hier gewohnt?«

»Fast drei Jahre.« Mir blieb die Luft weg, als ich daran dachte, dass Emilys zweiter Geburtstag in wenigen Wochen war. Wie standen die Chancen, sie bis dahin zurückzubekommen? Ziemlich schlecht, dachte ich. Wir hatten keinen Schimmer, wo sie war.

Wir stiegen aus dem Wagen aus und linsten durch den Briefschlitz. Auf der Fußmatte lagen ein Haufen Briefe – einige davon ohne Zweifel an mich adressiert – sowie Flyer von lokalen Lieferdiensten. Es sah aus, als wäre niemand hier gewesen, seit die Schlösser ausgewechselt worden waren.

Mom schirmte ihre Augen mit ihren Händen ab und schaute mit zusammengekniffenen Augen zu einem der Fenster hinein. »Ziemlich schick«, sagte sie. »Großer Garten?«

»Ziemlich groß.« In mir blitzte eine Erinnerung auf – Emily, die Gemma die Giraffe in ihrem Baby-Buggy den Pfad rauf und runter schob, anhielt, um die Decke zu richten, und in ihrer lustigen selber erfundenen Sprache vor sich hin quasselte. Ich fing an zu weinen. »Lass uns von hier verschwinden«, sagte ich.

Wir gingen zu ihrem Auto zurück. Als Mom die Einfahrt

hinter uns ließ, fragte ich mich, ob dies das letzte Mal gewesen war, dass ich dieses Haus sah. Ich hatte nicht das Bedürfnis, dorthin zurückzukehren, nicht einmal um meine Sachen abzuholen. Dieser Teil meines Lebens war tot. Mein Ehemann war tot. Ich hatte ihn getötet.

Im Laufe der nächsten Woche durchsuchten Mom und ich wie Besessene das Internet nach Berichten über Nicks Mord, aber es erschien nichts. Wenn er als vermisst gemeldet werden würde, würde die Polizei bestimmt mit mir sprechen wollen, immerhin war ich noch seine Frau. Versuchten sie mich aufzuspüren? Die Anspannung war unerträglich und ich war permanent in Alarmbereitschaft. Jedes Mal, wenn ein Auto am Haus vorbeifuhr, war ich sicher, dass es ein Streifenwagen war und sie kamen, um mich festzunehmen. Wenn ich hörte, wie sich jemand der Haustür näherte, schlug mein Herz aus wie ein verängstigtes Pferd, und wenn dann der Postbote klingelte, fiel ich beinahe in Ohnmacht. Meine Nerven lagen blank. Ich konnte nicht schlafen, ohne brutale Albträume zu haben, in denen ich meinen Angriff auf Nick immer wieder durchlebte. Mehr als einmal hatte Mom mich geweckt, weil ich nicht aufhörte zu schreien.

Essen interessierte mich nicht. Ich hörte auf, mich zu waschen und verspürte keinen Drang, das Haus zu verlassen. Es fühlte sich Emily gegenüber nicht fair an, am täglichen Leben teilzuhaben. Wenn ich nicht mit ihr zusammen sein konnte, würde ich gar nichts sein. Mom gab ihr Bestes, mich aufzumuntern. Sie kochte die Lieblingsgerichte aus meiner Kindheit – Makkaroni mit Käse und Apfelkuchen –, um mich zum Essen zu verführen, aber mehr als ein paar Bissen brachte ich nicht hinunter. Sie kaufte mir ein neues Handy und schaffte es, eine Karte mit meiner alten Nummer zu beschaffen. »Nur für den Fall, dass Jen versucht, dich zu erreichen«, sagte sie. Als ob ... Doch die einzige Person, die anrief, war eine Frau vom Small Wonders, die mich fragte, ob Emily noch wiederkommen würde. Anscheinend gab es eine Warteliste und sie brauchte bis zum Ende des Monats eine

Antwort. Ich brach in Tränen aus und knallte das Telefon auf den Tisch.

Meine Mutter bemerkte, dass ich immer agoraphobischer wurde. Bevor sie zu einer ihrer Schichten aufbrach, hinterließ sie mir kleine Aufgaben – einen Brief zur Post bringen, einen Liter Milch kaufen. An den meisten Tagen ignorierte ich die Nachrichten, die sie für mich auf dem Küchentisch hinterließ, und blieb in meinem Zimmer, aber sie gab nicht auf.

Ich konnte nicht glauben, dass die Zeit so schnell verging. Ich richtete mein Leben nach Emilys täglicher Routine aus, obwohl ich Probleme hatte, mich wirklich daran zu halten. Ich schaute unentwegt auf die Uhr, ging Monologe in meinem Kopf durch. Jetzt würde sie ihren Vormittagssnack haben wollen. Bestimmt musste wieder ihre Windel gewechselt werden. Um spätestens zwei Uhr müsste sie zu ihrem Nachmittagsschläfchen hingelegt werden, sonst würde ihr Rhythmus durcheinanderkommen und sie mitten in der Nacht wach werden. Ich stellte mir vor, wie ich ihr Gutenachtgeschichten vorlas oder wie wir in der Badewanne mit ihrem Piratenschiff spielten. Ich machte mir Sorgen, dass ihre Schuhe zu klein wurden. Mein eigenes Leben lief unbemerkt an mir vorbei. Es war nicht wichtig, ein Luxus, ohne den ich leben konnte.

Es war ein Mittwoch – zweieinhalb Wochen nachdem ich Nick angegriffen und Emily verloren hatte. Erst gegen Mittag schaffte ich es nach unten. Wie immer lag dort eine Notiz von meiner Mutter auf dem Tisch, die sie auf die Rückseite eines Briefumschlages gekritzelt hatte. *Bitte hol mir für den Notfall Statine aus der Apotheke. Meine sind leer. Sehr wichtig.* Die letzten beiden Worte waren mehrmals unterstrichen. Machte ein Tag ohne Statine den Unterschied zwischen Leben und Tod aus? Ich bezweifelte es. Eher sah ich es als eine neue verzweifelte Taktik an, mich dazu zu bringen, das Haus zu verlassen. Aber wenn ich ihre Bitte ignorierte, würde ich mich schlecht fühlen. Sie war so gut zu mir gewesen; ihre Medikamente abzuholen war das Mindeste, was ich im Gegenzug für sie tun konnte.

Ich wusch mir flüchtig das Gesicht und zog einigermaßen saubere Klamotten an, dann ging ich ohne in den Spiegel zu schauen aus dem Haus und trottete in Richtung der lokalen Geschäfte. Es war kühler geworden, ohne dass ich es bemerkt hatte, und meine Füße froren in den Flip-Flops. Ich verschränkte die Arme vor meiner Brust und umklammerte den Zehn-Pfund-Schein, den meine Mutter für ihr Rezept dagelassen hatte.

Als ich um eine Ecke bog, sah ich eine vertraute Gestalt auf einer der Gartenmauern sitzen. Er beugte sich über sein Handy und wippte mit seinem ausgestreckten Fuß einen geräuschlosen Takt. Was zum Teufel machte er hier? Ich wollte mich gerade umdrehen und in die entgegengesetzte Richtung davonlaufen, als er seinen Kopf hob und mich sah.

»Natasha«, sagte er. »Gott sei Dank habe ich dich gefunden.« Es war Sam.

Er stand auf und kam auf mich zu. Ich wollte flüchten, doch blieb wie erstarrt an Ort und Stelle stehen.

»Was machst du hier?« Meine Worte klangen scharf wie eine Klinge.

»Ich wollte dich sehen«, antwortete er. »Ich war bei euch zu Hause, aber da war niemand. Ich habe gedacht, dass du vielleicht bei deiner Mutter bist, aber kannte die genaue Adresse nicht, ich wusste nur noch, dass es irgendwo hier in der Nähe war. Das ist der dritte Tag, an dem ich hier sitze und warte, in der Hoffnung, dass du auftauchst.«

»Warum hast du nicht angerufen?«

Er zögerte. »Ich habe angenommen, dass du mich nicht sehen wollen würdest.«

»Stimmt genau. Also warum ...«

»Hör zu, es tut mir leid, es ist eine lange Geschichte ...« Ich hatte genug von diesen Lügen. »Wer hat dich geschickt?«, fragte ich. »Vermutlich Jen.«

»Jen?« Er schaute mich verwirrt an.

»Hör auf, mich zu verarschen, Sam. Wenn du eine Nachricht für mich hast, dann spuck sie einfach aus.«

»Ehrlich, ich weiß nicht, wovon du redest. Ich habe sie oder Nick seit Wochen nicht gesehen. Nicht, seit er mich rausgeschmissen hat.«

Mein Atem beschleunigte sich. »Du hast Nick verraten, dass ich ihn verlassen wollte; du hast ihm dabei geholfen, auszuziehen.«

»Das habe ich nicht, das schwöre ich dir.« Er senkte den Blick auf seine Schuhe. Sie waren schmutzig und ausgetreten. Jetzt, da wir uns gegenüberstanden, konnte ich sehen, dass seine Wangen eingefallen waren und er nicht rasiert war. Das freche Funkeln in seinen Augen war verschwunden. »Ich konnte nicht aufhören an dich zu denken«, murmelte er. »Können wir reden?«

Wir gingen in einen Pub und setzten uns draußen an einen Tisch in der Sonne. Während Sam an die Bar ging, versuchte ich meine Gedanken zu sammeln. Warum war er wirklich hier? Was wollte er? Ich musste vorsichtig sein. Selbst wenn er die Wahrheit sagte und Jen ihn nicht geschickt hatte, um mich auszuspionieren, war es wichtig, dass ich ihm gegenüber nichts zugab. Schließlich hatte ich gelernt, nicht mehr so vertrauensvoll zu sein, aber es hatte lange gedauert und der Preis, den ich dafür bezahlt hatte, war viel zu hoch gewesen.

Er erschien mit einem Bier und einem Glas sprudelndem Mineralwasser in der Tür. Er stellte alles auf dem wackeligen Tisch ab und setzte sich zu mir auf die Bank. »Prost«, sagte er ganz automatisch und hob sein Glas. Ich schenkte ihm ein schwaches Lächeln und es entstand eine lange Pause, während er an seinem Bier nippte und so tat, als würde er die Passanten beobachten.

»Also, worüber wolltest du mit mir sprechen?«, fragte ich schließlich.

Er wischte sich den Schaum vom Mund. »Ich habe dich hängen lassen ... Ich hätte da sein sollen, um dir zu helfen. Aber dein Mann hat gesagt, wenn ich je wieder bei euch auftauche ...«

»Dann was?«

»Das hat er nicht genau gesagt, aber es war offensichtlich, dass er es ernst meinte. Ich wollte kein Risiko eingehen. In meiner Vergangenheit hatte ich schon oft genug Probleme mit irgendwelchen Psychos.«

»Du hältst Nick für einen Psycho?« Ich achtete darauf, das Präsens zu verwenden. Sam zuckte mit den Schultern. »Furchteinflößend ist er auf jeden Fall. Hat mich gegen eine Wand gedrückt und fast erwürgt. Ich habe ihm versucht zu erklären, dass zwischen uns nichts passiert ist, aber er nannte mich einen Lügner und behauptete, er hätte Beweise. Ich hätte nicht weglaufen sollen, hätte dich nicht mit ihm alleine lassen sollen. Ich war ganz krank vor Sorge bei dem Gedanken daran, was er dir antun könnte.« War das nur eine erfundene Geschichte, um mich denken zu lassen, dass er Nick hasste und auf meiner Seite war? Jen hatte genau dieselbe Taktik benutzt. Allerdings war sie eine bessere Schauspielerin als Sam. Er schien sich sehr unwohl zu fühlen – schaute mir nicht in die Augen und massierte zittrig seine Hände unter dem Tisch. Aber seine Nervosität könnte auch anders interpretiert werden.

»Nick hat Emily mitgenommen«, sagte ich schließlich. »Es gibt nichts Schlimmeres, das er mir hätte antun können.«

Sam schaute auf, sein Ausdruck wirkte ehrlich überrascht. »O, Scheiße, Natasha ... O, Gott ... Wohin hat er sie gebracht?«

Ich zögerte, bevor ich antwortete. »Ich weiß nicht. Jen ist auch bei ihnen. Sie sind wieder zusammen.«

»Das ist schrecklich«, sagte er. »Ziehst du gegen ihn vor Gericht?«

»Kann ich mir nicht leisten.«

»Oh ... Ich wünschte, ich könnte dir helfen, wirklich, aber alles, was ich habe, ist ein Haufen Schulden. Im Moment arbeite ich nicht und ...«

»Du hast eine Frau und zwei Kinder, um die du dich kümmern musst«, beendete ich den Satz für ihn. Er schaute mich verwundert an.

»Ich war bei deiner Wohnung, Sam. Ich wollte dich fragen, ob du weißt, wohin Nick verschwunden ist. Deine Frau hat mir aufgemacht.«

Er schüttelte seinen Kopf. »Nein, nein, das war meine Schwester. Die Kinder sind mein Neffe und meine Nichte.« Er sah meinen skeptischen Blick. »Um Gottes willen, Natasha, ich sage die Wahrheit. Casey ist eine alleinerziehende Mutter. Sie hat mich aufgenommen, als es mir sehr schlecht ging. Ich wusste nicht mehr wohin, und sie hat mir noch eine Chance gegeben.« Er holte sein Telefon heraus. »Ruf sie an, frag sie selbst.«

Ich deutete ihm an, das Telefon wieder wegzustecken. »Warum hast du das vorher nie erwähnt?«, fragte ich. »In all den Stunden, die wir zusammen in dem Auto verbracht haben. Warum hast du es mir nicht erzählt?«

Er starrte finster in sein Bier. »Es war mir peinlich. Auf dem Sofa meiner Schwester zu schlafen, in meinem Alter ...«

Ich hatte all die Lügen so satt, dass ich ihm glauben wollte. Aber wenn er schon die ganze Zeit mit Nick und Jen zusammenarbeitete, könnte ich wieder in eine Falle tappen.

»Was wirst du wegen Emily tun?«, fragte er. »Wirst du vor Gericht gehen?«

Also deshalb ist er hier, dachte ich. Darum geht es.

Ich fixierte ihn mit meinem Blick. »Oh, ich werde sie irgendwie zurückbekommen. Koste es, was es wolle.«

»Lass mich dir helfen«, sagte er, dann lehnte er sich nach vorne und griff nach meiner Hand. Ich zog sie gerade noch rechtzeitig vom Tisch weg. »Wir werden das zusammen durchstehen.«

»Ja, klar.« Ein bitteres Lachen entglitt mir. »Darauf bin ich schon einmal reingefallen, Sam. Ich mag in der Vergangenheit dumme Entscheidungen getroffen haben,

aber ein zweites Mal falle ich da bestimmt nicht drauf rein, danke.«

»Ich weiß nicht, wovon du sprichst.«

Ich stand auf. »Sag Jen, dass ich nicht aufgeben werde. Dass ich nie aufgeben werde.«

Er wollte etwas erwidern, doch ich entfernte mich bereits von ihm.

34

HEUTE

Anna

Es ist Sonntagmorgen und ich habe es geschafft, mich von der wöchentlichen Einladung zur Eucharistie um elf Uhr zu drücken, indem ich resolut im Bett geblieben bin und vorgegeben habe, tief und fest zu schlafen. Um halb neun klopfte Chris an meine Tür, bot mir Eier und Speck an, doch ich antwortete nicht. Ich musste mich unter der Decke verstecken, damit ich nicht die köstlichen Aromen roch, die unter der Tür hindurchschwebten. Selbst ein Abstecher ins Bad kam nicht in Frage; er würde die Spülung der Toilette hören und auf magische Weise im Flur erscheinen, wenn ich fertig wäre. Diese Spielchen spielen wir miteinander. Jeder würde denken, dass er mich eher zum Sünden anstelle der Erlösung verführte. Aber ich will Gottes Erlösung nicht, sie bedeutet mir nichts.

Zu meiner Überraschung kommt er erst am späten Nachmittag nach Hause. Er riecht nach Rauch und Fett und seine blasse Haut ist vor Hitze ganz rot. Auf seinem karierten Hemd zeichnet sich ein brauner Soßenfleck ab und auf den Knien seiner Hose sind

Grasflecken. Mir fällt ein, dass heute Nachmittag das Kirchen-Barbecue war, eine Spenden-Sammelaktion für das Obdachlosenheim.

»Ich wünschte, du hättest dabei sein können, es hätte dir dort wirklich gefallen«, sagt er und öffnet das Fenster zu dem französischen Balkon, der überhaupt kein Balkon ist. »Ich weiß nicht, wie du hier drin noch atmen kannst.«

»Entschuldige, das habe ich vergessen«, sage ich. »Das Barbecue, meine ich.« Ich schaue mich schuldbewusst um. Ich war auf meinem Bett eingeschlafen und hatte das Mittagessen verpasst. Meine Schüssel vom Frühstück stand immer noch auf dem Küchentisch, winzige Müsli-Brocken lassen die Seiten wie einen ungeschliffenen Juwel wirken. Gerade flog eine Fliege hinein und landete auf der leeren Bananenschale.

»Ich habe heute Morgen versucht, dich daran zu erinnern, aber du hast wie ein Baby geschlafen.«

Ich fühle, wie meine Wangen rot werden. »Tut mir leid.« Ich wende mich von ihm ab und fange an, aufzuräumen. »Ich hätte gleich abwaschen sollen, ich war nur ... Ähm ...« Den Rest des Satzes ertränke ich unter dem laufenden Wasserhahn.

»Ist schon okay, Anna.«

Ich erzittere, während ich das Waschmittel in die Spüle kippe. Jedes Mal, wenn er meinen Namen sagt, werde ich daran erinnert, dass er weiß, dass er falsch ist. Unser kleines Geheimnis. Solange wie ich mich benehme, wird er es niemandem sagen. Auch wenn ich meinen Namen zu meiner eigenen Sicherheit geändert hatte, suggerierte es doch, dass ich etwas getan hatte, für das ich mich schäme. Oder bin ich wieder paranoid? Ich tauche meine Hände in das zu heiße Seifenwasser und atme scharf ein. Was stimmt nicht mit mir? Warum kann ich mich nicht entspannen? Chris ist ein netter, großzügiger Mann; er hat gerade den ganzen Tag in der Kirche verbracht. Er ist wirklich nett zu mir. Es gibt nichts, vor dem ich mich fürchten müsste. Und dennoch ...

Ich fühle es. Ich fühle seine Macht.

Er beobachtet mich aus den Augenwinkeln, dreht leicht seinen

Kopf, um mein Gesicht in seinem Blickfeld zu haben. Wie viel weiß er? Meine Gedanken wandern unweigerlich zu Sam. Wenn ich in Morton bleibe, wird er mich immer finden können. Informationen können wertvoll sein. Ich kann mir mindestens eine Person vorstellen, die eine Menge Geld dafür bezahlen würde, um zu wissen, wo ich bin.

Es wäre nur logisch, mich nach einem neuen Job umzusehen, in einer anderen Stadt, in der ich mich verstecken kann. Und doch zögere ich, die schwachen, schmächtigen Wurzeln, die ich in diese trübe Erde gepflanzt habe, wieder herauszureißen.

»Ich glaube, dass es an der Zeit ist, dass ich in meine Wohnung zurückgehe«, sage ich, als ich die Müslischale auf das Abtropfgitter lege. Dann drehe ich mich um, um meine Hände an dem kleinen Handtuch zu trocknen. Chris sieht überrascht aus. »Geh noch nicht. Ich genieße es wirklich, dich hier zu haben. Vorher hat es sich einfach wie ein Ort angefühlt, an dem ich meine Sachen lagere, aber jetzt ist es ein Zuhause.«

»Das hat nichts mit mir zu tun. Es dauert immer eine Weile, bis man sich an eine neue Umgebung gewöhnt.« Manchmal gewöhnt man sich nie daran, denke ich, aber behalte meine Gedanken für mich.

»Ich hasse es, alleine zu leben«, antwortet er und ein trauriger Schatten legt sich über sein Gesicht. »Ehrlich, du musst nicht zurückgehen. Dort ist es nicht mal besonders schön. Nichts für ungut, aber ... eine Frau wie du sollte dort nicht wohnen. Ich habe den Eindruck, als wärst du eine wesentlich luxuriösere Umgebung gewohnt.« Und es geht los, schon streckt er seine Angel in die trüben Wasser meiner Vergangenheit aus. Hat Sam ihm von dem Haus mit fünf Schlafzimmern in einem von Londons exklusivsten Vierteln erzählt? War er auf einer Immobilien-Website und hat herausgefunden, für welchen Preis es aktuell auf dem Markt ist? Das würde ihm den Atem rauben.

»Du warst unsagbar freundlich, Chris«, sage ich, »aber ich möchte deine Gastfreundschaft nicht ausreizen.«

Er lächelt. »Das könntest du niemals tun.« Er kommt näher

und nimmt meine linke Hand, streicht über die Stelle, an der einmal ein Ring saß. Es fühlt sich angenehmer an, als ich vermutet hatte, und ich lasse zu, dass sich seine Hand mit meiner verflicht.

»Warst du den ganzen Tag im Haus?«, fragt er. Als ich nicke, schnaubt er. »Dann komm, lass uns einen Spaziergang machen. Nur einmal über die Sportfelder.«

Ich lasse mich von ihm aus der Wohnung führen und wir halten immer noch Händchen, als wir in den Aufzug steigen. Erst an der Eingangstür trennen wir uns, um nach draußen zu gelangen. Wir schlendern über die Sportfelder, Arm in Arm, und er erzählt mir von seinem Tag. Es fühlt sich seltsam normal an. Normal und richtig.

Nichts anderes passiert an diesem Abend. Wir sitzen auf unseren üblichen Plätzen auf dem Sofa – ohne uns zu berühren – und schauen fern, wie ein altes Ehepaar. Nach der Wettervorhersage sagt Chris, dass er von all dem Grillen müde ist und dringend ins Bett muss. Ich warte, bis ich höre, wie seine Tür ins Schloss fällt, dann gehe ich in mein eigenes Zimmer. Ich habe tagsüber zu viel geschlafen und es dauert Stunden, bis ich wieder in den Schlaf finde, doch als ich es tue, sind meine Träume sanft, und obwohl ich Chris nicht sehe, weiß ich, dass er da ist.

Irgendetwas veränderte sich über Nacht, denn am Morgen herrscht eine andere Atmosphäre in der Wohnung. Wir tauschen kleine, flüchtige Blicke aus, während wir uns zwischen Wasserkocher, Toaster und Kühlschrank hin- und herbewegen. Unsere Arme berühren sich, als wir nach der Butter greifen oder eine Tasse aus dem Regal nehmen wollen. Unsere Blicke treffen sich. Es fühlt sich wie der Anfang von etwas Neuem an. Ein langsamer, vorsichtiger Anfang. Ohne dass wir darüber gesprochen hätten, hat Chris mir angeboten, richtig bei ihm einzuziehen, und ich habe sein Angebot angenommen.

Einige Wochen vergehen und ich fühle mich unerklärlicherweise glücklicher. Bei meinem Termin mit Lindsay bemerkt sie es, sobald ich den Raum betrete, und sagt mir, dass ich »einen Durchbruch hatte«. Manchmal passiert er ohne erkennbaren Grund, sagt sie, häufig wenn man es am wenigsten erwartet. Das Gehirn langweilt sich, wenn es immer die gleichen alten Wege geht, dieselben alten Synopsen aktiviert. Es entscheidet sich, eine neue Route einzuschlagen und durch frisches grünes Gras zu wandern. Als ich ihr sage, dass ich keine Lust habe, über den Unfall zu reden, sagt sie, das ist in Ordnung – sogar ausgezeichnet.

»Worüber würden Sie stattdessen gerne sprechen?«, fragt sie. Es wirkt, als hätte sie immer gewusst, dass noch mehr an dieser Geschichte dran ist, dass ich die wichtigsten Dinge zurückgehalten habe. Ich zögere. Ist jetzt die Zeit gekommen, mit allem herauszurücken? Ganz von vorne anzufangen? Ich glaube nicht. Stattdessen erzähle ich ihr von Chris, wie sehr ich seine Freundschaft schätze und dass ich mich frage, ob sich vielleicht mehr zwischen uns anbahnen könnte. »Mehr wovon?«, fragt sie, obwohl sie es bereits weiß.

Am nächsten Mittwochabend fragt er mich, ob es für mich in Ordnung wäre, alleine nach Hause zu gehen, und sagt, dass ich nicht für ihn mitkochen müsse, da er sich mit einem Freund treffe. Er verrät nicht, mit wem, aber in meinem Kopf sehe ich eine Frau vor mir, mit der er ein Date hat, wahrscheinlich jemand, den er im Internet kennengelernt hat. Als ich von der Bushaltestelle nach Hause gehe, schwinge ich eine Tüte mit einem Mikrowellengericht für eine Person und einem kleinen Schokoladen-Dessert, doch ich vermute, dass das leere Gefühl in meinem Magen nicht nur vom Hunger herrührt. Es ist der Samen eines Gefühls, kaum gekeimt, aber ich erkenne es und das beunruhigt mich.

Ich dachte, dass sich zwischen uns etwas anbahnt. Habe ich die Anzeichen missverstanden?

Ich liege im Bett, lausche nach den Klängen eines Besuchers: Mädchenhaftes Kichern und betrunkenes Geflüster. Doch er ist um zweiundzwanzig Uhr zurück und geht direkt in sein Zimmer. Entweder war es wirklich nur ein Freund oder das Date war schlecht gelaufen. Vielleicht hat er zu oft Gott erwähnt. Oder vielleicht war ihm bewusst geworden, dass die Frau, die er wirklich will, bereits unter seinem Dach wohnt, und er wartet nur geduldig auf den richtigen Moment.

Der kommt am Freitagabend. Margaret hat alle aus der vierten Etage eingeladen, um ihren sechsundfünfzigsten Geburtstag zu feiern. Für Sandwiches, Chips und einen großen Kuchen ist gesorgt und ihr Mann arbeitet hinter der Theke.

Etwa vierzig Personen drängen sich in den langen schmalen Veranstaltungsraum, eine Mischung aus Kollegen, Freunden aus dem Rugby-Club, Nachbarn und ihrer Familie. Alle scheinen sich zu kennen, wenn auch nicht aus der Gegenwart, sondern aus der Vergangenheit. Morton ist eine wirklich kleine Stadt. Ich bekomme einige Gespräche von Leuten mit, die zusammen zur Schule gegangen sind. Alle amüsieren sich, ohne diesen sozialen Wettbewerb zu spüren, den ich noch aus meinem alten Leben kenne.

Wir stehen in verschieden großen Gruppen zusammen und rufen über den Klang der Sechziger-Jahre-Musik, die aus kleinen Lautsprechern aus der Wand dröhnt. Noch tanzt niemand, aber ohne Zweifel wird es dazu kommen, sobald mehr Alkohol im Spiel ist. Chris ist recht aufmerksam, bringt mir Getränke und wirft mir kurze entschuldigende Blick zu, als die Gespräche sich auf frühere Sportereignisse und alte Lehrer konzentrieren.

Ich ertappe mich dabei, wie ich ihn anstarre, seine Nase im Profil bewundere, die Art und Weise, wie sich sein Haar um seine Ohren kräuselt, und sein Bauch, der im Vergleich zu anderen Männern seines Alters im Raum unglaublich flach ist. Er ist nicht so gutaussehend wie Nicky; er bringt meinen Bauch nicht zum Kribbeln oder lässt meine Finger vor Verlangen brennen. Aber dahin darf ich meine Gedanken nicht gehen lassen. Es wird niemals wieder jemanden geben wie Nicky – meine erste Liebe, mein Seelenverwandter, Empfänger meiner Jungfräulichkeit. Ich denke nicht, dass irgendjemand einer 43-jährigen Frau glauben würde, dass sie bisher nur mit einem Mann geschlafen hatte. Ich werde Nicky nie wiedersehen. Werde ich für den Rest meines

Lebens im Zölibat leben oder würde ich meine Freiheit auskosten?

Um halb zehn habe ich genug von der Party. Meine Füße schmerzen vom vielen Rumstehen und der Wein steigt mir zu Kopf. Chris scheint zu merken, dass ich gehen möchte. Er bahnt sich seinen Weg durch eine Gruppe Kollegen zu mir und flüstert in mein Ohr: »Soll ich ein Taxi rufen?« Ich nicke dankbar. Als wir zusammen aufbrechen, winke ich Margaret zum Abschied zu und sie wirft mir einen verschwörerischen Blick zu. Natürlich denkt sie, dass wir schon seit Wochen intim miteinander sind; sie weiß nicht, dass dies unsere erste gemeinsame Nacht sein wird.

Wir fangen nicht im Taxi an zu knutschen oder reißen uns die Klamotten vom Leib, sobald wir zur Haustür hereinkommen. Unsere Leidenschaft ist ruhig und ehrfürchtig, aber nicht weniger aufregend. Ich führe ihn zu meinem Schlafzimmer, wo wir uns langsam gegenseitig ausziehen, unsere Körper zittern vor Vorfreude.

Ich kann mich nicht erinnern, wann mich das letzte Mal ein Mensch berührt hat. Erst als es vorbei ist, Chris auf mir liegt, meinen Nacken küsst und mir sagt, wie schön ich bin, fangen die Tränen an zu fließen. Ich weiß nicht genau, weshalb ich weine – wegen Jen, wegen Anna, wegen des ganzen Horrors, der zu diesem kurzen, kleinen Moment des Glücks geführt hat? Irgendetwas davon ist es. Ich wische sie schnell mit der Rückseite meiner Hand weg, damit er die Feuchtigkeit nicht auf seiner Wange spürt. Er löst sich von mir und legt sich auf den Rücken. »Das war unglaublich«, sagt er und klemmt seine Hände hinter den Kopf. Ich rolle mich von der Matratze und stehe auf, schnappe mir schnell ein Handtuch und wickle es um meinen nackten Körper. Seine Augen folgen mir, als ich um das Bett herumgehe und das Zimmer verlasse, um das Bad aufzusuchen.

Ich starre auf die neue Person im Spiegel, die Person, die es schließlich doch geschafft hat, eine Verbindung zu einem anderen Mann aufzubauen. Das ist ein riesiger Schritt nach vorne und, was am wichtigsten ist, es fühlt sich richtig an. Ich lächle meinem Spiegelbild zu. Mein Make-up ist verschmiert und der schwarze Kajal verlaufen. Ich wasche mir schnell das Gesicht und trinke ein großes Glas Wasser.

Als ich zurück in mein Zimmer komme, bemerke ich, dass Chris die Nachttischlampe eingeschaltet hat und etwas unter ihrem Schein studiert.

Es ist ein Foto. »Was tust du da?«

»Ich habe es unter dem Kissen gefunden«, antwortet er.

»Hast du es gefunden oder hast du danach gesucht?« Meine Stimme klingt vorwurfsvoll. Davon fühle ich mich entblößter als von dem, was wir gerade mit unseren Körpern getan haben.

»Es gefunden, natürlich. Ich wusste nicht ...« Er verzieht frustriert sein Gesicht. »Entschuldigung, ich wollte nicht ... Ich habe nur die Kissen aufgeschüttelt, da ist es heruntergefallen.«

Ich strecke meine Hand aus und er überreicht es mir. Ich blicke auf das wunderschöne, lächelnde Gesicht hinunter, dann öffne ich die Schublade meiner Kommode und lasse es hineinfallen, schicke sie zurück in die Dunkelheit.

»Wer ist sie? Deine Tochter?«

»Nein, ich habe keine Kinder. Würdest du jetzt bitte gehen? Ich möchte schlafen.«

Chris stöhnt. »Bitte sei nicht so. Ich wollte nicht herumschnüffeln, das war ein Unfall.« Als er dieses Wort ausspricht, zucke ich zusammen, auch wenn ich weiß, dass er sich nicht auf meinen bezieht.

»Es tut mir leid, wirklich. Das geht mich nichts an. Das ist dein Zimmer, dein Bett, dein Leben.«

»Ja, das ist es«, fauche ich und er sieht aus, als würde er gleich in Tränen ausbrechen. Ich versuche, meine Stimme zu zügeln. »Bitte, es ist schon spät. Ich denke es ist besser, wenn wir getrennt voneinander schlafen.«

»Anna, bitte vergib mir. Zwing mich nicht zu gehen. Wir hatten einen wunderschönen Abend, lass ihn uns nicht ruinieren. Rede mit mir.«

»Ich will nicht reden!« Ich ziehe das Handtuch über meiner

Brust fester. »Ich habe versucht zu vergessen – nur für eine Nacht. Ein paar Stunden, wenigstens eine Minute, nur eine Sekunde, in der es nicht in meinem Kopf herumschwirrt. Aber nein, das darf ich nicht, jetzt weiß ich das. Ich werde noch immer bestraft.«

Seine Augen weiten sich. »Was meinst du?«, fragt er. »Bestraft wofür?«

Ich sinke auf das Bett und meine Schultern sacken zusammen. »Das kann ich dir nicht sagen.«

»Doch, kannst du. Du kannst mir alles sagen.« Er kriecht herüber und streckt seine Arme aus. Ich lehne mich gegen ihn und er schließt mich in ihnen ein. »Warum hast du ein Foto von diesem kleinen Mädchen?«

»Weil sie tot ist«, sage ich. »Und das ist meine Schuld.«

35

DAMALS

Natasha

Den Großteil von Emilys Geburtstag verbrachte ich im Bett, versteckte mich in der muffigen Dunkelheit hinter den Vorhängen und hoffte, dass ich die Sonne nicht sehen musste. Der Tag würde nicht existieren und ich redete mir ein, dass wir ihn einfach übersprungen hatten. Es war ein Trick, den der Kalender regelmäßig am 29. Februar machte, warum dann nicht auch am 23. September? Der Gedanke an Emily mit Jen, wie sie »Happy Birthday« sangen und die Kerzen ausbliesen war einfach unerträglich. Mein Kopf weigerte sich, ihn zuzulassen, doch mein Körper wollte nicht kooperieren. Mein Bauch fühlte sich aufgebläht und schwer an, als ich mich an den kostbaren Tag erinnerte, vor genau zwei Jahren, als ich in unserem Super-King-Size-Bett lag und von einer Mischung aus Aufregung und reinster Panik überwältigt wurde.

Die Wehen fingen mitten in der Nacht mit einem dumpfen, bohrenden Schmerz in meinem Rücken an. Er weckte mich auf und ich lag mehrere Minuten lang still da, fühlte mich benebelt und orientierungslos, unsicher, ob ich nur träumte oder ob es tatsächlich endlich losging. Emily war fast eine Woche überfällig und in den letzten Tagen hatte es zahlreiche Fehlalarme gegeben, sogar einen unnützen Abstecher zum Krankenhaus. Ich hatte aufgehört, Nick von jedem Zwicken zu erzählen, weil er immer in Panik verfiel. Selbst jetzt zögerte ich, ihn aufzuwecken, für den Fall, dass es sich nur um normale Rückenschmerzen handelte. Aber als ich in der Dunkelheit lag und spürte, wie der Schmerz sich um mich legte, seinen Griff festigte und dann wieder löste, wusste ich, dass es etwas anderes war. Ich stupste Nick an, bis er aufwachte, und flüsterte in sein Ohr: »Ich glaube, sie kommt.« Er riss seine Augen auf, setzte sich hin, sprang aus dem Bett und zog seine Klamotten an, wie ein Feuerwehrmann, der Bereitschaft hatte. Meine Tasche war bereits gepackt und wartete neben der Haustür auf uns. Winzige Schlafanzüge, Windeln, Einlagen für mich, Creme für meine Brustwarzen, Massageöl, ein Still-BH, ein Pyjama, saubere Unterwäsche ... Das Navi war auf das Krankenhaus vorprogrammiert und der Kindersitz bereits im Auto installiert. Wir waren so vorbereitet, wie man nur sein konnte, aber es hatte sich nur wie ein Spiel angefühlt. Ich konnte nicht wirklich glauben, dass da ein Baby in mir herangewachsen war; dass ich es nun zur Welt bringen und sie mit nach Hause nehmen durfte.

Nick wuselte herum, half mir in eine lockere Jogginghose und ein weites T-Shirt, dann hievte er mich auf meine Füße. Ich klammerte mich für einen Moment an ihn und wir hatten eine Art Gruppenumarmung, bei der mein Bauch steinhart und rund zwischen uns stand. Ein Teil von mir wollte, dass sie dort blieb, wo sie es sicher und warm hatte. Aber sie hatte bereits ihre gefährliche Reise aus meinem Körper begonnen und nichts würde sie jetzt noch aufhalten.

Nick machte mir eine Tasse Tee, aber ich konnte ihn nicht trinken. Das dumpfe Stechen in meinem Rücken hatte sich in einen schweren, brennenden Schmerz verwandelt. Ich lief im Schlafzimmer umher und machte gelegentlich Pause, um mich an Möbeln festzuhalten und mich durch die Schmerzen zu atmen. Nick ertrug es nicht länger. »Wir fahren jetzt«, sagte er und obwohl ich befürchtete, dass es noch zu früh war, diskutierte ich nicht mit ihm. Da er uns in einer privaten Entbindungsklinik angemeldet hatte, wusste ich, dass sie es nicht wagen würden, uns wegzuschicken.

Das Haus in der dunklen Kühle der Nacht zu verlassen, erinnerte mich an meinen Urlaub als Teenager – wir fuhren mit dem Bus zum Flughafen, um früh am Morgen einen billigen Flug zu erwischen. Meine Zehen froren in meinen Sandalen, der trockene Geschmack des Schlafes saß mir noch im Hals und mein Magen knurrte vor Hunger und Vorfreude. Ich freute mich auf die Reise, war aber auch nervös wegen des Fluges – ich legte mein Leben in die Hände des Piloten und der Flugsicherung. Mom hatte nie Verständnis für meine Ängste gehabt und erklärte mir die unglaublich niedrige Wahrscheinlichkeit eines Flugzeugabsturzes im Gegensatz zu einem Autounfall. Wie leicht das alles gewesen war, im Vergleich zu dem, was mir nun bevorstand.

Während wir zum Krankenhaus fuhren, versuchte ich nicht daran zu denken, was alles schiefgehen könnte, und erinnerte mich selbst daran, dass die Geburt das natürlichste der Welt war; dass Tausende, vielleicht Millionen von Frauen das jeden Tag überstanden. Ich hatte das Glück, mich in den besten Händen wiederzufinden – dafür hatte Nick gesorgt. Mein Geburtsplan war recht idealistisch: keine Kabel, keine nervigen Monitore, keine Schmerzmittel. Ich wollte mich in eine Wanne mit warmem Wasser hocken und meine Tochter wie eine Meerjungfrau aus den Höhlen meines Körpers in diese Welt schwimmen lassen. Aber Nick wollte alles, was die Wissenschaft und Technologie zu bieten hatte. Er wollte, dass Emily in der ersten Klasse reiste. Warum sonst sollte er so viel bezahlen? Diese Fracht war zu wertvoll, als sie bei dem Transport beschädigen zu lassen. Er gab meinem Wunsch nach einer natürlichen Geburt sein Lippenbekenntnis, aber bei dem ersten Anzeichen von Schwierigkeiten, wie gering sie auch sein mochten, würde er darauf bestehen, dass ein Kaiserschnitt durchgeführt werden sollte.

Was natürlich genau das war, was passierte. Während der

Wehen sank Emilys Herzrate leicht, was die Hebamme vermuten ließ, dass die Nabelschnur um ihren Hals liegen könnte. Das war zu viel für Nick. Der Oberarzt wurde gerufen und ehe ich mich versah, wurde ich mit einer Maske vor dem Gesicht in den OP gerollt. Es blieb keine Zeit für eine PDA, weshalb ich den Moment verpasste, in dem sie auf die Welt kam, verpasste ihr erstes Schnappen nach Luft, ihre ersten unbeholfenen Schreie. Als ich aus der Narkose erwachte, sah ich Nick auf der anderen Seite des Zimmers stehen, wie er ein kleines Bündel in den Armen hielt. Tränen liefen über sein Gesicht. Er war so auf das kleine Wunder seiner Schöpfung fixiert, so beschäftigt damit, sich zu verlieben, dass er gar nicht bemerkte, dass ich wach war. Ich rief nach ihm, doch er hob nicht mal seinen Blick. Plötzlich fühlte ich mich ausgeschlossen und vergessen. Ein leeres Fahrzeug, das nicht länger benötigt wurde. Damals verdrängte ich dieses Gefühl, schob es auf die Macht des Augenblicks, die Nachwirkung der Narkose, den Nebel der Schmerzmittel und meine Erschöpfung ... Doch zwei Jahre später, als ich diesen Moment noch einmal in Gedanken durchging, wurde mir bewusst, dass ich die Wahrheit bereits an diesem Tag gesehen hatte. Nick wollte keine Familie, zumindest keine mit mir. Er wollte nur ein Baby.

Mein Mund öffnete sich zu einem stummen, gequälten Schrei, während ich mich an die Bettdecke klammerte. Es war grausam, ein Leben zu nehmen, doch nach dem, was er mir angetan hatte, verdiente er es zu sterben.

Zu Anfang war ich sicher gewesen, dass ich ihn umgebracht hatte. Immer wieder sah ich vor mir, wie sein ramponierter, blutiger Körper nach hinten fiel, eine Mischung aus Schock und Unglauben auf seinem Gesicht, als er auf das Wasser traf. Ich stellte mir vor, wie er zum Grund des Sees sank und in seinem schlammigen Grab lag, während die letzten Luftblasen an die Wasseroberfläche traten. Aber Wochen waren vergangen und es gab keine Neuigkeiten über ihn in den Nachrichten, keinen Anruf der Polizei, die mich darüber informieren wollte, seine Leiche gefunden zu haben. Keine Beschuldigungen. Keine Drohungen. Nur Stille.

Was, wenn er es geschafft hatte, sich aus dem Wasser zu ziehen, und noch am Leben war? Was, wenn er und Jen an dem Pool irgendeiner Villa in Spanien saßen und zusammen Emilys Geburtstag feierten? Sich zu ihrem Erfolg zuprosteten und beobachteten, wie sie das Papier von ihren Geschenken riss? Letztes Jahr war Nick lächerlich verschwenderisch gewesen und hatte ihr so viele Kuscheltiere, Bücher und Spielzeuge gekauft, dass sie einen kleinen Laden hätten füllen können. »Ich möchte sie nur ein bisschen verwöhnen«, wie Nick es genannt hatte. Es gab eine große Feier mit Caterern – Nicks gesamte Familie reiste aus Bristol an, außerdem lud er viele seiner Freunde ein, inklusive ihrer Kinder. Ich hatte mich geweigert, Jen einzuladen, aber sie war trotzdem vorbeigekommen, »nur um Emily ihr Geschenk zu geben«, was damit endete, dass sie stundenlang blieb, sich betrank und mit Nicks Familie tratschte. Ich konnte nicht glauben, wie dreist sie war, konnte nicht verstehen, warum Nick sie herumstolzieren ließ, als wäre das immer noch ihr Haus, warum er zuließ, dass sie Emily mit ihrem Telefon filmte und allen verkündete, dass sie kurz davor stünde, ihre ersten Schritte zu machen. Als wäre Emily ihre Tochter und als wüsste sie jedes noch so kleine Detail über sie. Als ich mich bei Nick beschwerte und ihn aufforderte, sie rauszuschmeißen, warf er mir vor, gemein und lieblos zu sein. Jetzt verstand ich, dass sie die Geschichte bereits umgeschrieben hatte, dass sie falsche Aufnahmen von Emilys Leben gemacht hatte. Vielleicht würden sie ihr in einigen Jahren dieses Video ihres ersten Geburtstages zeigen. Würde sie die grimmig schauende junge Frau im Hintergrund bemerkten und einen Hauch von Wiedererkennung, vielleicht sogar ein leichtes Gefühl von Liebe verspüren? Oder wäre ich ganz herausgeschnitten worden?

Ein Blitz aus Wut durchzuckte mich. Ich warf die Decke zurück und setzte mich auf. Damit konnte ich Jen nicht durchkommen lassen. Ich konnte nicht zulassen, dass ich Geburtstag für

Geburtstag trauerte, ohne zu wissen, wo Emily war oder wie es ihr ging. Ich würde nicht zulassen, dass Jen mich aus dem Leben meiner Tochter ausschloss.

Aber zuerst musste ich herausfinden, ob ich gegen einen Feind kämpfen musste oder gegen zwei. Entweder verbrachten sie und Nick eine wundervolle Zeit zusammen oder sie war allein und klammerte sich verzweifelt an Emily, während sie betete, dass Nicks Leiche niemals gefunden werden würde. Denn wenn ich des Mordes beschuldigt werden würde, müsste sie sich für Kindesentführung verantworten, und keine von uns würde Emily haben. Ich musste wissen, ob Nick am Leben war – meine gesamte Zukunft hing davon ab.

Mittlerweile war es später Nachmittag. Mom hatte aufgegeben, mich aus dem Bett locken zu wollen, und hatte das Haus verlassen, um sich auf den Weg zu ihrer Abendschicht zu machen. Ich nahm mein neues Handy zur Hand und scrollte mich durch meine wichtigsten Kontakte – meine Finger schwebten über der Festnetznummer von Nicks Eltern. Konnte ich es wagen, sie anzurufen? Was zum Teufel sollte ich ihnen sagen? Ich ging im Kopf ein paar Zeilen durch, doch alles klang zu belastend, zu offensichtlich. Ich wusste, dass sie mich hassten und nicht kooperativ wären. Wahrscheinlich würden sie ohnehin behaupten, nichts von Nick gehört zu haben. Bei seiner Schwester wäre es das Gleiche. Sie konnte bei der ganzen Sache sogar ihre Finger mit im Spiel haben. Nein, seine Familienmitglieder waren nicht die richtigen Ansprechpersonen; das würde erniedrigend werden. Aber wen sonst konnte ich anrufen? Die Nummern von Nicks Freunden hatte ich nicht – er war immer derjenige gewesen, der sie kontaktiert hatte, und die meisten von ihnen standen ohnehin auf Jens Seite. Die einzige Person, die mir einfiel, war Johnny, Nicks Anwalt. Er war ein wenig greifbarer Charakter, aber er war immer nett zu mir gewesen. Das letzte Mal, als wir miteinander gesprochen haben, hatte ich das Gefühl, dass ich ihm leidtat. Ich könnte ihn fragen, was mit dem Haus passieren würde, könnte behaupten, dass ich mit Nick sprechen musste, um meine Sachen abzuholen ...

Meine Finger zitterten, als ich die Nummer seines Büros wählte, und als die Rezeptionistin antwortete, kämpfte ich damit, meine Stimme ruhig zu halten.

»Hallo, hier ist Natasha Warrington. Kann ich bitte mit Johnny sprechen?«

Es war schon nach sechs, aber es hatte noch niemand Feierabend gemacht. Nachdem ich einen Moment in der Warteschleife verbrachte hatte, wurde mir gesagt, dass er in einem Meeting wäre, mich aber gleich zurückrufen würde. Es war nach neun, als mein Telefon schließlich klingelte. Er rief aus einem Pub an, seine Stimme wetteiferte mit den Hintergrundgeräuschen aus lauten Gesprächen und klirrenden Gläsern.

»Wie geht es dir, Natasha?«, fragte er. »Ich habe viel an dich gedacht. Ich wollte dich anrufen, aber … Ich war mir nicht sicher … Wollte mich nicht einmischen …« Er hatte mich erwischt, als ich gerade an einem Stück Toast knabberte, das Einzige, was ich den ganzen Tag gegessen hatte. Mein Mund war trocken und ein Krümel blieb mir im Hals stecken.

Ich nahm einen Schluck kalten Tee und versuchte locker und nicht verzweifelt zu klingen. »Hast du Nick in letzter Zeit mal gesehen?

»Nein, schon seit Wochen nicht mehr. Nicht, seit er gekündigt hat.«

»Oh. Richtig …« Mein Puls beschleunigte sich. Das Bild von Nicks Körper, der in den See fiel, traf mich einmal mehr. Aber ich musste mich normal verhalten, so tun, als glaubte ich, dass er noch lebte.

»Alles okay?«, fragte Johnny. »Kann ich irgendetwas für dich tun?«

Ich versuchte, mich zu beruhigen. »Ich nehme an, du weißt bereits, dass er die Schlösser am Haus hat auswechseln lassen.«

»Was? Nein, das wusste ich nicht. Ich hätte ihm nie geraten, das zu tun, Natasha, wirklich. Tut mir leid, ich hatte keine Ahnung. Das ist hart.«

»Ja, es war ziemlich scheiße. Ohne Vorwarnung. All meine Sachen sind noch da und ich brauche sie.«

»Natürlich. Und Nick will dich nicht reinlassen?«

»Nein. Er hat sich Emily geschnappt und ich weiß nicht, wo er jetzt ist. Ich habe mich gefragt, ob du ...«

»Nun, ich berate ihn nicht mehr«, sagte Johnny schnell. »Nicht mehr seit ihm der Führerschein entzogen wurde. Und Familiengericht ist auch nicht meine Stärke. Tut mir leid, Natasha.«

»Ich dachte, vielleicht könntest du ihm eine Nachricht überbringen. Als Freund.«

»Na ja, schon, aber ich habe schon eine ganze Weile nichts von ihm gehört.« Ein Schauder lief mir über den Rücken. »Wirklich? Wie lange?«

»Ähm, lass mich nachdenken. Ich musste ihn letzte Woche wegen eines dringenden Vertragsproblems anrufen. Etwas, das er unbearbeitet zurückgelassen hatte.«

»Und? Konntest du mit ihm sprechen?«

»Nun, es hat mehrere drohende Nachrichten auf seinem Anrufbeantworter benötigt, aber schließlich hat er mich zurückgerufen.« Johnny redete weiter, doch ich hörte nicht länger zu. Wellen der Erleichterung ergossen sich über mich und in meinen Augen schimmerten Tränen. Ich war keine Mörderin. Ich würde nicht ins Gefängnis gehen müssen.

»Hör zu, ich würde ihm sehr gerne deine Nachricht überbringen, Natasha, aber ich kann nicht versprechen, dass er das Richtige tun wird. Vielleicht musst du ihn damit vor Gericht zerren.«

»Ja, ich weiß ...«

Es entstand eine lange Pause. Mein Gehirn stand in Flammen, in jedem Winkel funkten neue Verbindungen auf. Nick war am Leben. Jen und Emily mussten bei ihm sein – vielleicht waren sie immer noch im Lake District, vielleicht hatten sie sich aber auch einen anderen Unterschlupf gesucht. Wie viel von dem, was vor sich ging, wusste Johnny? Er verhielt sich so, als wäre er auf meiner Seite, aber konnte ich ihm trauen? Nick musste durch seine Verletzungen noch geschwächt sein, aber irgendwann würde er sich erholen. Was würde er dann tun? War mein Leben in Gefahr?

Johnny durchbrach die Stille. »Allerdings können rechtliche Schritte sehr teuer werden«, sagte er. »Ich werde versuchen, ihm etwas Verstand einzureden. Gib mir ein paar Tage Zeit, dann melde ich mich wieder bei dir. Übrigens, wo wohnst du denn jetzt?«

»Ich befürchte, das kann ich dir nicht sagen«, sagte ich und legte auf, plötzlich wieder von Angst erfüllt.

DAMALS

Jennifer

Nicky war auf dem Weg der Besserung. Zumindest physisch. Er fühlte sich immer noch schwach und litt unter Kopfschmerzen, aber es ging ihm gut genug, um das Bett zu verlassen. Sein in Mitleidenschaft gezogenes Gesicht heilte nach und nach, die Schwellungen waren zurückgegangen und die blauen Flecken auf seinem Körper waren von einem blutigen Purpur zu einem kränklichen Gelb übergegangen. Emily hatte es sofort gemerkt, als er das erste Mal das Schlafzimmer verlassen hatte, und sich geweigert, ihn anzuschauen. Aber mittlerweile hatte sie sich daran gewöhnt. Das Einzige, was sie nicht verstand, war warum er sie nicht mehr auf den Arm nehmen und herumwirbeln konnte.

Er verbrachte den Großteil seiner Zeit im Wohnzimmer, legte seine Beine hoch und ließ sie sich von seinem Laptop wärmen. Manchmal spielte er Computerspiele – Autorennen oder brutale Science-Fiction-Schlachten –, aber meistens kaufte er für Emilys Geburtstag ein. Jeden Tag brachte ein Kurier irgendwelche Geschenke: Puppen, Kuscheltiere, ein Märchenprinzessinnenkostüm inklusive Zauberstab und Diadem, Puzzle, Bücher, ein Spielset für die Badewanne, einen Bauernhof aus Holz, eine Tafel für Kleinkinder, mit der sie Farben und Zahlen lernen konnte, einen pinken Roller mit dazu passendem Helm – und das sind nur die Dinge, an die ich mich erinnern kann. Er bestellte ein Designer Kleid aus pinkem Brokat, das fast dreihundert Pfund kostete, einhundert silberne Ballons und eine riesige Schokoladentorte, auf der ihr Name stand. Es war nicht nur ausgesprochen verschwenderisch, es war wahnsinnig. In seinem Kopf schien Nicky sich eine riesige Familienfeier vorzustellen, aber wir versteckten uns immer noch im Lake District und abgesehen von uns würde niemand dabei sein. »Kauf ihr ein paar neue Klamotten«, beharrte er. »Was immer du möchtest. Stella McCartney, Armani, Dolce und Gabbana, die machen alle auch Kindersachen. Natasha hat sie immer in Kleider aus irgendwelchen Einzelhandelsketten gesteckt, aber Emily ist eine Prinzessin. Sie sollte sich so kleiden wie du.«

Ich durchkämmte das Internet nach den Designersortimenten für Kinder und bestellte ein paar Dinge für den Herbst – hauptsächlich bunte Hemden und Strumpfhosen, weil sie es schaffte, sich in einem alarmierenden Tempo dreckig zu machen. Außerdem kaufte ich ihr einen Schneeanzug und einen süßen gelben Regenmantel mit passendem Hut und geblümten Gummistiefeln. Der Sommer näherte sich seinem Ende, die Temperaturen waren bereits gefallen. Wenn wir hier noch für eine absehbare Zeit festsaßen, mussten wir für das schlechte Wetter gerüstet sein.

In der Vergangenheit hatte ich viele Stunden damit verbracht, mir vorzustellen, wie ich Emily kleiden würde, sobald sie mir gehörte. Aber jetzt, da es Wirklichkeit geworden war, fühlte ich mich unbehaglich, wenn ich für sie einkaufte. Es war, als hätte ich mir die Puppe eines anderen Mädchens ausgeliehen – vorübergehend durfte ich mit ihr spielen, aber nur unter der Bedingung, sie eines Tages zurückzugeben. Nicky war der Meinung, dass diese Situation nun dauerhaft war, aber für mich fühlte sich alles zerbrechlich an und ich hatte Angst, mich zu sehr an sie zu binden.

Nicht, dass es bisher eine Chance gegeben hätte, eine feste

Bindung mit Emily aufzubauen. Ich wurde toleriert, als sonst niemand da war, aber jetzt, da Nicky wieder auf den Beinen war, wollte sie nur ihren Vater. Dada musste ihr die Schuhe anziehen, ihre Jacke zuknöpfen, ihr die Zähne putzen, ihr die Bananen schälen und ihr die Gutenachtgeschichten vorlesen. Nur Dada konnte »Eine kleine Spinne« und »Die Räder vom Bus« singen, ich durfte nicht mitmachen. Nur Dada durfte mit Emily verstecken spielen und sie hinter dem Sofa finden. Ich war zu einem Nebencharakter geworden, die nervige Angestellte, die kochte, was sie nicht essen wollte, die lästige Babysitterin, die versuchte, sie zum Schlafen zu bewegen, wenn sie nicht müde war. Trotz Nickys Anstrengungen weigerte sie sich, mich Mami zu nennen.

Sie sprach mich gar nicht an – ich war namenlos, keine Person von Interesse. Als Nicky versuchte, sie zwischen uns ins Bett zu legen, bekam sie einen Wutanfall. Es war, als würde sie verstehen, dass ich Natasha ersetzen sollte, und damit war sie nicht einverstanden. Die falsche Mami brachte es einfach nicht.

Die schlimmsten Momente waren die, wenn sie nachts aufwachte oder sich den Kopf stieß oder im Garten hinfiel. Dann schrie sie immer nach ihrer Mama und nichts konnte sie beruhigen, nicht Gemma die Giraffe, nicht ihre Lieblingsschokolade, nicht einmal Dada. Ich fühlte mich schrecklich, wenn ich mitansehen musste, wie ihre kleine Brust unter ihren tiefen, heftigen Schluchzern bebte und die Tränen über ihre geröteten Wangen liefen. Nicky sagte, das wären nur normale Wutausbrüche von kleinen Kindern, doch ich spürte die echten Qualen in ihren Schreien. Sie wünschte sich keine Lerntafel zu ihrem Geburtstag. Oder ein Badespielset oder eine Babypuppe. Wenn ihr Märchenprinzessinnen-Zauberstab echte magische Kräfte gehabt hätte, hätte sie ihre Mutter heraufbeschworen. Ihr Geburtstag war ein Desaster. Nicky bestand darauf, ihr alle Geschenke auf einmal zu überreichen, was sie völlig überforderte. Sie schleuderte ein Spielzeug zur Seite und griff bereits nach dem nächsten. Ihr neues Boot für die Badewanne zerbrach, noch bevor es jemals Wasser gesehen hatte. Außerdem war sie frustriert, weil es ihr noch nicht gelang, mit dem Roller zu fahren. Am Nachmittag veranstalteten wir eine lächerliche »Party«. Die silbernen Ballons waren zu fest, um sie ohne Pumpe aufblasen zu können, und von dem Kuchen, obwohl er sehr köstlich war, wurde uns nach drei Bissen schlecht. Emilys neues Kleid von Young Versace – das nur chemisch gereinigt werden durfte, Herrgott noch mal – war schnell mit Schokoladen-Ganache überzogen, sodass ich es am nächsten Tag einfach wegwarf. Sie ließ mich das Geburtstagslied für sie nicht mitsingen, sondern zeigte auf mich und rief: »Nein!« Nicky wurde sauer auf sie, weil sie so unhöflich war, und sie brach in Tränen aus. Schreie nach ihrer Mama erfüllten die Küche und ich hatte das Gefühl, als wäre Natashas Geist hier bei uns. Wenn sie noch in dem Schrank eingesperrt gewesen wäre, hätte ich sie freudig herausgelassen und ihr gesagt, dass sie Emily mitnehmen könne.

»Es tut mir leid«, sagte Nicky, sobald Emily sich selbst zur völligen Entkräftung geschrien hatte und auf dem Boden einge-schlafen war. »Zwei ist ein schwieriges Alter.«

»Es liegt nicht an ihrem Alter«, antwortete ich. »Das arme Ding vermisst ihre Mutter.«

Er nahm meine Hände und küsste sie. »Du bist jetzt ihre Mutter. Sie wird sich daran gewöhnen, sie braucht nur etwas mehr Zeit.«

»Das ist nicht fair, für niemanden von uns. Wir können nicht für immer in dieser Fantasiewelt leben, Nicky. Da draußen wartet die richtige Welt – wir reden hier von echten Menschen. Emily ist unglücklich, Natasha ist ...«

»Ich habe dir doch gesagt, dass ich mich um Natasha kümmere. Es ist alles unter Kontrolle.«

Ich konnte nicht verstehen, wie er so ruhig bleiben konnte. »Ich halte das nicht aus, Nicky«, sagte ich. »Wir müssen irgend-wohin gehen, uns etwas anderes suchen. Was, wenn sie zurück-kommt und versucht, Emily mit sich zu nehmen?«

»Sie wird nicht zurückkommen und sie wird auch nicht die Polizei rufen. Wahrscheinlich denkt sie, dass sie mich umgebracht hat. Aber selbst wenn sie herausfindet, dass ich noch am Leben bin, und versucht, mir Emily wegzunehmen, wird ihr kein Gericht das Sorgerecht überschreiben. Nicht nach dem, was sie mir angetan hat.«

»Sie wird ihnen sagen, dass ich sie hierhergelockt habe und du sie angegriffen hast.«

Er zuckte mit den Schultern. »Dafür gibt es keinerlei Beweise. Es steht unser Wort gegen ihres. Ehrlich, Liebling, wir könnten in keiner besseren Position sein. Natasha hat keine Chance.«

Ich zog meine Hände zurück und durchquerte den Raum. Da war so eine Härte in seiner Stimme und so eine Kälte in seinem Ausdruck, dass ich es nicht länger ertragen konnte, in seiner Nähe zu sein.

»Ich bin froh, dass es das letzte Mal nicht geklappt hat«, sagte ich. »Es war schlimm von uns, es überhaupt in Erwägung zu ziehen. Bitte, bitte versuch nicht noch einmal, sie umzubringen.«

»Also macht es dir nichts aus, dass sie versucht hat, mich umzubringen?«, gab er zurück. »Wie reizend!«

»Das war Notwehr und das weißt du.«

»Oh, nein, sie wollte mich töten, glaub mir. Ich muss es wissen, denn ich war dabei.« Er berührte die wunden Stellen in seinem Gesicht und zuckte theatralisch zusammen.

»Kannst du es ihr verübeln?«, fragte ich. »Du hast ihr ihre Tochter gestohlen.«

»Man kann sein eigenes Eigentum nicht stehlen«, stieß er wütend hervor.

Ich ging auf ihn zu. »Emily ist nicht dein Eigentum! Sie ist ein kleines Mädchen und sie braucht ihre Mutter. Was wir hier machen, ist falsch, Nicky. Deshalb funktioniert es auch nicht.«

»Es ist noch zu früh, das ist alles ...«

»Nein, nein, es wird nie funktionieren. Das Ganze muss jetzt aufhören.«

Nickys wütender Ausdruck wechselte zu dem eines kleinen verletzten Jungen. »Aber ich habe das alles für dich getan«, sagte er. »Für uns. Es ist das, was du wolltest, wovon wir immer geträumt haben.«

»Ich wollte sie nie töten«, sagte ich.

»Doch, wolltest du. Du hasst sie mit Leib und Seele, du wolltest es sogar mehr als ich. Du meintest ...«

»Ich wollte nicht so weit gehen. Ich dachte, du lässt dich einfach von ihr scheiden und bekommst das volle Sorgerecht. Ich wollte dich und ich wollte Emily, das ist alles.«

»Und jetzt hast du uns. Aber Natasha steht uns im Weg, sie ist eine Gefahr. Du hast selbst gesagt, dass sie niemals aufhören wird, um Emily zu kämpfen. Ich werde sie nicht teilen, Jen.« Seine Augen funkelten warnend und ich konnte sehen, dass diese Warnung an mich adressiert war. Ich fühlte mich gefangen. Ich war mit ihm in dieses Schlamassel hereingeraten und er hatte nicht vor, mir herauszuhelfen. Nicky schenkte sich einen großen Whiskey ein und hinkte aus dem Zimmer, das Glas in seiner Hand zitterte. Ich sank auf das Sofa und vergrub mein Gesicht in einem Kissen. Ich hörte, wie er die Treppe hinaufging – jetzt würde er sich wieder ins Bett legen und bis zum Abendessen schlafen. Bald würde Emily aus ihrem Nickerchen erwachen, dann musste ich ihr einen Tee kochen und versuchen, sie zu bespaßen. Ich betete, dass sie noch eine Weile schlafen würde. Ich hatte nicht die Kraft für noch eine Auseinandersetzung, außerdem musste ich nachdenken.

Mir war bewusst geworden, dass ich niemals Emilys Mutter sein konnte. In dem Wissen, was wir getan hatten, wie konnte ich sie da aufziehen und wie meine eigene Tochter lieben? Es war unmöglich. So konnte ich nicht weitermachen. Nachdem ich mehr als dreißig Jahre den Boden verehrt habe, auf dem Nicky wandelte, hatte ich schließlich meine Liebe zu ihm verloren. Ich konnte sehen, wie er wirklich war. Ich hob meinen Kopf und schaute mich in dem fremden Zimmer um. Ich schämte mich zutiefst. Jedes bestickte Kissen und jeder Wandteppich, jedes Landschaftsaquarell und jede kleine Verzierung war dazu gedacht, dass wir uns wie zu Hause fühlten. Aber wir hatten es in ein Heim der Gewalt und des Hasses verwandelt. Ein Ort, an dem ein Kind hilflos nach seiner Mutter schrie.

Ich wollte in meiner eigenen Wohnung sein, das Leben eines Singles leben. Ich wollte mich von den Warringtons befreien, die letzten paar Jahre vergessen und weiterleben. Nur dass Nicky meine Miete und meinen monatlichen Unterhalt bezahlte. Eigenes Geld hatte ich nur sehr wenig. Seit wir wieder zusammen waren, hatte ich mein Innenarchitekturbüro vernachlässigt und schuldete dem Staat mehrere Tausend Pfund nicht gezahlter Steuern. Nicky würde nicht vernünftig handeln. Wenn ich jetzt hier rausspazieren würde, hätte ich nichts mehr. Und was noch wichtiger war, ich wäre seine Feindin. Ich hatte gesehen, was er Natasha hatte antun wollen. Was würde er mit mir machen?

37

DAMALS

Jennifer

»Es ist erledigt«, sagte Nick, als er in die Küche kam und sein Telefon zurück in die Tasche seiner Jeans steckte.

Ich fegte einen Haufen Kartoffelschalen in den Mülleimer und schaute auf. »Was ist erledigt?«

»Das Haus ist auf den Markt gebracht. Chessington kümmert sich um alles. Ich habe ihnen die Erlaubnis gegeben, das Haus auszuräumen, eine Tiefenreinigung vorzunehmen und die Zimmer so einzurichten, wie sie möchten. Und ich habe sie auf eine Provision von zwei Prozent runtergehandelt.« Er sah zufrieden aus, als hätte er gerade einen großen Deal an Land gezogen.

Ich legte das Messer auf das Schneidebrett, meine spärliche Begeisterung für das gebratene Hähnchen verflog umgehend. »Warum hast du das nicht mit mir besprochen?«

»Es ist mein Haus, ich kann damit machen, was ich will.« Er nahm sich ein Stück rohe Karotte und steckte es sich in den Mund.

»Komm schon, Jen, du weißt, dass wir nicht dorthin zurückgehen können, nicht jetzt.«

»Ich weiß. Du hast recht. Es ist nur ...« Ich fühlte, wie sich die Tränen in meinen Augen sammelten. All die Qualen, die ich über die letzten drei Jahre durchlitten hatte, in denen ich zusehen musste, wie Natasha meinen Platz einnahm – in meinem Schlafzimmer schlief, in meiner Küche kochte, mein Leben lebte – kamen mir plötzlich bedeutungslos vor. Das Einzige, das mich am Leben gehalten hatte, war der Gedanke daran, dass ich eines Tages zurückkehren und das Haus wieder mir gehören würde. »Die Spielregeln haben sich geändert«, sagte Nick. »Wir müssen uns etwas Neues suchen, einen Ort, wo uns keiner kennt.«

Ich seufzte. »Emily vermisst wirklich ihr Zuhause.« Und ihre Mutter, fügte ich in Gedanken hinzu.

Er stieß ein Schnauben aus. »Wahrscheinlich hat sie das Haus schon wieder vergessen.«

»Das glaube ich nicht.« Ich starrte an die Decke und dachte an Emily in ihrem Kinderbettchen, wie sie ihren Mittagsschlaf machte. Sie hat sich so sehr dagegen gewehrt, dass sie sich schließlich selbst in den Schlaf geweint hatte. Jede ruhige Minute des Tages war lächerlich wertvoll für mich geworden. Von der Sekunde, in der sie aufwachte, sehnte ich mich nach dem Moment, in dem sie ihre Augen wieder schloss. Wenn Nicky sie aus einem ihrer Nickerchen aufweckte, spürte ich eine weißglühende Wut, die in keinem Verhältnis zu dem stand, was ich je gefühlt hatte.

Ich konnte Emily nicht anschauen, ohne ihre Mutter vor mir zu sehen – es half auch nicht, dass sie sich erstaunlich ähnlich sahen. Ich sah Natashas vorwurfsvollen Blick in Emilys hübschen blauen Augen, ihren Hass auf mich, wenn sie ihre Lippen verschloss und sich weigerte, ihren Haferbrei zu essen. Es war Natasha, die mich in die Arme zwickte, wenn Nicky nicht hinschaute, und mir gegen die Schienbeine trat, wann immer ich sie hochheben wollte. Natasha, die mich mit ihren Spielsachen bewarf. Natashas Schreie, die so laut waren, dass sie sich in meinen Schädel bohrten und ich dachte, meine Ohren würden bluten.

Ich gab Emily nicht die Schuld. Als Mutter war ich eine absolute Versagerin. In all den Jahren, in denen ich mich nach einem Kind gesehnt hatte, schien ich keinerlei mütterliche Instinkte entwickelt zu haben. Und sie durchschaute mich. Sie wusste, dass irgendetwas an ihrer Situation tiefgehend falsch war, und dass ich irgendwie mit dem Verschwinden ihrer Mutter in Verbindung stand. Das würde sie nie vergessen, nicht wirklich. Ja, ihre Erinnerungen an Natasha würden verblassen, aber das Wissen würde irgendwo in ihrem Kopf abgespeichert und nie ganz ausgelöscht werden. Sie würde immer wissen, tief in ihrem Inneren, dass ich eine Hochstaplerin war. Und sie würde mich immer hassen, auch wenn sie nicht genau verstehen würde, weswegen.

Nicky studierte mein Gesicht, als ich gefangen in meinen schuldbewussten Gedanken aus dem Küchenfenster starrte. Er kam auf mich zu, legte seine Hände auf meine Schultern und massierte mich so fest, dass es wehtat.

»Es wird alles gut werden. Du musst dich nur entspannen«, sagte er.

»Tut mir leid, ich bin ein hoffnungsloser Fall.« Ich gab dem Schmerz nach, als seine Finger sich in die Knoten zwischen meinen Schultern gruben.

»Nein, das bist du nicht. Du kannst großartig mit Kindern umgehen. Emily ist im Moment nur etwas unruhig und spielt sich auf. Deswegen müssen wir das Haus verkaufen und weiterziehen. Ein neues Leben beginnen.« Er küsste die Seite meines Halses, was mir ein Schauder über den Rücken laufen ließ. »Ich habe mit meinen Kontakten in Toronto gesprochen. Ich denke, dass ich dort gute Chancen auf einen Job hätte.«

Ich wandte mich ihm zu und hob meine Augenbrauen. »Toronto?« »Das ist eine großartige Stadt. Du wirst es dort lieben, Jen, genau wie Emily.«

»Ich möchte nicht nach Kanada ziehen«, sagte ich und schüttelte bestimmt den Kopf. »Das ist tausende Meilen entfernt, von deiner Familie, von all meinen Freunden. Was ist mit meiner Arbeit?«

Er hob seine Hand und streichelte über meine Wange, als könnte er meine Zweifel einfach wegwischen. »Ich weiß, dass das nicht unser eigentlicher Plan war, aber ich habe lange und ernsthaft darüber nachgedacht. Vertrau mir, das ist der Neustart, den wir brauchen. Da draußen gibt es viele Möglichkeiten ...«

»Nein, Nicky.« Ich trat zurück. »Nein, ich möchte nicht in Kanada festsitzen, während du zu deinen alten Gewohnheiten zurückkehrst, über den Globus jettest und mich mit Emily alleine lässt.«

Er starrte mich erstaunt an. »Darum ging es doch die ganze Zeit, oder nicht? Deshalb haben wir das alles getan. Um eine Familie zu sein.«

Ich ließ mich auf einen der Küchenstühle nieder. »Ich schaffe das nicht, Nicky. Sie lässt mich nicht.«

»Das wird schon noch kommen. Gib ihr nur die Zeit, die sie braucht.«

»Was ist mit Natasha?«

Sein Blick wurde hart. »Was meinst du?«

»Du weißt ganz genau, was ich meine. Was geht hier vor sich? Du tust so, als gäbe es sie gar nicht mehr.«

»Ich habe doch gesagt, dass ich mich darum kümmere.«

»Wie?«

Er aß noch ein Stück Karotte. »Ich habe nächste Woche einen Flug für uns drei gebucht. Ich werde mich dort mit ein paar Leuten treffen müssen, aber ihr könntet euch umsehen, gucken, wie es dir gefällt, und vielleicht ein paar Wohnungen besichtigen. Sieh es als einen Städtetrip an. Wenn es dir dort nicht gefällt, überdenken wir es noch mal, aber falls einer dieser Jobs vielversprechend ist ... Nun, wir wären Narren, wenn wir diese Chance nicht ergreifen würden.«

»Nicky«, sagte ich mit fester Stimme. »Warum willst du mir nicht sagen, was du mit Natasha vorhast?«

Er rollte gereizt mit den Augen, als würde ich ihm damit in

den Ohren liegen, dass er den Müll nicht rausgebracht hatte. »Wenn wir wieder aus Toronto zurück sind, wird alles geregelt sein, das ist alles, was du wissen musst.«

Der Flug sollte am Mittwochmorgen gehen. Der Plan war, am Vortag nach Heathrow zu fahren und in einem Hotel in der Nähe des Flughafens zu übernachten. Ich hatte noch sechs Tage, in denen ich entscheiden musste, was ich tun sollte.

Trotz unseres Streits verhielt Nicky sich so, als wären wir beide gleichermaßen begeistert von dem Umzug. Es war, als hätte er nicht ein Wort von dem gehört, was ich gesagt hatte, oder es zumindest als unbedeutendes Gejammer abgetan. Er war felsenfest davon überzeugt, dass er mich auf seine Seite ziehen konnte, und um ehrlich zu sein, hatte er das in den vielen Jahren, die wir zusammen verbracht hatten, auch fast immer geschafft. Aber die Situation hatte sich verändert. Ich hatte mich verändert.

Bei zwei Dingen war ich mir sicher. Ich wollte nicht nach Kanada ziehen und ich wollte mich nicht um Emily kümmern. Nicht, weil ich sie nicht liebte – obwohl, wenn ich jetzt darüber nachdenke, wird mir bewusst, dass ich keine Ahnung hatte, was Liebe für ein Kind bedeutete. Ich war in den Gedanken verliebt gewesen, eine Mutter zu sein, und je länger ich das in der Realität nicht geschafft hatte, desto mehr hatte ich gedacht, dass ich es wollte. Es brauchte. Ein Kind zu haben, war mein Menschenrecht. Immer wenn ich junge Mütter sah, die offensichtlich keinen Penny in der Tasche hatten, aber Zwillinge in dem Kinderwagen vor sich her schoben, und noch mehr Kinder im Schlepptau hatten, lief pures Gift durch meine Adern. Warum war es für sie so leicht und schier unmöglich für mich, wenn ich einem Kind doch so viel mehr bieten konnte? Es schien so unfair zu sein.

Nicky hatte mir ein Baby versprochen. Er bezahlte, was auch immer es kostete, um uns die beste verfügbare Fruchtbarkeitsbehandlung zu ermöglichen. So war er durch und durch – dachte, dass man mit Geld alles kaufen konnte. Und als wir versagten und

Emily als sein versehentliches Wunder erschien, dachte er immer noch, dass er die Situation zu unserem Vorteil auslegen konnte. Als er mir erzählte, dass er irgendein Mädchen geschwängert hatte, weinte ich drei Tage lang ohne Unterbrechung, doch für ihn war es keine Katastrophe, es war eine Chance. Er fühlte sich nicht schuldig, sich von mir scheiden zu lassen und sie zu heiraten, weil wir am Ende bekommen würden, was wir wollten. Ich konnte seine Verschiebung der Wahrheit und seine Selbstrechtfertigung nicht mehr ertragen. Nicky war schon immer eher der unbeschwerte Typ gewesen, aber das hier grenzte an eine Psychose.

Sein Gesicht war nahezu ganz abgeheilt und obwohl seine Nase im linken Profil etwas gekrümmt aussah, war er beinahe so gut aussehend wie zuvor. Doch ich konnte es nicht länger ertragen, wenn er mich berührte. Meine Anziehung zu ihm schwächte mich und ich musste stark sein. Er schien nicht zu bemerken, dass ich ihm aus dem Weg ging; vielleicht schob er es auf den Stress mit Emily, ich weiß es nicht. Ich kam mir vor, als hätte er mich in einer Ablage einsortiert. Mich zurück auf seine Seite zu ziehen war nur eine weitere Aufgabe auf seiner Liste, um die er sich kümmerte, wenn es so weit wäre. Er hatte dringendere Sachen zu erledigen und genau das machte mir die größten Sorgen.

Würde er versuchen, Natasha auszuzahlen? Ihr drohen, sie wegen versuchten Mordes anzuklagen, wenn sie ihre Rechte an Emily nicht aufgab? Oder doch Schlimmeres?

Das konnte ich nicht noch einmal durchmachen; bei dem Gedanken an die gewalttätige Auseinandersetzung zwischen ihnen wurde mir schlecht. Ich wusste, dass ich niemals mit dieser Schuld leben könnte. Ich wünschte mir verzweifelt, dass Nicky sie in Ruhe ließ, aber er weigerte sich, darüber zu sprechen, sagte, dass es besser für mich wäre, in Unwissenheit gelassen zu werden. Er hatte viel Geld, genug, um jemand anderen den Job machen zu lassen. Falls Natasha ermordet werden würde, während wir unterwegs waren, müsste ich zur Polizei gehen.

Natürlich steckte ich bis zum Hals in dieser Sache mit drin. Ich hatte mich auf Nickys Pläne eingelassen und schreckliche

Dinge getan. Ich war selbstsüchtig und dumm und höchst arrogant gewesen, aber ich schwöre, ich hätte den Rest meines Lebens in Kanada verbracht – ich wäre in die tiefste Mongolei gezogen –, wenn Nicky mir versprochen hätte, Natasha nichts anzutun.

Denn es gab andere Auswege. Wir hätten gegen sie vor Gericht ziehen können und wahrscheinlich gewonnen. Wir hätten auch einem geteilten Sorgerecht zustimmen können; so schlimm wäre es nicht gewesen und es wäre gut für Emily gewesen, ihre Mutter zu kennen. Aber er ließ nicht mit sich reden. Natasha hatte versucht ihn zu töten und obwohl es nur Notwehr gewesen war und er das Gleiche mit ihr geplant hatte, war er in seinem Stolz verletzt worden. In diesen letzten paar Tagen hatte ich meinen Ex-Mann besser kennengelernt, als in all den Jahren, die wir zusammen verbracht hatten. Und als die Teile dieses Puzzles an ihre Plätze fanden, fällte ich eine Entscheidung.

Es war nicht besonders schwer, etwas zu unternehmen, ohne dass Nicky es bemerkte. Er wurde vollständig von seinen Plänen für unser neues Leben in Toronto eingenommen. Stundenlang saß er vor seinem Tablet, durchsuchte das Internet nach Unternehmen, von denen er sicher war, dass sie ihm eine Stelle anbieten würden. Er zeigte mir Fotos von Wohnungen im Stadtzentrum und Häusern in den Vororten und ich spielte großes Interesse vor. Als ich sagte, ich müsste nach Kendal fahren, um einige Dinge für unsere Reise zu besorgen, stellte er keine Fragen. Ich ließ Emily bei Nicky, fuhr in die Stadt und parkte am Bahnhof. Es gab keine direkten Verbindungen nach London, also fragte ich am Ticket-schalter nach.

»Nehmen Sie den Vierzehn-Dreizehner nach Oxenholme«, sagte der Kassierer, »von da aus können Sie den Zug nach Euston nehmen. Einfache Fahrt oder hin und zurück?«

Ich zögerte. Es wäre so einfach, ein Ticket zu kaufen und in den nächsten Zug zu springen, jetzt sofort wegzulaufen und Nicky sich selbst zu überlassen. Gott sei mein Zeuge, ich wollte vor diesem neuen Leben davonlaufen. Der Kassierer lehnte sich vor und tippte gegen die Scheibe. »Der Zug fährt in drei Minuten ...«

Ich zuckte zusammen. »Was? O, ja, danke. Ich ... ähm ... nehme vielleicht lieber den nächsten.« Ich machte einen Schritt zur Seite und ließ die Person hinter mir durch.

Mir war ganz schwindelig vom Nachdenken. Ich wanderte durch die Schalterhalle und setzte mich auf eine harte Bank. Der Vierzehn-Dreizehner nach Oxenholme fuhr ein und ich beobachtete durch die Absperrungen, wie die Passiere aus- und einstiegen. Jeder schien sich seines Zieles sicher zu sein. Als der Zug wieder anfuhr, seufzte ich schwer. Ich wollte fliehen, aber konnte es nicht. Dieses Mal – vielleicht zum ersten Mal in meinem ganzen Leben – würde ich jemand anderen an erste Stelle setzen. Denn ich war nicht zum Bahnhof gekommen, um einen Zug zu erwischen; ich war gekommen, um ein Münztelefon zu suchen.

Ich glaubte zwar nicht, dass Nicky mein Telefon überwachte, dennoch wollte ich nicht das Risiko eingehen und von meinem Handy aus anrufen. Ich tippte Natashas Nummer ein und wartete auf eine Verbindung. Es klingelte drei Mal, vier, fünf Mal. *Nimm ab*, dachte ich. *Um Himmels willen, nimm ab!*

»Hallo?« Ihre helle, junge Stimme klang misstrauisch. »Natasha, hier ist Jen.«

Sie schnappte nach Luft. »Jen?«, wiederholte sie.

»Es tut mir so, so leid.«

»Spar dir den Scheiß, du verdammte Schlampe.«

»Ich kann es dir nicht verübeln, dass du mich hasst. Ich lag falsch, das habe ich jetzt erkannt ...«

Natasha unterbrach mich barsch. »Wie geht es Emily?«

»Ihr geht es gut. Ja ... Gesund und wohl auf. Wir kümmern uns um sie.«

»Und Nick? Noch am Leben, wie ich hörte.«

»Ja. Du hast ihn ziemlich schwer verletzt, aber mittlerweile geht es ihm besser.« Ich hielt inne, wusste nicht, was ich als Nächstes sagen sollte. Sie hatte keinen Grund, mir zu vertrauen; sie würde denken, dass ich ihr wieder etwas vormachte. Wie konnte ich sie dazu bringen, zu verstehen, dass ich ihr dieses Mal wirklich helfen wollte?

»Warum rufst du an, Jen?«, fragte sie. »Um mich fertig zu machen? Ich bin mir meiner Situation sehr wohl bewusst. Ich weiß, dass ich in der Klemme stecke.«

»Bitte, hör mir einfach nur zu. Wir fliegen nächsten Mittwoch nach Toronto, wir alle drei. Es soll nur ein Ausflug sein, aber ich habe das Gefühl, dass Nicky plant, sich dort niederzulassen.« Ein scharfes Einatmen ertönte am anderen Ende der Leitung.

»Und?«

»Du bist ein Hindernis, Natasha.«

»Ja«, krächzte sie. »Ich weiß.«

»Nicky will ein neues Leben beginnen und er will, dass alles glatt läuft. Ich weiß ehrlich gesagt nicht, was er vorhat, aber ich habe Angst, dass er ...«

Ich konnte es nicht aussprechen. »Er wird es nicht selbst tun, er wird jemanden beauftragen. Es wird passieren, während wir weg sind, verstehst du das?«

Ihre Stimme zitterte. »Warum erzählst du mir das?«

»Weil ich genug habe und kein Teil mehr davon sein möchte. Das läuft alles falsch. Emily sollte bei dir sein. Es geht ihr gut, aber sie vermisst dich.«

»Jen, wenn das wieder ein Trick ist ...«

»Ist es nicht. Ich schwöre es dir bei meinem Leben. Ich gehe ein enormes Risiko ein, indem ich das hier tue.«

»Indem du was tust? Mich anrufen?«

»Hör zu. Am Dienstabend fahren wir nach Heathrow und checken im Grand Metropole Hotel am Flughafen ein. Wenn du um sieben Uhr dort sein kannst, bringe ich Emily runter zum Parkplatz und übergebe sie dir.« Die Leitung blieb stumm. »Ehrlich, Natasha, ich versuche dich nicht irgendwohin zu locken. Das ist ein öffentlicher Ort.«

»Was ist mit dir?«

»Ich werde davonfahren ... Es ist vorbei zwischen mir und Nicky.«

Es folgte eine lange Pause, in der sie die Wahrheit meiner Worte abwog. »Wie willst du das schaffen, ohne dass er es merkt?«

»Das weiß ich noch nicht, aber ich werde mir etwas ausdenken.«

»Von wo aus rufst du an? Seid ihr noch im Lake District?« »Komm nicht hierher«, sagte ich. »Wenn du das tust, tötet er uns beide, das würde ihm nichts ausmachen. Er ist verrückt geworden, ich erkenne ihn kaum noch wieder. Das ist der beste Weg, Natasha, und der einzige. Wenn du diese Chance nicht ergreifst, wird er Emily mit nach Kanada nehmen und ihr werdet euch nie wiedersehen. Du bist in Gefahr, glaub mir. Ich weiß, es klingt seltsam, aber dieses Mal bin ich wirklich die einzige Person, der du vertrauen kannst.«

Noch eine Pause. »Okay. Der Parkplatz des Grand Metropole Hotel in Heathrow«, wiederholte sie. »Nächsten Dienstag. Um neunzehn Uhr. Ich werde da sein.«

»Natasha ...«

Die Leitung war tot.

38

DAMALS

Natasha

Ich ließ das Handy in meinen Schoß fallen und lehnte mich gegen das Kopfteil des Bettes. Hatte ich gerade wirklich mit Jen gesprochen oder hatte ich es mir nur eingebildet? Ich schaute nach unten auf mein Telefon. Nein, das war echt gewesen. Ihre Worte geisterten noch durch meinen Kopf. Ich konnte ihre Stimme hören, ängstlich und gehetzt – so gar nicht die Jen, die ich von früher kannte, die immer so silberzüngig, so schnittig und selbstsicher war.

Ich ging das Gespräch noch einmal in Gedanken durch. Nick hatte sich von dem Angriff erholt, aber die Situation zwischen ihnen hatte sich verändert. Jen kam nicht länger mit ihm oder Emily zurecht und wollte aussteigen. Jetzt bot sie mir an, mir Emily zurückzugeben, was ein großes Risiko für sie selbst darstellte. In meinem Kopf funkelte ein Hoffnungsschimmer auf, als ich mir die Übergabe auf dem Hotelparkplatz vorstellte, das Gefühl von Emilys weichem, kleinen Körper in meinen Armen, und der Triumph, wenn wir davonfuhren. Noch nie hatte ich etwas so sehr gewollt.

Dann riss ich mich zusammen.

Jen war eine ausgezeichnete Schauspielerin. Sie und Nick hatten mich schon vorher reingelegt – es wäre unglaublich dumm in die nächste Falle zu tappen. Sie waren genauso clever wie bösartig. Ihnen war bewusst, dass das Angebot, mir Emily auszuhändigen, der einzige Weg wäre, um mich aus meiner Höhle zu locken. Sie war der ultimative Köder, zu verlockend, um zu widerstehen. Aber wenn ich auf irgendeinem anonymen Parkplatz auftauchte, machte ich mich selbst zur Zielscheibe. Ich könnte von einem Auftragsmörder angegriffen, entführt und umgebracht werden. Das klang etwas extrem, sogar absurd, wie etwas aus einem Film, aber sie hatten schon einmal versucht mich umzubringen und versagt. Mein Leben war in Gefahr. Das hatte Jen selbst gesagt.

Sie hatte so verzweifelt geklungen, völlig verängstigt. Wenn sie die Wahrheit gesagt hatte und er wirklich plante, Emily nach Kanada zu bringen, musste ich ihn aufhalten. Es hatte keinen Zweck, damit vor Gericht zu gehen; es war nicht genug Zeit und Nick würde ein Biest von einem Anwalt anheuern, um den Gerichtsbeschluss anzufechten. Als Emilys Vater hatte er das Recht sie ohne meine Erlaubnis für einen Monat mit ins Ausland zu nehmen. Wenn er erst einmal weg wäre, könnte es Monate, sogar Jahre dauern, bis ich sie auf gerichtlichem Weg zurückbekommen könnte.

Ich seufzte. Nick und ich waren ohnehin bereits weit über das Recht hinausgegangen. Wir kämpften in unserer eigenen düsteren Welt, in der es keine Regeln gab, und kämpften mit allen Waffen, die wir in die Hände bekamen. Entweder war der Anruf von Jen eine Falle oder ihr war endlich tatsächlich ein Licht aufgegangen und sie hatte die Seiten gewechselt. Ich konnte es nicht mit Sicherheit sagen, aber wenn es den geringsten Hauch einer Chance gab, Emily zu retten, dann würde ich sie ergreifen. Wenn ich falsch lag und mit einem Messer in meiner Brust endete, dann sollte es so sein. Ein Leben ohne mein kleines Mädchen wäre ohnehin nicht mehr lebenswert.

Aber wie sollte ich zum Grand Metropole Hotel kommen und wie von dort wieder fliehen? Mit Emily in meinen Armen zur nächsten U-Bahn-Station zu laufen, wäre zu riskant, und auf ein Taxi konnte ich mich nicht verlassen. Ich musste mein eigenes Gefährt haben, aber ohne Führerschein konnte ich mir kein Auto mieten. Ich kletterte aus dem Bett und ging zum Fenster. Moms müder alter Fiesta stand geparkt vor dem Haus. Er war die offensichtliche Lösung, aber sie würde mich nicht selbst fahren lassen: Falls irgendetwas schiefgehen sollte, würde ihre Versicherung nicht dafür herhalten und ein neues Auto konnte sie sich nicht leisten.

Sie war unten und aß etwas, bevor sie zu ihrer Putzschicht antreten musste. Ich glitt in meine Flip-Flops und band mein Haar in einen Pferdeschwanz zurück, dann warf ich einen kurzen Blick in den Schrankspiegel. Ich sah dünn und müde aus, obwohl ich die letzten Wochen nur damit verbracht hatte, in meinem Bett zu liegen, nichts zu tun und niedergeschlagen zu sein. Aber in meinen Augen war ein neues, fieberhaftes Funkeln. Sollte ich ihr von Jens Anruf erzählen? Ich ging auf die Tür zu, aber meine Finger hielten inne, weigerten sich, die Klinke zu drücken.

Ich vermutete, wenn Mom von dem Treffen wüsste, würde sie mir anbieten, mich zu fahren. Aber ich wollte sie nicht auch noch einem Risiko aussetzen. Es dämmerte mir, dass Emily zurückzubekommen nicht das Ende unserer Probleme sein würde; es könnte erst der Anfang sein. Nick wäre absolut außer sich; ohne Zweifel würde er uns verfolgen. Er würde sein gesamtes Vermögen dafür einsetzen, um mich zu besiegen, und zwar mit allen erdenklichen Mitteln. Er würde schnell darauf kommen, wo Emily und ich wohnten, dann wären wir niemals sicher. Ich könnte sie nie mit Mom alleine oder auch nur kurz aus den Augen lassen. Wenn sie alt genug wäre, um zur Schule zu gehen, würde ich mich jeden Tag davor fürchten, dass sie entführt werden würde oder aber, dass ich in der Schule eintraf, nur um festzustellen, dass Nick vor mir dort gewesen war. Nein, wir würden diese Stadt verlassen müssen, ein neues Zuhause finden, ein ganz neues Leben beginnen müssen. Wahrscheinlich müsste ich sogar unsere Namen ändern lassen und anonym leben, aber selbst dann würde ich mich fortwährend umschauen, in der Erwartung, dass sich jemand auf mich stürzt und mir Emily entreißt.

Ich war bereit, das alles auf mich zu nehmen, wenn es bedeutete, dass ich Emily zurückhaben könnte, aber von Mom konnte ich das nicht verlangen. Sie lebte bereits seit über zwanzig Jahren in diesem kleinen Haus, verbrachte unzählige Stunden in ihrem Garten, verstand sich gut mit den Nachbarn, hatte Dutzende Freunde und ein tolles Sozialleben. Wenn sie das aufgäbe, würde sie nie wieder eine derartige Heimat finden, zumindest nirgendwo, wo es schön war. Außerdem konnte sie es sich nicht leisten, ihren Job zu verlieren. Frührente war keine Option; sie hätte nur die staatliche Rente und ein paar Tausend Pfund als Notgroschen. Nach allem, was sie für mich getan hatte, nachdem ich es so dermaßen vermasselt und sie hängen gelassen hatte, wäre das ein zu großes Opfer. Ich hatte mich selbst in dieses Dilemma gebracht und würde mich selbst wieder herauskämpfen müssen.

Die Zukunft erschien mir unglaublich furchterregend – selbst wenn man davon ausging, dass Jen die Wahrheit gesagt hatte und ich Emily wiederbekommen könnte. Ich ließ mich auf das Bett plumpsen und legte mein Gesicht in meine Hände. Plötzlich wünschte ich mir, dass ich Nick doch umgebracht hätte. Ich wünschte mir, dass ich seinen Schädel zertrümmert und ihn dann an den Grund des Sees befördert hätte. Wenn ich ihn nur etwas härter getroffen hätte, wenn ich nur weitergemacht hätte, bis er tatsächlich tot gewesen wäre. Dann müssten wir uns wenigstens nicht mehr vor ihm fürchten. Selbst wenn es damit geendet hätte, dass ich dreißig Jahre im Gefängnis verbringen müsste, das wäre es wert gewesen. Aber es brachte nichts, diesen Gedanken nachzutrauern. Ich musste einen Plan aufstellen.

Die nächsten paar Tage verbrachte ich damit, in einem wachen, energiegeladenen Zustand durch das Haus zu tigern. Ich erkundete mich über das Grand Metropole Hotel und musste zu meinem Bedauern feststellen, dass der Parkplatz nur den Gästen vorenthalten war. Es war ein verdammtes Fünf-Sterne-Hotel und keine meiner Karten funktionierte, also konnte ich mir kein Zimmer buchen. Das bedeutete, dass ich außerhalb des Parkplatzes im Halteverbot parken musste und nur hoffen konnte, dass Jen pünktlich sein würde.

Sie hatte mich nicht noch mal kontaktiert, was ich auf den Mangel an Möglichkeiten schob. Dadurch war ich jedoch umso überzeugter davon, dass es keine Falle war, sonst hätte sie sicherstellen wollen, dass ich auch wirklich auftauchte. Es könnte aber auch ein doppeltes Spiel sein, um mir ein falsches Gefühl von Sicherheit zu vermitteln. Mein Verstand kam nicht zur Ruhe, er stellte Berechnungen und Schlussfolgerungen auf, erfand mögliche Gesprächsfetzen und versuchte, in diesem Spiel immer einen Schritt voraus zu sein. Doch eigentlich spielte ich blind, verließ mich einzig und allein auf meine Instinkte. Und meine Instinkte sagten mir, dass Jen aufrichtig war und ich bald wieder mit Emily zusammen sein konnte, aber ich glaube, das lag daran, dass die Alternative zu schrecklich war, um sie in Betracht zu ziehen.

Als ich am Dienstagmorgen aufwachte, fühlte ich mich vor Nervosität hundeelend. Mom brachte mir meine übliche Tasse Tee, als sie um kurz nach sieben ihren Kopf zur Tür reinsteckte, obwohl sie ganz genau wusste, dass ich in den nächsten Stunden noch nicht aufstehen würde, wenn überhaupt.

»Wie fühlst du dich?«, sagte sie, als sie die Tasse auf meinen Nachttisch stellte. »Du hast dich in den letzten Tagen komisch verhalten. Bist du sicher, dass du nicht zu einem Arzt gehen möchtest?«

»Nein, es geht mir gut, wirklich.« Ich stemmte mich auf meine Ellbogen. »Danke, Mom ... Nicht nur für den Tee; ich meine, für alles. Alles, was du für mich getan hast.«

»Komm mir nicht mit diesem Unsinn«, sagte sie, konnte sich aber ein Lächeln nicht verkneifen. »So ... Ich muss los. Heute habe ich die Frühschicht, sollte aber gegen vier zurück sein. Falls du Lust hast, etwas Gebäck für unseren Tee einzukaufen, das Geld habe ich auf den Küchentisch gelegt.«

»Ich werde es versuchen.«

Sie verwuschelte meine Haare. »Frische Luft wird dir guttun.«

»Ja, Mom, ich weiß. Hab dich lieb.« Als sie sich umdrehte, um mein Zimmer zu verlassen, fügte ich ein stilles Lebewohl hinzu, da ich nicht wusste, wie viel Zeit vergehen würde, bis es sicher genug wäre, sie wiederzusehen, oder ob dies sogar das letzte Mal war. Aber ich schüttelte die negativen Gedanken ab und versprach mir selbst, dass Emily und ich heute Abend wieder zusammen sein würden. Ich konnte es kaum erwarten. Ich drückte mein Kissen an meine Brust und stellte mir vor, mein Baby läge bereits in meinen Armen.

Nachdem Mom das Haus verlassen hatte, versuchte ich, wieder einzuschlafen, doch es war unmöglich. Die Stunden verstrichen nur langsam. Ich stand auf, duschte und zog mich an, dann packte ich ein paar Klamotten, die ich im Supermarkt gekauft hatte, in eine große Tragetasche. Es war fast schon Herbst – bald würde ich Pullover und einen warmen Mantel brauchen, hatte aber kein Geld, um sie mir zu kaufen. Ich ging in Moms Zimmer und suchte mir den ältesten, formlosesten Pulli raus, den ich finden konnte. Er war lila, mit einem Rollkragen und pinken Streifen um unteren Rand und den Ärmeln. Sie hatte ihn schon jahrelang und ich konnte mich nicht erinnern, wann sie ihn das letzte Mal getragen hatte. Auch ihren Mantel für die Gartenarbeit nahm ich mit. Ich wusste, dass es ihr nichts ausmachen würde, trotzdem würde ich mich entschuldigen; in der Nachricht, die ich plante, ihr zu hinterlassen. Es war nur eine kurze Mitteilung und ich brauchte mehrere Anläufe, bis ich mit ihr zufrieden war. Ich erinnere mich nicht genau daran, was ich geschrieben habe, aber ich habe darauf geachtet, dass sie nicht zu sentimental wurde. Nur war ich mir nicht sicher, wo ich sie hinterlassen sollte – auf ihrem Bett oder doch auf dem Küchentisch? Ich wollte sicherstellen, dass sie sie finden würde, und vergaß dabei, dass ihr das fehlende Auto zuerst auffallen würde.

Ich war unterwegs, als sie auf meinem Handy anrief. Da es in dem alten Fiesta kein Bluetooth gab, konnte ich nicht rangehen. Sie hinterließ mir eine Nachricht, aber ich konnte sie nicht abhören, konnte mir nur vorstellen, wie empört sie war, weil ich sie nicht eingeweiht hatte, wie besorgt, weil ich das Auto ohne einen vollwertigen Führerschein fuhr. Ich würde sie zurückrufen, wenn alles vorbei war, entschied ich, wenn ich Emily hatte und wir einen sicheren Ort gefunden hatten, an dem wir bleiben konnten. Sie würde sich so sehr für mich freuen, dass sie all ihre Wut vergessen würde.

Der alte Fiesta hatte kein Navi, aber die Strecke war nicht sehr kompliziert. Alles, was ich tun musste, war auf die M25 zu kommen und den Schildern bis nach Heathrow zu folgen. Das Hotel war keine zwei Meilen vom Flughafen entfernt. Ich hatte ausreichend Zeit eingeplant, um es zu finden und zu überlegen, wo ich am besten parken konnte.

Während ich fuhr, versuchte ich mich an Sams Anweisungen zu erinnern, immer in die Rückspiegel zu gucken und genug Abstand zwischen mir und den anderen Autos zu lassen. Obwohl ich den ganzen Weg vom Lake District in dem riesigen Range Rover zurückgefahren war, war ich immer noch unerfahren und hatte Angst davor, Fehler zu machen oder von der Polizei angehalten zu werden. Moms Auto fühlte sich schwach an, zu nah am Boden, und auch die Sicht war nicht so gut wie in dem Geländewagen. Ich behielt den Tacho im Auge und ging vom Gas, sobald ich mich der Geschwindigkeitsbegrenzung näherte. Die Gänge protestierten laut, wenn ich in den fünften Gang schaltete, also blieb ich im vierten und möglichst auf der Innenspur.

Ich erinnere mich noch, dass ich hinter einem langsamen LKW festhing. Er sah sehr lang aus und ich fürchtete mich davor, zum Überholen anzusetzen und meine Geschwindigkeit nicht halten zu können. Ich lag gut genug in der Zeit, also entschied ich mich, hinter ihm zu bleiben, und hoffte, dass er bei der nächsten Ausfahrt abbiegen würde.

Ich erinnere mich, wie der Verkehr vor mir plötzlich ins Stocken geriet und die Fahrzeuge auf den anderen Spuren schneller waren und dicht auffuhren. Zu dicht, dachte ich, während ich versuchte, mich daran zu erinnern, wie ich für die theoretische Prüfung gelernt hatte, den Bremsweg zu berechnen. Ich konnte nicht an dem Lastwagen vorbeischauen, also wusste ich nicht, weshalb sich der Verkehr staute. Vielleicht waren es Straßenarbeiten oder ich war in den Berufsverkehr geraten. Ich erinnere mich, wie ich darauf hoffte, dass es schnell wieder weitergehen würde, denn auch wenn ich früh dran war, wollte ich nicht in einem Stau feststecken. Ich erinnere mich, wie ich nach rechts auf die Autos schaute, die auf der mittleren Spur fuhren. Ich erinnere mich, wie ein silberner Mazda an mir vorbeischwebte.

Und ich erinnere, wie die Person auf dem Beifahrersitz sich drehte und mich ansah.

Unsere Blicke trafen sich. Nur für den Bruchteil einer Sekunde, aber es reichte ihm, um mein Gesicht zu erkennen.

Nicks Augen weiteten sich überrascht, dann wirbelte sein Kopf zum Fahrer herum. Das Auto fuhr so schnell vorbei, dass ich Jen nicht gesehen hatte.

Auch Emily auf dem Rücksitz hatte ich nicht gesehen, wenngleich ich sofort ihre Anwesenheit spürte – sie war mir so nah, nur ein bisschen Metall und Staub und Luft trennten uns noch. Ich wollte ihr folgen, doch die Autos fuhren so eng hintereinander, dass ich keinen Platz hatte, um auszuscheren.

Ich fing an zu zittern. Ich musste das Lenkrad fest umgreifen, um weiter geradeaus zu fahren. Schließlich schaffte ich es, meinen Platz hinter dem Lastwagen zu verlassen und hielt nach dem silbernen Mazda Ausschau. Aber zwischen uns waren nun mehrere andere Autos und es war schwer, ihn im Auge zu behalten.

Dann sah ich ihn. Ein glänzender silberner Pfeil schwankte von einer Seite zur anderen. Er muss die Seite eines anderen Fahrzeugs getroffen haben, denn plötzlich drehte er sich. Drehte sich immer weiter und weiter und geriet völlig außer Kontrolle. Alle bremsten, während die Autos ineinander fuhren. Ein Lastwagen versuchte auszuweichen, doch er stellte sich nur quer und versperrte mir die Sicht. Seine Plane bauschte sich auf wie ein Segel, als die Autos in ihn krachten. Es sah auf skurrile Weise schön aus.

Ich hätte auf den Wagen vor mir reagieren sollen, der quietschend zum Stehen kam; hätte beide Füße nach unten drücken und eine Gefahrenbremsung machen sollen, wie Sam es mir beigebracht hatte. Stattdessen stellte ich mir Emily vor, eine Prinzessin in ihrer silbernen Kutsche, die sich immer wieder drehte, wie auf einem Karussell.

39

HEUTE

Anna

»Du sieht gut aus, Schätzchen«, sagt Margaret, als ich am Montagmorgen ins Büro komme. »Du strahlst geradezu vor Glück.«

»Oh, bitte«, antworte ich lachend, als ich meine Tasche auf meinem Schreibtisch abstelle und eine Plastikdose mit Sandwiches herausnehme. Übrig gebliebenes gebratenes Hähnchen mit Mayonnaise und Gurkenscheiben, damit es nicht zu trocken ist. Chris hat sie heute Morgen gemacht. In seiner Tasche hat er eine ähnliche Box mit der gleichen Portion.

Margaret zieht ihr gehäkeltes Oberteil über ihrem runden Bauch zurecht. »Wirklich, du siehst aus wie eine ganz neue Person. Ich freue mich so für dich, Anna.«

»Freu dich nicht zu sehr. Es ist alles noch sehr frisch.« Ich fahre meinen Computer hoch und während er aus seinem Schlaf erwacht, gehe ich mit meiner Brotdose in die Küche und lege sie in den Kühlschrank. Margaret folgt mir wie ein Entenküken seiner Mutter, als ich den Wasserkocher auffülle und dann zu meinem Schreibtisch zurückgehe, um mein Passwort einzugeben.

»Ihr lebt bereits zusammen, also muss es etwas Ernstes sein«, fährt sie fort. Als wir wieder zurück in der Küche sind, nimmt sie unsere Tassen von dem Abtropfgitter und lässt jeweils einen Teebeutel in sie fallen. »Ich schätze, sobald Chris mit seiner Scheidung durch ist ...« Ich kann sehen, wie sich die Gedankenblase über ihrem Kopf ausbreitet. Ich trage ein buschiges Hochzeitskleid und Chris Frack und Zylinder.

»Ich befürchte, das werde ich nie wieder tun«, sage ich und vergesse mich für einen Moment.

Ich gieße das kochende Wasser ein und beobachte, wie die Teebeutel an die Oberfläche steigen, bevor sie kurz darauf wieder versinken.

»Oh. Also warst du schon einmal verheiratet?« Margaret sieht sehr zufrieden mit ihrer Vermutung aus. »Ich habe mir schon gedacht, dass etwas in der Art passiert sein muss. Als du neu in Morton warst, sahst du sehr ... na ja, ich weiß nicht, wie ich es beschreiben soll ... einsam aus.«

»Zum Glück habe ich ein paar gute Freunde gefunden«, antworte ich, als ich mir etwas Milch eingieße. Sie sieht mich neugierig an, als ich meinen Teebeutel mit einem Löffel herausnehme und die Tasse zu meinem Schreibtisch trage. *Nein, Margaret*, denke ich, *ich werde nichts mehr sagen; du weißt ohnehin schon zu viel.*

Ich setze mich, wende mich in meinem Stuhl dem Bildschirm zu und klicke auf meinen Posteingang. Keiner der E-Mail-Betreffe ist interessant genug, um mich von meinen Gedanken abzubringen. Zusammen leben. Ich wollte Margaret eigentlich widersprechen, aber die Beweise sprechen gegen mich. Chris und ich leben zusammen. In der Nacht teilen wir ein Bett (meistens das seine), wir kochen für den anderen und essen zusammen vor dem Fernseher. Wir machen lange Spaziergänge am Fluss und gehen gerne in den lokalen Restaurants essen. Wir sind ein Paar. Ein Duo. Eine Verbindung. Eine Einheit.

Das war nicht geplant und die ersten paar Tage – vor allem nach seiner Entdeckung von Emilys Foto – verliefen ein wenig holprig, aber nun scheinen wir gut miteinander auszukommen. Ich sagte ihm, dass ich noch nicht bereit sei, über meine Vergangenheit zu sprechen, dass ich das vielleicht auch nie sein werde. Wenn er weiter Fragen stellen würde, dann sollten wir es vielleicht sofort beenden, bevor einer von uns zu sehr am anderen hängt. Er sagte, er interessiert sich nur für das Hier und Jetzt, aber es ist unmöglich zu sagen, was wirklich in dem Kopf einer anderen Person vor sich geht. Jeder von uns trägt eine eigene geheime Welt in sich. Diese Erfahrung habe ich zumindest gemacht.

Heute Abend nach der Arbeit würde ich zu meiner alten Wohnung gehen, während Chris bei seiner wöchentlichen Schicht im St. Saviours aushilft. Ich habe sie noch nicht gekündigt – falls etwas zwischen mir und Chris schiefläuft, möchte ich nicht auf der Straße sitzen. Doch ich bin seit Wochen nicht dort gewesen und alles würde eingestaubt sein. Ich wollte ein paar meiner Sachen holen: Kleidung, Bettwäsche und ein paar Dinge für die Küche, inklusive eines Woks, den ich gekauft habe, nachdem ich nach Morton gezogen bin, aber noch nie benutzt habe.

In der Mittagspause esse ich mein Sandwich mit Margaret. Normalerweise leistet Chris uns Gesellschaft, aber er ist in Stafford bei einem Meeting. Es ist nicht warm genug, um draußen zu sitzen, aber keine von uns möchte an ihrem Schreibtisch essen, also ziehen wir unsere Mäntel an und suchen uns eine Bank in der Fußgängerzone vor dem Einkaufszentrum. Als ich ein großes Stück Hähnchen mit meinen Zähnen zerreiße, wird mit bewusst, dass ich mich irgendwie ...

Wie heißt das Wort noch gleich? Zufrieden fühle. Und doch ist dieses neue Leben nicht wirklich meins. Nicht im Sinne des Lebens, das ich einmal geführt habe, oder der Zukunft, die ich mir einst für mich ausgemalt hatte. Ich lebe in einer gewöhnlichen Stadt und habe einen Verwaltungsjob, der mich nirgendwohin führt. Ich scheine eine Beziehung mit einem netten, fast geschiedenen Mann zu führen, der Gott liebt. Als Verkleidung ist es perfekt. Als richtiges Leben ist es absurd.

»Was ist so lustig?« Als Margaret ihre Serviette auf den Boden ausschüttelt, versammelt sich ein Schwarm Spatzen vor ihren Füßen, um sich an den Krümeln zu ergötzen.

Ich war so mit meinen Gedanken beschäftigt, dass ich gar nicht merkte, dass ich tatsächlich laut gelacht habe. »Oh, nicht Bestimmtes«, sage ich. »Ich musste nur daran denken, wie einem das Leben manchmal so spielt.«

Der Nachmittag verläuft wie immer – hauptsächlich E-Mails, mit Unterbrechungen zum Tee trinken und belanglosem Bürogeplauder. Ich arbeite stetig, antworte auf Anfragen oder leite Nachrichten an andere Abteilungen weiter und um fünf Uhr ist mein Postfach leer.

»Machst du heute Abend irgendwas Besonderes?«, fragt Margaret, als wir auf den Fahrstuhl warten.

»Nicht wirklich. Ich schaue in meiner alten Wohnung vorbei, um ein paar Dinge zu holen und Staub zu wischen. Dann sehe ich mir wahrscheinlich das ITV-Drama an, bis Chris mich abholen kommt.«

»O, ja, das ist wirklich gut – wir wurden richtig auf die Folter gespannt. Ich glaube, heute Abend zeigen sie die letzte Folge.« Margaret hebt ihre Schultern und grinst mich breit an. »Ich kann es kaum erwarten!«

Ich nehme meine übliche Route durch die städtischen Gärten, überquere den Fluss über die hübsche Eisenbrücke und folge dann dem asphaltierten Pfad, der an den riesigen Feldern des Rugby-Clubs vorbeiführt. Der Herbst steht bevor und manche der Bäume auf der gegenüberliegenden Seite des Rec Yards zeigen bereits ihre ersten verfärbten Blätter. Eine kühle Brise weht über das gemähte Gras, der Himmel ist durch und durch grau. Abgesehen von ein paar Spaziergängern, die mit ihren Hunden unterwegs sind, bin ich die einzige Person hier. Zwanzig Minuten später stehe ich vor dem trüben Reihenhaus, in dem ich früher gewohnt habe. Ich bin eine Weile nicht hier gewesen und der kleine Vorgarten liegt voller Müll. Das Tor quietscht, als ich es öffne, und aus den Rissen in dem Weg sprießen Gräser. Ich drehe den Schlüssel um und stoße die schlecht sitzende Tür wie immer mit meinem Knie auf.

Zu meiner Überraschung liegen keine Briefe an Vormieter oder Werbung auf der Fußmatte. Vielleicht hat mein Vermieter vorbeigeschaut, denke ich. Oder vielleicht ist oben jemand eingezogen. Als ich den Schlüssel in das Schloss meiner Wohnung stecken möchte, bemerke ich, dass die Tür bereits aufgeschlossen ist. Ich verfluche meinen Vermieter dafür, nicht ordentlich hinter sich abgeschlossen zu haben, und schiebe die Tür auf. Ich schalte das Licht ein und gehe den engen Flur in Richtung der Küche hinunter, denke über die Rechte von Mietern nach und ob ich den Stromzähler ablesen sollte, als ich eine tiefe Stimme hinter mir höre.

»Wie geht es dir, Jen?« Diese Stimme.

Diese Stimme sagt meinen Namen.

Mein Körper erstarrt. Ich drehe mich nicht um. Ein schlechtes, leeres Gefühl breitet sich in meinem Magen aus. Meine Augen schießen zur Rückseite meiner Wohnung. Soll ich es wagen wegzulaufen? Wenn die Tür zum Hinterhof nicht verschlossen ist, wenn ich es schaffe, über den Zaun zu klettern ... Doch ich kann mich nicht bewegen. Keinen einzigen Zentimeter. Meine Füße fühlen sich an, als wären sie mit dem Boden verschmolzen. »Tut mir leid, wenn ich dich erschreckt habe.« Er kommt auf mich zu und legt eine Hand auf meine Schulter. Ein eisiger Schauer durchfährt mich. »Wir müssen reden.« Er dreht mich langsam, sodass ich mich ihm zuwende und unsere Blicke sich treffen.

»Wie zum Teufel bist du hier reingekommen?«, frage ich.

Sam gestikuliert in Richtung des Wohnzimmers. »Sollen wir es uns bequem machen?« Er nimmt meine Hand und führt mich über die Türschwelle. Mehrere leere Bierflaschen und Pizzaschachteln liegen über den gläsernen Couchtisch verteilt und auf dem Sofa liegt ein schmuddeliger Schlafsack. »Kein schlechter Ort zum Untertauchen«, sagt er. »Wohnzimmer, Schlafzimmer, Küche, Bad, alles, was man so braucht. Luxus im Vergleich zu einem Leben auf der Straße. Aber nicht die Art von Luxus, an den du gewöhnt bist.«

»Hast du dich hier eingenistet?«

»Einnisten ist so ein hässliches Wort. Ich bevorzuge Couchsurfing.«

»Woher wusstest du, dass ich heute herkommen würde? Hat Chris dir einen Tipp gegeben?«

»Chris?« Er schaut mich mit gespielter Verwunderung an.

»Du weißt ganz genau, wer Chris ist.«

»Du meinst den Kerl aus dem Obdachlosenheim?«

»Versuch nicht, ihn zu decken. Hat er dir verraten, dass diese Wohnung leer steht? Hat er für dich meine Schlüssel gestohlen, damit du sie dir kopieren kannst?«

»Ich weiß nicht, wovon du sprichst. Ich habe dich vor ein paar Wochen weggehen sehen und bin durch die Hintertür eingebrochen. Seitdem warte ich hier. Na los, setz dich. Im Stehen können wir uns nicht vernünftig unterhalten.«

Ich lasse mich auf das Sofa fallen. Meine Knie zittern; ich drücke sie so fest ich kann zusammen und lege meine Hände um sie. »Was willst du?«

Er sitzt in dem Sessel mir gegenüber und wird von der Abendsonne erleuchtet, die durch die Fenster scheint. »Ich konnte nicht glauben, dass das wirklich du warst, die durch das Industriegebiet gelaufen ist. Dachte zuerst, ich würde Geister sehen. Habe es auf die Drogen geschoben. Aber als du dann im St. Saviours aufgetaucht bist, war ich mir sicher. An dem Abend bin ich dir nach Hause gefolgt. Habe die Augen offen gehalten. Habe in dem Zentrum nach dir gefragt und der Typ – das muss dieser Chris gewesen sein, den du erwähnt hast – meinte, dein Name sei Anna.«

»Mein Name ist Anna. Ich habe ihn offiziell ändern lassen.«

»Ja ... Es muss etwas Schlimmes passiert sein, wenn du einen so drastischen Schritt machst.«

»Können wir bitte aufhören, Spielchen zu spielen. Ich bin mir sicher, dass du alles darüber weißt.«

Er schüttelt seinen Kopf. »Aber das tue ich nicht, Jen, ehrlich, ich habe keine Ahnung. Du versteckst dich, so viel habe ich schon verstanden. Sonst würde niemand in dieses Drecksloch von einer Stadt kommen. Keine Frau wie du sie bist. Aber vor wem versteckst du dich? Vor deinem Ex-Mann?«

Ich schaue ihm direkt in die Augen, um seine Reaktion festmachen zu können. Wenn er mir nur etwas vormacht, werde ich das sehen können. »Nick liegt im Koma«, sage ich.

»Im Koma?« Er stößt seinen Atem aus, wie jemand, der gerade in den Magen geschlagen wurde. »Im Koma?! Verdammt!« Entweder ist er ein unglaublicher Schauspieler oder diese Nachricht ist ihm tatsächlich neu. Ich bin mir ziemlich sicher, dass es letzteres ist, aber ich muss trotzdem vorsichtig sein, was ich sage. Jetzt ist nicht die Zeit, etwas preiszugeben.

»Das ist schrecklich«, nimmt er das Gespräch nach einem Moment wieder auf. »Ich meine, das ist hart. Wie kommt's?«

»Ein Autounfall.« Schon diesen einfachen Satz auszusprechen, versetzt mich in Panik.

»Wo?«

»Auf der M25, kurz vor der Abfahrt zur M4.«

Er pfeift anerkennend. »Mein Gott. Willst du damit sagen, dass Nick nur noch eine leere Hülle ist oder so etwas?«

»Die Ärzte denken nicht, dass er wieder aufwachen wird, aber die Familie weigert sich, die Geräte abzuschalten.« Ich könnte mehr erzählen, aber ich tue es nicht.

Sam lehnt sich vor und klatscht seine Hände zusammen. »Ich schwöre dir, Jen, ich wusste nichts davon. Ich war schon lange nicht mehr in der Gegend, verstehst du? War an einigen dunklen Orten in meinem Kopf, an vielen finsteren, beschissenen Orten, seit ... na ja ... seit ich meinen Job verloren habe und alles den Bach runtergegangen ist. Das Letzte, was ich mitbekommen habe, ist, dass Natasha bei ihrer Mutter wohnte und die Ehe vorbei war. Ich habe versucht, mit ihr zu reden, aber sie wollte nichts von mir wissen. Sie dachte, dass ich dem Boss von ihren Plänen erzählt habe, ihn zu verlassen, und wollte meine Seite der Geschichte

nicht hören. Nick dachte, dass ich eine Affäre mit Natasha hatte –
er ist komplett ausgerastet und meinte, er würde dafür sorgen, dass
ich nie wieder Arbeit finden würde. Deshalb muss er sie verlassen
haben. Das werde ich mir nie verzeihen.«

»Das hatte nichts mit dir zu tun«, sage ich. »Er hat sie verlassen, um zu mir zurückzukommen.«

Aber er scheint mich nicht zu hören. »Ich habe mich hinreißen
lassen und dachte, zwischen uns könnte etwas sein, was nicht
war.« Er grunzt abfällig. »Als ob sie an mir interessiert wäre, wenn
sie schon einen erfolgreichen Typen wie ihn hat, der millionen-
schwer ist.«

»Nun, das Geld bringt ihm jetzt nicht mehr viel.«

»Nein, ich schätze nicht. Irgendwie ironisch, was?« Er stößt
einen langen Seufzer aus. »Und, wie geht es der kleinen Emily? So
ein süßes Kind. Es hat so viel Spaß gemacht, mit ihr Feuerwehrmann Sam zu spielen.« Er lacht verliebt.

»Ich hoffe doch, Natasha hat sie zurückbekommen?« Ich atme
scharf ein. Er weiß es nicht.

Wenn er das täte, würde er nicht so über sie sprechen, könnte
sich nicht mehr verstellen.

»Es tut mir leid, Sam ... Emily ist bei dem Autounfall ums
Leben gekommen.«

»Oh, verdammt.« Er stöhnt auf und stützt seinen Kopf in seine
Hände. »Das ... Das ist schrecklich. Armes Kind ... Es tut mir so
leid. Arme Natasha.« Er fängt an zu weinen. »Das ist meine
Schuld, alles meine Schuld.«

Ich stehe auf, gehe zu ihm herüber und schüttle seine Schultern. »Nein, hör mir zu! Es war meine Schuld, nicht deine. Meine
und Nickys. Ich habe dich als einen Köder eingeschleust. Nicky
hatte mir versprochen, Natasha zu verlassen, aber er hat es immer
wieder hinausgezögert. Ich wollte, dass sie eine Affäre mit dir hat,
verstehst du das denn nicht?« Meine Stimme erhebt sich zu einem
schrillen Flehen. »Du warst Teil des Plans, aber nur ein Nebencharakter, nicht die Hauptattraktion. Es ging nur um Emily. Nicky
und ich wollten Emily für uns haben und mussten Natasha loswer-

den. Wenn einer von uns nicht mit sich selbst leben kann, dann bin ich es, okay? Nicht du. Ich.«

Sofort muss ich an den Streit mit Nicky denken, nachdem ich mich selbst ins Haus gelassen und mich betrunken hatte. »Sie vögelt den Chauffeur«, sagte ich, nachdem er mir drohte, mir meine Schlüssel wegzunehmen. »Und er gibt ihr Fahrstunden. Wirst du einfach nur rumstehen und zusehen, wie sie dich zum Narren hält?«

Sam löst seine Hände langsam von seinem Gesicht. »Du bist ein verdammtes Monster«, sagt er. »Ein verdammtes Monster.«

»Ja, wenn du so willst ... Ich habe mich in den letzten Monaten schon wesentlich Schlimmeres genannt.«

Er schaut mich aus zusammengekniffenen Augen an. »Jetzt verstehe ich es, Anna. Du versteckst dich nicht vor Nick – du versteckst dich vor Natasha.«

»Ich verstecke mich vor allem, Sam«, sage ich ohne Selbstmitleid in der Stimme. »Vor allem und jedem. Aber hauptsächlich vor mir selbst.« Er kommt auf seine Füße und schwankt leicht, betrunken durch seine neue, eingebildete Macht. »Ich werde Natasha finden und ich werde ihr sagen, wo du bist.« Er schnappt sich seinen Schlafsack. »Wenn sie möchte, dass ich dich töte, werde ich es tun. Es ist mir völlig egal, ob ich für den Rest meines Lebens hinter Gitter komme.«

40

HEUTE

Anna

Ich erhebe mich von den Sofakissen und blinzle mit verschleierten Augen auf meine Umgebung. Bis auf einen Lichtstrahl, der von der Straßenlaterne durch die Vorhänge fällt, ist es dunkel. Jetzt erinnere ich mich ... wie Sam seine Sachen packte und aus der Wohnung stürmte, während die Flüche wie Schweißtropfen von ihm fielen. Ich breche zu einem erbärmlichen Häufchen Selbstmitleid zusammen, weine bis ich Bauchschmerzen bekomme und meine Nase so dichtmacht, dass ich kaum noch Luft bekomme.

Wie lange hatte ich so dagelegen? Ein Blick auf mein Telefon verrät mir, dass es fast acht Uhr ist. Chris kommt um halb elf, um mich abzuholen, aber bis dahin musste ich schon lange fort sein. Ich rolle mich vom Sofa und taumle ins Schlafzimmer, wo ich einen Koffer unter dem Bett hervorziehe. Die Laken sind mit einer dicken Staubschicht bedeckt und bringen mich zum Niesen. Ich öffne die Verschlüsse und werfe ihn auf. Dann nehme ich alles aus dem Schrank und lege es auf das Bett.

Meine Reflexion in den verspiegelten Türen starrt mich an

und schüttelt missbilligend ihren Kopf. Ich sehe eine erbärmliche, besiegte Frau in ihren Vierzigern, mit einem billigen Haarschnitt, verschmiertem Make-up und vor Tränen geröteten Augen. Eine Frau, die es leid ist, zu lügen und allen etwas vorzumachen, die es satthat, davonzulaufen. Doch ich muss davonlaufen.

Ich packe ein paar Tops und Pullover ein, einige Kleider und Jeans sowie meine Winterstiefel, dann schließe ich den Koffer. Als ich ihn in den Flur trage, ziehe ich mein Handy aus meiner Tasche und rufe mir ein Taxi, das mich zu Chris' Wohnung bringen soll.

Es kommt nur ein paar Minuten später an. Ich schließe die Tür hinter mir und werfe den Schlüssel durch den Briefschlitz. Das Taxi überquert den Fluss und bahnt sich seinen Weg zum Stadtzentrum von Morton. Ich blicke aus dem Fenster, betrachte die Geschäfte und Häuser und als wir an der Stadtverwaltung vorbeikommen, spüre ich einen scharfen Stich des Bedauerns. Trotz der Stumpfsinnigkeit der Arbeit, hatte der Job mich überraschend glücklich gemacht. Meine Kollegen wussten nicht recht, was sie von mir halten sollten, aber sie waren immer freundlich gewesen. Ich würde Margaret eine Entschuldigungs-E-Mail schreiben müssen, bevor ich Annas Konto lösche.

Das Taxi biegt in die Straße neben dem Häuserkomplex ein, in dem sich Chris' Wohnung befindet. »Würden Sie bitte warten?«, frage ich. »Ich brauche nur ein paar Minuten.«

Sobald ich in der Wohnung bin, mache ich mich an die Arbeit, renne von Raum zu Raum, schnappe mir verschiedene Dinge und lege die meisten von ihnen wieder zurück. Ich muss mit leichtem Gepäck reisen. Hastig stopfte ich Kleidung, Schuhe, Hygieneartikel und persönliche Dokumente in den Koffer und zerre ihn zur Eingangstür. Ich gehe zum Fenster, um sicherzugehen, dass das Taxi noch immer wartet. Das tut es, aber ich muss mich beeilen. Ich hetze zu dem Computer und nehme ein Blatt Papier aus der Druckerschublade. Armer Chris. Er wird irritiert sein, wenn er bei meiner alten Wohnung auftaucht und ich nicht da bin. Besorgt, wenn er mich anruft und ich nicht ans Telefon gehe. Aber dann wird er nach Hause kommen und meine Nachricht sehen. Ich verhalte mich wie ein Feigling, dessen bin ich mir bewusst, aber ich habe keine Wahl.

Ich muss noch heute Nacht aus Morton verschwinden.

Tut mir leid, dass ich es so beenden muss, Chris. Es liegt nicht an dir, du bist ein wundervoller Mann. Es ist meine Schuld – meine allein. Versuch mich zu vergessen und finde jemand Neues. Du verdienst es, glücklich zu sein. In Liebe, Anna.

Ich füge noch ein paar Küsse hinzu, dann lege ich den Stift nieder. Das Taxi hupt ungeduldig. Ich falte das Blatt einmal und schreibe Chris' Namen in großen Buchstaben vorne drauf, dann lege ich es neben den Teekessel. Dort muss er ihn finden. Der liebe, nette Chris, der dachte, dass die meisten Probleme sich mit einer guten Tasse Tee lösen lassen.

Die Hefe aus den Brauereien liegt heute Abend stark in der Luft – sie riecht süß und faul zugleich, wie ein alter Mensch auf der Schwelle zum Tod. Ich stehe am Bahnsteig und atme ein letztes Mal tief ein, in dem Wissen, dass ein kleiner Teil von Morton immer in mir bleiben wird. Ich hätte nie gedacht, dass ich das einmal sage, aber ich werde diese Stadt und vor allem ihre Bewohner vermissen. Ich werde meine Therapeutin Lindsay vermissen, die mit nur wenigen Teilen des Puzzles versucht hat, mich wieder zusammenzusetzen; und Margaret, die mich aus meiner Höhle locken wollte und dabei nicht bemerkt hat, dass ich mich absichtlich versteckte. Aber vor allem würde ich die zärtliche, altmodische Art vermissen, auf die Chris mich geliebt hat. Unter der Decke. Im Dunkeln, mit ausgeschaltetem Licht. Sie alle haben mir so viel mehr gegeben, als ich verdiente.

In meiner Tasche klingelt mein Telefon. Ich weiß, dass es Chris ist, und ein Teil von mir möchte den Anruf annehmen, doch ich bin nicht stark genug. Da ich davon überzeugt bin, dass er mir eine Nachricht hinterlassen wird, lasse ich die Mailbox drangehen.

Sobald ich seine Nachricht abgehört habe, werde ich das Handy ausschalten. Ich möchte nur noch ein letztes Mal seine sanfte Stimme hören.

Der Zug nach Birmingham fährt ein. Es wird etwa vierzig Minuten dauern, bis wir die New Street Station erreichen. Die Umsteigezeit ist sehr kurz, aber mit etwas Glück würde ich es schaffen. Ich steige ein und hieve meinen Koffer auf die Gepäckablage. Der Zug ist nahezu leer, sodass ich einen Vierersitz für mich allein habe. Als ich meine Handtasche auf dem Tisch ablege und mich in den Sitz quetsche, klingelt wieder mein Telefon. Ich halte den Atem an und zähle die Sekunden, bis es aufhört. Das wird schwer werden. Wir fahren los und schon bald weicht die Stadt der dunklen Landschaft aus Feldern und Bäumen. Ich lehne mich zurück und schließe meine Augen.

Auf Wiedersehen, Morton.

Autofahrten sind am schlimmsten, aber auch jede andere Transportart nimmt mich auf eine Reise zurück zu dem Unfall. Ich nenne es einen Unfall, weil jeder andere es auch tut, aber für mich war es ein vorsätzlicher Gewaltakt, poetische Gerechtigkeit für die bösen Dinge, die wir getan hatten. Nicky hatte seine Strafe erhalten. Soweit ich weiß, ist er noch immer nicht aus seinem Koma erwacht. Ich wünsche mir, ich könnte in seinen Kopf klettern und sehen, was darin vor sich geht. Erinnert er sich an die letzten Momente vor dem Zusammenstoß? Weiß er, dass seine Tochter tot ist? Ich stelle mir vor, wie er in seinem Schwebezustand versucht, zu ihr zu gelangen, wie er die Ärzte anfleht, die Geräte abzustellen.

Es war ein schwerer Unfall, eine der schlimmsten Massenkarambolagen seit zwanzig Jahren. Es gab über dreißig Verletzte, die auf mehrere Krankenhäuser in der Umgebung verteilt wurden. Nicky wurde mit einem Hubschrauber vom Unfallort weggebracht und in eine Spezialklinik eingeliefert; ich wurde mit einem Krankenwagen woanders hingebracht. Ich erlitt eine Kopfverletzung, die von den Ärzten überwacht wurde, hatte mehrere gebrochene Rippen, verschiedene Schnittwunden und Prellungen und einen Bruch im Handgelenk, der operiert werden musste. Physisch war ich glimpflich davongekommen. Mental nicht so sehr. Die Polizei stattete mir einen Besuch ab, um meine Aussage aufzunehmen. Ich werde niemals den Ausdruck auf dem Gesicht der Polizistin vergessen, als ich ihr sagte, dass ein kleines Mädchen mit uns im Wagen war.

Am dritten Tag kam Hayley, um mich zu besuchen. Es war Jahre her, dass ich sie ohne die zentimeterdicke Schicht Make-up gesehen hatte. Seltsamerweise sah sie wieder aus wie das elfjährige Mädchen, mit dem ich damals herumgealbert hatte. Sie hatte immer noch die hellen Sommersprossen auf ihrer Nase, kleine Augen und blasse Augenbrauen.

»Irgendwelche Neuigkeiten?«, fragte ich, als sie sich dem Bett näherte. Sie studierte mich, ihre Oberlippe verzog sich angewidert, als sie sah, dass ich mit verhältnismäßig leichten Verletzungen davongekommen war.

»Alles unverändert. Er könnte jede Sekunde aufwachen oder niemals.« Tränen schimmerten in ihren Augen, aber sie schob sie wieder beiseite. »Wir geben die Hoffnung nicht auf. Wir reden mit ihm, lesen ihm aus der Zeitung vor, spielen seine Lieblingsmusik. Bisher hat er auf nichts reagiert, aber ich bin mir sicher, dass er da noch irgendwo sein muss.«

Ich streckte meinen unverletzten Arm aus und tätschelte ihre Hand. »Es tut mir so leid, Hayley.«

»Nicht, dass er weiterleben wollen würde, wenn er das mit Emily hört«, fuhr sie fort, ihre Stimme brach ab. »Er wird sich wünschen, mit ihr in Flammen aufgegangen zu sein. Armes Würmchen. Jetzt gibt es im Himmel einen neuen Engel ...«

»Ich weiß. Es ist unerträglich.«

Sie zog ein Taschentuch hervor und putzte sich die Nase. »Das ist nicht fair. Wie kann es sein, dass du aus dem Wrack gekommen bist und sie nicht?«

Ich zuckte innerlich zusammen. Darum ging es also. Hayley war sauer, weil ihr eigenes Fleisch und Blut hatte leiden müssen, während ich, die Außenstehende, verschont geblieben war.

»Ich weiß es nicht«, antwortete ich ruhig. »Ich war bewusstlos. Irgendjemand hat mich rausgezogen. Vielleicht konnten sie sie nicht erreichen. Es ist noch alles sehr durcheinander; die Polizei nimmt noch immer Aussagen auf. Die Unfallermittler sichten die ...«

»Das ist einfach alles zu viel, verstehst du?«, unterbrach sie mich. »Die Familie ist zerbrochen. Das ist alles Natashas Schuld ... Wenn sie nicht aufgetaucht und alles kaputt gemacht hätte ...« Hayley stopfte das feuchte Taschentuch in ihren Ärmel. »Nun, ich hoffe, jetzt ist sie zufrieden.«

»Hayley! Wie kannst du so etwas sagen?«, sagte ich. »Sie hat gerade ihre Tochter verloren, um Himmels willen. Ich weiß, dass du aufgebracht bist, das verstehe ich. Das sind wir alle, aber komm schon ...«

Es folgte eine lange, unangenehme Pause.

»Nicky hat mir erzählt, dass ihr Pläne für die Zukunft gemacht habt«, schniefte Hayley. »Er sagte, ihr wolltet alle zusammen nach Kanada ziehen. Ich habe mich sehr für euch gefreut. Das hattest du dir verdient, nach all der Warterei.«

»Ich habe gar nichts verdient«, murrte ich, aber sie hörte mir nicht zu, ihre Aufmerksamkeit wurde von dem Inhalt ihrer riesigen Lederhandtasche eingenommen. Sie holte einen kleinen Umschlag heraus und überreichte ihn mir, aber ich konnte ihn nicht mit einer Hand öffnen, also tat sie es für mich. »Ich habe es an Ethans Taufe aufgenommen, erinnerst du dich?«, sagte sie, als sie die Fotografie hochhielt. »Du, Nicky und die kleine Emily. Oh, seht euch drei nur an. So perfekt zusammen, wie eine Bilderbuch-familie.« Ich versuchte, ein dankbares Lächeln zustande zu bringen, aber innerlich fühlte ich mich miserabel. Sie legte es auf mein Schränkchen neben dem Bett. »Ich dachte, du hast vielleicht nicht so viele Fotos von euch dreien, also habe ich es extra drucken lassen.«

Ich schluckte schwer, als ich mich an diesen Tag erinnerte. Hayley hatte es mit der Absicht geschossen, Natasha zu verär-gern. Tatsächlich diente die ganze Taufe dazu, dass sie sich so unwohl wie möglich fühlen sollte, und das hatte großartig funktioniert.

Nicky und ich waren da schon mitten in unserer Affäre, auch wenn es sich nicht wie eine Affäre anfühlte, eher wie die Wiederherstellung des Normalzustandes. Hayley wusste, dass wir wieder zusammen waren und war außer sich vor Freude. Aber sie wollte, dass Nicky Natasha sofort verließ und konnte nicht verstehen, warum er es in die Länge zog. Ich genoss die Aufregung unserer geheimen Sex-Treffen, rechtfertigte mich damit, dass ich Natasha nur zurückgab, was sie mir angetan hatte, doch ich hasste es, dass er nachts zu ihr nach Hause ging. Manchmal nahm meine Verzweiflung Überhand und ich verhielt mich töricht. Nicky war außer sich, als ich mich selbst in sein Haus gelassen und Natasha mich betrunken vorgefunden hatte. Ich glaube, da ist ihm bewusst geworden, dass ich die Rolle der armen, zurückgewiesenen Ex nicht für immer spielen konnte – und es auch nicht wollte.

Hayley drängte ihn weiter dazu, Natasha zu verlassen, aber er sagte uns, dass wir uns gedulden müssten. Er hätte einen Plan, sagte er, aber der würde Zeit und genaueste Vorbereitung erfordern. Wir mussten ihm vertrauen. Er erwähnte nie explizit, dass er Natasha umbringen wollte, zumindest sprach er diese Worte nicht aus. Wir hatten um das Thema herumgeredet, vage Ausdrücke wie »loswerden« und »dauerhafte Lösung« benutzt und ich hatte mir selbst eingeredet, dass es etwas anderes bedeutete – dass er Natasha ganz im Stil der Mafia ein Angebot machen würde, dass sie nicht ablehnen konnte. Dass er versuchen würde, sie mit einer unsagbar hohen Summe auszuzahlen oder sie vor Gericht auseinanderzunehmen, etwas in der Art. Die Realität traf mich erst, als er sich mit Emily aus dem Staub machte, und da war es bereits zu spät, ihm von seinem Plan abzubringen.

Aber hier mache ich mir selbst etwas vor. Die Wahrheit ist, dass ich so von dem Traum unserer gemeinsamen Zukunft eingenommen war, dass ich ihn gar nicht davon abbringen wollte – ich wollte nur nicht sehen, wie er es tat. Hayley hatte nie erfahren, was genau er geplant hatte, aber wenn er es ihr erzählt hätte, hätte sie vermutlich angeboten, den Abzug zu drücken.

»Wann werden sie dich entlassen?«, fragte sie und riss mich aus meinen komplizierten Gedanken. »Ich meine, es scheint dir gut zu gehen ...«

»In ein paar Tagen. Sie wollen zunächst noch eine psychologische Beratung durchführen.«

Sie rollte mit den Augen. »Nun, komm ihn besuchen, sobald du kannst. Wir versuchen, rund um die Uhr bei ihm zu sein. Du solltest an seiner Seite sein, Jen. Wir brauchen dich. Nicky braucht dich. Vielleicht muss er nur einmal deine Stimme hören, um aufzuwachen.«

»Natürlich«, log ich. »Ich werde vorbeikommen.«

Solange ich zurückdenken konnte, hatte die Familie Warrington mich beschützt und warm gehalten, aber jetzt fühlte ich wie unsere Beziehung sich auflöste, wie ein langer, gestrickter Schal. Ich konnte Hayley niemals verraten, dass ich ihren Bruder betrogen hatte; dass ich Emily an Natasha übergeben wollte. Ich kannte sie zu gut. Sie war eine treue Freundin, aber wenn man ihr Unrecht tat, würde sie mit einer schrecklichen Rache über einen herfallen. Gewalt lag ihnen im Blut.

Sie blieb noch ein paar Minuten, dann sagte sie, dass sie zurück zu Nicky musste. Sobald sie gegangen war, nahm ich das Foto und riss Nicky mit meinen Zähnen ab. Dieses Bild würde ich für immer behalten, entschied ich, um mich daran zu erinnern, was ich getan hatte.

41

HEUTE

Natasha

An diesem Morgen ist das Meer ungewöhnlich ruhig. Abgesehen von ein paar Spaziergängern mit ihren Hunden und einem Jogger, der am Ufer entlangläuft, ist der Strand leer. Ich gehe über die Promenade, fülle meine Lunge mit süßer Luft, fixiere meine Augen auf den Horizont in der Ferne und die Landzunge am Ende der Bucht. Es ist ein Spaziergang mit einem Ziel, kein Herumschlendern. Ich habe einen Job im Lorenzo's, einem italienischen Café, das zwischen zwei Reihen von Strandhäusern steht. Ich habe nur einen Teilzeit-Vertrag, aber sie geben mir so viele oder wenige Stunden, wie ich möchte, und sind flexibel, was Urlaubstage betrifft, also beschwere ich mich nicht.

Ich hätte nicht gedacht, dass ich meine Fähigkeiten als Barista noch einmal brauchen würde, doch ich konnte bei dem Vorstellungsgespräch überzeugen. Wenn es ruhig ist, darf ich meine Kaffeemalerei üben. Lorenzo wollte, dass ich bei der Barista-Meisterschaft in Bournemouth teilnahm, und war stinksauer, als ich mich weigerte. Ich vermute, es wäre gute Werbung für sein Café gewesen, aber ich wollte nicht riskieren, dass mein Gesicht in den sozialen Medien auftauchte, auch wenn ich heute ganz anders aussehe.

Ich hatte mein Haar geschnitten und es kastanienbraun gefärbt. Und seit ich in dem Café arbeite, habe ich ein paar Kilos zugelegt, wodurch mein Gesicht rundlicher wirkt. Aber die wohl beste Tarnung heutzutage ist eine Namensänderung. Ich hatte wieder meinen Mädchennamen angenommen, der glücklicherweise Smith ist. Sehr viel anonymer und unauffindbarer geht es kaum. Ich hatte online nach dem beliebtesten Namen für Mädchen mit meinem Geburtsjahr gesucht und mich für Sarah entschieden. Ich mag ihn nicht besonders, allerdings war ich auch nie zu hundert Prozent von Natasha überzeugt gewesen, also ist es für mich okay. Ich werde tun, was nötig ist, um sicherzustellen, dass sie mich nicht finden können.

Ich bin die Erste, die bei der Arbeit eintrifft. Lorenzo hat mir die Schlüssel noch nicht anvertraut, also setze ich mich auf die Betonstufen, die zum Strand hinunterführen, und genieße die Aussicht. Mit den Wellen wird eine Erinnerung an die Küste geschwemmt. Wie ich Emily das erste Mal auf den Sand setzte und beobachtete, wie ihr kleines Gesicht sich vor Staunen erhellte, als sie in den sanften Hügeln versank. Es war kein Strand wie dieser – grober, gelber Sand, kalt und feucht unter der Oberfläche –, es war das Paradies.

Wir waren im Norden von Sardinien. Im späten September war es dort angenehm warm, nicht zu heiß für ein Baby und Nick hatte nur hundert Meter vom Strand entfernt eine umwerfende Villa gemietet. Der weiße Sand erstreckte sich meilenweit, hier und da unterbrochen von Felsen, die im Sonnenlicht wie Perlmutt glitzerten. Das Meer war äußerst seicht – um richtig schwimmen zu können, musste man weit hinauswaten. Das Türkis des Wassers war atemberaubend. So eine Schönheit hatte ich noch nie zuvor gesehen; es sah beinahe surreal aus. Emily war etwas über einem Jahr alt und konnte noch nicht richtig laufen. Wir hielten ihre Füße ins Wasser, aber sie war nicht gerade begeistert. Stattdessen zog sie es vor, sich hinzusetzen und zu beobachten, wie ihre Zehen in den trockenen Sandkörnern verschwanden. Nick versuchte, Burgen für sie zu bauen, doch der Sand wollte seine Formen nicht beibehalten.

»Entschuldige, dass ich dich hab warten lassen, meine Liebe«, sagt eine Stimme. Es ist Lorenzo. Obwohl er seit seiner Kindheit in England lebt, hat er immer noch einen leichten italienischen Akzent. Die Leute sagen, dass er ihn nur für seine Wirkung einsetzt. Er ist in seinen Sechzigern und klein, hat aber breite Schultern. Sein graues Haar ist dicht und gewellt und seinen üppigen Schnurrbart trägt er schon so lange, dass er mittlerweile wieder in Mode ist. Nachdem er die Fensterläden hoch gerollt hat, geht er sofort hinter die Kaffeebar. Bevor wir gestern Feierabend gemacht haben, wurde alles gründlich saubergemacht, also bleibt nun nicht mehr zu tun, als die Maschine einzuschalten und darauf zu warten, dass das Wasser die richtige Temperatur erreicht. Ich überprüfe das Lager und wische meinen Arbeitsplatz noch einmal mit einem antibakteriellen Spray ab. Die Urlaubssaison ist jetzt vorbei und es ist deutlich ruhiger geworden. Lorenzo hat sein Sommerpersonal bereits entlassen und nur ein paar von uns für die Kunden unter der Woche behalten. An den Wochenenden ist immer noch viel los, aber diese Schichten werden von Studenten übernommen und solange es keine Krise gibt, fragt Lorenzo nicht, ob ich an diesen Tagen arbeiten kann.

Es ist halb acht. Wir haben ein paar Stammkunden, die jeden Morgen zur gleichen Zeit vorbeikommen und sich auf dem Weg zur Arbeit einen Coffee-To-Go holen oder sich auf ihre Lieblings-plätze am Fenster setzen und Zeitung lesen. Etwa gegen elf Uhr sehen wir hauptsächlich ältere Ehepaare, die ihren Ruhestand genießen, oder kleine Gruppen von Müttern, die sich treffen, während ihre Kinder in der Schule sind. Das Café ist zu weit vom Stadtzentrum entfernt, um die Geschäftsleute anzulocken, aber über die Mittagszeit schaffen wir es trotzdem immer, einen passa-blen Umsatz zu machen. Dann folgt eine lange Dürre bis zur Teestunde am Nachmittag, wenn die Rentner wieder auftauchen.

Kaffee und Tiramisu von Lorenzo's hat Tradition. Die Atmosphäre könnte sich nicht mehr von der Cafébar in Scoreditch unterscheiden, aber mir gefällt es hier. Meine Kollegen treffen ein – Artur und Marek arbeiten in der Küche und Jolanta übernimmt die Bedienung an den Tischen. Da sie alle polnischer Abstammung sind, unterhalten sie sich untereinander in ihrer Muttersprache. Lorenzo versucht immer, sie dazu zu bringen, Englisch zu sprechen, weil er sie verdächtigt, über ihn herzuziehen. Ich mische mich nicht ein. Sie arbeiten hart und haben sich noch nie bei mir beschwert.

Ich bediene während des morgendlichen Ansturms – wenn man es denn so nennen kann – und mache mir dann einen Cappuccino, den ich mit zu einem der Fenster nehme. Ich beobachte unbeteiligt die kleine Silhouette des Kreuzfahrtschiffs, das sich seinen Weg über den Horizont bahnt, als ich sehe, wie sie über die Promenade auf das Café zugeht. Die heiße Tasse gleitet mir durch die Finger, doch ich schaffe es noch, sie aufzufangen, bevor sie auf den Boden aufschlägt.

Was zum Teufel macht sie hier?

Ich eile zurück zum Tresen, lehne mich hinüber und rufe: »Lorenzo?« Er erscheint im Türrahmen seines kleinen Büros, das gleichzeitig als Lagerraum dient, und hält einen Haufen Papier in den Händen. »Was gibt's?«

»Ich ... Ähm ... Ich habe gerade jemanden gesehen, mit dem ich reden muss.«

»Willst du eine Pause machen? Wie lange? Fünfzehn Minuten?« »Vielleicht ein bisschen länger. Dafür brauche ich keine Mittagspause. Ist das okay?« Er gestikuliert in Richtung der leeren Tische. »Was denkst du wohl?«

Die Tür öffnet sich, sie tritt ein und sieht sich vorsichtig um. Als sie mich sieht, entspannt sich ihr Gesicht. Ich gehe eilig zu ihr und umarme sie. »Nicht vergessen, ich bin Sarah«, flüstere ich, während ich sie drücke. Sie nickt und wir lösen uns mit einem aufgesetzten Lachen voneinander, geben vor, alte Freundinnen zu sein, die sich zufällig über den Weg gelaufen sind. Ich führe sie zu einem Tisch in der hinteren Ecke, weit weg von der Bar und Lorenzos neugierigen Ohren.

»Wie zum Teufel hast du mich gefunden?«, frage ich.

»Ich war bei deiner Wohnung. Deine Mutter wollte mich nicht reinlassen. Als ich sagte, dass ich draußen warten würde, bis du nach Hause kommst, hat sie mir verraten, wo du arbeitest.«

Ich nehme mein Handy aus meiner Gesäßtasche. Lorenzo besteht darauf, dass wir während unserer Schicht den Ton ausgeschaltet lassen. Bestimmt hatte ich eine Nachricht und mindestens drei verpasste Anrufe von Mom.

»Warum bist du hier? Ich dachte wir hätten abgemacht ...«

»Ich weiß, es tut mir leid, aber ich musste herkommen.«

Mein Gesicht verdunkelte sich. »Ist etwas passiert?« »Vielleicht. Ich weiß es nicht. Das ist eine lange Geschichte.«

»Ich hole uns etwas zu trinken. Was hättest du gerne?«

»Ein Chai Latte wäre wunderbar. Falls ihr die hier anbietet.« Sie setzt sich nervös an den Tisch.

Ich gehe zurück zur Bar, wo Jolanta gerade für den Mittagsansturm Ketchup in die Gewürzhalterungen steckt. »Soll ich das übernehmen?«, fragt sie. In freien Momenten bringe ich ihr die Barista-Künste bei und sie ist immer ganz begierig darauf, ihre neuen Fähigkeiten auszuprobieren.

»Wenn es dir nichts ausmacht? Das wäre wundervoll.« Ich nenne ihr unsere Bestellung und gehe zum Tisch zurück. Jen löst sich von der Aussicht und seufzt. »Es muss fantastisch sein, an einem Ort wie diesem zu arbeiten«, sagt sie. »Wirklich wunderschön.«

»Es ist nur ein Café. Aber ja, es könnte schlimmer sein. Ich habe hier angefangen, um Mom einen Gefallen zu tun, aber mittlerweile gefällt es mir hier.«

»Sie sah so erschrocken aus, als ich heute Morgen vor der Tür stand. Es tut mir leid. Es war nicht genug Zeit, um eine Nachricht zu schicken. Ich bin so schnell gekommen, wie ich konnte.«

»Was ist passiert, Jen? Du machst mir Angst. Um Himmels willen, sag es einfach.«

Sie atmet tief durch. »Sam hat mich gefunden.«

»Sam?« Sein Name trifft mich wie ein Schlag in den Bauch. »Aber ... Aber wie konnte das passieren?«

»Ich weiß es nicht. Ich dachte, ich hätte mir die absurdeste, gewöhnlichste Stadt in ganz England ausgesucht, um mich zu verstecken, aber anscheinend ist das seine Heimatstadt. Er ist obdachlos oder gibt vor, obdachlos zu sein. Wir sind uns zufällig begegnet – zumindest denke ich, dass es ein Zufall war, aber mehr weiß ich nicht. Bei mir dreht sich immer noch alles, während ich versuche, das zu verarbeiten. Gestern Abend hat er mich zur Rede gestellt. Er schien nichts von dem Unfall zu wissen. Ich habe ihm erzählt, was passiert ist, und er schien aufrichtig überrascht zu sein. Aber jetzt denke ich ... vielleicht war das alles nur eine Show.«

Sam. Ein Bild von ihm, wie er mit einem imaginären Feuerwehrschlauch durch unsere Einfahrt läuft, kommt mir in den Sinn. Emily, die voller Elan *wiuwiu* schrie und kicherte, als er sie hochhob und sie so taten, als würden sie eine »Miau« aus dem Magnolienbaum retten.

»Ich weiß immer noch nicht, was ich von Sam halten soll«, sage ich. »Er war so ein netter Kerl und als ich ihn mit all dem konfrontiert habe, hat er geschworen, nichts damit zu tun zu haben. Aber ... Man kann nie wissen, oder? Menschen lügen ständig.«

Jen senkt schuldbewusst ihren Blick.

Mit ausgesprochen schlechtem Timing bringt Jolanta uns unsere Getränke. Wir pausieren unser Gespräch, während sie die Tassen auf den Tisch stellt. »Zucker?«, fragt sie und studiert unsere Körpersprache. Angespannt, ängstlich, verschwörerisch.

»Nein, danke«, antwortet Jen und Jolenta zieht sich zurück – um in der Küche über mich zu tratschen, kein Zweifel.

»Irgendwelche Neuigkeiten von Nick?«, frage ich, sobald sie außer Hörweite ist. Ich habe schreckliche Angst davor, dass er aufwacht und sich erinnert, was er an jenem Tag gesehen hat. Noch immer sehe ich den überraschten Ausdruck auf seinem

Gesicht vor mir, als er durch das Beifahrerfenster schaute; kann noch immer fühlen, wie sich unsere hasserfüllten Blicke treffen.

»Ich weiß nicht, wie es ihm geht«, sagt Jen finster. »Das ist das Problem: Wir haben keine Möglichkeit, das zu überprüfen. Ich möchte keine Nachforschungen anstellen und glaube auch nicht, dass das Krankenhaus mir irgendetwas verraten würde.«

»Nein, das würden sie vermutlich nicht ...«

Sie hält inne und nippt an ihrem Chai Latte. »Vielleicht könntest du dort anrufen? Immerhin bist du rechtlich gesehen seine nächste Angehörige.«

Bei dem Gedanken erzittere ich. »Das traue ich mich nicht. Wahrscheinlich würden sie einen Nachweis meiner Identität verlangen, Kontaktdaten ...«

Eine Weile lang sitzen wir schweigend da, gefangen in unseren eigenen Gedanken. Ich bin sauer auf Jen, weil sie hergekommen ist. Wir beschränken unsere Kommunikation auf ein Minimum, obwohl wir beide neue Identitäten angenommen haben. Keine E-Mails, keine Anrufe, keine SMS. Wir informieren den anderen per Post über eine neue Adresse, aber abgesehen davon haben wir nichts miteinander zu tun. So ist es am sichersten.

»Ich befürchte, dass Sam nach dir sucht«, sagt Jen schließlich. »Er glaubt verständlicherweise, dass wir Todfeinde sind. Er denkt, dass du diejenige bist, vor der ich mich verstecke und möchte dein Racheengel sein.«

Ich starre sie finster an. »Wie meinst du das? Mein Racheengel?«

»Er sagte, wenn du es willst, wird er mich töten.« Aufgeschäumte Milch spritzt aus meinem Mund. »Was?!«

»Er will seine Schuld begleichen. Denkt, dass das alles auf ihn zurückgeht. Natürlich habe ich nichts gesagt, aber ich dachte, ich sollte dich warnen, für den Fall, dass er dich aufspürt.«

»Er ist dir nicht hierher gefolgt, oder? Um Himmels willen, Jen – entschuldige, Anna.«

»Nein, ich bin mir sicher, dass er mir nicht gefolgt ist. Ich war sehr vorsichtig. Außerdem würde er nicht für eine Sekunde erwarten, dass ich ihn zu dir führen könnte. Niemand weiß, dass wir in Kontakt stehen.«

»Aber was, wenn Nicky aufgewacht ist und Sam geschickt hat, um nach uns zu suchen?«, frage ich.

»Um Hayley mache ich mir mehr Sorgen«, antwortet Jen. »Sie war schrecklich wütend auf mich, weil ich Nicky nicht besucht habe, und nun ist sie misstrauisch, weil wir beide untergetaucht sind. Ich weiß auch nicht, ich habe einfach dieses Gefühl, dass sie weiß, dass wir zusammengearbeitet haben, dass sie es irgendwie herausgefunden hat. Bestimmt gibt sie mir die Schuld für den Unfall. Ich meine, das ganze Gerede darüber, dass mein Auto von der Spur abgekommen ist ...«

Nein, das war Nicks Schuld, denke ich. Er hat versucht, dir ins Lenkrad zu greifen. Zumindest ist das meine Version des Vorfalls. Er hat mich gesehen und realisiert, dass Jen ihn hintergangen hat. Aber das kann ich ihr nicht verraten, denn ich weiß, dass sie sich die Schuld für die Toten und Verletzten gibt. Ich bin froh, dass sie sich an diese letzten Momente nicht erinnert. So ist es das Beste.

Sie hält ihre Tränen zurück. »Ich weiß nicht wohin ich gehen oder was ich jetzt machen soll. Ich weiß überhaupt nichts mehr. Ich fühle mich, als wäre ich am Ende der Straße angelangt.«

»Sag so etwas nicht.« Ich lege meine Hand auf ihren Arm.

»Ich glaube, dass du vielleicht aus Bournemouth verschwinden solltest, um auf Nummer sicher zu gehen.«

»Ich möchte nicht schon wieder umziehen«, sage ich. »Das wäre Mom gegenüber nicht fair. Sie war einfach fantastisch, ohne sie hätte ich das letzte Jahr nicht überstanden. Wegen mir musste sie ihr Haus und all ihre Freunde zurücklassen

... Früher haben wir uns ständig gestritten, aber jetzt stehen wir uns wirklich nahe.«

»Das freut mich zu hören. Es ist gut, dass du zurechtkommst, wenn man bedenkt, was du alles durchmachen musstest.«

Ich beobachte sie eindringlich. Die gesamte Fassade von Jen war abgebröckelt und nun sieht sie abgebrannt und verwundbar aus. »Wie ist es bei dir?«

»Ich glaube nicht, dass ich noch viel länger durchhalte.« Sie fummelt an ihren Händen herum. »Ich habe es mit einer Therapie versucht, aber war nicht ehrlich zu der Therapeutin, also hat es überraschenderweise natürlich nicht viel geholfen. Dann habe ich diesen Typen kennengelernt – er war wirklich süß. Ein bisschen langweilig, aber auf eine gute Art. Beständig. Ein Herz aus Gold.« Ihre Stimme bricht ab. »Es ist vorbei, ich habe es beendet. Ich verdiene jemanden wie ihn nicht. Ich habe ihm nicht die ganze Wahrheit erzählt, aber über den Unfall wusste er Bescheid. Wie schuldig ich mich deswegen fühle. Chris ist ein gläubiger Christ. Er hat immer von Vergebung geredet, aber es ist mir egal, was irgendjemand mir versucht einzureden, einige Dinge sind unverzeihlich, sie können einfach nicht verziehen werden. Außerdem glaube ich nicht an Gott, was spielt das also für eine Rolle? Er kann mir nicht helfen. Er ist nicht derjenige, der mir vergeben muss.«

»Ich vergebe dir«, sage ich und nehme ihre Hand in meine. »Das habe ich dir schon gesagt, als wir uns das letzte Mal gesehen haben, und ich meinte es ernst. Du musst nur noch dir selbst vergeben.«

»Ich verstehe nicht, wie du es ertragen kannst, mich anzusehen, geschweige denn mich zu berühren.«

Ihr Schmerz ist beinahe greifbar. Er steht ihr ins Gesicht geschrieben, strahlt von ihren verkrampften Fingern und den eingesackten Schultern ab. Ich kann es nicht ertragen. *Bitte tu mir das nicht an, Jen, bitte nicht.*

»Wir müssen alle irgendwie weitermachen«, sage ich.

»Das habe ich versucht, aber ich kann es nicht. Es ist egal, wohin ich gehe oder was ich tue, ich werde das immer mit mir herumtragen und es niemals loslassen können.«

»Es ist schwer, aber uns bleibt keine andere Wahl.«

»Doch, die gibt es. Ich kann es beenden.«

Mein Griff um ihre Hand wird fester. »Nein, nein, sag so etwas nicht. Du darfst nicht …«

»Es ist das Einfachste auf der Welt, wenn man es wirklich

ernst meint.« Sie blickt in Richtung Meer, als würde sie sich vorstellen, in die kalten grauen Tiefen hinauszuwaten. Ich kann diese Verführung nachvollziehen. Es gab Zeiten, in denen ich mein Bett nicht verlassen konnte, nicht essen und mit niemandem außer meiner Mutter sprechen konnte. Ich habe auch daran gedacht, es zu beenden, sogar mehrfach, aber ich hätte mich für Tabletten entschieden, nicht fürs Ertrinken. Ich hätte nicht garantieren können, dass ich nicht angefangen hätte, doch noch um mein Leben zu kämpfen, wenn das erste Wasser meine Lungen erreicht hätte.

Selbst nach all den schrecklichen Dingen, die sie getan hat, kann ich nicht zulassen, dass Jen sich das Leben nimmt. Ich muss sie aufhalten.

Lorenzo steht hinter dem Tresen und versucht, meine Aufmerksamkeit auf sich zu ziehen. »Sieh mich an«, sage ich schnell und streichle Jens Hand, bis sie sich mir wieder zuwendet.

»Stell nichts Dummes an – versprich es mir.« Ich nicke meinem Chef entschuldigend zu, der seine Augenbrauen hebt und auf seine Uhr tippt.

»Versprochen.«

Ich glaube ihr nicht, aber frage sie, wo sie übernachten wird. »In einem Hotel«, sagt sie mit zittriger Stimme. »In der Nähe vom Alum Chine Beach.«

»Okay. Ich möchte, dass du sofort dorthin gehst und dich ausruhst. Du siehst aus, als hättest du seit Wochen nicht geschlafen. Ich muss jetzt wieder an die Arbeit, aber um drei ist meine Schicht vorbei. Triff mich am Strand, da drüben, bei den Stufen. Wir gehen spazieren, reden noch etwas mehr, einverstanden? Versprich mir, dass du kommst.«

»Ja, ja. Danke, du bist so freundlich, zu freundlich ...«

Ich stehe auf und sammle unsere dreckigen Tassen ein. »Sei einfach da. Fünfzehn Uhr.«

42

HEUTE

Jennifer

Irgendwie schaffe ich es in mein billiges und nicht ganz so sauberes Hotel zurück, dessen bunt gemusterter Teppich und überlackierte Kiefernholzmöbel mit Flecken übersät sind und jede freie Wand mit laminierten Aushängen voll geklebt ist. Ich habe es auf dem Weg hierher im Zug gebucht; auf den Fotos auf meinem Handy sah es nicht so schlimm aus, allerdings hatte ich auch alles durch einen Schleier aus Tränen gesehen. Verdammt, ich weine immer noch. Ich krame in meiner Tasche nach einem Tuch und tupfe mir das Gesicht ab, als die Empfangsdame nicht hinsieht.

Sie tippt irgendetwas in den Computer ein, scheint mich zu ignorieren, obwohl sie wissen muss, dass ich nicht ohne Grund vor dem Tresen stehe. Der Schlüssel zu meinem Zimmer ist fast in greifbarer Nähe. Aber wenn ich darüber nachdenke, ist das Letzte, was ich jetzt tun will, da hinauf zu gehen. Es ist ein sehr beengtes Doppelzimmer und muss genau über der Küche liegen, denn es riecht nach Frittierfett. Was ich wirklich möchte, ist ein Drink.

»Ist die Bar geöffnet?«, frage ich.

»Bis dreiundzwanzig Uhr«, sagt sie, ohne von ihrem Bildschirm aufzublicken. »Direkt hinter Ihnen, neben dem Fahrstuhl.«

Ich folge ihrer Wegbeschreibung und finde mich in einem traurigen Raum wieder, der mit grün gepolsterten Clubsesseln und niedrigen, verschmutzten Holztischen vollgestellt ist. Die Möbel sehen aus, als wären sie aus einem Lastwagen gefallen und sich selbst überlassen worden. An der hinteren Wand gibt es einen großen Spiegel, der den trostlosen Eindruck noch verstärkt. Hinter der Bar hängen Lichterketten und aus den Lautsprechern dröhnt Popmusik aus den Achtzigern, obwohl es mitten am Tag ist und ich der einzige Gast bin. Ich muss an Feiern zu einem fünfzigsten Geburtstag oder einer Silberhochzeit denken. Damen im mittleren Alter, die sich mit Prosecco betrinken und die Kellner befummeln.

»Einen doppelten Gin Tonic, bitte«, sage ich zu dem Jungen hinter der Bar. »Kann ich es auf mein Zimmer schreiben lassen? Zimmer 212?«

»Kommt sofort«, sagt er und deutet mir an, dass ich mir einen Platz aussuchen soll. Ich gehe zum Fenster und hoffe, einen Blick auf das Meer werfen zu können, aber meine Aussicht wird von mehreren Gebäuden abgeschnitten. Draußen gibt es einen kleinen Swimmingpool, der bereits mit der blauen Plane für den Winter abgedeckt wurde. Und etwa ein Dutzend weiße Plastikliegen, die gestapelt vor den Umkleidekabinen stehen. Auf der anderen Seite des gepflasterten Bereichs steht ein Flachdachbau aus den Sechzigern, der so aussieht, als wären dort Wohnungen für Selbstversorger untergebracht. Die Farbe von den Fensterrahmen blättert ab und in den Rissen der Steinplatten wächst Moos. In dem grauen Licht sieht alles sehr bemitleidenswert aus. Vermutlich ein bisschen wie ich selbst.

Der Barkeeper, ein netter blonder Junge mit osteuropäischem Akzent, erscheint mit meinem Gin Tonic neben mir. Ich unterschreibe die Quittung für mein Zimmer mit seinem zerkauten Kugelschreiber. Er hat zu viel Eis in den Drink gegeben, aber ich sage nichts. Ich sitze an dem Tisch am Fenster und kippe den

Alkohol hinunter, bevor die Eiswürfel die Möglichkeit haben zu schmelzen. Dann gebe ich ihm ein Signal zum Auffüllen.

»Wieder auf Ihr Zimmer?«, fragt er.

»Sie haben es erfasst.«

Er bringt den Drink herüber. Dieses Mal bekomme ich auch eine kleine Schale mit alten Käsewürfeln und Chips dazu. Ich denke nicht, dass das üblich ist. Vermutlich ist es ein Hinweis. Als ich den dritten Gin bestelle, versucht er mich zu einem Mittagessen zu überreden, empfiehlt die Pizza, von der er mir versichert, dass sie hausgemacht ist. Ich lehne ab. Ich spüre, dass er sich Sorgen um mich macht, auf die gleiche Weise, wie er sich um seine Mutter Sorgen machen würde, wenn sie sich alleine besäuft – in einem tristen Hotel am Meer an einem Mittwochmorgen. Er ist ein süßes Kind, ich möchte ihn nicht in Verlegenheit bringen. Also entscheide ich mich, mein Glas mit auf mein Zimmer zu nehmen und verstecke es unter meiner Jacke, während ich auf den Fahrstuhl warte. Das Zimmer ist nicht dreckig, das muss man ihm lassen. Das Zimmermädchen war bereits da und hat das Bett gemacht. Die Handtücher ausgewechselt. Die nasse Badematte zum Trocknen über den Badewannenrand gehängt. Den Mülleimer ausgeleert. Mir einen neuen Zahnputzbecher hingestellt, er ist noch in Plastik eingepackt.

Ich stelle mein Highball-Glas auf dem Nachttisch ab, setze mich auf die Bettkante und schwinge meine Beine auf die Matratze. Da meine Wirbelsäule gegen das mahagonifarbene Kopfteil drückt, stopfe ich ein Kissen zwischen das Holz und meinen Rücken, um den Druck zu lindern. Letzte Nacht habe ich nicht geschlafen und durch den Alkohol, der jetzt durch meine Adern fließt, fühle ich mich ganz schwindelig. Ich bin froh, dass ich Natasha gefunden habe, auch wenn ich mich selbst zur Idiotin gemacht habe. Meinen Selbstmord ankündigen ... Als hätte ich den Mumm dazu. Ich lecke über meine Lippen, um auch den letzten Rest des Gins zu schmecken, der wie Mundwasser an meinem Gaumen brennt.

Natasha ist eine unglaubliche Frau. Diese Selbstbeherrschung, dieser Großmut. Warum hasst sie mich nicht für das, was ich getan habe? Ich verstehe es nicht. Dass sie mir vergibt, macht die Sache nur noch schlimmer, denn wäre ich in ihrer Position, würde ich mir niemals vergeben. Ich würde Blut sehen wollen.

Ich schließe meine Augen und während der Gin seine Wirkung in meinem leeren Magen entfaltet, denke ich an das letzte Mal zurück, als ich sie gesehen habe. Es war etwa sechs Wochen, vielleicht auch zwei Monate nach dem Unfall. Ich war in meiner Wohnung und packte meine Sachen für den Umzug. Das Wohnzimmer stand voller Kartons und Luftpolsterfolie und ich saß tränenüberströmt auf dem Boden: Jedes Schmuckstück, jeder Bilderrahmen, jedes Buch, das ich in die Hände nahm, versuchte meine Geschichte zu erzählen. Ich wusste nicht, wohin ich gehen sollte, nur, dass ich bis zum Ende der Woche raus sein musste. Die meisten der Kartons würden in einen Lagerraum gebracht werden.

Plötzlich läutete die Türklingel zwei Mal. Ich kam taumelnd auf die Beine und schlenderte mit meinem Glas Sauvignon Blanc in der Hand zur Türsprechanlage hinüber. Auf dem Bildschirm erschien Natashas Gesicht, die Kamera schaute in ihre Nasenlöcher, als sie ihren Kopf hob, wie ein Maulwurf, der in die Luft schnüffelte. Mir gefror das Blut in den Adern. Was könnte sie von mir wollen?

»Natasha?«

»Hallo, Jen. Können wir reden?«

»Ja. Natürlich ...« Ich aktivierte den surrenden Türöffner und während ich auf sie wartete, kippte ich meinen Wein hinunter und stellte das Glas in die Spüle. Seit ich aus dem Krankenhaus entlassen worden war, hatte ich nicht mehr aufgehört zu trinken. Der Alkohol benebelte meine Gedanken und bestrafte mich zur selben Zeit. Es war genau das, wovon ich dachte, dass ich es brauchte.

Ich öffnete die Wohnungstür und wartete im Türrahmen, als sie den Flur hinunterkam. Sie sah sehr blass aus und hatte abgenommen. Unter ihren Augen lagen graue Schatten.

»Komm rein«, sagte ich. Sie folgte mir durch den Flur ins

Wohnzimmer. Als sie das Chaos sah, schossen ihre Augenbrauen nach oben.

»Du ziehst aus«, sagte sie.

»Jep. Kann mir die Miete nicht mehr leisten.«

Ihre Stirn legte sich in Falten. »Aber ich dachte, das sei deine Wohnung. Ich dachte, Nick hätte sie bei eurer Scheidung für dich gekauft.«

»Leider nicht«, antwortete ich. »Sie ist nur gemietet. Sein Konto ist leer, also hat die Bank seine Zahlungen eingestellt. Er hat gekündigt, erinnerst du dich? Also kein Krankentagegeld, gar nichts. Ich bin komplett pleite.«

»Das Gefühl kenne ich«, sagte sie. »Laut der Bürgerberatung hätte ich einen Antrag stellen und seine Stellvertreterin werden können – das passiert, wenn jemand im Koma liegt und es keine Vollmachtserklärung gibt. Aber die Mühen habe ich mir gespart. Seine Eltern wussten, dass wir uns getrennt haben, und hätten versucht, mir die Rechte streitig zu machen. Sollen sie sich von mir aus um das Schlamassel kümmern. Sie können sich Nicks Geld holen und zur Hölle fahren.«

»Ich vermute, dass Hayley sich jetzt um seine Angelegenheiten kümmert«, sagte ich. »Möchtest du eine Tasse Tee?« Sie schüttelte ihren Kopf. »Ich hätte auch eine Flasche Sauvignon Blanc offen, falls dir das lieber wäre. Vermutlich wäre es gut, wenn ich die nicht ganz alleine trinken würde.«

»Dann nehme ich ein Glas.« Sie schob einen Stapel Bücher zur Seite und setzte sich aufs Sofa.

Ich durchwühlte einen Karton und fischte ein Glas heraus, packte es wieder aus und spülte es unter laufendem Wasser aus, bevor ich einen großzügigen Schluck Wein eingoss. Warum war sie hier? Sie sah nicht so aus, als würde sie ein Messer ziehen und auf mich losgehen wollen; tatsächlich schien sie außergewöhnlich ruhig zu sein. Doch der Schein kann trügen.

Ich nahm mein eigenes Glas zur Hand und goss es bis oben hin voll. »Du warst nicht bei Emilys Untersuchung im Gericht«, sagte ich.

Sie erzitterte und nahm einen Schluck. »Ich konnte nicht. Mom ist für mich hingegangen.«

»Ja, ich meinte auch, eine Frau gesehen zu haben, die aussah, als könnte sie deine Mutter sein. Ihr habt die gleichen blauen Augen.«

Natasha nickte. »Ich bin froh, dass nichts mehr von ihr übrig war, das man hätte begraben müssen. Eine Beerdigung hätte ich nicht überstanden, nicht mit Nicks Familie. Wir haben uns ihretwegen genug gestritten.«

»Du warst nicht bei der Gedenkfeier?« Ich war selbst nicht dort gewesen, doch ich hatte gehört, dass es eine sehr theatralische, tränenreiche Angelegenheit gewesen war.

Sie verzog angeekelt das Gesicht, genau wie Emily es immer getan hatte, wenn ich sie mit etwas füttern wollte, das sie nicht mochte. »Nein, Mom und ich haben unser eigenes Ding gemacht.«

Ich erinnerte mich an die schrecklichen Tage nach dem Unfall. Überall im Internet kursierten Videos und Bilder von explodierenden Fahrzeugen und flammenden Infernos, von Polizisten, die Asche in große Eimer schaufelten. So etwas hatten die Einsatzkräfte noch nie gesehen. Der einzige Weg, wie wir beweisen konnten, dass Emily bei uns im Auto gewesen war, waren die Aufzeichnungen der Sicherheitskameras einer Raststätte ein Stück weiter die Straße hinunter. Sie fanden eine körnige Fotografie von uns dreien vor der Kasse bei McDonald's und ein paar Minuten später sah man uns durch das Foyer gehen. Emily hielt Nickys Hand, ich schritt voraus und klammerte mich an ihr Happy Meal. Ich war überrascht, dass niemand meinen nervösen Gesichtsausdruck in Frage stellte. »Hast du Nick in der Klinik besucht?«, fragte Natasha.

Ich stieß ein Lachen aus. »Ich? Nein. Nicht ein Mal. Ich will ihn nie wiedersehen. Natürlich ist Hayley unglaublich wütend auf mich. Sie sagt, dass ich ihn in einer Stunde der Not im Stich gelassen habe. Dass ich die ganze Familie im Stich lasse, nach allem, was sie für mich getan haben ... Ich habe ihr gesagt, dass es mir nicht gut geht, dass ich es nicht ertragen könnte, ihn so zu sehen, aber anscheinend bin ich ein selbstsüchtiges Miststück. Wir sind keine Freundinnen mehr, was okay für mich ist. Ich möchte nichts mehr mit den Warringtons zu tun haben.«

»Du hast es ihr nicht erzählt?«

Ich schnaubte und nahm einen Schluck Wein. »Was? Dass ich geplant hatte, ihren Bruder zu hintergehen und seine Träume zu zerstören? Auf keinen Fall.«

Sie nickte verständnisvoll. »Danke, dass du es gegenüber der Polizei nicht erwähnt hast. Unseren Plan, uns zu treffen, meine ich.« Ich dachte kurz daran, wie sie auf dem Parkplatz gewartet haben musste und mitansehen musste, wie die Zeit unseres Treffens vorüberzog, und sie sich fragte, was passiert war. Hatte sie das Autoradio eingeschaltet und die Berichte über den Unfall gehört? Zunächst hatte sie vermutlich angenommen, dass wir in dem Stau feststeckten, der sich über mehrere Meilen hinweg erstreckt hatte. Vermutlich hatte es mehrere Stunden gedauert, bis sie mit dem Schlimmsten gerechnet hatte. Ich fragte mich, wie lange sie wohl dort auf uns gewartet hatte. An welchem Punkt sie herausgefunden hatte, dass wir im Zentrum der Tragödie gefangen waren? Ich wollte sie fragen, doch entschied, dass das nur besessen klingen würde.

»Das alles war schon schlimm genug«, sagte ich. »Es hatte keinen Zweck, es unnötig kompliziert zu machen. Aber hauptsächlich, wollte ich nicht, dass Nicks Familie es erfährt. Sie hätten uns für das alles verantwortlich gemacht. Dich.«

»Ja, also, danke, dass du es ihnen verschwiegen hast«, sagte sie, nippte an ihrem Wein und zuckte zusammen, als seine Kälte auf ihre Lippen traf.

»Bedanke dich nicht bei mir. Es gibt absolut nichts, für das du mir danken müsstest. Ich bin überrascht, dass du nicht hergekommen bist, um mir Säure ins Gesicht zu schütten.«

»Nein, deshalb bin ich nicht hier.«

Ich kniete mich auf den Teppich und hob eine blaue Karaffe auf. Sie war ein Hochzeitsgeschenk gewesen – ich erinnerte mich nicht mehr von wem. Dazu hatten wir die passenden Gläser bekommen, doch die waren über die Jahre zerbrochen, eins noch dem anderen. Mir gefiel die satte Farbe des Glases, mit seiner sanften Trübheit. Ich riss ein Stück Luftpolsterfolie ab und steckte sie in den Krug.

»Warum bist du dann hier, Natasha?«

Sie nahm einen Schluck Wein, der sich mit einem leichten Schimmern über ihre Lippen legte. »Ich werde weggehen. Ein ganz neues Leben beginnen. Meine Mutter wird mich begleiten. Sie ist der Meinung, dass mich jemand im Auge behalten sollte, und vermutlich liegt sie damit richtig. Ich möchte nicht, dass Nicks Familie weiß, wo ich bin. Solange er im Koma liegt, bin ich in Sicherheit, aber wenn er aufwacht ...«

»Was? Was könnte er dir denn jetzt noch antun? Warum fürchtest du dich so vor ihm?« Sie verbarg etwas vor mir, aber ich konnte nicht ausmachen, was es war.

»Glaub mir, Jen«, sagte sie, »wir beide sollten um unsere Leben fürchten. Wenn ich du wäre, würde ich irgendwohin gehen, wo seine Familie dich nicht findet.«

»Aber weswegen?«

»Mehr kann ich dir nicht sagen – du musst mir einfach glauben.« Sie zog ein Stück gefaltetes Papier aus ihrer Tasche. »Ich habe lange darüber nachgedacht. Und ich hoffe wirklich, dass ich das Richtige tue. Meine Mutter hält mich für verrückt, aber ich glaube, dass ich dir vertrauen kann ... Das kann ich doch, nicht wahr?« Ihre Augen, so groß und blau, schauen bis in meine Seele.

»Auf jeden Fall«, sagte ich, wobei ich mich klein und demütig fühlte. Aber das war die Wahrheit. Sie könnte mir ihr Leben anvertrauen.

Also überreichte sie mir das Stück Papier. »Das ist meine neue Adresse. Bitte zeig sie niemandem und bewahre sie gut auf. Wenn du etwas Neues herausgefunden hast, schreib mir einen Brief, damit ich Bescheid weiß. Ich werde dasselbe tun. So können wir ein wenig aufeinander aufpassen. Falls jemand von uns hört, dass Nick sich wieder erholt, schlagen wir Alarm. Aber abgesehen davon sollten wir keinen Kontakt haben und uns auch nicht treffen. Ist das okay? Ich möchte dich nie wiedersehen.«

Ich fühlte, wie ich rot wurde. »Das verstehe ich und ich mache dir keinen Vorwurf. Ich ... Ich werde tun, was auch immer du von mir verlangst.«

»Und pass auf dich auf, Jen. Falls Nick jemals aufwachen sollte, bist du genauso in Gefahr wie ich es bin. Denk immer daran.«

»Dann bekäme ich nur, was ich verdiene«, sagte ich und senkte meinen Blick. Die blaue Karaffe in meinem Schoß fühlte sich schwer an. In diesem Moment entschied ich mich dazu, nichts aus meinem alten Leben zu behalten. Ich würde die Kartons der Wohlfahrt spenden.

Natasha glitt vom Sofa und gesellte sich zu mir auf den Teppich. »Nein, nein, das ist nicht wahr. Du hast dir deinen Fehler eingestanden. Du hast das Licht gesehen und versucht, es wiedergutzumachen. Das ist wichtig.«

»Aber es war zu spät. Ich hätte mich von vornherein niemals darauf einlassen dürfen. Es war ein gefährliches, boshaftes Spiel. Ich weiß nicht, warum ich vorher nicht erkannt habe, was er wirklich war.«

»Du hast dir ein Kind gewünscht, das kann ich verstehen.« Sie legte ihre Hand auf mein Knie. »Die schreckliche Sehnsucht danach lässt manche Frauen durchdrehen, lässt sie Neugeborene aus Krankenhäusern entführen oder Babys aus ihren Kinderwagen nehmen. Du hast etwas Schreckliches getan, aber ich vergebe dir.«

»Das solltest du nicht«, sagte ich scharf. »Ich lasse dich mir nicht vergeben.«

Natasha lächelte. »Das ist meine Vergebung; du kannst nicht entscheiden, ob du sie annimmst oder nicht.«

»Aber ich möchte sie nicht«, sagte ich. »Genauso wenig wie diesen ganzen Kram. Genauso wenig wie dieses Leben.«

•   •   •

Ich öffne meine Augen und greife nach meinem Handy. Es ist viertel vor drei. Verdammt. Ich werde zu spät kommen. Ich klettere vom Bett und renne ins Badezimmer, wo ich mir Wasser ins Gesicht spritze und mir hastig mit einer Bürste durch die Haare fahre. Ich habe einen widerlichen Geschmack im Mund und kann den Gin in meinem Atem riechen, also putze ich mir schnell die Zähne und spüle meinen Mund mit lauwarmem Wasser aus. Ich sehe grauenvoll aus, aber habe keine Zeit mehr, um frisches Make-up aufzulegen. Was spielt es schon für eine Rolle, wie ich aussehe?

Der Weg zum Strand geht steil bergab – es ist ein Pfad, der in die Seite einer Klippe gehauen worden war und von großen Bäumen gesäumt wurde. Als ich die Promenade erreiche, biege ich nach links in Richtung des Cafés ab. Der Strand erscheint noch verlassener zu sein als heute Morgen. Während ich laufe, scheint mir die Sonne warm auf den Rücken und mein Magen verzieht sich vor Hunger. Da ich nicht möchte, dass Natasha denkt, ich hätte mein Versprechen gebrochen, beschleunige ich meine Schritte und komme an einer Reihe hölzerner Strandhütten vorbei, jede von ihnen ist in einer anderen fröhlichen Farbe angestrichen. Hier könnte ich leben, denke ich. Es fühlt sich so sicher an, völlig frei von neugierigen Blicken.

Aber ich könnte mich unmöglich so nah bei Natasha niederlassen; das würde ihr nicht gefallen. Vielleicht irgendwo weiter die Küste hinunter? Devon oder vielleicht sogar Cornwall. In meinem Leben gab es so viele hässliche Dinge; ich brauchte ein wenig natürliche Schönheit. Allerdings würde ich im Westen des Landes keine Arbeit finden. Es wäre besser, wenn ich wieder in den Norden ginge, in irgendeine Stadt. Vielleicht Manchester. In den Menschenmengen dort ist es einfacher, sich zu verstecken.

Das Meer liegt zu meiner Rechten. Es ist gerade Ebbe und der nasse Sand glitzert in der Nachmittagssonne. Zu meiner Linken ragen die Klippen über mir auf. Auf den oberen Wegen sehe ich ein paar umherwandernde Köpfe, aber abgesehen davon bin ich allein. Das Café liegt vor mir.

Plötzlich habe ich das verzweifelte Verlangen, Natasha zu

sehen. Ich möchte ihr sagen, dass ich zurechtkommen werde. Dass ich akzeptiere, dass es meine Strafe ist, am Leben zu bleiben, und mich jeden Tag im Spiegel ansehen und mich daran erinnern zu müssen, was ich getan habe. Ich mag bei Bewusstsein sein, ich mag alle meine Glieder bewegen und sprechen können, aber in jedem anderen Aspekt bin ich genauso verdammt wie Nick. Und genau so sollte es sein. Der Unterschied zwischen mir und Nick ist allerdings, dass ich die Zukunft nutzen kann, um Gutes zu tun. Das moralische Gleichgewicht würde ich nie wiederherstellen können, aber es wäre besser als nichts. Ich weiß eigentlich nicht, was es bedeutet, Gutes zu tun, aber das werde ich schon herausfinden.

Ich erreiche das Café und stehe auf den sandigen Betonstufen, die zum Strand hinunterführen. Es ist zehn nach drei und Natasha ist nicht hier. Ich hoffe, dass sie mich noch nicht aufgegeben hat. Ich schaue zurück zum Café, doch es ist schwer, aus dieser Entfernung ins Innere zu sehen. Sollte ich hingehen und nach ihr fragen? Nein, ich werde warten. Wahrscheinlich räumt sie gerade noch auf, zieht ihre Jacke an ... Ich wende mich wieder dem Meer zu und nehme die idyllische Szenerie in mir auf. Weiter unten geht eine kleine Familie am Rande des Wassers spazieren – zwei Erwachsene und ein Kind. Die Hosen stecken in ihren Gummistiefeln und die Regenjacken wehen im Wind. Das Kind rennt zwischen den Beinen der Erwachsenen umher und der Klang von Gelächter wird über die Brise zu mir getragen. Sie sehen sehr glücklich aus, während sie zusammen am Ufer spielen. Genießen die einfachen Dinge des Lebens. Sie heben Steine auf und werfen sie in den Schaum der Wellen.

Tränen treten in meine Augen. Das war alles, was ich mir immer gewünscht hatte. Ein Kind mit meinem Ehemann. Warum war das so kompliziert? Warum, wenn aus medizinischer Sicht alles mit mir in Ordnung war, habe ich es nicht geschafft? Vielleicht war es Karma. Die Strafe für die Untaten, die ich in einem früheren Leben begangen habe. Oder es war einfach nur Pech.

Einer der Erwachsenen, eine Frau, hebt ihren Blick und winkt in meine Richtung. Ich sehe mich in der Erwartung um, dass sie jemandem hinter mir zuwinkt, doch ich bin die einzige Person hier. Ist sie einfach nur freundlich? Sollte ich zurückwinken?

Die Frau hebt das Kind in ihre Arme und kommt auf mich zu. Sie reden miteinander und zeigen auf mich, während sie sich nähern. Das kleine Mädchen zappelt im Arm ihrer Mutter und einer ihrer Stiefel fällt hinunter.

Es ist Natasha. Und – o mein Gott. Das ist Emily.

43

DAMALS

Natasha

Ich kam wenige Meter vor der Rückseite des Lastwagens zum Stehen. Er war angehalten, aber die anderen Fahrzeuge bewegten sich immer noch; auf der Überholspur raste ein roter Blitz an mir vorbei und steuerte auf den quer stehenden Lastwagen zu. Ich schloss meine Augen, wartete auf das, was auch immer gleich in mich krachen würde. Hupen ertönten, Bremsen quietschten; der Fiesta schwankte, als ein weiteres Auto vorbeiraste und auf den Standstreifen auswich.

Alles, woran ich denken konnte, war Emily. War Jens Auto entkommen und unbeirrt weitergefahren? Oder stand es hinter dieser Barriere aus Metall und Planen, die mir die Sicht versperrte? Der Verkehr hinter mir kam zum Erliegen und ich konnte lautes Knirschen und Krachen hören. Es war noch nicht sicher auszusteigen, aber das war mir egal. Ich musste herausfinden, ob es ihr gut ging.

Ich lief auf den quer stehenden LKW zu und bahnte mir

meinen Weg zur Mittelleitplanke. Es war, als hätte ich das Tor zur Hölle geöffnet. Autos, Kleintransporter und LKWs waren über die gesamte Fahrbahn verstreut, zusammengequetscht, verbogen und entstellt. Kleinere Fahrzeuge – vielleicht neun oder zehn insgesamt – bildeten eine riesige entstellte Metallschlange. Es war schwer auszumachen, wo das eine Auto anfing und das andere aufhörte. In ihnen gab es keine Hoffnung mehr für menschliches Leben.

Leute schrien um Hilfe, schlugen gegen ihre Türen, versuchten aus ihren Fahrzeugen zu entkommen. Andere zogen reglose Körper aus den Fenstern und legten sie auf den Asphalt. Ich lief zwischen Metallfetzen, Glassplittern und etwas, das aussah wie ein Haufen Lumpen hindurch. Ich lief an taumelnden Menschen vorbei, deren Klamotten und Gesichter blutverschmiert waren, und anderen, die in den Glassplittern am Boden saßen und ihren Kopf in ihren Händen wiegten. Im Nachhinein erinnere ich mich an sie, aber zu diesem Zeitpunkt sah ich sie nicht – falls das Sinn ergibt. Es ist unmöglich das Chaos dieser ersten Momente zu beschreiben, das Schauspiel war so schrecklich, dass ich nicht alles auf einmal in mich aufnehmen konnte. Jetzt kann ich nicht mehr aufhören, sie zu sehen.

Mein Verstand war messerscharf, aber nur darauf fokussiert, Emily zu finden. Ich rief ihren Namen, doch der ging in dem Verkehrslärm der anderen Seite der Autobahn unter, wurde von den Rufen und dem Schreien der Leute übertönt, die an ihren Telefonen waren.

Als ich Jens Auto sah, blieb mein Herz stehen. Es stand am vorderen Ende des Massakers schräg auf der Fahrbahn, seine linke Seite war gegen einen schwarzen Geländewagen geknallt, doch die rechte war wie durch ein Wunder unversehrt geblieben – allerdings stand es nur wenige Meter von einem Tanklaster entfernt. Der Tankwagen schien mit der Mittelleitplanke verschmolzen zu sein; hinter ihm lag der quer stehende LKW mit seiner Planenabdeckung. Meine Knie wurden weich und ich bekam keine Luft mehr. Aber irgendwie schaffte ich es zu dem Auto und warf die Hintertür auf.

Eine Rauchwolke traf mich im Gesicht und ich stolperte zurück. Zunächst konnte ich kaum etwas erkennen. Jen war über ihrem Airbag zusammengesackt, er war blutüberströmt. Sie bewegte sich nicht. Nicks Körper war seltsam verdreht, wie bei einer kaputten Puppe, sein Gesicht zeigte in meine Richtung, seine Augen waren geöffnet. Ich dachte, er wäre tot, aber dann zuckten seine Augen. Es war nicht mehr als ein kurzes Flickern, doch ich wusste, was es bedeutete. Er hatte mich erkannt.

Der fürchterliche Gestank nach Benzin wurde von Sekunde zu Sekunde stärker. Ich kletterte in den Rauch hinein und tastete blind nach Emilys Kindersitz. Sie gab keine Laute von sich, aber als ich an ihrem Sicherheitsgurt herumfummelte, stöhnte sie leise, was mein Herz einen kleinen Sprung machen ließ. Der Rauch war dicht und schwarz. Der Benzingeruch erfüllte meine Nase, mir wurde schwindelig. Ich musste sie da rausholen, bevor das ganze Auto in Flammen aufging.

Ich riss ihr die Gurte von den Armen, griff nach ihr, zog sie heraus und drückte sie fest an meine Brust. Ich wollte nicht, dass irgendjemand sah, dass ich sie hatte. Selbst in diesem extremen Moment wusste ich, dass das meine einzige Chance war zu entkommen. Ich schob mich um die Rückseite des Autos, drängte mich an dem Tanklaster vorbei, der sich so heiß anfühlte wie ein kochender Teekessel. Die Menschen riefen einander zu, zu verschwinden, zerrten die Opfer auf die andere Seite der Fahrbahn. Ich eilte an ihnen vorbei, drückte Emilys Gesicht gegen meine Brust. Meine Lungen brannten so sehr, dass ich dachte, sie würden zerbersten, aber ich lief zurück, an dem quer stehenden Lastwagen vorbei zu Moms Fiesta. Ich warf Emily auf den Rücksitz und lehnte mich über sie. Das war der Moment, in dem sie anfing zu weinen.

»Ist schon in Ordnung, Mama ist da, Mama ist da.« Ich streichelte ihre Stirn, so wie ich es immer getan hatte, wenn sie nicht einschlafen wollte. Ihr Haar war mit schwarzem Ruß und winzigen Glassplittern übersät.

Die Menschen waren aus ihren Fahrzeugen ausgestiegen und standen herum, betrachteten die Zerstörung. Hinter mir erstreckte sich ein Stau so weit ich sehen konnte und auf der anderen Seite der Fahrbahn war der Verkehr praktisch zum Erliegen gekommen, weil einige Gaffer aus ihren Fenstern starrten. In der Ferne konnte ich Sirenen hören. *Wie würden sie die Unfallstelle erreichen?*, fragte ich mich. Die Autos blockierten den Standstreifen; sie würden niemals ihren Weg zu den Trümmern finden.

Irgendetwas regte sich. Menschen liefen von dem quer stehenden LKW weg, riefen einander etwas zu und sahen verängstigt aus. Ich blieb im Wagen, klammerte mich an Emily und beobachtete entsetzt wie ein Meer aus Flammen sich über die Rückseite der LKWs ergoss und sich seinen Weg über die Plane fraß. Innerhalb von Sekunden wurde der gesamte Lastwagen von grellen, orangefarbenen Flammen verschlungen. Ein weiterer Feuerball schleuderte auf den Tankwagen zu. Es gab ein markerschütterndes Donnern, wie bei einer Bombenexplosion, und das Feuer wurde zu einem Inferno. Der Gestank war unerträglich. Es folgten weitere Explosionen und hinter der Absperrung, die der LKW immer noch bildete, schoss eine Wand aus dickem schwarzem Rauch in den Himmel.

Ich wusste, dass Jens Auto nah an dem Öltanker gestanden hatte; ohne Zweifel stünde es ebenfalls in Flammen. Ich wusste nicht, ob sie gerettet worden waren, war mir sicher, dass sie tot sein mussten. Mir drehte sich der Magen um, als ich mir ihr brennendes Fleisch vorstellte, wie ihre Knochen zu Staub zerfielen, wie ihre letzten Schreie durch die schwarze Luft hallten.

Aus allen Richtungen ertönten Sirenen. Ich sah, wie sich Polizeiautos, Krankenwagen und die Feuerwehr durch den ruhenden Verkehr hinter mir drängelten und die Fahrzeuge, die den Standstreifen blockierten, mit ihren Hupen dazu aufforderten, den Weg freizumachen. Ich blieb mit Emily im Auto, während die blauen

Lichter um uns herum aufflackerten und weitere Fahrzeuge explodierten und Feuer fingen. Es fühlte sich an wie nach einem Terroranschlag, eine Szene, die aus Syrien oder Afghanistan stammen konnte. Etwas, das man nur aus dem Fernsehen kannte; das nur in weit entfernten Ländern passierte.

Wir blieben lange in dem Auto ... Wie lange genau kann ich nicht sagen – mindestens ein paar Stunden. Die Autobahn auf der anderen Seite war gesperrt worden, an zwei Stellen öffnete die Feuerwehr die Mittelleitplanke, sodass wir an der Unfallstelle vorbeifahren und eine halbe Meile später wieder auf unsere Seite fahren konnten. Als wir in einem respektvollen Tempo vorbeifuhren, konnte ich nicht anders, als auf die Zerstörung zu starren und zu denken, das hätte auch ich sein können. Die Metallschlange aus Autos war jetzt ein schwarzes, rauchendes Skelett. Alles im näheren Umkreis des Tanklasters war bis auf die Asche niedergebrannt.

Ich hatte mir vorgenommen, Mom nicht in unsere Flucht mit hineinzuziehen, aber nach dem, was gerade passiert war, wollte ich Emily nur noch zu ihr nach Hause bringen, wo sie in Sicherheit war. Völlig unter Schock und mit zittrigen Händen konnte ich nicht schneller als zwanzig Meilen pro Stunde fahren. Emily war auf dem Rücksitz eingeschlafen, lag auf ihrer Seite, eingeklemmt von zwei Sicherheitsgurten und meiner Tasche. Jedes Mal, wenn ich an einer Ampel anhalten musste, bekam ich Panik, weil ich fürchtete, dass jemand sie dort liegen sehen könnte. Ich befürchtete, dass wenn die Polizei mich anhalten und feststellen würde, dass ich keinen gültigen Führerschein besaß, sie mir Emily wegnehmen würden. Aber irgendwie überstand ich die Fahrt. Ich parkte vor Moms Haus, hob Emily sanft von dem Rücksitz, trug sie hinein und legte sie aufs Sofa.

»Wie hast du sie gefunden?«, fragte Mom.

Ich fing an, ihr von dem Unfall zu erzählen, aber sie hatte es bereits in den Nachrichten gehört. »Fast dreißig Fahrzeuge waren involviert«, sagte sie. Zwei Menschen waren gestorben, doch die

Polizei erwartete, dass es noch mehr werden würden. Dutzende waren verletzt worden, einige davon sehr schwer. Die Unfallursache war noch unbekannt, aber die Ermittler waren vor Ort und appellierten an die Zeugen, sich bei ihnen zu melden.

Sie goss mir einen Brandy ein, lobte meine Tapferkeit, aber tadelte mich gleichzeitig für meine Dummheit. Warum hatte ich ihr nicht erzählt, dass ich Emily holen wollte? Sie hätte darauf bestanden, mich zu fahren. Es wäre ein Wunder, dass ich selbst keinen Unfall gebaut hatte.

Am nächsten Morgen wurde in den Frühstücksnachrichten berichtet, dass die Polizei von drei erwachsenen Todesopfern ausging, außerdem von einem zweijährigen Kind. Doch die Toten waren noch nicht bestätigt worden und auch Namen würden erst veröffentlicht werden, nachdem alle Angehörigen informiert worden waren. So viele Male hatte ich Berichte über Autobahnunfälle gesehen und Mitleid mit den Opfern empfunden, doch jetzt gingen meine Gefühle durch die Decke.

»Ein zweijähriges Kind, wie schrecklich«, sagte Mom, als sie versuchte, mich dazu zu überreden, etwas zu frühstücken. Sie hielt inne, ihr Buttermesser schwebte in der Luft. »Du glaubst doch nicht, dass sie Emily meinen, oder?«

»Ich weiß es nicht«, sagte ich. »Möglicherweise. Aber nur Nick und Jen wussten, dass sie in dem Auto war.«

Mom gab ein abwägendes Geräusch von sich. »Was bedeutet, dass mindestens einer von ihnen noch lebt.«

»Ja ...« Im Stillen betete ich dafür, dass es Jen war und nicht Nick.

»Nun denn«, sagte Mom. »Du rufst besser sofort bei der Polizei an und sagst ihnen, dass sie in Sicherheit ist.« Ich antwortete nicht. Zu viele Gedanken schwirrten mir durch den Kopf. Sobald Mom zur Arbeit aufgebrochen war, versuchte ich auf Jens Handy anzurufen, doch es war ausgeschaltet. Ich hinterließ keine Nachricht. Ich musste alles genau durchdenken, bevor ich handelte. Bevor ich die Polizei kontaktierte.

Um kurz nach neun rief ein Polizist an und entschuldigte sich dafür, dass er sich per Telefon meldete. Er hätte es bei meiner Adresse versucht, um persönlich mit mir zu sprechen, doch als niemand die Tür öffnete, hätten ihm die Nachbarn erzählt, dass das Haus seit Wochen leer stünde.

Er hatte sehr schlechte Nachrichten für mich, die er mir persönlich überbringen wollte, doch ich bestand darauf, dass er es mir am Telefon sagte. Die Stimme des armen Mannes zitterte, als er mir erzählte, dass mein Ehemann gestern Abend in einen Unfall auf der M25 verwickelt gewesen war. Er hatte lebensbedrohliche Verletzungen davongetragen und lag im Koma. Seine Ex-Frau, Jennifer Warrington, die Fahrerin des Wagens, wurde gerade im Krankenhaus operiert, doch die Chancen standen gut, dass sie sich vollständig erholte. Sie hatte die Polizei darüber informiert, dass meine Tochter Emily ebenfalls in dem Auto war, als es explodierte.

Während er sprach, wanderte mein Blick nach oben und ich stellte mir Emily in dem Zimmer über mir vor – die nicht zu einem Häufchen schwarzer, rauchender Asche zerfallen war, sondern lebendig und friedlich in meinem Bett schlief. Ich hatte die Chance auf Freiheit, auf ein Leben ohne die ständige Angst davor, dass Nick sie mir wegnehmen wollte. Ich musste sie nutzen.

Der Polizist verstand meine gefühllose Reaktion und mein Schweigen als einen Schock. Er bot an, eine Beamtin für seelischen Beistand vorbeizuschicken, bis ein Freund oder Familienmitglied bei mir sein und sich um mich kümmern konnte.

»Ich wäre lieber allein«, sagte ich.

»Das kannst du nicht machen, Tasha«, sagte Mom, als sie nach Hause kam und ich ihr beichtete, nicht verraten zu haben, dass ich Emily bei mir hatte. »Das ist illegal. Damit wirst du nicht durchkommen. Die Forensiker werden feststellen, dass sie nicht in dem Auto war, als es explodiert ist.«

Ich hatte den Tag damit verbracht, nachzudenken und Pläne

zu schmieden; hatte das Internet nach ähnlichen Situationen durchforstet und mir meine Chancen ausgerechnet. Mom hatte natürlich recht, es war sehr unrealistisch, gar keine menschlichen Überreste aus einem Feuer zu bergen. Aber wenn die Hitze extrem stark war und das Feuer lange genug brannte, konnte es verdammt schwer werden.

»Es war ein einziges Chaos«, sagte ich. »Ich glaube nicht, dass irgendjemand gesehen hat, wie ich sie aus dem Auto geholt habe. Jen hat der Polizei erzählt, dass sie auf jeden Fall mit im Auto war, und wenn man das irgendwie beweisen könnte und sie nie wieder auftauchen würde, dann werden die Gerichtsmediziner wohl oder übel akzeptieren müssen, dass sie höchstwahrscheinlich bei der Explosion gestorben ist. Selbst wenn sie nur für mutmaßlich tot erklärt wird, würde das ausreichen.« Mom holte ihre Zigaretten. »Ich kann nicht glauben, dass wir diese Unterhaltung führen. Das kannst du nicht machen, man wird dich erwischen. Irgendjemand wird

herausfinden, dass sie noch lebt.«

Aber ich hatte alles durchdacht, hatte einen Plan geschmiedet. »Nicht, wenn wir sie verstecken«, antwortete ich. »Nicht, wenn wir von hier wegziehen, unsere Namen ändern und ein neues Leben beginnen. Ich werde alles tun, was nötig ist, um Nick von ihr fernzuhalten.«

»Er wird wahrscheinlich sowieso sterben«, warf sie ein.

»Aber was, wenn nicht? Was, wenn er sich erholt? Er hat mich gesehen, Mom. Er hat gesehen, wie ich sie aus dem Auto getragen habe. Er wird mich aufspüren, all seine Macht, all sein Geld nutzen, um sie mir wegzunehmen. Ich werde nicht zulassen, dass das passiert. Niemals wieder. Ich weiß, dass das, was ich tue, illegal ist, aber es ist mir egal. Es ist das Risiko wert.«

Mom legte ihre Arme um mich und zog mich an ihre Brust. Es gab eine lange Pause, beinahe konnte ich hören, wie sich die Rädchen in ihrem Kopf drehten. »Das wirst du niemals ganz alleine schaffen«, sagte sie schließlich. »Aber wenn wir zusammenarbeiten ... Wenn ich mit Emily irgendwohin gehe, bis sich alles beruhigt hat ... Vielleicht Bournemouth, ich weiß nicht ...«

Ich hob meinen Kopf und starrte ihr in die Augen. »Wirklich, Mom? Das würdest du für uns tun? Aber was ist mit deinem Job, mit diesem Haus?«

Sie lächelte. »Weißt du, ich wollte schon immer am Meer wohnen.«

44

HEUTE

Nicholas

Hayleys manikürte Fingernägel glitzern wie kleine rosa Fische im Schein der Krankenhausbeleuchtung. Sie streicht über meine Stirn und lehnt sich wieder in ihrem braunen Plastiksessel zurück. »So ist es besser.« Ich habe keinen Schimmer, was mit meinem Gesicht vorher nicht stimmte. Eine Haarsträhne? Eine Schweißperle? Vielleicht sah es so aus, als müsste ich gekratzt werden.

Sie nimmt eine Zeitschrift aus ihrer Tasche und fängt an, sie durchzublättern, während sie immer mal wieder aufblickt und mir einen mitfühlenden Blick zuwirft. Versteht mich nicht falsch, ich bin dankbar dafür, dass sie mich besucht. Das Krankenhaus ist recht weit von Bristol entfernt und sie hat sehr viel mit ihren Kindern und vor allem dem jungen Ethan zu tun. Meine Eltern kommen alle vierzehn Tage vorbei. Sie sitzen neben dem Bett und reden über mich, als läge ich immer noch im Koma und könnte sie nicht hören. Sie sagen, dass ich kränklich aussehe, dass ich frische Luft brauche. Sie fragen sich, ob ich trotz all der Medikamente Schmerzen habe.

Meine Träume sind wesentlich besser als dieser Albtraum von einem Leben. In meinen Träumen kann ich das Bett verlassen und die Flure in meinem Pyjama hinunterlaufen. Ich kann selbst essen und mir die Haare bürsten, mir selbst den Arsch abwischen. Ich lese die Zeitung und diskutiere mit den Krankenschwestern über Politik. Emily tanzt durch den Raum und wir singen Die Räder vom Bus und Eine kleine Spinne und machen all die Bewegungen nach. Wir spielen Schnipp Schnapp und Memory; wir gehen im Garten des Krankenhauses spazieren und spielen verstecken zwischen den Bäumen. Gibt es Bäume in dem Garten? Ich weiß es nicht. Ich habe dieses Zimmer noch nie verlassen.

Wo ist sie jetzt?, frage ich mich. Meine süße Emily. Welche Spiele spielt sie mit Natasha? Ihr Name wird nur selten erwähnt und auch dann nur im Flüsterton in der anderen Ecke des Zimmers, wo sie denken, dass ihre Worte meine Ohren nicht erreichen können. Hayley verzieht das Gesicht und meine Mutter fängt an zu weinen. Sie reden von ihr in der Vergangenheitsform, als wäre sie tot. Zuerst war ich verwirrt, noch nun ist es mir klar. Ich habe genug Zeit als lebender Toter in diesem Bett verbracht, um es zu verstehen.

Es ist ein riesiges, mentales Puzzle, das aus Tausenden von Teilen besteht. An Weihnachten haben wir immer mit der ganzen Familie ein riesiges Puzzle gemacht. Meine Mutter verteilte alle Teile auf einem Kartenspieltisch und jeder setzte ein Teil zusammen, wenn er vorbeikam. Ich fing immer gerne mit den Ecken an und arbeitete mich bis in die Mitte vor. Hayley startete in der Mitte und arbeitete sich nach außen. Die Motive waren häufig Nachbildungen der alten Meister – Van Goghs Sonnenblumen oder Cézannes Stillleben mit Flasche und Apfelkorb. Das Bild selbst war uns nie besonders wichtig; es war der Prozess, den wir genossen. Hayley und ich stritten uns meistens darüber, wer das letzte Teil einsetzen durfte.

Das Puzzle in meinem Kopf ist ganz anders als die, die wir an Weihnachten gelöst haben. Es ist kein Stillleben; es bewegt sich, wie ein Film, wie ein Dokumentarfilm, der aus Milliarden verformter Pixel besteht. Und es gibt auch Dialoge. Zuerst habe ich nur seltsame Klänge gehört, dann einzelne Worte, dann Sätze, aber jetzt kann ich ganze Szenen abspielen.

Zunächst setzte ich den Hintergrund meines Puzzles zusammen. Himmel und Szenerie, Baumreihen und Büsche, graugrün durch die Luftverschmutzung. Leider sehen all diese Teile sehr ähnlich aus. Es war mühsam, sie alle auszusortieren, aber wenn man diese großen Flächen nicht fertigbekommt, kann man sich nicht an die Details machen. Und der Teufel steckt nun mal im Detail, wie mein Medienanwalt immer zu sagen pflegte. Ich selbst war immer eher ein Mann der großen Taten und habe mich beim Ausfüllen der Formulare auf andere, weniger begabte Personen verlassen, doch jetzt bin ich auf mich allein gestellt.

Und nachdem ich monatelang hier gelegen und meine Puzzle-Dokumentation (könnte ich gerade ein neues Genre erfunden haben?) erstellt habe, habe ich die finale Version abgezeichnet. Es ist ein faszinierender, persönlicher Einblick in die Hintergründe eines der schlimmsten Verkehrsunfälle der Geschichte, dieses Material könnte mit einem BAFTA ausgezeichnet werden. Doch was am wichtigsten ist: Es handelt sich um eine Dramatisierung eines echten Entführungsfalles. Lass es mich dir zeigen.

Da ist dieser Typ, okay? Anfang vierzig, sieht aber aus wie Mitte Dreißig, gutaussehend, gepflegt, hat noch alle seine Haare. Er ist auf der Autobahn mit seiner Ex-Frau und seiner Tochter aus zweiter Ehe unterwegs. Nur ist die Frau nicht seine Ex, nicht mehr, denn sie sind wieder zusammen. Stell dir Richard Burton und Elizabeth Taylor vor – sie können nicht mit, aber auch nicht ohne einander. Ganz genau. Es ist eine Liebesgeschichte für das einundzwanzigste Jahrhundert. Eine Geschichte von Menschen und ihren komplizierten Leben.

Wie schon gesagt, sie sind auf der Autobahn, auf der M25, in Richtung Heathrow unterwegs. Ein neues Leben in Kanada erwartet sie. Ja, ich weiß, was du denkst – Kanada ist nicht gerade ein attraktiver Schauplatz; den können wir ändern, wenn du möchtest. Mach Los Angeles oder New York daraus, das ist mir egal. Es kann auch das verdammte Peking sein, wenn die Chinesen die Produktion finanzieren wollen. Oder Moskau. Der Ort ist nicht wichtig; wichtig ist das Gefühl der Vorfreude, der emotionalen Aufregung. Wir reden hier von einem Neuanfang, von der Erfüllung eines lang gehegten Traumes, von einem Plan, der endlich aufgeht, von einem verliebten Paar und einem wunderschönen kleinen Mädchen, die auf dem Weg ins gelobte Land sind. Siehst du es vor dir?

Unser Typ fühlt sich gut, trotz der schrecklichen Verletzungen, die ihm von seiner zweiten Frau zugefügt wurden. Sie ist übrigens eine der Bösen, gewalttätig, völlig außer Kontrolle. Er versucht verzweifelt seine Tochter vor diesem Psycho zu beschützen, bevor sie noch mehr Schaden anrichten kann. Er macht sich Sorgen, dass sie eine gerichtliche Verfügung erwirkt haben könnte, die ihn daran hindern würde, Emily (das ist das Kind) aus dem Land zu bringen. Es ist nur eine kleine Sorge – er vermutet, dass sie sich das wahrscheinlich nicht traut –, aber sicher wird er sich erst fühlen, wenn sie die Passkontrolle am Flughafen hinter sich gebracht haben und das Flugzeug abhebt.

Die Ex-Frau, jetzt Liebhaberin, sitzt am Steuer. Nennen wir sie fürs Erste Jen; wenn du das nicht magst, können alle Namen ausgetauscht werden. Sie fährt, als hätte sie Zeitdruck, was er nicht versteht, weil sie an diesem Tag keinen Termin mehr haben und ihr Flug erst am nächsten Morgen geht. Er sieht, wie sie sich ans Lenkrad klammert, als wäre sie auf einer Verfolgungsjagd, doch denkt sich nichts dabei. Sein Fokus ist auf Kanada gerichtet (oder wo auch immer). Er freut sich darauf, im Hotel anzukommen, zu duschen und ein kaltes Bier zu bestellen. Sie haben eine lange Fahrt hinter sich und seine Schmerzmittel haben ihre Wirkung verloren.

Also, stell sie dir in ihrem silbernen Mazda vor, wie sie sich über die äußeren Fahrbahnen schlängeln, bis an die Stoßstangen der anderen Autos heranfahren und die Lichthupe betätigen, bis sie den Weg freigeben. Es ist schwer, die Geschwindigkeitsbegrenzung auf der M25 zu überschreiten, aber Jen gibt wirklich alles. Dann stecken sie hinter einem LKW fest und sie muss abbremsen.

Unser Kerl lässt seinen Blick lässig über den Verkehr der anderen Spuren gleiten und fühlt sich überlegen, wie man es eben tut, wenn man ein moderneres, schnelleres Auto hat. Und er denkt, verdammt, die Frau in dem verbeulten, alten Fiesta sieht ein bisschen aus wie meine Schlampe von Ehefrau. Er blickt finster durch die Scheibe, einfach, weil er es kann.

Sie starrt zu ihm zurück. Ihre Augen treffen sich über die Fahrbahnen hinweg und sie zuckt zurück, als hätte sie einen Schlag gegen die Brust bekommen. Das ist der Wendepunkt. Als er realisiert, dass das tatsächlich seine Schlampe von Ehefrau ist. Hier könnte man das Bild einfrieren oder einen Crash Zoom einbauen; keine Ahnung, ich bin kein Regisseur, aber du weißt, worauf ich hinaus will. Das ist ein wichtiger Moment.

Das Auto ist mittlerweile vorbeigefahren, aber sein Verstand rast. Was zum Teufel tut sie da, fährt irgendein fremdes Auto, sitzt sogar selbst hinterm Steuer, und fährt zur selben Zeit auf derselben Autobahn? Wie wahrscheinlich ist das? Das kann auf keinen Fall ein Zufall sein.

»Was ist los?«, fragt Jen. Sie klingt nervös. Ihre Stimme hängt am seidenen Faden; ein kleiner Ruck und er würde reißen.

»Natasha«, ruft er und gestikuliert hinter sich. »Das war Natasha!«

»Wovon sprichst du?« Sie beschleunigt, wagt es aber nicht, ihn anzusehen, ihre Augen sind fest auf die Straße vor ihnen gerichtet. Sie versucht ihre Panik zu verstecken, aber man kann die Angst in ihren Augen sehen; man kann ihre Angst riechen.

»Natasha! In diesem Auto, sie ist es gefahren!«

»Mach dich nicht lächerlich. Sie kann nicht fahren.«

»Sie hat meinen verdammten Range Rover geklaut«, faucht er. (Das habe ich vergessen zu erwähnen, sie ist gewalttätig und eine Diebin. Und sie fährt ohne Führerschein.)

Sein Körper versteift sich vor Wut, seine Hände formen sich zu harten, runden Bällen. Jen schaut ängstlich in den Rückspiegel und in diesem Moment wird ihm bewusst, dass die beiden Frauen sich gegen ihn verschworen haben. Versteht es im Bruchteil einer Sekunde. Weiß alles.

»Halt an«, sagt er.

»Was?«

»Halt den Wagen an. Sofort. Ich übernehme das Steuer.«

»Aber Nicky – du hast keinen Führerschein.«

»Halt verdammt noch mal an!«

»Nein! Sei nicht albern. Beruhig dich!«

Er greift ins Lenkrad und das Auto schwenkt nach links aus. Vielleicht hupt sie jemand von der mittleren Fahrspur aus an.

»Hör damit auf! Lass los!« Sie verpasst ihm einen scharfen Stoß mit dem Ellbogen, doch er lässt nicht locker.

»Ich weiß, was hier los ist – ihr arbeitet zusammen, nicht wahr?«

»Lass los! Du wirst uns noch umbringen!«

»Wo wolltest du ihr Emily übergeben? Beim Hotel? Am Flughafen?«

Es ertönt ein lautes, schleifendes Geräusch, als sie den ersten Wagen treffen. Ihr Auto prallt ab und schießt über die Fahrbahn zurück, wie ein Spielzeug, das über einen frisch polierten Boden rutscht. Das Chaos bricht los. Alle versuchen zu bremsen und einander auszuweichen, aber sie stoßen immer wieder aneinander wie Autoscooter. Man hört es krachen, gefolgt von dumpfen Schlägen und lautem Quietschen. Ein Auto überschlägt sich in Zeitlupe, eine menschengroße Puppe fliegt durch die Luft. Kannst du dir die Szene vorstellen? Wir reden hier von einer Massenkarambolage, ein flammendes Inferno, gewaltige Explosionen. Ich weiß, das klingt wie ein Budget-Sprenger, aber vieles davon kann mit Spezialeffekten und Animationen realisiert werden.

Danach, wenn alles zum Stillstand gekommen ist, gibt es diesen Moment der Ruhe. Der Stille. Das Gesicht unseres Typen liegt auf etwas Weichem. Er öffnet seine Augen und es ist, als wäre er auf einer Wolke gelandet. Er kann Benzin riechen; es steigt ihm zunächst in die Nase und dann in den Kopf. Das Auto füllt sich mit Rauch.

Wir machen eine Nahaufnahme von ihm, als er seinen Kopf langsam nach links dreht. Dann gibt es einen Schnitt und wir sehen seinen Blickwinkel. Er schaut auf Natasha. Sie steht dort und starrt ihn an, ihre Augen sind kalt und voller Hass. Zurück auf Nick. Er ist verwirrt, kurz davor, das Bewusstsein zu verlieren. Ist sie real oder bloß die Erscheinung aus einem Albtraum? Nein, sie ist real. Sie ist hier und ist gekommen, um seine Tochter zu stehlen. Er versucht, nach ihr zu greifen, aber er kann seinen Arm nicht heben. Sein Gehirn löst sich in Mus auf. Das Letzte, das er sieht, bevor er in die Dunkelheit verschwindet, ist Natasha, die auf den Rücksitz klettert und an den Verschlüssen von Emilys Sicherheitsgurt herumfummelt.

Das Nächste, das wir wissen, ist, dass er mit dem Locked-in-Syndrom im Krankenhaus liegt. Wie der Schmetterling unter der Taucherglocke.

Manchmal träume ich davon, zurück in unserem alten Haus zu sein. Ich krabble über den Boden und Emily sitzt auf meinem Rücken, ich wiehere und schnaube wie ein Pferd. Oder es ist Schlafenszeit und ich nehme sie Huckepack, um sie ins Badezimmer zu bringen. Ich fülle die Badewanne mit Schaum und hebe Emily hinein. Oft ist Natasha auch da, sie lehnt im Türrahmen, beobachtet uns beim Spielen und lacht, wenn Emily mein Gesicht mit Schaum bedeckt. Ich hasse es, wenn sie sich ohne Einladung in meine Träume schleicht und so glücklich und zufrieden in meinem Haus aussieht. Sie verdirbt alles.

Ich wünschte, ich könnte Hayley meinen Puzzle-Film zeigen. Oder ihr zumindest den Inhalt erklären. Aber ich schaffe es nicht, die Worte von meinem Gehirn zu meinem Mund reisen zu lassen. Ich habe gehört, wie die Ärzte mit meinen Eltern gesprochen haben. Offenbar muss alles neu verkabelt werden, wie bei einem alten Gebäude; es ist kompliziert und könnte sehr lange dauern. Vielleicht bringt es auch niemals den gewünschten Erfolg. Doch hoffentlich wird sich eines Tages auf wundersame Weise ein

Schalter umlegen und ich werde meinen Mund öffnen und sprechen können. Drückt mir die Daumen. Es werden wundervolle Wörter sein. Lange, fließende Sätze. Wunderschön aufgebaute Paragrafen, Seiten, die vor Wahrheit nur so strotzen. Sobald Hayley Bescheid weiß, wird sie die Dinge in Ordnung bringen, daran habe ich keinen Zweifel. Sie ist meine Schwester; sie wird sich genauso sehr wie ich nach Gerechtigkeit und Rache sehnen, vielleicht sogar noch mehr. Hayley wird Jen und Natasha jagen und sie beide vernichten. Sie wird Emily finden und sie mir zurückbringen.

Ich muss es ihr nur sagen.

Liebe Leserinnen und Leser,

danke, dass ihr *Die Vorgängerin* gelesen habt – ich hoffe, ihr wurdet gut unterhalten. Falls dem so ist, würde ich es sehr zu schätzen wissen, wenn ihr euch die Zeit nehmt, um eine kurze, Review zu schreiben. Da ich selbst eine begeisterte Leserin bin, finde ich die Meinungen anderer Leser sehr hilfreich, wenn es darum geht, mich für mein nächstes Buch zu vorzubereiten. Und als Autorin liebe ich es, von passionierten Lesern zu hören. Wenn ihr über meine nächsten Veröffentlichungen informiert werden möchtet, könnet ihr euch über den nachfolgenden Link für meinen Newsletter anmelden. Eure E-Mail-Adresse wird zu keinem Zeitpunkt veröffentlicht oder weitergegeben.

www.bookouture.com/bookouture-deutschland-sign-up

Eine der Herausforderungen, die ich mir selbst für diesen Roman gesetzt habe, war die Entwicklung von zwei sehr unterschiedlichen Charakteren. Besonders interessant fand ich Jens Reue und ihre Sehnsucht nach Erlösung. Wenn ich Thriller lese, frage ich mich oft, wie sich wohl der Bösewicht des Romans fühlt, wenn seine Boshaftigkeit aufgedeckt wird, doch dann ist das Buch meistens schon vorbei. Indem ich das Buch in zwei unterschiedlichen Zeitachsen habe spielen lassen, konnte ich dem Leser die Möglichkeit geben zu verstehen, warum Jen so gehandelt hat. Nick hingegen fühlt sich nicht schuldig für das, was er getan hat, nur wütend, weil er nicht damit davongekommen ist. Für seinen

Charakter habe ich mich an einer Dokumentation orientiert, die ich gesehen habe, über einen Mörder im Gefängnis, der seiner toten Freundin die Schuld für seine Inhaftierung gegeben hat.

Leider zerbrechen viele Ehen und das aus den unterschiedlichsten Gründen. Wenn Dritte involviert sind, fällt es uns schwer, mit den Ehebrechern zu sympathisieren, und wir stellen uns auf die Seite des betrogenen Partners. Allerdings ist die Wahrheit in den meisten Fällen sehr viel komplizierter. In dieser Geschichte werden beide Frauen Opfer eines rücksichtslosen, selbstsüchtigen Mannes. Obwohl sie eingeschworene Erzfeinde sind, vereinen sie ihre Kräfte und schlagen zurück.

Während ich für diese Geschichte recherchiert habe, war ich fasziniert – und erschüttert – über die Erfahrungen der Mütter und Väter, deren Kinder vom anderen Elternteil entführt wurden. Obwohl es rechtliche Maßnahmen gibt, die gegen den schuldbaren Elternteil ergriffen werden können, kann die Lösung der Situation ein kräftezehrender, zeitraubender und extrem teurer Prozess sein. Prozesskostenhilfe wird in Großbritannien nur gewährt, wenn Beweise für gewalttätigen Missbrauch oder eine Gefährdung der Sicherheit des Kindes vorliegen. Ich halte es für falsch, dass nur die Reichen die Möglichkeit haben, nach Gerechtigkeit zu streben, und hoffe, dass diese Geschichte einige Gedanken zu diesem Thema anregt.

Falls euch *Die Vorgängerin* gefallen hat, könnten auch meine anderen Psycho-Thriller etwas für euch sein – *Lie to Me* und *The Good Sister* (bisher nur in englischer Sprache). Außerdem schreibe ich einen neuen Roman, der Ende des Jahres erscheinen soll, also haltet die Augen offen. Falls ihr Kontakt zu mir aufnehmen möchtet, geht das ganz einfach über meine Facebook-Seite, Goodreads, Twitter oder meine Website. Noch einmal vielen Dank, dass ihr *Die Vorgängerin* gelesen habt. Ich hoffe, wir sehen uns bald wieder.

Alles Liebe
Jess Ryder

DANKSAGUNG

Die vermeintlich einsame Kunst des Schreibens erfordert ein überraschend hohes Maß an Zusammenarbeit, weshalb ich mich bei folgenden Personen bedanken möchte:

Brenda Page, die für mich recherchiert hat. Kaum nehme ich mein Telefon zur Hand, um eine Frage zu stellen, schon jagt sie den Antworten hinterher.

Helen Warriner, Gerichtsmedizinerin im Ruhestand, für ihre unschätzbaren Informationen über die Feststellung des Todes in komplizierten Fällen. Falls ich irgendwelche Fehler gemacht haben sollte, gehören sie mir und mir allein.

Meiner Literaturagentin Rowan Lawton von Furniss Lawton und ihrer Kollegin Rory Scarfe. Ich habe unfassbares Glück, mit einer so dynamischen und bestärkenden Agentur arbeiten zu dürfen.

Einfach allen aus dem fabelhaften Bookouture-Team, aber besonders meiner Lektorin Lydia Vassar-Smith. Ihre Begeisterung und ihr Engagement sind unglaublich inspirierend. Ebenfalls Jessie Botterill, die mir bereits in der Anfangsphase dieses Buches sehr hilfreiches Feedback gegeben hat.

Meinem Mann David, meinen vier Kindern und ihren Partnern, meinen Eltern und meiner Schwiegermutter. Ihr alle macht unsere Familie zu einem großartigen Team, das einander durch die Höhen und Tiefen des Lebens begleitet. Ohne euch alle hätte ich das nicht geschafft.

Und zu guter Letzt geht ein besonderer Dank an meine Enkelsöhne Leo und Saul, die mir geholfen haben, mich zu erinnern, wie es ist, für kleine Kinder zu sorgen.